海格摩尼亞
永恆森林
大迷宮
羅克洛斯海岸
布拉德洪
紅色山脈
卡納丁
東部林地
賽多拉斯
那吳勒臣
巴拉坦
戴哈帕
伊斯
鷹婁曼海岸
南部大道

龍族的世界
Dragon Raja
北部林地
無盡溪谷
灰色山脈
細美那斯平原
拜索斯
賀坦特
修多恩嶺
修多恩河
雷諾斯
中部大道
中央林地
恩佩河
卡拉爾
伊拉姆斯
拜索斯恩佩
西部林地
褐色山脈
南部林地
藍色山脈
深淵魔
傑彭
Map Illustration © Hong Yeon Ju

龍族

8

李榮道—著　邱敏文—譯

龍族

8

朝夕陽飛翔的龍

（完結篇）

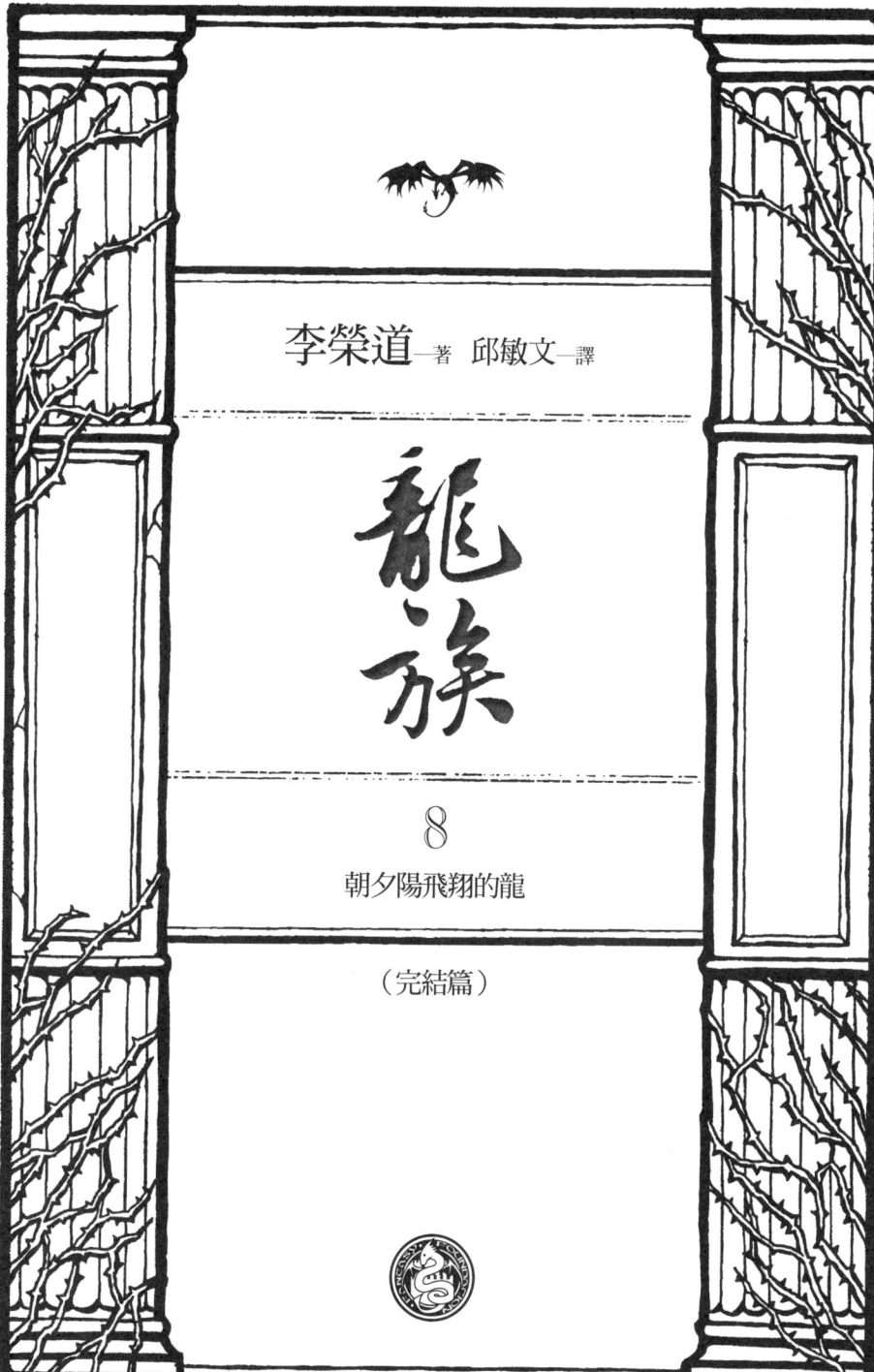

目錄

第14篇

沒有正確答案的選擇

06

雙方人馬全都變得很安靜，一片死寂。雖然沒有任何人傷亡，但卻充斥著一股血腥味。

那群祭司們排排站著，全都用可怕的眼神抬頭看我們。他們那削得很短的頭髮、緊閉的嘴唇、寬闊的肩膀，還有撩到背後的袍子底下的甲衣和劍，正在散發著一股冷森森的光芒。他們盯著吉西恩的那種目光，以看王族的角度而論，是屬於那種最不屑的目光。可是吉西恩一動也不動地站在那裡。

白髮祭司緊握拳頭，在顫抖著。

吉西恩已經向白髮祭司提出可以選擇的兩種情況。這不能算是一種很高明的話術耶，王子大人？一般來說，如果提出只有一個選擇可選的問題，那麼提出來的人，還有聽的人都應該很自在才對。通常是這樣，不是嗎？雖然我這樣說很可笑，可是，你真的是逼人太甚了。王子大人，你如果願意的話，我真希望要求卡爾把你推舉為賀坦特榮譽村民。

白髮祭司的第一個選擇，是很有風度地認同王室的尊嚴。那麼在此，我們當然就能向他們建議一個很光榮的讓步方法。那就是讓三十名之多的劍與破壞之神的祭司們跟在我們後面。這麼一來，我們就可以先試著讓蕾妮和克拉德美索締結契約。一旦在這個情況下成功時，可以立即讓哈修泰爾侯爵不敢輕舉妄動，直接以叛亂份子為由起罪，讓他接受王室旅館零層的熱忱款待。

至於第二個選擇，則是他們可以表現得像是完全不知道王室尊嚴的意義。那麼，那些相當喜歡劍與破壞的三十名祭司就會一致衝向我們。畢竟我們在這人跡罕至的褐色山脈全部被殲滅的話，就沒有人可以去舉發侯爵了。然而，如果是在這個情況下，在打鬥時無法保證托爾曼．哈修泰爾或蕾妮的性命安全，那麼就有可能會讓克拉德美索自由地醒來，然後牠會朝向拜索斯表現出牠相當熱烈的情緒。

啊，我實在是太過冷靜了。而冷靜的人總是會有很多煩惱。呃呃呃。我們一行中的其他人也都在誇示他們的冷靜，緊抓住各自的武器，等待白髮祭司的回答。而三十名的祭司們也全都握緊劍柄，只等待白髮祭司的答覆。雙方人馬全都帶著一副如果事情發展不如己意就要攻擊的表情，在彼此橫眉怒目互相瞪眼之際，白髮祭司費力地吞了一口口水，說道：

「王子啊，雷提的劍從來就不曾攻擊過王族或其百姓，您應該很清楚這件事實吧。」

「所以，現在你們是第一次想攻擊王族？」

白髮祭司硬擠出來的回答被尷尬地壓碎了，卡爾聞言皺起眉頭。丟出這麼棘手問題的人，以及費力想回答這個問題的人，性格都太過極端了，真是的。不管怎麼樣，兩個人在極端的情況下，正努力使現場保持一片死寂。

所以，某道突如其來迸出的說話聲，簡直就如打雷般驚人。

「現在是王族在威脅雷提的劍！」

在那些祭司之中，有一個祭司走出來，喊了這句話。這個祭司留著一頭短短的金髮，一道疤痕很酷地橫過他額頭。吉西恩雖然立刻用暴躁的表情瞪了一眼那個祭司，但是走出來的那個金髮祭司繼續喊著：

「根本不需多做解釋，這完全是個威脅！吉西恩王子！現在你無視於雷提之光榮，想要逼迫這位祭司……」

「閉嘴！」

白髮祭司一聲喝令，使那金髮祭司閉上了嘴巴。金髮祭司帶著鬱悶的表情，暫時閉了嘴。但白髮祭司回頭一看，發現站在後面的那些祭司全都帶著被壓抑的贊同表情，於是又再說道：

「這是不合理的事！人類的國王是不能脅迫祭司的！為何容許這種無禮的言詞，這樣會弄鈍了破壞之神雷提的劍刃！」

此時，又有另一個年輕的祭司往前走出來，說道：

「我認為他說得對。雷提之口啊，這分明就是在對雷提下挑戰。」

白髮祭司的眉毛豎得好高。又有另一個祭司想要往前走出來的時候，白髮祭司大聲喊叫著：

「全都給我在原地不要動，閉上你們的嘴巴！」

我聽到杉森低聲喃喃自語的聲音：

「以祭司的話術而言，真是夠水準。」

我也聽到身旁傳來了亞夫奈德的咯咯笑聲。可是白髮祭司努力想要控制住己方的那一群人，所以沒有閒工夫管我們這邊。

「誰是我們這群人的嘴巴啊！你們全都是雷提的手臂，可是嘴巴只有一個！我才是雷提之口！你們難道想對教壇造反嗎？」

跳出來說話的那兩個祭司雖然一副無比抑鬱的表情，但是聽到這番話，好像都無言以對了。他們刻意稍微把頭低下來之後，就往後退去。但是其他祭司們全都開始不滿地嘆氣或者嘀咕了起來。那個白髮祭司瞪了一眼他們所有人，才終於稍微平息了騷動，隨即，他又再轉頭面向我們。

白髮祭司緊閉嘴唇，閉到嘴唇都發白了，他抬頭看吉西恩，而吉西恩則是瞇著眼睛低頭看他。空氣變得沉重的感覺僅維持了一下。叫做雷提之口的白髮祭司打開嘴巴，說道：

「你不用再逼我回答了。吉西恩王子，我現在回答你的問題。」

吉西恩的眼裡突然迸出了一道閃光。同時，我可以很清楚看到在後面的那些祭司全都伏低了身軀。這令人感到有股殺氣騰騰的感覺。那一邊是三十把劍，而這一邊雖說是有棍棒或斧頭、三叉戟或戰叉，然而劍只有四把而已。我咬緊了牙關。白髮祭司喘了口氣之後，冷冷地說道：

「萬一拜索斯王族……」

可是白髮祭司只能夠說到那裡為止。

怎麼有尖叫聲？不對。是鳥的鳴叫聲，可是聽來卻很像淒切的尖叫聲。所有人被突然傳來的尖叫聲給嚇得快昏厥過去。

「吱咿咿咿咿！」

所有人的目光全都反射性地投向天空。在天空高處，一片青灰色的沉寂之中，有樣東西佔據了天空的中心。那是一個黑影，它找到世界的中心，孤單地一直轉圓圈，並且很快縮小範圍。然後，黑影又再一次朝向整個天空以及下方的大地咆哮著：

「吱咿咿咿咿！」

只有咆哮聲繼續不斷鳴響著，所有聲音好像都消失了。然而，溫柴卻開口了。

「那是隻禿鷹。在這個季節出現，真是罕見。」

溫柴的聲音顯得很乾澀。他一面看著這鳥族帝王，一面揣測吉西恩還有其他人所感受的情感，所以當然會很累嘍。哈哈哈！

三十名的雷提祭司露出像是眼睛快迸出來的表情。

他們的臉孔同時變得蒼白，所以看起來像是一群屍體聚在一起。他們帶著超越恐懼的恐懼感，抬頭仰望天空。

「禿鷹……？是禿鷹？」

「難道？難道，禿鷹？」

一陣被壓抑的呻吟聲，以及充滿不安與疑慮的尖叫聲傳來。那些祭司們全都紛紛往後退了一、兩步。在他們的臉上，明顯表露出他們實在無法相信這件事的心情。我看著這一幕，激動得心都快跳出來了。而且我的手指變得冰冷，脈搏聲音簡直大到令我懷疑自己心臟發生異常。怦怦！吉西恩抖了一下肩膀，並且用很嘶啞的聲音問溫柴：

「禿鷹？你確定是隻禿鷹嗎？」

吉西恩的眼睛整個都充血泛紅了。溫柴歪著頭，疑惑地答道：

「是啊，是隻禿鷹。你們這些北部愚蠢傢伙，難道有禿鷹恐懼症嗎？」

吉西恩並沒有回答溫柴的話。他立刻轉頭去看白髮祭司。

那位白髮祭司正在緊張地咬牙切齒，一會兒看著禿鷹，一會兒又看著吉西恩；往後退步的那些祭司們的臉上，如今浮現出恐懼的神色，他們甚至不自覺地放下了原本握住劍柄的手。而托爾曼・哈修泰爾正在很誇張地表現他的不安。哈哈！他這個年紀居然還會吸手指頭！

吉西恩做出無法抑制住激動的身體動作，高聲地喊著：

「光榮之神亞色斯的傳令者降臨了！」

降臨了……！降臨了……！降臨了……！

吉西恩的聲音好像傳遍了整個褐色山脈。山的回音還有暈眩不已的頭，使我幾乎很難站穩。吉西恩舉起雙臂之後，放下手臂，指著白髮祭司。就算是被劍指著，這個祭司的臉恐怕也很難變得像這樣蒼白吧。

吉西恩喊道：

「在光榮的天空中成為一道閃光！牠乃是一眼俯瞰萬物、不容許任何虛假之帝王，你就在這帝王面前說吧！你是不是想拿那把放肆的劍來攻擊拜索斯王族？」

禿鷹呼嘯著，彷彿牠也應該要聽到答案才能解開悶氣似的。

「吱咿咿咿咿！」

傑倫特一副快要喘不過氣的樣子，卡爾則像是難以置信似的看了一下天空，然後看著吉西恩。有什麼好不相信的！天空裡有禿鷹有鳴叫，地面上有吉西恩在喊叫。就是這樣子啊，卡爾！那位白髮祭司可憐兮兮地，像是個忘記如何說話的人那樣僵住了。

「這，咳咳，這，這個，這是……」

我的國王啊！神的榮耀化身為禿鷹的面貌，降臨到地面，正在我的國王頭上徘徊著。任何的寶石王冠都比不上這光榮之冠！踩著山頂岩石站立著的吉西恩，看起來就像是剛從光榮的七週戰爭裡歸來的古代英雄。亞色斯出現在謝魯德亨王子面前時，就是這個樣子嗎？路坦尼歐大王的血脈還活著，脈搏還在跳動著！

白髮祭司最後終於啪地跪下了一邊膝蓋。他用一種全然放棄的語氣，像咆哮似的說道：

「猶如那翅膀所灑落的陽光般正義！王子啊，拜索斯王族乃是人類之王！」

啪嗒！那些雷提祭司中的其中一個，跟著他們的代言人跪了下來。之後，在他旁邊的祭司，還有另一個祭司也跪下了。接著所有祭司們都開始屈膝跪著。最後，那個金髮祭司一副不知道自己在做什麼行為似的表情，也跪了下來。托爾曼・哈修泰爾則是早已經屈膝跪下，不停顫抖著。

「吱咿咿咿咿！」

禿鷹的鳴叫聲清亮到令人覺得刺耳地傳了開來。三十名的祭司全都跪下一邊膝蓋，敬拜著吉西恩。傑倫特用滿是喜悅的聲音，結結巴巴地說：

「我們……我們乃是神的所屬……然而，然而我們……我們如果想活在這個世上……我們存在於世上的方式……乃是藉由這身體而活著……因此……這身體的主人……也就是我，在我的國王所展現的榮耀之前，屈膝跪下吧……對神奉獻出我們的愛……祈求餘生……對我的國王獻出敬拜……以保名譽。」

卡爾低聲地吐出了呻吟聲。

「天啊！你知道梅達洛的這首詩歌？」

傑倫特點了點頭，對卡爾說：

「我是從書裡讀到的。」

「啊啊，是嗎？嗯。雷提的祭司們與其說是聖職者，倒不如說是比較像戰士，是吧。」

蒼空下的禿鷹繼續盤旋，在空中畫出光榮的圓。而站在地面山頂上的吉西恩，則是用炯炯的目光接受著雷提祭司們的敬拜。艾賽韓德、溫柴還有蕾妮，他們則是一副實在無法理解這情況的表情。艾賽韓德用力拉扯他的鬍鬚，溫柴則是用鼻子哼了一聲。蕾妮圓睜著眼睛，說了好幾次「我的天呀」。他們當然會無法理解嘍。他們一定無法理解。然而，不是拜索斯國民的傑倫特為何可以理解呢？他只是光以書上讀到的知識，就能理解了嗎？啊，對了。因為他的個性原本就很容易感動。我用力擦了一下越來越熱燙的眼眶。呃呃，真是的。睫毛刺到眼睛了，所以才會流眼淚嘛。哼！

突然間，我感覺到似乎可以百分之百預言到的事。路坦尼歐大王和亨德列克，對於他們，不管我們知道的是什麼，他們的事蹟會永遠感動我們。正如同大王使神龍王屈膝跪下，現在他的後代則讓三十名的破壞之神的祭司們跪了下來。啊，真是討厭！連鼻子都發酸了。杉森用顫抖的聲音說道：

「唉、唉，這實在是，我心裡不由自主地感動，好想掉眼淚。」

我用哽咽的喉嚨，費力地說道：

「你忍一下吧。在這一刻如果流淚的話，是會丟臉丟到後代的。」

「是啊，修奇。我知道。」

杉森一面發出咯咯笑的聲音，一面清了清喉嚨，於是，我就邊流眼淚，同時差點爆笑了出來。吉西恩抬頭挺胸，用禿鷹的眼神低頭看下面，說道：

「各位在你們精神支配者的權限裡，獻出敬意。因此，各位現在聽好你們所生所長的國家之王族所說的話！」

「殿下！」

「我會帶這位仕女到克拉德美索那裡。你們要妨礙我和我的朋友們嗎？」

「我們不會妨礙您。」

「那麼，我也對各位的神表示敬意，因此不會妨礙各位。各位可以自行陪侍托爾曼・哈修泰爾大人去找克拉德美索。可是在這過程之中，應該要揚棄對彼此的競爭。為了整個大陸的善良萬民們！」

白髮祭司深深地低頭，說道：

「您這番話的公正，更加提高了亞色斯的光榮。」

吉西恩點了點頭。

「我對於亞米昂斯修道院的賢明祭司們……」

「趴下！」

怎麼了？突然傳來了一陣高喊聲。然後吉西恩就舉起盾牌，彎下身子。可是吉西恩的動作在中途停了下來。

「吱咿咿咿咿！」

那隻禿鷹像要撕裂天空般鳴叫了一聲。

「溫柴！」

我被妮莉亞的斷喊聲給嚇得轉過頭去。隨即，我看到溫柴緊皺眉頭，還有他稍微高舉的手臂。他的手臂插著一枝箭。

「呃呃，可惡……」

溫柴倒了下去。接著，我就看到他用手臂掩護、臉色發青的蕾妮。亞夫奈德趕緊把蕾妮拉起來，同時傳來了吉西恩的喊叫聲。

「Protect from Normal Missile!」（防護一般遠距攻擊！）

在此同時，傳來了箭矢碰撞盾牌的猛烈聲音。噹噹！噹！空中不斷射出箭矢。可惡！有人正在對我們猛烈射擊！

「趴下！快趴下啊！」

我聽到杉森的高喊聲，急忙縱身趴下。這裡是哪裡？糟糕！這裡是四面八方都沒有遮蔽物的山頂！箭矢再次碰地時，我推測出它的方向。箭是從那些雷提祭司們的後面方向不斷飛射過來的。我們一行人趕緊藏身到岩石後面，然後我從岩石上面探頭出來看。

那些雷提祭司們驚慌地轉身，而此時箭還是繼續不斷飛射過來。箭矢無視於那些雷提祭司，只是往我們這邊飛射而來。在我身後的卡爾咬牙切齒地喊道：

「該死！是哈修泰爾那傢伙！」

「溫柴！你沒事吧？」

傑倫特的這句高喊聲講完之後，接著便傳來了溫柴滿腹不高興的答話：

「怎麼可能會沒事，他媽的。我的手臂都中箭了。」

原來是那個狗屁侯爵，還有他的嘍囉們！那些原本站在我們下方的雷提祭司都慌忙轉身，開始祈禱。隨即，在他們周圍就出現了一道淺綠色的防禦罩，包圍保護著他們所有人。而吉西恩則是站在岩石上面，高舉端雅劍，保護著我們。杉森在地上匍匐前進，爬近溫柴身邊。他很快地拿出匕首，連同匕首劍鞘整副拿給溫柴。

「咬著。」

溫柴咬住匕首的劍鞘之後，杉森隨即從溫柴的手臂拔出箭來。鮮血迸濺，沾到杉森的臉，而溫柴並沒有發出呻吟聲，只聽到劍鞘快斷裂的聲音。

「傑倫特，拜託你了。」

杉森把箭丟掉，又再匍匐爬到岩石上面。而亞夫奈德也跟在他後面，爬了上來。我趴在岩石上，伸出手臂指出方向。

「在那邊！」

「看不到人！」

可惡！他們是躲在樹林裡，朝著山頂射箭，所以看不到那些傢伙。吉西恩放下端雅劍，趴到我們旁邊，箭矢隨即開始不斷從我們頭頂上飛過，有的則是射中岩石之後彈跳上來。咻咻！咻！

亞夫奈德露出凶狠的表情，悄聲地說：

「他們剛才瞄準了蕾妮小姐。會是偶然嗎？」

吉西恩趴在地上，用拳頭掩住嘴巴。他一拒絕回答，杉森就喃喃自語地說：

「現在不要想了。」「好。那我們要不要逃？」「我不喜歡背後有箭一直射過來。」「雷提的祭司不會阻擋他們嗎？」

亞夫奈德用下巴指了指岩石下面的那些祭司們。他們現在全都聚在一個地方，被一道淺綠色的防禦罩包圍著。可是幾乎沒有箭矢朝他們射去。杉森皺起眉頭，說道：

「他們原本就是同一夥的，不是嗎？」

真是的！我仔細一想，剛才因為一時感動才暫時忘記了這個事實。亞米昂斯修道院事實上就是哈修泰爾侯爵的走狗。這些人剛才不久前還想要強行搶走蕾妮呢！那麼現在該怎麼辦啊？亞夫奈德用不安的眼神看著那些祭司。到現在為止，他們只是站著不動。與其說是因為他們很沉著，倒不如說他們看起來像是在突發狀況下無法決定如何行動而驚慌著。此時，卡爾匍匐爬上到我們旁邊。

「可以確定位置了嗎？」

「根本連頭都無法探出去。」

卡爾隨即皺眉頭說道：

「那麼他們應該馬上就會衝過來了。亞夫奈德，請準備一下。」

「咦？啊，準備什麼呢？」

然後箭矢的陣雨就停了。接著，從山頂下方傳來了一陣很大的喊叫聲。

「呀啊啊啊！」

那些戰士們開始沿著山脊衝過來。配備重武裝的戰士們居然能夠敏捷地跑上山來，這實在是像在胡說八道。杉森轉頭看我，說道：

「隨便拿顆岩石丟過去吧！」

「……你好像以為我是巨人還是投石器之類的東西，不過那樣做應該會很不錯，但我們還是先等一下吧。」

那些雷提祭司終於有行動了。

「警備狀態！」

那位白髮祭司一面高喊，一面拔出劍來。鏘鏘，鏘鏘！雷提祭司們用一絲不亂的動作拔劍。在淺綠色的防禦罩裡，銀白色的劍光簡直令人眼花撩亂。雷提祭司們在一眨眼間每十個人一列，站成三列。原本直衝而來的戰士們見狀，便慌忙停下腳步。戰士們也是舉著劍，和祭司們形成對峙狀態。兩邊的距離大約三十肘。接著，侯爵從那些戰士之中走了出來。

侯爵的臉可真夠瞧。他的眉毛簡直快要直豎到天際了，太陽穴還不停抖動著。在他蒼白的臉上，眼睛冒出猛烈的火花。侯爵帶著那副異於常人的臉孔，喊道：

「你們在做什麼啊！」

那位白髮祭司咬牙切齒地說：

「這是我要先問你的話，侯爵。請問你現在是在做什麼？」

「你！是想背叛我嗎？」

「請你說話小心一點。亞米昂斯修道院是以友情來對待侯爵家族，而友情應該也包括制止朋友的過失。」

情況好像轉變到了意外的局面。卡爾一副想要拍手叫好的表情，咧嘴笑著俯視下面。侯爵怒不可遏地說道：

「過失？你說這是過失！原來你是想背叛我，所以才對王室的人低頭哈腰！」

雷提祭司們的肩膀好像同時都動彈了一下。那位白髮祭司猛然挺起下巴，說道：

「我們侍奉的是雷提。」

「那剛才你們敬拜他是什麼意思！」

「雷提並沒有命令我們拒絕俗世王權。正如同那位懂得敬拜神聖的騎士——梅達洛所說過的話：『身為神之僕人的我們，接受並服侍身為神之子女的那些世間善民們。』」

哈哈！沒想到這個白髮祭司竟有陰險狡猾的時候。這句話豈不正是剛才卡爾說過的話。侯爵咬牙切齒地說道：

「那麼你，還有雷提的祭司們現在是我的敵人，是吧？」

「不，您也是神的善民。我們除了雷提的敵人，不會把任何人當作是敵人。」

「那麼就給我讓開！我要先解決他們那一行人，再來解決你們的事。」

那位白髮祭司現在雙手交叉在胸前了。袍子的袖口滑落下來，露出和他臉孔完全不配的粗獷胳膊。哇，他的胳膊真的好粗啊！簡直就像是兩根柱子疊在一起。

「我可以請問你打算怎麼做嗎？」

那位白髮祭司的話裡有一股明顯的非難語氣，任誰心地再好也能聽得出來。而哈修泰爾侯爵的心地並不怎麼好。

「我為何一定要說呢？」

「剛才你們拔劍突襲，直衝而來，是打算要攻擊他們一行人嗎？我話說在前頭，在雷提之劍的面前，絕對無法容許不正當的殺害行為。破壞的權利乃是在於雷提。」

站在侯爵周圍的那些戰士之中開始一陣騷動。他們嘀咕著，覺得情況轉變得很奇怪。破壞之神的祭司們擋在面前，卻能夠魯莽衝上去的人，除了那位賀坦特的讀書人和被廢位的太子以外，還有誰能做得到呢？想到這裡，卡爾，我可真是尊敬你！

「如果你要阻擋我，我就不必分別處置你們了！」

嗯，令人尊敬的人又增加一個了！真是的。侯爵斷然說完這句話之後，戰士們的臉上浮現出驚訝的表情。相反地，在雷提的祭司們之中，反而傳出嘻嘻的低笑聲。就連站在前面的那位白髮祭司，也稍微撇過頭去露出微笑。杉森歪著頭，疑惑地說道：

「那些祭司幹嘛笑啊？」

「可能因為他們很有自信。」

並肩趴在我們旁邊的吉西恩低聲說道：

「因為，對這些祭司來說，戰鬥技巧就是他們的信仰，也是他們的祈禱。他們連在夢裡都在鑽研打鬥的技巧，持續戰鬥。所以早上一到就有好幾個人死在床上……這不是我說的。」

「啊，是。這我知道。」

亞夫奈德搓揉著他的雙手，然後彈了一下手指，說道：

「行了。那些祭司們好像要在我們後面幫忙抵擋。雖然這會聽來有些無情，但是我想，我們就此轉身離開吧。那些雷提祭司在拖延時間的時候，我們去找克拉德美索。」

卡爾皺起眉頭，說道：

「如果讓這兩群人發生衝突的話，一定會有很多人死傷。」

「所以我們更要趕快去。萬一我們成功，侯爵就會束手無策，他就不會再想繼續無謂的打鬥。事實上，現在的情況也是看起來很難打起來，因為侯爵的戰士們在害怕恐懼著。」

卡爾更加皺緊他的眉頭，回頭往後看。在後面，傑倫特已經結束治療，正要把繃帶纏到溫柴手臂上。溫柴面無表情地搶走了繃帶。

「我自己來。」

傑倫特搖了搖頭，把繃帶搶回去，纏上溫柴的手臂。此時，艾德琳匍匐爬到上面來。艾德琳在我們身旁費力地藏身，說道：

「托爾曼・哈修泰爾也應該要帶去才對。」

「托爾曼・哈修泰爾？」

「是的。如果考慮到蕾妮小姐被拒絕的情況，托爾曼也應該要帶去才對。」

托爾曼？我低頭一看下面，就看到在雷提的祭司們之間，托爾曼一副不知所措的模樣。他看了看侯爵一行人，又再看看自己周圍的那些祭司，露出愁眉苦臉的表情。此時，哈修泰爾侯爵抬頭往上看，暴戾地喊道：

「吉西恩王子！」

吉西恩震了一下。他想要站起來，但是杉森很快地拉下他的肩膀。吉西恩被杉森緊抓著，用縮著腰的姿勢俯視下面。

「吉西恩王子！你帶著我的女兒！而你這個雷提的臭和尚！你帶著我兒子！你們兩群誘拐犯可真配啊！」

「你說話小心點！」

「請你說話小心點！」

吉西恩和那位白髮祭司同時喊道。吉西恩接著便甩掉杉森的手，猛然站起來。真是的。即使箭射過來，端雅劍也應該會保護他吧。吉西恩挺胸站在岩石上面，對侯爵喊道：

「你這個傢伙，腐敗的叛國者！你說誰是你的女兒？你應該問問蕾妮小姐。蕾妮小姐！妳的父親是誰呢？」

哦，我的天啊！我緊閉起眼睛，連卡爾也呻吟了一聲。吉西恩，你實在沒必要問出這種殘忍的問題啊。蕾妮還是個少女。你一定要叫她在自己父親面前直接否定他嗎？這跟剛才不久前卡爾把蕾妮推到那位白髮祭司面前，是不同的情況啊！蕾妮臉色發白，抬頭看吉西恩。

「那個，那個，吉西恩……王子大人？」

「妳說吧，蕾妮小姐！只要按照妳心裡所想的說出來就可以！在他面前照實說吧！妳的父親是誰……」

蕾妮緊咬著下嘴唇，然後她發狂似的喊著：

「不要再說了！」

吉西恩表情慌張地回頭看蕾妮。蕾妮則是用雙手掩住臉孔，啪的一聲，跪了下來。

「不要再說了，拜託。從今以後不要再問了。我的父親，呃呵，我的父親是，我父親是葛雷頓先生。從今以後拜託不要再問這種問題了。呵，呃呵！」

「……蕾妮！」

妮莉亞愁眉苦臉地摟住蕾妮，而蕾妮則是抱著妮莉亞，委屈地哭著：

「呃呃呃！呃呃呃！我、我不知道。不要一直、一直要我去認奇怪的父親。我、我的頭腦又不好，一直活得很單純。龍，呃呵！龍魂使這種事情，事實上，我很不喜歡！這種事……這種事我不會！」

「噓……沒事，蕾妮。噓。還記得吧。妳還記得昨天艾德琳說的話吧。亨德列克說了什麼啊？」

「嗚嗚嗚！我不知道！」

蕾妮現在連話都沒辦法好好講，她費力地喘著氣。亂七八糟！現在情況簡直就是亂七八糟！我不喜歡這個樣子！吉西恩用驚慌的語氣說：

「蕾、蕾妮小姐？」

就在這時候——

怎麼了？突然間，我感到一陣毛骨悚然的感覺。怎麼回事？好像整個空間全都凍結住了。眼前好像變得昏暗，但事實上，此時是個非常晴朗的午後。而橫越過這個午後，最先傳來的是禿鷹的叫聲。

「吱咿咿咿咿！」

「咳呃！」

吉西恩突然舉起雙手。他在做什麼啊？吉西恩慢慢地往前傾斜之後，就這麼倒下去了。噹！端雅劍掉落到地上，隨即嗡嗡聲就刺耳地響了起來。跌倒在地的吉西恩背上插著一枝箭。

「吉西恩！」

杉森尖叫著，拉起吉西恩的手臂。我反射性地轉過頭去。我看到在那下面，侯爵手裡拿著一把十字弓。這個混蛋！在吉西恩讓人看到他的背時，侯爵竟乘機射了一箭！

「你這個狗崽子！你射他的背？」

我立刻舉起身旁的一顆大岩石。卡爾嘶喊著：

「尼德法老弟！不行！」

可是已經太晚了。我已經瞄準侯爵丟出了岩石。嗡嗡嗡嗡！岩石發出可怕的聲響，飛了出去，侯爵則是很快往旁邊閃。戰士們尖叫著往後退。

「呃啊啊啊！」

轟隆隆！我看到有個倒楣的戰士被岩石打到，彈了出去。那顆岩石直接輾過了他，然後順著山坡猛烈滾下去。砰砰砰砰！那顆岩石折斷了好幾根樹木之後，消失在樹林之中。我轉頭尋找侯爵的身影。侯爵跪著一邊膝蓋，正在拉著十字弓。可惡！侯爵一面裝填方鏃箭，一面舉手喊著：

「突擊！敢擋路的全都砍！除了那個丫頭，其餘的全都給我攻擊！」

戰士們一看到倒在地上那人的淒慘模樣，隨即瘋狂地開始衝過來。

「啊啊啊啊！去死吧！」

那位白髮祭司也揮著劍，喊著：

「強化防禦罩！在原地不要動！」

嗡嗡嗡嗡！在強烈震動聲音傳來的同時，包圍著雷提祭司們的那個淺綠色球狀體顏色變得更深了。戰士們揮砍那個草綠色的半球體，可是劍卻都無可奈何地彈了出來。噹！噹噹！戰士們破口大罵，然後立刻轉頭看我們這邊。卡爾一邊拿出箭，一邊喊道：

「亞夫奈德！請快阻擋他們！」

吉西恩！糟糕！

杉森急忙拉起吉西恩，但是他重心不穩，於是就這樣和吉西恩一起跌倒在地。杉森乾脆往後躺了下來。

「呃呃，真是的！拜託幫忙一下，修奇！」

杉森大喊之後，把吉西恩抱在懷裡，然而危險的是，他的頭朝下，開始滑了下去。他就這樣骨碌碌地滑著！啊啊，這個笨蛋食人魔！他是想把背部的皮磨掉嗎？而原本在他旁邊的亞夫奈德則是跳到岩石上面。我揮砍著巨劍，跟在亞夫奈德後面。

原本在攻擊雷提祭司的那些戰士，得不到任何成果之後，就叫罵著往我們這邊轉過身來。就在他們大喊著想衝過來的那一剎那，亞夫奈德從懷裡掏出了一個白色的東西，往空中一丟。在一片白茫茫散開的粉末之中，亞夫奈德喊道：

「Confuse Language!」（語言混亂術！）

亞夫奈德把手往上伸出去的那一瞬間，戰士們退縮了一下。可是什麼事也沒發生。真是的，亞夫奈德，這是怎麼一回事啊？從後面跟著跳上來的溫柴，用可怕的眼神瞪了一眼亞夫奈德，但是亞夫奈德只是表情疲憊地流著汗，低頭看那些戰士們。什麼事都沒發生之後，那些戰士就用凶悍的眼神盯著亞夫奈德。其中一個看起來特別粗暴的戰士喊著：

「吧打，情留下手要不！」

「麼什說你？」

那、那些戰士是從國外引進的戰士嗎？不，好像不是。因為喊完之後就直接想要衝過來的那個戰士，一聽到自己講的話之後，驚訝到眼睛都快迸出來，然後他就停在原地了。溫柴的眼皮不停在眨動，亞夫奈德的嘴角則是稍微上揚著。

「麼什說在是在現你，等等？樣這成變麼怎話的我，咦？」

「法魔是！了身附法魔被們我！」

此時，亞夫奈德把頭稍微往後轉過去，喊道：

「吉西恩先生呢？有辦法帶他走嗎？」

哎呀，對了，杉森和吉西恩呢？我撿了另一顆岩石之後，往後回頭看。我可以清楚看到艾德琳從跌倒在地的杉森手中，輕輕舉起吉西恩，抱在她懷裡。她的手移到吉西恩的背部，拔出了方鏃箭。吉西恩的身體抖動了一下，然後就直接整個頭倒向艾德琳的胸前。哎呀！他死了？艾德琳就這麼抱著吉西恩，撫摸他的背。而在她旁邊的傑倫特則是對上面喊著：

「現在無法移動他！」

亞夫奈德緊咬著嘴唇，卡爾則是拉滿弓，喊道：

「真是糟糕！溫柴先生！尼德法老弟！快拖延時間！亞夫奈德先生！繼續混亂他們！」

此時，在下面的那些戰士們終於不再那麼驚慌了，他們丟棄言語這種東西，開始衝了過來。咚！卡爾射出去的箭打掉了一個戰士的頭盔。而在這時候，亞夫奈德慌忙將一隻手放進懷裡，用另一隻手在空中畫圖案。我把手上拿著的那顆岩石丟出去，立刻環視周圍地上，不過那已經是最後一顆岩石了。因為這裡是山頂的關係，並沒有很多岩石。他媽的！該丟什麼呢？此時，溫柴一面看下面，一面嘻嘻笑著說道：

「他們話都說不好了，遺言一定也沒辦法留了。」

他只留下大喊的聲音，就像閃電般快速縱身一跳。溫柴！你瘋了嗎？溫柴把劍直豎在胸前，直接就往前衝了。鏘鏘鏘！第一次衝突。最前面跑來的戰士不慌不忙地接招，但是溫柴把被纏住的劍往旁邊用力一壓，直接膝蓋挺直，揮砍到對方的心臟。好可怕的招式！對方發出斷氣的聲音，就垂下腰了。在他後面，有另一個戰士高喊著直衝而來。可是溫柴沉著地抓起倒在地上的那個人領口。

「呃嗚！」

溫柴把他當作盾牌，抵擋後面衝過來的攻擊。從後面攻擊的那個人眼睛睜大的那一瞬間，溫柴把手中的那個人往前伸出去。死了的人和還活著的人撞在一起跌倒在地，溫柴往旁邊輕快地移動。我看到這一幕，嚇得膽顫心驚，耳朵則是聽到亞夫奈德的大喊聲：

「修奇！相信我，你也往前跑過去！」

「下次你叫我儘管跑就可以了！」

我直接縱身一跳。哦，真是的！我該相信亞夫奈德到什麼樣的程度？到底他會怎麼做啊？那些戰士們以可怕的氣勢衝上山嶽。我要跑到這麼多的戰士面前，我瘋了嗎？還是亞夫奈德瘋了？在風掠過我臉頰，大地接近我腳底的這段短暫時間裡，我心裡湧現出非常多的想法。我可以清楚看到那些戰士們的臉孔，還有那些被草綠色防禦罩包圍，看著戰士們經過他們奔跑而去的那些雷提祭司們的臉孔。

我站在那些直衝而來的戰士正前方。戰士們喊著：

「了見不他！」

「啊裡哪在他？」

這到底是什麼意思？不過，真是怪了！他們並沒有正眼直視著我。我正在直視他們的眼睛（坦白說，是非常害怕地看著），可是他們卻沒有辦法把目光集中到我身上。他們……看不到我！原來是隱形法術！我原本想轉頭向亞夫奈德眨一眨眼睛，但是察覺到他也看不到，所以改而彈了一下手指。

「好，紳士們！我會讓你們非常痛！」

那些戰士們一聽到我的聲音，露出害怕的表情，我則是看著他們的表情，覺得相當得意洋洋。接著，我立刻抓起最靠近我的一名戰士的腿。那些戰士們看到他們同伴突然倒吊身體，都露出難以置信的表情。我不管那個被提起來的人抗議著「啊啊呃！啊命救！」，就朝著他旁邊的那些同伴，把他丟了過去。

「啊啊啊！」

那些戰士們有些人頭破血流，有些人腳被折斷，亂成一團，然後飛奔著散開。我直接跑了起來。可是有一個沒跌倒的戰士卻瘋狂地揮劍，害我差點就人頭落地。呼哇，這個傢伙！我揮砍著巨劍，開始把那些戰士們的武器給打掉。

嗚呃！呃啊啊！那些戰士們尖叫著，手中的劍紛紛落地。不管他們握劍握多緊，只要從看不到的角度被攻擊，都很難守住自己的劍。而在稍遠的地方，有另一群戰士們正在費勁抵擋溫柴的攻擊。卡爾從上面大聲喊著：

「尼德法老弟！你去當溫柴的影子！」

我聽了這句相當文言的吩咐之後，就跑去付諸實行！我走近和溫柴正在擊劍的一名男子背後，踢了一腳對方的後腿。那個男的猛然倒下，溫柴於是踢了他的下巴，並且把劍刺向那個人後面的男子。我和溫柴聚集在同一個地方之後，卡爾立即開始射箭。咻咻咻！

「啊！箭是！頭低快！」

那些戰士們嚇得趕緊彎腰低頭。我看到這一幕，嘴巴張得大大的，但是溫柴在這個時候還是不停砍倒對方。真是瘋狂！這是人嗎？他朝著眼前的男子刺進他的胸膛，順著拔劍出來的動作，直接往旁邊一砍，彎腰避開相反方向的攻擊之後，直立腰身踢了對方的下巴，在淒切慘叫聲傳來的同時，他朝著搖晃身子的對方又再刺一劍。在霎時之間，溫柴周圍的男子就倒了三個。溫柴像水漏出來那樣輕悄地溜出那些人身旁，隨即就有三具屍體一個接著一個地疊了起來。我忍無可忍，大聲喊著：

「溫柴！適可而止！如果這是在展現實力，沒有殺死也……」

啪！我的下巴傳來一股強力撞擊的感覺，同時腦袋一片空白。到底我失去神志多久呢？可是溫柴的話馬上傳來，由此看來，失去神志是極為瞬間的樣子。

「閉嘴。因為這是我的生命，又不是你的生命。」

溫柴留下這句話，很快地從我旁邊經過。然後，從我背後就立刻傳來了慘叫聲和肉被撕裂割開來的可怕聲音。可是我連想轉頭都無法，只是茫茫然地站著。

剛才溫柴打了我的下巴，而且閃過我，走了過去。難道他可以看得到我？不過，最重要的問題是，這個疑問暫時被擱在我腦海裡的一角。

「因為這是我的生命，又不是你的生命。」

也就是說，溫柴現在是一邊想著死亡，一邊打鬥的嘍？並不是因為他的那身好武藝？可是我卻不曾那樣想過死亡。因為死亡對我來說是很平常的事。自從我母親死後，賀坦特的空氣之中，所有的死亡都是很尋常的插曲。

「你沒有死的權利！因為你自己想要活下來！」

我不知道我是先大喊出來，還是先轉身過去。不過，我轉身之後，就朝著一個被我這聲半空中傳來的高喊聲給嚇到的戰士揮了一拳，我這才發現到我好像是這樣喊的。正確擊中的時候，也就是攻擊力道正確地停在目標物時，破壞力會最高。這是賀坦特警備隊長杉森・費西佛的證詞，按照這證詞而被打到腹部的那個戰士，就連尖叫也沒能喊出來，直接撞倒後面三、四個戰士，然後就彈飛了出去。溫柴則是抓了另一名男子的頭髮，使對方脖子往後傾，同時勾住他的腳。溫柴冷酷地說道：

「生的權利就是死的權利，笨蛋！」

「我當然知道這個道理！不過這不是我的方式！那種方式太悲哀了！」

腳被勾住的男子跌倒在地，溫柴則是跳過那個跌倒的男子，在他腹部插了一劍。那個男子痙攣一下之後就變得僵硬了，溫柴則是衝向另一名男子，喃喃地說道：

「我不曾要你把它當作是你的方式。」

「好，太好了！那我給你看看賀坦特的方式。喝啊啊啊啊！」

我在傑米妮死後，裝出一副完全忘了傑米妮的模樣，坐在馬車頂上，而你雕刻了一個傑米妮給我。哈哈！這就是你和我之間的差別啊。有一名男子突然衝近我。他的劍撲打著看不見的對手，動作可以算是非常快速，他朝我飛衝而來。可能他發現我的鞋印或者氣息，可是他動作還是不夠俐落，我踢了一下他露出空隙的胸口，那個男的就口吐白沫倒了下去。溫柴，你知道嗎？我為何一定要這樣喊？

「去死吧！」

如果我沒有準備好去死，就無法強要對方去死。這就是賀坦特方式。此乃愚蠢的賀坦特子爵大人所管轄的愚蠢賀坦特領地的愚蠢賀坦特男子們的方式。但是你說得也對。殺死對方，我才能存活，是這個意思吧。

但是！我為何要讓你知道這個？還在這緊張的戰場上！因為，我處於生氣的狀態下，所以我希望全部的人都給我閃開！

「請全都放下武器吧！」

那位白髮祭司的高喊聲響起。這強烈的命令句時機抓得真準。打鬥真的就停住了！即使沒有任何人放下武器。

溫柴站在他自己的那些戰績之中，舔了一下嘴角的血。那並不是溫柴的血。那些戰士們無法接近溫柴的身邊，只好排列成半包圍他的形狀。可是他們因為看不到我而更加害怕。我靜靜地走近溫柴的身邊，然後靠在他耳邊說道：

「我在這裡。」

溫柴一動也沒有動。此時，一直站在稍遠位置的侯爵發出怪聲。

「咿咿咿！這些笨蛋，你們是聽命於誰啊！」

侯爵直接舉起十字弓。溫柴便開始往旁邊輕輕移動。他好像移動得很慢，可是怎麼實際上速度滿快的？好，等等！如果溫柴閃開了，我就變成箭靶了！可是在下一刻，傳來了一個奇怪的噪音，同時聽到侯爵的慘叫聲。

「哇啊啊啊！」

噹！侯爵丟下十字弓，往後退了好幾步。倒在地上的十字弓弓弦斷了，原本搭在上面的方鏃箭則是胡亂彈射了出去。侯爵的手被斷掉的弓弦打到，他抓住那隻手，瞪著雷提的祭司們。

原來是那位白髮祭司。

他舉起右手，叫侯爵不要動，臉上流著汗水站在那裡。站在他旁邊的其他祭司們驚嚇地說道：

「雷提之口啊！您這是在做什麼？」

那位白髮祭司不做回答，一直盯著侯爵，而侯爵則是咬牙切齒地拔出了劍。

「用破壞的權能來危害自己性命的一群笨蛋！你毀了什麼啊！」

什麼意思啊？白髮祭司舉起了左手。在那一瞬間，戰士們和我們這些在周圍的所有人全都閉嘴說不出話來。

白髮祭司的左手小指不見了。應該要有手指的那個位置上，像是才剛切斷似的，不斷湧出熱燙的鮮血。那些戰士們發出了呻吟聲，而溫柴則是稍微搖了搖頭。雷提的祭司們紛紛開始翻找行囊，找出藥瓶和繃帶之類的東西。可是有沒有人好心一點，告訴我，這到底是怎麼一回事？

哈修泰爾侯爵就像是決定要示範用目光殺人的方法，用憤怒的眼神瞪著那位白髮祭司。我可以很清楚看到他那握劍的手動了一下。可是白髮祭司苦笑著說道：

「如果放棄我一隻手，我甚至可以殺了你。」

侯爵的手不再移動了。雷提的祭司們在包紮白髮祭司的左手時，白髮祭司還是要侯爵定住目光，靜靜地說道：

「這很簡單。我只要破壞你的腦部就可以。事實上，不用一根手指，只要犧牲一片手指甲，就會有很多方法可以殺死你。例如在心臟戳一個洞，或者除掉你的骨髓，這都是可以做得到的。剛才我太急，無法做出那麼正確的動作。不過，現在不論什麼程度，我都可以做得到。」

侯爵像是在咆哮似的答道：

「你以為我會相信這種胡說八道的話嗎？我可不是那種懵懂小孩，會害怕破壞之神的恐怖。我很清楚，不管是多厲害的雷提祭司，只要看不見對方體內的內臟，就難以去破壞。」

白髮祭司欣慰地點了點頭。

「是啊，當然。可是……你要不要試試看你的這種想法？我倒是有意想嘗試看看。因為，即使我失敗了，也只是沒了一個手指甲。可是你身體裡的某一部位恐怕就會被破壞了。就算不是我要攻擊的那個部位，某個部位也一定會沒了。如果你夠幸運的話，我用手指甲應該就可以讓你少了盲腸。如果你沒那麼好運，我用眼睛應該就會讓你沒了一節脊椎也說不定。如果你滿是惡運，說不定會沒了罣丸。哈哈哈。要不要試試你的運氣啊？」

白髮祭司冷靜地說完了這番話，但侯爵只是咬牙切齒，並沒有答話。如果是我，我才不會去嘗試可能會失去罣丸的試驗……咳嗯！哼嗯。呃，不管怎麼樣，那位祭司正如同杉森所說的，以一個聖職者的語氣而言，他講話實在是有夠水準。白髮祭司咋舌說道：

「唉，我為了破壞小小的一條弓弦，竟然讓一根手指沒了，真是惋惜啊！不管怎麼樣，請不要隨便輕舉妄動，侯爵。」

德菲力的祭司擁有岔路的權能。那麼，難道這就是雷提祭司們的權能？侯爵雖然忿忿地咬牙切齒，但還是一動也不動。這時候，白髮祭司很快地說道：

「雷提之劍們，你們阻擋在這兩群人之間。有人移動就攻擊那個人。還有，上面的巫師！我會擔保安全，所以請你讓那個少年完全現身吧。」

從後方傳來了亞夫奈德猶豫不決的聲音：

「那個，嗯，你可否以雷提之名發誓？」

「可以。從現在起，在這裡的人類之中所引發的所有爭鬥行為，乃對雷提的挑戰，無法抵擋爭鬥乃雷提之恥。這樣行了吧？」

「是，我答應你。」

亞夫奈德的聲音傳來之後，過了一會兒，人們的目光就全都聚集到我身上。哇！我突然覺得很不好意思！我站到溫柴身旁，雷提的祭司們則是一個個移動，擋在我們兩個和那些依舊還站著的戰士們之間。無法站著的戰士們則是倒在地上呻吟著，或者搖晃著想要站起來。溫柴低聲對我說話。那聲音小到就連在他身邊的我也都快聽不到。

「我們退到大夥兒那裡，修奇。」

我原本想點頭，但是作罷，只是往後退。侯爵的戰士們動了一下，雷提的祭司們則是皺了皺額頭。不過，沒有任何人敢有阻止的念頭。三群人聚在這裡，主導氣氛和行動的人一直在更換，在這種情況下，看起來似乎沒有人能夠判斷該如何行動。所以，我和溫柴不受任何妨礙地往後退了。

然而，侯爵卻好像帶著一種信念：不管周圍的氣氛如何，自己想做的就去做。他這種信念可真是值得敬佩啊。

「你們停下來！」

「你要給我多少啊？」

我很快地回答，侯爵雖然非常憤怒，但是雷提的祭司們卻露出了微笑。

「你說什麼？」

「我沒有理由聽命於你！我如果聽你的命令，你要給我多少錢啊？如果是比那些雞腦的戰士還要低價，那就不行了！」

接著我看到有個祭司忍不住笑了出來。侯爵用怒氣騰騰的表情瞪了山上一眼之後，他向白髮祭司喊著：

「你到底想怎麼樣！說出你的想法。我現在一定要問你，如果你說的理由不合我意，我就要依我的意思來做了。你是不是即使死了也要阻擋我？」

白髮祭司撫摸他已經包紮好的手，說道：

「我現在也是非常強烈地想要當場阻擋你，侯爵。」

「你說什麼？」

「你甚至要把他們一行人全都殺死，如果這樣讓你得到克拉德美索，你擁有那頭深赤龍，我不知道你會做出什麼事來。侯爵，對於不懂得約束自己的人而言，會連普通人也無法約束，這是你應該考慮到的道理，不是嗎？」

「你！你現在是在輕視龍魂使的家族嗎？你這個臭和尚，竟敢說哈修泰爾家族不懂得如何管理龍魂使？」

「我就是這麼想。」

哈修泰爾侯爵氣呼呼地和白髮祭司爭吵，在他們兩人發生爭吵的時候，溫柴和我已經又回到山頂了。在山頂上，卡爾和亞夫奈德高興地來迎接我們。白髮祭司說道：

「你的家族是懂得如何管龍的龍魂使家族。可是在我看來，你實在不會管龍。卡賽普萊被派到打不過的龍那邊，變成生死不明，基果雷德則是讓牠跑掉了。如果是我，我會把基果雷德派去對付阿姆塔特，卡賽普萊則是補基果雷德的空缺。」

侯爵的表情並沒有任何變化，但是到目前為止，他從原本一直緊皺眉頭變成面無表情，這就已經說明了很多事。雷提的祭司們仍然還是一副嚴謹的模樣，但是他們嚴謹的表情不斷在侯爵與白髮祭司之間游移之後，嚴謹的氣氛就被稀釋了許多。卡爾發出呻吟聲，說道：

「原來如此……沒錯！卡賽普萊當然難以對付夕陽的監視者——阿姆塔特。如果用比較安全的方法，就應該如他所說的，這樣會好很多。」

啊？真是的。難道我們應該要感到自豪嗎？國王的龍居然只能當作是我們故鄉的龍在吃早餐前的運動工具，哈哈哈哈！呃呃。現在我想一想，阿姆塔特竟然也令我感覺像是故鄉朋友般。這種情感好像太不像話了。

白髮祭司繼續說道：

「很驚訝嗎？你一定不相信這是個披著祭司袍子的武士的想法吧。事實上，這是高階祭司的想法。」

「是那個傢伙！」

侯爵發出咬牙切齒的聲音，雷提的祭司們則是激動得漲紅臉孔，看著白髮祭司。白髮祭司說道：

「是的。在我出發之前，高階祭司祕密地把我找去。」

「他胡謅了什麼？」

「請你說話小心點，侯爵。高階祭司只是叫我不要太過相信你，要我依照自己的判斷來行事。而且，當時他告訴我一件重要的事實。那時候我不瞭解他為何要說那種話，不過，現在我已經清楚知道了。」

「什麼？」

「他一邊祝福我們的旅行，一邊如此說：『托爾曼・哈修泰爾和克拉德美索締結契約是很重要的事。在拜索斯沒有任何一條龍的情況下，更是如此。希望各位的旅程有雷提的祝福相伴。』這看起來是很簡單而且單調的一番話，不是嗎？可是現在我知道他在這單純的話語之中，放了重要的含義在裡面。就是──『現在的拜索斯沒有任何一條龍』的這句事實。」

07

嗒嗒！什麼聲音啊？我回頭一看，亞夫奈德和卡爾的額頭都變紅了。兩個人好像都太用力敲自己的額頭了。啊，對了！吉西恩呢？我去看看。現在雷提的祭司們會抵擋住那些戰士，所以即使沒有我這個蹩腳武士，應該也沒關係吧。

我轉身走下去，到了我們一行人所在的地方。大夥兒現在圍成一圈聚在一起，我探頭看向中間，就看到吉西恩的憔悴模樣。他趴在地上，而艾德琳正用她的大手撫摸吉西恩的背。妮莉亞和蕾妮互相緊緊摟住，用擔心的眼神在看著吉西恩被治療；艾賽韓德則是緊皺著眉頭，一下子握緊拳頭，一下子放開拳頭，如此反覆不已。我看了看傑倫特，問他：

「怎麼樣了？」

「不太好。」

糟糕！他好像不想講太多。而且他不是別人，是傑倫特。杉森一副岩石般的僵硬表情，緊抓著吉西恩的腰部。艾德琳則是一直滴出汗來，她的手中正散發著很強的光芒。

「呃嗯……」

吉西恩吐出了一陣呻吟聲。接著，我就突然看到我們之中動作最靈敏的人，以及動作第二靈敏的人。

「怎麼樣了，吉西恩！」

動作最快的艾賽韓德趴到吉西恩身旁，像是快親吻下去似的貼近他的臉，焦急地喊道。而第二快速的妮莉亞，則是趴到艾賽韓德的背上，俯視吉西恩。吉西恩的頭一面顫抖著，一面抬起來。他的嘴巴動了一下。

「……鷹呢？咳，咳！」

什麼意思啊？大夥兒不解地搖了搖頭。此時，蕾妮急躁地喊著：

「禿鷹！你是指禿鷹嗎？」

什麼？禿鷹？啊，對了！禿鷹到哪裡去了？大夥兒現在全都伸長脖子開始盯著天空。妮莉亞喊道：

「在那裡！牠在那裡盤旋著！」

我一看妮莉亞所指的方向，可以看到在非常高的地方，有一黑點在不停轉圓圈。妮莉亞又再用她的下巴戳到艾賽韓德的背上，對吉西恩說道：

「請不要擔心。現在牠在上面盤旋著，吉西恩。禿鷹正在俯瞰著王子！你一點都不必擔心！」

吉西恩的表情稍微開朗了一些。

「真……的嗎？咳！我應該要起來……向亞色斯……咳！」

我用高興的表情看了一眼艾德琳。可是艾德琳只是面無表情地舉起手來。她把手一拿開，我就看到吉西恩的背上已經沒有傷口了，只是皮膚變得有些淡藍色。難道沒有痊癒嗎？艾德琳說道：

「治療已經結束了。吉西恩，你能夠起得來嗎？」

吉西恩伸出雙臂。令人意外地，他居然能用手臂撐著地面站起來了。然後，杉森扶著他，吉西恩才勉強坐了起來，他問艾德琳：

「咳……現在都沒事了嗎？」

艾德琳帶著一絲微笑，說道：

「我已經盡全力治療，傷口現在已經沒有大礙了。可是你現在必須找一處安靜的地方療養，不能繼續旅行。」

吉西恩用手掩住嘴巴，沉思了一下。

「咳！咳嗯。既然治療已經結束了……雖然不能像療養那樣快速恢復體力，但是，咳！只要我小心移動，應該就可以了。不是嗎？」

「接下來的路程會有可以小心移動的機會嗎？」

「妳說得也是。治癒之手啊，咳。」

艾德琳轉頭對艾賽韓德說：

「我負責背他。畢竟他的體格只有我能擔當得了這個工作。離這裡最近的地方是矮人的村落，所以艾賽韓德先生如果能帶領我去，就沒問題了。各位則是請再繼續前進。」

艾賽韓德摸了摸鬍鬚，說道：

「可是，我們後方有那些讓人看了不高興的傢伙。這裡又是山上，所以要找其他的路回去，並不是件容易的事。」

啊，糟糕。有侯爵的那些戰士們在後方。我們用不安的眼神抬頭看山頂。在這個位置，除了看得到卡爾、亞夫奈德和溫柴的背，看不到其他人。而越過山頂，那位白髮祭司和侯爵好像還在進行一場舌戰，不過，我聽不清楚他們在說什麼。現在要怎麼讓吉西恩抽身離開這裡呢？

吉西恩突然站起身子。艾德琳則是驚訝地抬頭看他。

「吉西恩？」

「咳咳。反正在這個地方……我們無法逃走。呼嗚，呼嗚嗚。」

吉西恩氣喘吁吁地喘氣之後，才沉著地說道：

「我必須繼續再走下去。艾德琳。咳，克拉德美索的事應該會在今天，最晚明天之內就會結束。而等到所有事情解決之後，侯爵就不能再妨礙了，咳！我可以和各位一起回去。」

「可是……」

「現在這個方法應該算是上策。」

吉西恩此時舉起脫下來的甲衣，杉森見狀趕緊拿著他的甲衣幫他穿上。接著，吉西恩沉著說道：

「我不會有事的。因為，再晚也只是到明天為止。而且，咳！說不定這聽起來很可笑，但是，我因為有禿鷹在看著，所以應該不會有……不支倒地的事。」

艾德琳皺著眉頭，抬頭望了一下天空。禿鷹仍然還是在盤旋飛著，然後艾德琳沉重地點了點頭。

「我知道了。」

杉森想要扶著吉西恩的腰，可是吉西恩靜靜地把杉森推開。

「我沒關係。我又不是傷到腿。咳，咳嗯。修奇？侯爵和雷提祭司們現在怎麼樣了？」

「如同你所聽到的，他們繼續在爭吵中。可是，你真的沒關係嗎？」

「我沒事。那麼……」

吉西恩先是思考了一下。他的臉都發白了，呼吸聲音夾雜著水滾開的那種咕嚕聲。妮莉亞愁眉苦臉地看吉西恩，可是吉西恩的臉上面無表情。過了一會兒，他開口說道：

「好。我們就這樣出發吧。」

「咦？」

吉西恩把標槍又再像手杖般拿著。

「我們就這樣出發吧。反正我們的目標是那個方向。咳。修奇，你去向上面的那三個人說，要他們不被發現地離開那裡。出發吧，各位。」

「啊，什麼。吉西恩……」

吉西恩不顧艾德琳的挽留，看也不看大家一眼，就直接開始走了起來。杉森和傑倫特驚慌地想去扶他，可是吉西恩堅持靠自己的腳走路。真是的！背部被方鏃箭射中的人怎麼還這麼固執？妮莉亞和蕾妮擦了擦眼角的淚，跟在他後面，艾賽韓德則是吐出「嗯！」一聲呻吟，就跟著走了。艾德琳對我說：

「你去告訴上面的那三位，請他們小心悄悄離開那裡。可是最好不要讓侯爵或那些祭司們追過來，所以請他們想想有沒有方法可以拖延。」

「我知道，那我過去了。」

艾德琳跟在大家的後面離開，而我則是轉身，面向山頂。在山頂那邊，卡爾正在俯視著我。我一爬到岩石上面，卡爾就低聲地說：

「現在怎麼樣了，尼德法老弟？」

「吉西恩應該要好好靜養才可以。但是現在無法抽身離開，所以他說他要等事情結束之後才休息。」

「抽身離開……？啊，對。有侯爵和那些祭司們在。」
「是的。所以大夥兒決定趁著那些人在打鬥的時候，直接去找克拉德美索。可是有辦法讓那些人不跟來嗎？」
卡爾轉頭俯視下面。下面仍然還是祭司們和戰士們在對峙著，而在他們之間，那位白髮祭司和侯爵你來我往地在講些凶悍的話。
「我無法繼續聽你講這些廢話。馬上給我讓開！」
「請你先回答我的問題！你分明一直在減弱拜索斯的戰力，剛才甚至還毫無理由就攻擊吉西恩王子。」
「可惡的傢伙！亞米昂斯修道院何時開始變成王室的走狗了！」
那位白髮祭司大口喘氣，因此停頓著，但是他周圍的其他祭司們卻直接舉起劍來。他們劍鋒指著侯爵，凶悍地喊道：
「請注意一下，侯爵！侮蔑雷提者，至今還沒有任何人可以存活！」
「你們希望不注意言詞而被殺的名單裡，寫上你們的名字嗎？」
侯爵正想要激動回答的時候，那位白髮祭司舉起手來。隨即，原本激動得想衝過去的那群祭司就放下了劍。然而，他們可怕的表情還是讓那些戰士們為之生畏。那位白髮祭司一個深呼吸之後，說道：
「沒錯。我們曾經是你的走狗。」
那些祭司們驚訝地張大嘴巴。
「雷提之口啊！」
「我今天已經說過很多遍了，閉上你們的嘴巴！誰才是代言人啊！」

那些祭司們雖然一副無法忍受的表情，但是那位白髮祭司很快地說道：

「我這句話可能會引起軒然風波。但是，我在雷提面前可以光明磊落地說：亞米昂斯修道院曾經是侯爵的走狗。我們私自保護國王的犯人托爾曼・哈修泰爾，和國王對立。沒錯。我說這是叫做私自。因為這並不是雷提的旨意。」

托爾曼・哈修泰爾還是身處在那些祭司之中。他在這股逐漸變得險惡的氣氛中，看起來像是那種露出想要昏厥的表情，卻不敢採取行動之人。那位白髮祭司說道：

「可是『我』再也不會是你的走狗了。」

「是嗎？」

「沒錯！我只信奉雷提，皈依雷提教壇。這才是歸還到我的本位！從現在開始，我只依循雷提旨意來行事。我這樣做是任何人、甚至是神也不能有異議的！」

那位白髮祭司對萬人、神還有全世界的宣言一結束，侯爵便冷冷地說道：

「你指的那個不像話的雷提旨意是什麼？」

「就是阻止你。」

「你怎麼知道那是雷提的旨意？」

「剛才不久前，我看到在吉西恩殿下的頭頂上，一隻禿鷹飛到這片蒼空時，我就從雷提那裡得到能夠區別正義與不義的力量。」

哈修泰爾侯爵一面咬牙切齒，一面低聲說道：

「你的意思是，你透過王室的襯光，要向昨日的主人張牙舞爪，是吧？」

「什麼話！」

年輕的祭司們又想要進入發狂的狀態。但是那位白髮祭司舉起手來阻止，說道：

「你說『昨日主人』這個字眼，我並不反對。因為，正如同我剛才說過的，修道院確實是在做哈修泰爾家的走狗行為。而對所謂的張牙舞爪的問題，確實是這樣沒錯！我現在會請示殿下，看要如何處置你。因為你不是雷提的反叛者，你是王室的反叛者，所以我會尊重王室的意思來處置你。」

哈修泰爾侯爵的臉如今與其說是人類的臉，還不如說變得比較像半獸人的臉。可是這事該怎麼辦？那位白髮祭司應該要請示的王子，在很久之前就已經溜掉了。那位白髮祭司直接轉身，向我們說：

「我想要請問殿下，看要如何處置哈修泰爾侯爵。」

卡爾皺起眉頭，說道：

「殿下他……因為負傷，現在無法站起來。」

「糟糕！情況很危急嗎？」

卡爾稍微皺了皺眉頭，很快地說道：

「殿下他背部中箭，情況當然不會很好。而且雷提的祭司啊，你有必要向王子大人請示嗎？侯爵他是攻擊拜索斯王子之人啊。」

卡爾如此說著，伸出手指，指著侯爵，而侯爵則是一副不高興的表情瞪著卡爾。白髮祭司點了點頭。

「你說得很對，賀坦特大人。那麼現在我向各位弟兄們詢問。」

白髮祭司環視其他祭司們。那些祭司們個個都表情僵硬地迎視他的目光。

「我的意思已經講得很明白了。我們教壇的恥辱，是無可否認的，這是恥辱。雷提的祭司們只對雷提奉獻出聖潔之身，只對雷提的敵人瞄準勇猛之劍。可是我們卻忘了這最基本的道理，做出了侯爵的走狗行為，保護他的兒子，不僅如此，我們剛才還準備攻擊王子一行人。我現在坦承並且反省這過失。而且我要改正這過失。你們的想法如何？」

祭司們先是不做回答。正當不安的寂靜氣氛逐漸升高的時候，那名金髮祭司緊咬了一下嘴唇，說道：

「我們應該要遵從高階祭司的意思！高階祭司曾經暗喻過侯爵的罪過。我們應該要像信奉神一樣尊敬高階祭司，這是當然之事。」

白髮祭司緊握住拳頭，說道：

「即使是高階祭司本人，也會認為他有罪！侯爵用不肖的野心，動搖了拜索斯的安危，這是不容原諒的！因為，這不僅威脅到拜索斯，還威脅到住在這塊土地上的神之善民們！」

那位金髮祭司點了點頭。

「我的想法很簡短。雷提之口啊，您的意思就是我的意思。」

隨即，其他祭司們也全都點頭同意。哼嗯。這些人決定行動決定得好快！他們很少會有異議！那位白髮祭司轉過頭去，對侯爵說：

「請命令你的戰士們丟下武器吧。我們要逮捕你，然後把你交給國王來處置。國王一定會處罰你攻擊吉西恩王子的罪行。」

侯爵低聲地答道：

「你都囉唆完了沒？」

「你說什麼？」

「我是問你，都囉唆完了嗎？」

「……如果都囉唆完了呢？」

侯爵點頭說道：

「俗話說，狗亂吠不會招來禍事。因為這是牠們原本的天性使然。但是人類如果亂吠，就可能會倒大楣了。」

「你想說什麼……？」

那位白髮祭司沒有辦法把話說完。

突然間，發生了一件萬萬沒想到會發生的事。

「小心！」

亞夫奈德雖然大叫了一聲，但為時已晚。我還聽到溫柴咋舌的聲音，大到簡直令人覺得可怕。卡爾像是想要往前衝過去似的，動彈了一下。

「請不要亂動，祭、祭司大人。」

真是的，可惡！不知何時，托爾曼・哈修泰爾竟然走近了白髮祭司背後。

他從背後緊抓住白髮祭司，在他脖子上抵著一把匕首。剛剛為何我們都沒有想到這傢伙呢？因為他一直不停發抖，什麼動作也沒有，我們才會對這傢伙毫不注意。可惡。

「你這個混蛋傢伙！」

那些祭司們一面大喊，一面用劍指著托爾曼，可是托爾曼用害怕的語氣，尖銳地叫了出來：

「你、你們不要動！不然我要割下去了！」

糟糕。這根本不是警告，而是發狂啊。可是這卻更加令人害怕。托爾曼滿是膽顫心驚的樣子，不停顫抖著緊抓住白髮祭司。一個非常激動的十五歲少年手上握著匕首，這種情勢是任誰也無法圓融解決的。

「退到一邊去，我叫你們退到一邊去！」

祭司們一聽到托爾曼的凶悍高喊聲，全都緊張萬分地往後退了一、兩步。可是托爾曼還是渾身顫抖，繼續喊叫著：

「不、不要靠過來！還有、還有你們的權能，不可以對我用那種權能！我是龍魂使！是龍魂使！你們不可以讓我、讓我受傷！有克拉德美索！克拉德美索需要龍魂使！所以說，讓我……讓我受傷，那是……」

「不要再說了，托爾曼。」

要不是侯爵平靜地說出這句話，托爾曼恐怕會一直說個沒完沒了。托爾曼緊閉著嘴巴，直打哆嗦，並且更加用力抓緊白髮祭司。哼！綁架犯居然比被綁架的人質還要害怕！侯爵一副冷峻的表情走了過來，可是祭司們卻都無法有動作。托爾曼的手嚴重顫抖著，連距離很遠的我們也看得到，白髮祭司的臉都皺了起來，他看著侯爵走向自己。侯爵走到白髮祭司的正前方，用仁慈的表情說道：

「辛苦你了，托爾曼。」

然後他立刻把手一揮。啪！這響聲簡直大到都能聽到回音。白髮祭司的臉頰一下子變得好紅。

「亂吠的狗下場只會挨打，臭和尚。」

白髮祭司眼神凶悍地瞪著哈修泰爾侯爵，其他祭司則是發出呻吟聲。可是他們好像都拿托爾曼沒轍，沒有人敢動。這下糟了！侯爵說道：

「全都放下武器！」

祭司們立即露出反抗的眼神，瞪著侯爵。侯爵疾言厲色地想再喊叫的時候，亞夫奈德咬牙切齒，低聲說：

「真是傷腦筋的局面！怎麼辦才好？」

「不說一聲就走人吧。」

「咦？」

卡爾直接就轉身，說道：

「那些雷提祭司如今已經無法牽制侯爵了。我們也是一樣。現在唯一的方法，就是我們先到克拉德美索那裡，必須盡速動身……」

「請射箭吧。」

溫柴這低沉的聲音緊抓住了卡爾的腳步。卡爾一副覺得不恰當的表情，轉頭看溫柴，溫柴則是表情冷酷地說：

「這是個賭注。請你射傷托爾曼吧。因為，我們帶著受傷的吉西恩，是不可能先抵達的。」

賭注？這是個賭注？也就是說，我們一定要相信蕾妮會成功嘍？可是卡爾搖了搖頭。

「我們不能做出這種賭注。我們一定得考慮到蕾妮小姐被拒絕的情況。不管發生什麼事，都不能讓蕾妮小姐和托爾曼受傷。」

溫柴雖然想要再說些什麼，可是卡爾直接就跑掉了。亞夫奈德也跟著跑了起來，溫柴則是面帶不悅的表情，很快地跑了。在我轉身的那一瞬間，從背後開始傳出劍丟在地上的噹啷聲。糟糕，沒時間了！我們四個人把這聲音當作信號，死命地跑，連滾帶爬從山頂衝了下去。我看到眼前有一片位在山脊上的樹林。然後我回頭一看，就看到戰士們在山頂探出頭來。

「他們逃到那裡去了！」

我一聽到那些傢伙的喊叫聲，不禁打了個冷顫。卡爾繼續一面跑，一面喊：

「尼德法老弟！樹木！還有亞夫奈德先生！」

他不需多說我就知道了。呃啊啊啊！我跑著直接衝撞一棵樹。

「真像一頭山豬！」

在溫柴迸出這句評語的時候，樹木紛紛倒下。而亞夫奈德則是一面跑，一面在中途停下，然後回頭施法術。

「Dig!」（挖掘術！）

轟隆隆！我們身後像爆炸似的隆起了一個土堆。泥土被挖出了一個大坑洞，那些露出樹根的樹木紛紛發出巨響，倒了下來。吱咿咿咿……砰！可是亞夫奈德還是露出嚴肅表情，繼續施法。

「Dig!」

亞夫奈德繼續不斷挖土，而我也一直衝撞樹木，撞到肩膀都快斷了。精靈要是看到我們這番作為，恐怕都會翻白眼、昏厥過去吧。過了一會兒之後，我們剛才奔跑過來的後方，就留下像是有數十頭食人魔在那裡郊遊過的痕跡。

「這、這些瘋子！」

追過來的戰士們破口大罵，可是亞夫奈德並沒有停止。

「Fireball!」（火球術！）

亞夫奈德製造出來的火球在那堆樹木堆裡爆炸開來，形成一面火牆。嘩啊啊啊！在火牆另一邊，傳來了戰士們的尖叫聲。可是溫柴卻開始罵了起來。

「他媽的！這個笨巫師！居然引發了森林大火！」

咦？溫柴難道事實上是個精靈？他幹嘛對森林大火如此過度反應啊？原本正在擦汗的亞夫奈德聞言睜大眼睛，問溫柴：

「啊，怎麼了……」

起來。

「現在風是吹往哪個方向？」

風？說到風，卡爾、我還有亞夫奈德先是互相交換了不安的表情，個個都不禁把食指塞進嘴巴裡。我們痛得把食指直舉到半空中，接著立刻互相交換悲痛的表情，然後就大喊大叫地奔跑了起來。

「呃啊啊啊啊！」

「真、真是的。對不起！我沒有想這麼多……」

「如果有時間講話，就快逃吧！」

「Waterball？有沒有水球之類的法術啊？遜巫師！既然有火球術，就應該會有水球術啊！」

「那種魔法我還沒有研究過。我在當學生的時候，身為消防隊員的那段活動期很短，所以沒能學到這種狀況的應變方法。我真是後悔極了！」

「你真的應該好好後悔一下！」

簡直都快火燒屁股了，怎麼大家的對話還這麼滑頭。偏偏風正從我們背後方向吹來。森林大火遇到風之後，在霎時間猛烈燃燒起來，火焰立刻尾隨我們背後而來。我的天啊，眼前景象根本就不像真的！這是什麼森林大火，怎麼會蔓延得這麼快？儘管我堆了很多的樹木，也不該這樣啊！我們在樹林之間，像四頭小鹿般敏捷奔跑。可是卻無法像小鹿般優雅。

「啊，好燙啊！」

儘管我們死命奔跑，頸子後面還是非常熱燙。溫柴像是一隻飛在樹林裡的老鷹，飛衝而去；而在他後面，亞夫奈德用兩手抓著袍子衣角，用無比古怪的模樣奔跑著。我可卻一點也笑不出來。因為，我和卡爾也是被兩邊追過來的火焰給驚嚇得不停奔逃。在瞬息之間，剛才先行走掉的其他同伴們，就出現在眼前了。在大夥兒莫名其妙的表情之中，艾賽韓德首先用宏亮的大喊聲，說道：

「怎麼一回事啊！」

「有森林大火！」

「廢話，要不然難道是平原大火？」

在我們相當驚慌之下，你來我往地講這種沒價值的對話時，火焰還是在繼續逼近過來。妮莉亞尖叫著跑走，而蕾妮則是開始發狂。

「呃，妮莉亞姊姊！我們一起走吧！」

杉森用快捷的動作，把背轉向吉西恩。

「讓我背您吧！我來當殿下您的腳！」

雖然這話很有魄力，但總是不太適合。吉西恩一時之間不知所措，只是望著越來越近的火勢。突然間，他激烈地咳嗽，端雅劍還因此長聲鳴叫著。嗡嗡嗡嗡！

此時，艾德琳走向前去。哦，艾德琳！艾德布洛伊的女兒啊！我們帶著快流出眼淚的表情看著她。她的巨大身軀看起來就像是艾德布洛伊的祝福。在我們的懇切目光之中，艾德琳看著越過來越接近的火焰祈禱著。過了一會兒之後，她的低沉聲音響起。

「Control Weather!」（控制天氣術！）

天空裡開始有雲聚攏過來。居然有這麼快速移動的雲！雲真的如同鳥群般，在霎時間移動而來，使得天空變得一片昏暗。接著，就響起了打雷聲。轟隆隆！

「嘎啊啊啊！」

妮莉亞的悅耳尖叫聲傳來之後，便立刻接著開始下雨。雨跳過滴滴答答的過程，直接就跳到「唰——」的階段。簡直就是傾盆而下的陣雨。嘩嘩嘩嘩！雨像是打算把褐色山脈弄成一塊平地似的傾瀉而下。火焰則是如同謊言般消失不見了。

「哇啊啊啊！艾德布洛伊之光榮！」

傑倫特在雨中開始手舞足蹈了起來。杉森脫下他自己的斗篷，蓋到吉西恩身上，說道：

「德菲力的祭司這樣說，好像有些奇怪？」

「哈哈哈哈！德菲力可沒有如此小氣吝嗇！」

傑倫特把淋濕的頭髮撥到後面，痛快地笑了出來，然後立刻走到艾德琳身旁，站在那裡。

「接下來，我來展現德菲力的光榮吧！」

然後，傑倫特也立刻展開祈禱。我們半懷期待、半懷不安地看著傑倫特。難道他能讓天氣完全放晴？傑倫特喊道：

「Earthquake!」（地震術！）

呃，呃，呃呃呃！突然間，我的雙腿開始搖晃了起來。不對，是地面搖晃了起來。吉西恩踉蹌地快跌倒的時候，杉森立刻很快地緊抓住他。原本被打雷聲嚇得精神恍惚的妮莉亞直接就往前跌倒，開始在地面上做出游水姿勢，蕾妮則驚慌地看著妮莉亞。妮莉亞好像因為雨下太多，錯以為這裡是水裡的樣子。可是幹嘛突然引發地震啊？不過，我立刻發現到我太小看傑倫特了。

轟……轟……轟隆隆隆！

山在震動。亞夫奈德挖過的地面因為下了傾盆大雨，然後又加上地震之後，接著就發生了令人吃驚的事。

「山要崩了！」

絕對不會移動的東西正在移動著。山裂開來了。

被雨淋濕的泥土像蠟油那樣緩慢移動著。雨毫不留情地讓泥土變成一塊塊的，隨著泥土移動，山開始被劃出巨大的裂痕，樹木和岩石都慢慢地傾倒。接著那些東西就一陣劇烈衝撞，全滾落到下面去了。轟轟轟轟轟！

岩石堆和泥土堆一面誇示它們的可怕力量，一面流了下去。而在其中，一些樹木漂浮在洪水上面，順流而下，旋轉著滾下去。樹根朝向天空，而折斷的樹枝則像火花般飛散。山頂和我們剛才所在的那片樹林之間的山脊就這麼沉陷，往左右掉落出去。泥土和樹木胡亂摻雜著，像瀑布般往溪谷傾瀉而下。咚隆隆！從溪谷響起了一陣震耳欲聾的巨響聲。

艾賽韓德啪的一聲，一屁股就坐到了地上。真是的，他這種身高坐在地上，會有雨水不斷濺進嘴巴的。他無力地撫摸濕透的鬍鬚，說道：

「傑倫特……我看你不要來我們礦山附近。山崩事故是很可怕的……很嚇人……」

然後，亞夫奈德一副完全愣住的樣子，連雨水跑進嘴巴裡也沒發現到，對傑倫特說道：

「即使不是這樣，總之我並不適合頂尖魔法師的名號。由我來傳播德菲力的福音，然後你當一個會切割山嶺的頂尖魔法師，你覺得怎麼樣？」

傑倫特並沒有回答。此時，我們才察覺到傑倫特一副完全失神的表情。雨水流到他被嚇得蒼白的臉上，使他的臉看起來像雕像。難道……是因為使用了太強的力量，就會變成這個樣子嗎？艾德琳表情擔憂地拍了一下傑倫特的肩膀。

「傑倫特先生？」

艾德琳的下巴差點就被挨了一拳。因為，傑倫特突如其來地朝向天空舉起他的拳頭。艾德琳驚慌地閃到一旁，但是傑倫特並沒有注意到她，只是讓雨水打在臉上，朝著天空喊著：

「德菲力啊！你真的是這個樣子嗎？哇哈哈哈哈！我實在是喜歡死了！我太喜歡實踐您的旨意！咯咯咯咯！」

艾德琳驚慌不已，一整排牙齒全都露出來了。轟隆隆隆！呃，這會不會是德菲力的震怒啊？雷電無情地打下來，可是傑倫特還是一邊興奮地蹦蹦跳跳，讓濕漉漉的袍子飄揚起來。只有卡爾勉強露出微笑。該不會德菲力的祭司們全都是激烈宗教狂？轟轟！呃啊！我說錯了，德菲力神！

「您使我張開要讚美您的口！我的里程碑——德菲力神啊！啊沙啊沙！您憐憫迷失在您路上的流浪者！您使第一顆星終於在天空浮現！嘩啦啦啦！信仰之心以巨大洪流回歸！」

傑倫特一面蹦蹦跳跳，一面吟唱詩歌。我轉頭看卡爾，卡爾則是面帶糊裡糊塗的表情，說道：

「我看連聖者都會敬佩小丑了……連讚頌歌也能變成舞曲……」

轟隆隆！打雷聲劃過天空。咚隆隆隆！地震聲切開地面。而妮莉亞的尖叫聲則是快震破了我的耳膜。

「嘎啊啊啊！嘎啊啊啊！嘎啊啊啊！」

妮莉亞現在躺在地上，手腳不停亂蹬著，蕾妮嚇得努力想把她扶起來。溫柴用無可奈何的表情看著這一幕，說道：

「妳怎麼變烏鴉了！」

「你有看過這麼漂亮的烏鴉嗎？嘎啊啊啊！」

溫柴用力搖了搖頭，幫蕾妮把妮莉亞一把拉起來。妮莉亞一被扶起，就雙手雙腳全都用上，抱住了溫柴。溫柴搖晃了一下，才好不容易穩住重心，他喊道：

「快放手！」

「嘎啊啊啊！」

吉西恩用標槍拄著，還是無法穩住腳，所以被杉森的手臂扶著，他呻吟了一聲，說道：

「咳！咳咳咳。這是……天啊。我好像來到克頓山……咳！」

「哈哈哈哈！是的，吉西恩！我、艾德琳還有亞夫奈德，如果三人合力，應該也可做出大法師亨德列克的那番偉業！」

傑倫特舉起一隻手，興奮地喊著。可是艾德琳卻一副擔憂的表情，走近吉西恩。

「真是的，我錯了。我居然讓雨降下來。」

啊，對了，病人！傑倫特停下蹦蹦跳跳的動作，焦急地走近吉西恩。

「啊，糟糕！你沒事吧？」

因為吉西恩披的是杉森的斗篷，所以斗篷顯得很大，而披著斗篷的他臉色發青，但還是費力地露出微笑，說道：

「啊，沒、沒事。咳！呃，不管怎麼樣，變成現在那種地步，侯爵的嘍囉們……一定不容易追過來。太好了。咳咳嗯！咳咳！真是太好了。那麼，我們趕快動身吧。」

然後，吉西恩脫下斗篷，推開了杉森的手臂。

「我沒關係了……我們趕快走吧，杉……」

杉？這是在暱稱杉森嗎？原來不是。吉西恩沒能把話講完，就這麼屈膝蹲了下來。啪！蕾妮尖叫著：

「吉、吉西恩王子大人！」

「糟糕，吉西恩！」

天啊！吉西恩屈膝蹲著，氣喘吁吁的，像是快斷了呼吸似的不停咳嗽。咳咳，咳，咳咳嗯！

從他的嘴角開始滴出血來。血滴到淋濕地面的雨水上，不祥地散開來。傑倫特和杉森趕緊去扶他，可是吉西恩的腿都癱軟了，根本無法站立。卡爾轉頭對艾德琳說：

「請問他的傷口還沒有完全治癒嗎？」

艾德琳垂下了她的頭。杉森抱著吉西恩，傑倫特則是急忙雙手合十，然後撫摸吉西恩的胸口。傑倫特的手裡浮現出白光，隨即吉西恩的濕衣服裡升起了一縷縷的白色熱氣。雖然吉西恩停止咳嗽了，但還是無力地癱在杉森的懷裡。

艾德琳低聲說道：

「事實上是這樣的。傷口已經治療好了，可是肺裡還留有血液，所以才會一直那樣咳嗽個不停。因為瘀血的關係，可能會引發肺水腫的症狀，心臟會漸漸受壓迫。所以我才說需要靜養。」

艾德琳的這番沉重說明，使得聽的人個個驚嚇得臉色發青。

可是卡爾一副難以置信的表情，說道：

「可是，我不懂，為何肺水腫會造成雙腿癱軟……」

艾德琳皺起眉頭，把手伸進袍子口袋裡。等她的手伸出來時，手中拿著一枝方鏃箭。嗯？這是狙擊吉西恩的那枝方鏃箭嗎？卡爾看了一下那枝方鏃箭之後，臉色發白，說道：

「難道？妳保管這枝箭的用意是……」

「是的。我想製造出解毒劑，所以一直保管著。」

「可惡！原來是枝毒箭！」

什麼？有毒？杉森驚訝得差點就沒抱好吉西恩。被妮莉亞緊纏不放的溫柴，皺著眉頭搖搖擺擺地走過來。他把妮莉亞猛然舉起來，讓她站在旁邊，然後說道：

「現在已經沒閃電了。而且也沒打雷，只有下雨。知道了嗎？」

「啊，啊，我知道了。只有……下雨。嗯。」

妮莉亞不停顫抖著，但還是勉強用雙腿站著。不過，她還是不安地一直左顧右盼，而艾賽韓德看她那樣，考慮要不要把她摟在自己胸前，最後決定一把將她摟過去。溫柴裝作一副沒看到艾賽韓德往後跌倒的模樣，向艾德琳伸出他的手。

「方鏃箭可以借我看一下嗎？」

溫柴從艾德琳手中一接過去，就避開雨水，小心翼翼地觀察方鏃箭。他把方鏃箭靠到鼻尖聞味道之後，歪著頭思索。然後他就伸出舌頭，舔了舔方鏃箭的箭尖。一直壓著艾賽韓德身體的妮莉亞一看到他這麼做，簡直快昏了過去，而卡爾則是用緊張的語氣喊著：

「溫柴先生？」

「呸！」

溫柴很快地吐出一口口水，臉上肌肉抽動了一下。他將箭矢還給艾德琳，並且用有些不清楚的發音，說道：

「原來是便宜貨。舌頭都快麻掉了。」

「溫柴先生，你沒事吧？」

「我受訓練的時候，也有接受抗毒措施，所以對各式各樣的毒已經免疫了。」

「啊，是。可是你說的便宜貨是什麼意思呢？」

溫柴聽到卡爾這句問話，並不做回答，只是皺著眉頭看吉西恩。他說道：

「喂，吉西恩，你回答我的話。你會不會視線越來越模糊？呼吸怎麼樣？」

在眾人擔心的目光之中，吉西恩固執地抬頭，並說道

「我的視線還很清楚……呼吸……胸口很痛。咳！腿無法使力……很難受。」

嗡嗡嗡嗡嗡！端雅劍發出一陣吵雜的嗡嗡響聲。溫柴苦笑著說道：

「好。你會胸口痛是因為被射到肺部，才會這樣，所以沒關係。腿會癱軟是因為中毒，才會產生暫時性的麻痺。你中的毒是便宜的化學毒。侯爵因為不是殺手或者間諜，所以他拿不到生物毒之類的東西。你不要擔心。既然你視線還很清楚，就不會死。如果你因為那種毒而死，我一定會替你報仇。」

吉西恩聽到這句似乎前後矛盾的狠話，無力地露出微笑。

「謝謝了。」

溫柴拍了拍吉西恩的肩膀，轉頭過去對其他人說道：

「他身體還很健康，應該可以撐得下去。我們先想一下這場雨該怎麼辦才好。艾德琳？」

艾德琳面帶著困擾的表情。

「啊，可以再用的法術……」

溫柴像是沒有必要浪費時間似的，迅速說道：

「我知道了。一定是記憶魔法的問題。那，我們動身吧。修奇？你來背吉西恩，站在中間。我和杉森在後面戒備著。不過，我們已經弄成那副地步，侯爵的黨羽如果想跟上來，多少必須花點時間了。妮莉亞、艾賽韓德和卡爾負責前面。我認為我們應該到沒有雨的地方，讓吉西恩躺下。」

「我知道了。」

杉森把吉西恩的甲衣脫下之後，小心翼翼地幫我把吉西恩背在我背上。吉西恩無力地把臉頰貼到我背上。

「辛苦你了，修奇。咳！」

「哈哈！我不認為我辛苦。反正我有ＯＰＧ。你很輕，請不要擔心！」

吉西恩只是咳嗽，並沒有回答。我懇切希望我的話真的充滿力氣。雖然確實不怎麼重，但是因為他體格健壯，所以背起來有些難以穩住重心。但我還是很有勁地提了提他，說道：

「好，我們出發吧！」

天空還在滴滴答答下著雨。被雨淋濕的山坡地走起來有些費力，但是所有人都把斗篷或袍子頭罩蓋住頭，焦急地行走。我可以聽得到踩踏到泥沼的噗滋聲、急喘的呼吸聲、偶爾因腳滑而傳來的短促尖叫聲。

還有吉西恩的呼吸聲。

淅瀝嘩啦。不斷滴在我臉孔附近的雨滴聲音，聽起來就像是細微的銀粉落在鐵板上。在這聲音之中，我還聽到虛弱的呼吸聲。嘶，嘶。吉西恩把他被淋濕的臉靠到我頸後，所以我可以直接感受到他的呼吸很虛弱。在寂靜的月夜，最微弱的風輕拂過最纖細的蘆葦草時，會聽得到這種聲音嗎？

傳來了一陣端雅劍的鳴叫聲。嗡嗡嗡嗡嗡。吉西恩動了一下身子。

「好……我沒事。你這傢伙。你的鳴叫聲，咳！我已經聽了這麼多年了，怎麼可能會沒感情呢。咳、咳！嗯？啊……嗯，頂多只是不斷想咳嗽。哈哈哈。手？你沒有手，但是你有漂亮的劍刃啊……沒事。我不會死。」

吉西恩放下一隻手，結果我重心不穩，差點就滑倒。我又再調整步伐之後，很快地行走。在我身旁，蕾妮用噙著眼淚的眼睛看了一下吉西恩，然後就撇過頭去。艾賽韓德手忙腳亂地走在我前方，我朝著他的後腦杓說道：

「克拉德美索，還很遠嗎？」

艾賽韓德頭也不回地走著，說道：

「如果用這種速度，大約再走三十分鐘。」

「太好了。」

因為雨滴不斷打到嘴唇，害我上氣不接下氣的。呼。可是我高興地說：

「吉西恩！聽到了吧？從現在起再過三十分鐘就到了。只要再三十分鐘就行了。你會不會不舒服？」

「我現在是被人背著。咳，我啊，當然是很舒服。咯咯咯。我突然覺得很可笑，咳咳嗯！」

「很可笑？什麼事啊？」

「我長這麼大年紀……，被一個只有我年齡一半的小鬼背著。」

「哈哈哈！你是先體驗看看，這樣也不錯啊。吉西恩。」

「先體驗看看？」

雨水滴到我眼睛去了。哼。害得我流眼淚了。

「是的。吉西恩你以後結婚，就會有兒子……然後經過許多歲月之後，我指的就是那個時候。到時候，長大成人的孫子們就會背行動不便的吉西恩了！」

「哈、哈、哈哈哈。」

吉西恩的身體動了一下。他被淋濕的身體沉甸甸地貼到我身上。

「所以說，這是先體驗看看嘍。」

「長大成人的孫子……咳。如果等到他們可以背得動我，我到底要活到幾歲啊？」

「再等個五十年就一定可以了！唉，其實這沒有多久的時間。」

「對對。哈哈、哈。沒有，咳、咳，沒有多久的時間。一眨眼間，一眨眼間我應該就會有像你這樣的孫子了。」

「像我這樣的孫子？那可是你晚年的福氣。」

杉森突然露出肚子不適想吐的表情。有什麼好奇怪的？我要再次強調，我的嘴巴實在是不太會隱藏事實。

雨從我濕漉漉的前額一直滴下來。骨碌碌。一顆小石頭被我的腳踢到之後，滾落出去，濺起一處積水。因為一直不停下著雨，山群那些雄壯的山頭，都消失在雨絲的帷幔之中了。四周圍全是一片灰色。而腳下，雲霧到處瀰漫著。我彷彿就像是走在天上。

「從現在開始是下坡路了，大家小心走。起了濃霧，所以要小心跟好前面的人。」

艾賽韓德如此說完之後，我們就開始往山腰方向走了下去。

大夥兒在濃霧裡行走著。

雲霧從山下竄升上來，完全籠罩了周圍。原本看不見的地方卻會突然出現黑色樹木，還有滑溜的樹葉。我可以清楚看到走在我正前方的亞夫奈德，可是卻看不清楚在他前面走著的妮莉亞。我的頭髮都已經濕透了，雨水根本沒有滲到我頭髮就直接流下來。周圍一片白茫茫飄忽不定的風景，令人覺得頭昏眼花。

大家的身影看起來全都像夢裡的人物。艾德琳的巨大身軀在雲霧之中更加顯得高大，可是艾賽韓德的身影卻顯得更加矮小。真是怪了。

「滋滋、嗒嗒、吱吱。」

妮莉亞嘀嘀咕咕著，同時傳來了奇怪的聲音。會不會是因為她在雲霧之中才會這個樣子？似乎永遠一直持續籠罩的雲霧突然消失了。

我們進到一個寬廣盆地的入口。草叢的草長到幾乎快到艾賽韓德下巴的高度，因為是冬季的關係，整片草叢都枯黃了。但是現在全都濕漉漉的，濕濕發亮著金黃色。濕濕發亮的屍體……我突然心裡浮現出一句不像話的話。

在我們頭頂，烏雲厚厚壓著，這麼一來，盆地看起來顯得極為寬廣。左右邊應該都是褐色山脈的險峻峰巒，可是現在那些峰巒卻全都隱藏在雲霧之中，看不到了。在盆地遙遠的另一頭，我看到有一面如同窗簾般矗立著的峭壁。在灰色天空之下，看起來就像是個灰黑色幻影。

即使沒有人說話，大家的腳步還是都停了下來。杉森開口說道：

「那邊，就是那面峭壁。如果有洞穴的話，嗯，很大的洞穴，那麼就是那面峭壁了。而且還有這片夠大的平地。是很好的條件。」

「那、那麼這裡、這個盆地、盆地……」

妮莉亞結結巴巴地，無法說出來，於是，溫柴把她的話說完。

「是克拉德美索的前院。」

溫柴的話結束之後，所有人呈一列站著，無言地望著眼前這片原野和那面灰黑色的峭壁。陰霾的天空開始下著毛毛細雨。雨滴濺到枯黃的葉子之後，透明的水粉霧茫茫地彈濺上來。濕到不能再濕的頭髮貼到太陽穴之後，溜了下來。

「放我下來吧。」

「吉西恩？」

「我不會有事……放我下來吧。」

「我、我沒關係，不會重。」

「放我下來。」

我把吉西恩放下來。杉森和傑倫特想要走近過來扶他，可是他舉起手拒絕。他又再固執地抓著標槍，拄在地上，直挺挺地站著。順著他額頭流下來的雨水弄濕了他蒼白的嘴唇。吉西恩把濕頭髮往後撥，說道：

「咳咳嗯……我們終於到了。」

卡爾走向他，可是吉西恩並沒有看到。他只望著遙遠的峭壁。過了一會兒，卡爾叫了他一聲。

「吉西恩。」

吉西恩聽到卡爾的呼喚，才猛然回神過來。他長長地嘆了一口氣，然後連聲輕咳著。大夥兒默默無言地看著他。吉西恩抬頭挺胸，說道：

「蕾妮小姐。」

「是、是？王子大人？」

「我實在不知該如何感謝妳。咳、咳。這段、這段旅程妳辛苦了。」

「咦？啊……那個、可是、那個、嗯，對我而言，嗯，我不知道。我一個小小的丫頭能參與這種大冒險，是很不尋常的事，不是嗎？各位帶我來，嗯，而且保護我，我很感激各位。」

「是嗎？可是我們現在不能再幫妳了。」

「咦？」

蕾妮圓睜著眼睛看吉西恩。吉西恩則是把標槍像拐杖那樣拄著，在他蒼白臉上努力擠出微笑。他說道：

「我們之中誰也不是，咳，不是龍魂使。事實上，我們對於龍魂使的契，咳嗯，契約，全然不知。」

「我、我也不知道。」

「是。可是克拉德美索知道。所以，我們不必擔、擔心不知道方式或程序。我想說的是，咳，蕾妮小姐的意念。」

「意念……我知道您的意思。」

「不管發生什麼事，請妳把自己當成主體。克拉德美索……咳，事實上不會對我們有興趣，克拉德美索會關、關心的人只有蕾妮小姐而已。」

「是……」

蕾妮回答時的眼神充滿不安。吉西恩費力地平息呼吸之後，雖然還想再說什麼，可是卡爾很快地說道：

「吉西恩要表達的意思是這樣的，蕾妮小姐。即使是克拉德美索，也不能隨便就無視於龍魂使的契約。妳應該還記得基果雷德的那件事吧？」

「咦？啊，是。」

「基果雷德，即使當時處於失去幼龍的那種悲痛之中，牠還是尊重蕾妮小姐。如果是人類，這恐怕很難吧？自己的小孩死了，當然會沒有心思在締結契約這種事上面。可是龍卻會這樣做。所以，妳絕對沒有必要害怕。要有自信。克拉德美索會尊重妳的。」

卡爾的話一說完，吉西恩就憔悴地露出微笑。

「啊，我、我想說的話正是卡爾的這番話。」

蕾妮伶俐地點了點頭。

「是，王子大人。」

於是，吉西恩微笑得更加開朗。他搖了搖頭，說道：

「請叫我吉西恩就可以了。蕾妮小姐。」

蕾妮突然把手指移到嘴巴。哈？伶俐的表情忽地換成這樣，滿可愛的。她咬著食指，抬頭看吉西恩，搖頭說道：

「那、那個……請不要說我沒有禮貌。我還是希望叫您王子大人。」

吉西恩歪著頭思索該說什麼，可是卡爾他先插嘴說道：

「為什麼呢，蕾妮小姐？」

「因為禿鷹……」

蕾妮沒辦法再講下去，卡爾露出微笑，把頭轉向吉西恩。吉西恩則是面帶著蒼白的笑容。他抬頭看天空，大家也跟著全都望向天空。

那隻禿鷹正在將灰色天空裁剪成黑色。吉西恩用深邃的眼神看了一下禿鷹之後，接著低頭說道：

「一點也沒錯……」

「咦？」

「咳，一點也沒錯，我是個蹩腳流浪者。就連蕾妮小姐……也看得出來。可是在這件事結束之前，我還是……咳，希望用吉西恩這個身分。」

是啊。你畢竟是我的國王。哇哈哈哈！我眼光實在是太正確了。大夥兒全都面露微笑，吉西恩說道：

「我是以吉西恩身分和各位相見，至少到這次的冒險結束，咳！我依然希望我是各位的吉西恩。」

卡爾深深地低下頭來。

「我們當然會尊重吉西恩的意思。事實上，我的意思也是這樣。」

其他人全都默默地點了點頭。溫柴噗哧笑了出來，只有杉森疑惑地歪著頭，幸虧除了我以外，沒有其他人看到。呃呃呃。看來我還得對杉森解釋一下。我對吉西恩露出一個不懷好意的微笑。

「吉西恩？答應我，你不會生氣。」

吉西恩表情訝異地看我，說道：

「我答應你，我不生氣，可是怎麼了？」

我開始用詩歌來代替答話。

釘了房門離開皇宮的王子。
為何要釘房門？為什麼？
終究該回去的王子。
流浪者的灰塵，是不適合的選擇。

吉西恩露出尷尬的表情，亞夫奈德則是面帶高興的笑容。

他對那些可憐人們濕透眼眶。
為何要流眼淚？為什麼？

該貢獻己力的王子。
即使棄位離宮，還是心留皇宮。
他對那些拜索斯敵人極度憤怒。
劍刃鋒直。青光冷峻。
不懂低頭的王子。
流浪者的鞋子，無法承載他。

現身於蒼空的禿鷹在召喚，

被遺忘的面貌在浮現。

回來吧，回來！
用勇氣握劍，用智慧舉盾，
王子啊，回來吧！
回到你心裡所在之處！

亞夫奈德的臉都皺起來了，好不容易才忍住不笑，但是傑倫特卻就這麼笑了出來。吉西恩搖了搖頭，說道：

「咳。這詩歌的標題是什麼？」

「『獻給公牛與魔法劍的王子』。我想副標題用『懷念拜索斯王族三百年歷史裡，最可笑的一位離家出走的王子』，這樣你覺得如何呢？」

「……乾脆再加上『回心轉意的浪蕩子』好了，咳。」

傑倫特好不容易停止笑聲之後，一邊擦眼睛，一邊說道：

「哈啊、哈。那麼、那麼這件事如果結束之後？」

「我想回去，咳……幫助尼西恩陛下。」

傑倫特彈了一下手指。

「這想法不錯！在皇宮裡，你一定也可以繼續保有流浪時的那股帥氣衝勁。」

「謝謝了。可是傑倫特你打算怎麼辦？」

「我嗎？嗯，既然這輩子要用的錢都有了，現在我希望能一直遊覽這個世界，直到我死去。」

在下一刻，大家全都用懷疑的眼神斜眼瞄著傑倫特，使傑倫特變得一副不好意思的表情。過了一會兒，他用含糊不清的聲音，修正了自己的話。

「是藉由遊覽來傳教的生活。」

所有人的臉上這才浮現出滿意的神情。哈！哈！亞夫奈德微笑著說道：

「賀坦特這幾位會回去故鄉，是吧？」

卡爾代表「賀坦特這幾位」（我心裡威風地哼嗯一聲），答道：

「是的。」

「那麼我等這件事結束，應該會跟著傑倫特。因為我希望繼續修行魔法。」

在其他人說話之前，傑倫特就搶先喊著：

「好！我們就組隊，像亨德列克那樣在三百年後還留下很多軼事，風靡後代子孫！『為了鎮住那頭從睡夢中醒來的瘋龍，他們第一次的冒險從此開始……』，你們覺得怎麼樣？」

「哈哈哈……」

亞夫奈德露出為難的笑容，但是傑倫特卻提議第二次冒險去深淵魔域抓炎魔，使得亞夫奈德不禁猶豫是不是要和他結隊旅行。杉森則轉過頭去，看著那個總是默默站在距離一行人稍遠處的溫柴。

「喂，眼珠怪？你打算怎麼辦？」

溫柴嗤之以鼻，低聲地說：

「眼前的事先解決，再說吧。」

「你這傢伙怎麼這麼冷漠。講一下又不會花你很多時間。」

溫柴搖了搖頭。

「大家希望盡量多活一點時間而拖拖拉拉的，這我瞭解，但是卻很愚蠢。」

大夥兒全都用不自在的眼神，看著這個南方戰士。溫柴把手放到額頭，抹去流下來的雨水之後，說道：

「如果大家真的想多活一點，就該立刻動身。侯爵現在一定在氣呼呼地追趕。而吉西恩也應該趕快在事情結束之後接受治療。大家趕快動身吧。」

艾賽韓德最先點頭，回答了溫柴的這番話。

「你的舌頭雖然沾了毒，但現在你這番話很合我意。趕快動身吧，人類朋友們。啊，還有這位巨魔祭司也是。」

艾德琳露出微笑，吉西恩則是說道：

「我們走吧。」

一行人出發了。為了艾賽韓德，我和杉森往前走出去，踩踏長長的草，讓草倒下，造出一條路。接著，我只聽到沙啦沙啦的草聲，還有水花彈迸出去的聲音，草叢中的水坑裡傳來的撲通踏水聲，在一片寂靜的周圍，更加深了充滿濕氣的色彩。我們到底要這樣走多久啊？

「這件事結束之後，我在想，要不要像你們北方人那樣談一場戀愛……」

溫柴的喃喃自語聲突然傳來，卡爾聞言露出像是要昏過去的表情，我和杉森則是一面踩踏草地，一面笑著。

「嗚嘻嘻嘻嘻！」

「嗚咯咯咯咯！」

可是怎麼不是溫柴，而是妮莉亞在死命瞪著嘻笑的我們呢？

08

「拜，拜託妳小心點！龍的視力聽說很好！」

原本漫不經心站起來的妮莉亞一聽到杉森的高喊聲，嚇得趕緊退縮著坐下來。

「因、因為有東西在我腳邊動來動去啊！」

在妮莉亞手指的地方，有一根濕掉的樹枝正在滾著。我搖了搖頭，答道：

「是因為太濕，樹枝太滑了。不過，龍的聽力如何我雖然不知道，但是如果像杉森那樣吵，恐怕就連在冬眠的蛇都會聽到吧。」

「啊，對哦！沒錯。大家都閉上嘴巴吧。」

杉森捂住自己的嘴巴，然後就又再往前走。我、杉森還有妮莉亞現在是以偵察組的身分，比大夥兒還要先行一步，跑來尋找克拉德美索的巢穴。其他人則是和吉西恩一起在後面，緩慢地走來。妮莉亞愁眉苦臉地說：

「真是的。我們不是有亞夫奈德嗎？只要用魔法啪的一聲就可以知道龍在哪裡了，不是嗎？」

杉森用啼笑皆非的表情說道：

「喂，亨德列克去暗殺神龍王時，有用魔法尋找神龍王嗎？」
「什麼意思啊？」
「克拉德美索是頭龍，所以其實牠就是個巫師，那麼，亞夫奈德和克拉德美索，誰會是比較厲害的巫師？再怎麼說，也一定是克拉德美索吧？那實力比較差的巫師如果想要追蹤高明的巫師，這追蹤本身，會製造出遭受反追蹤的禍源。這種道理妳不懂嗎？」
「哇！你真的是杉森嗎？」
「呃啊啊啊！」
「地底下的蛇，地底下的蛇！」
「啊。對哦！」
大夥兒沒有看到我們，真是太萬幸了。這到底是什麼偵察組啊？就連玩戰鬥遊戲的小孩子，恐怕都比我們還要更軍事化、更優秀吧。不管怎麼樣，我們繼續用彎腰彎到手快著地的姿勢，安靜地在草叢之間前進著。
過了一段說長不長，說短卻又感覺很長的時間之後，杉森停下腳步。
「很接近峭壁了。」
我們蹲著，只露出眼睛在草叢上面，如此看著峭壁。現在和峭壁相距大約五百肘左右吧？被雨淋濕的峭壁看起來一片漆黑，實在很難看清楚。妮莉亞用讚嘆的表情看著峭壁。
「哇啊。這峭壁，簡直就像是神龍王所在的那座峭壁！」
哼嗯。我仔細一看，真的大小很像是大迷宮所在的那座永恆森林裡的峭壁……不對，比那面峭壁稍微小一點。可是，因為現在天空低矮，所以看起來確實很巨大。特別是左右延伸的峭壁寬度，簡直寬到無法一眼看完。杉森觀察峭壁，嘆了一口氣，說道：

「我看看。哼。你看到什麼了，修奇？」

「沒看到什麼。只看到一片漆黑的峭壁，而且除了昏暗的天空，什麼也看不到。」

杉森露出不安的表情。

「哼……萬一我的預測錯誤，我們現在等於是把時間耗在不對的地方了。」

什麼啊？哎呀。這話確實說得沒錯。現在是最後一刻了，已經沒有時間，根本不容有錯。我抹了一下鼻子，說道：

「沒事的。杉森你的預測應該是對的，而且現在也還不能斷定是錯的啊。」

「眼見為真，這我知道。可是這裡除了黑岩石之外，什麼都看不到。」

原本一直在摸嘴唇的妮莉亞，指著峭壁說道：

「只看得到黑黑的一片，即使是有洞穴也會看不清楚。而且雲層也太厚了。」

「我們再更接近一點吧。」

杉森又彎腰前進。周圍再度只有遊走草叢的單調聲音微弱地傳來。衣服已經濕到不能再濕了，所以濕潤的草葉反而令人覺得很溫暖。妮莉亞又再抱怨著：

「好冷。」

杉森停頓了一下，又再前進，說道：

「我也在發抖，可是並不是因為寒冷。」

哼嗯。我是因為寒冷和克拉德美索，所以加倍地寒冷。突然間，我胡思亂想到一件事：克拉德美索會對牠的食物多有禮貌呢？

突然有人跟我們打招呼。

「你們是誰？」

說是打招呼，可是，是那種不太有好感的打招呼。連聲音本身也沒有什麼情感，是近乎無情的音調。杉森被嚇得趕緊站起來，手握劍柄，並沒有拔劍出來。我把手移到肩膀之後，又再放下。妮莉亞則是代替已經嚇得失神的我們兩人，說道：

「問我們是誰的你，是誰呢？」

在離我們前方大約二十肘的距離，有一名男子坐在岩石上，歪著頭打量我們。

這名男子穿著簡單的硬皮甲，一副戰士的裝扮。他就像是在旅行途中，暫時坐在路邊休息的那副疲倦模樣。男子身上披著的衣服和我們一樣渾身濕透，那種程度簡直是比我或杉森都還更糟糕。硬皮甲可能因為老舊的關係，所以皮革看起來簡直像布。一把巨大的雙手巨劍靠放在岩石旁，只是稍微吸引了一下我的眼光，連武器也並不是很華麗。可是我仔細一看那名戰士，卻差點被嚇到。

他的塊頭竟然和杉森一樣高大！我看他的身高一定有超過四肘。雖然他把長腳隨意蜷曲坐著，可是那腳比妮莉亞的腰還要更粗。妮莉亞也察覺到這事實，讚嘆著：

「天啊！天底下竟然還有另一個這種人類！」

「什麼意思啊？」

妮莉亞聽到杉森的問話，做出一副暈眩的模樣。不過，我卻是因為看到別的東西，才感覺一陣暈眩。

在這名戰士的腳邊，躺著一具巨大的屍體。

起初，我沒有一眼就看到戰士的魁梧身軀，就是因為戰士腳邊那個巨大屍體的關係。超過六肘長的巨大軀體被雨淋濕了，濕濕發亮著。從那軀體噴出的血滴沾到雨水之後，不斷滴到周圍的草上，畫出怪異的花紋，流了下去。

那是一隻巨魔。我實在看不出來這到底是用什麼武器攻擊的，怎麼會變成這副模樣？那隻巨魔的腰被淒慘地割開，比切腹自殺的那種傷口，還要更加粗暴許多。如果是用雙手巨劍揮砍之後，再用流星錘之類的東西把傷口使勁猛捶，是很有可能弄出這種傷口……我的腦海裡，掠過一個可怕的想像。可是，雖然有看到雙手巨劍，卻沒有看到流星錘。

「是我先問你們的，所以我希望先聽到回答。」

這說話聲音真的很特別。是那種奇特但實在說不出有什麼特徵的平板音調。妮莉亞看了一眼杉森。那種目光像是要他們同類的人自己去談，於是，杉森說道：

「我們要來見克拉德美索。不過……請問那隻巨魔是你的傑作嗎？」

這名男子的臉上瞬間掠過了一個訝異的表情。他沒有回答杉森的問題，而是問了其他的問題。

「克拉德美索？」

「是的。」

「你們要來見克拉德美索？」

「怎麼了，很奇怪嗎？哎呀？糟、糟糕！」

杉森的臉孔突然皺了起來。杉森猜想是「克拉德美索的前院」的此處居然有個人泰然自若地坐在岩石上。那麼說來？我和妮莉亞用滿是失望的眼神看著杉森。杉森用驚慌的語氣說道：

「難、難道不是這裡嗎？」

哎喲，我的天啊！他居然說「難道不是這裡嗎？」我們費盡了畢生無可言喻的辛勞，拚死拚活地找到這裡，可是他卻說「難道不是這裡嗎」？那豈不是完蛋了？我看到雲霧密布的天空裡竟然有星星！我說道：

「天啊，這不是可以開玩笑的事！我們花了這麼長的時間走來，最後卻到了不對的地方？」

「啊啊，失望！」

妮莉亞一副想要一屁股坐下的表情。杉森緊皺著臉孔，說道：

「不對啊……如果不是這裡，其他地方都不可能啊？從矮人聽到甦醒聲的地方推斷，不可能比這個地方還遠。真是怪了！」

此時，男子歪著頭，疑惑地說：

「啊。可是你們為何要找克拉德美索？是不是想學別人，當個屠龍者？」

「呃？請問，你知道克拉德美索是什麼？」

杉森用高興的表情問道。這名男子露出像是苦笑的表情，說道：

「我當然知道。可是你好像總是用問題來回答我的問題。」

「呃？啊，不是的。我們做夢也沒想到要當屠龍者。等等，有件事想請問你。你的意思是，那座峭壁真的是克拉德美索所在的地方，是嗎？」

這名男子點了點頭。

「應該說，是克拉德美索之前待的地方。你們找對地方了。」

他的回答使我們非常驚慌。杉森張大嘴巴，妮莉亞則是臉色發白。難道……他剛才問我們「是不是想學別人當個屠龍者」……杉森把我想講出來但是講不出來的話，給說了出口。

「你？殺了克拉德美索？」

「我不知道你在說什麼。」

「你殺死了克拉德美索嗎？」

這名男子又再露出一個看似疲倦的微笑。這強健的身材，這張看起來疲倦的臉孔。還有，在克拉德美索所在之處，泰然自若地坐在岩石上休息。所以……我又看了一眼倒在地上的巨魔屍體。難道我們的冒險真的落入這種從未想到的最可笑結局嗎？我們辛苦得要死才到達這裡，可是世上的冒險家也未免太多了，居然有別的冒險家已經殺死克拉德美索了！什麼，怎麼會呢？如果是從前的故事，主角應該會做主角該做的事，不太可能會出現這種結局，可是在這個現實社會裡，自己並不是歷史主角，這是有可能的……男子搖了搖頭。

「不。要是我想殺死，一定可以殺得死，可是，牠並沒有死。」

這個男的是想把我們的心神搞成什麼樣啊？他居然說他要是想殺死，一定可以殺得死？我問他：

「你一定可以殺得死克拉德美索？」

「當然。我不想破壞你們的自尊心，可是在這個世上，沒有人比我還更能輕易殺死克拉德美索。」

「啊，不。我們並沒有夢想當個屠龍者。我們是為了克拉德美索和龍魂使的契約，而找到這裡來的。你如果沒有殺死克拉德美索，那麼克拉德美索現在在哪裡呢？」

這名男子又再度露出訝異的表情。

「龍魂使的契約？」

「是的。我們為了要讓克拉德美索與龍魂使配對，辛苦得要死才找來這裡。」

「誰是龍魂使呢？在我看來，你們之中好像沒有龍魂使啊？」

對此我們到底該自豪還是不該自豪？我們三個人，一個是長得很粗暴的戰士，還有一個是乳臭未乾的戰士（實際身分是蠟燭匠候補人），還有一個是夜鷹，可是卻沒有一個看起來像龍魂使。此時，杉森在驚慌很久之後回神過來，高喊著：

「你說你一定可以殺得死克拉德美索？」

呃。他這次問得可真快哦！我和妮莉亞露出覺得丟臉的表情，這名男子則是咋舌說道：

「你是不是一個誓言要用問題來回答問題的戰士啊？我已經回答過那個問題了，而我的問題這一次又得不到答案了。」

可是杉森對於男子的斥責全然不在意。杉森一副想要喊出歡呼聲、但勉強忍住的表情，喊著：

「請問你要不要跟我們同行？」

「同行？」

這名男子如今露出呆愣住的表情。我想要抓住杉森的手臂，可是杉森先抓住我的手臂，很快地說道：

「喂，喂，修奇，我想到了一個很棒的想法。萬一克拉德美索不接受蕾妮，克拉德美索不是會變得非常危險嗎？可是這名戰士不是說他有自信可以殺死克拉德美索？那麼在契約不成功的情況下，讓這名戰士把克拉德美索殺死，不就行了？」

於是，我把剛才妮莉亞說過的答話重複一次：

「你真的是杉森嗎？」

「什麼意思啊？」

「啊，不是。你說的真的很有道理。可是我們怎麼能相信這個人的吹噓啊？」

「啊？對哦？說得也是。你說得對！」

杉森轉過頭去，昂然地喊著：

「喂，你！我們怎麼可能會相信你這番荒唐的話！」

呃呃呃。真的好丟臉啊！妮莉亞對我使了一個眼色。意思是「丟下他，我們走吧」，哼嗯。就算真的不管他們兩人，他們好像還是會一直繼續這荒謬的對話。男子笑著搖頭說道：

「要不要相信我的話，是你的自由。可是我對世上任何人，即使是在神龍王面前，我也有自信這樣說。世界上沒有人比我更容易能殺死克拉德美索。」

杉森的表情又再變得很高興。

「你、你的意思是，你知道克拉德美索的，嗯，什麼弱點嗎？」

這名男子在瞬間掠過了一個殺氣騰騰的微笑。

「你想當個屠龍者？」

杉森沒有因對方殺氣騰騰的微笑而覺得挫折，他喊著：

「哈哈！你也用問題來回答我的問題！現在五十步笑百步了吧。」

呃呃。妮莉亞，我們趕快丟下他走吧。塊頭比較大的人難道都這個樣子嗎？這名男子先是露出愣住的表情，然後拍了一下額頭，說道：

「哈哈哈，真是的。真是對不起。嗯……但我不知道牠的弱點。很抱歉，是不是可以先讓我知道你們的身分呢？你們說，你們要來締結克拉德美索和龍魂使的契約，即使我可能有些見識不夠，但你們之中應該沒有人是龍魂使。然而，你們又說沒有夢想當個屠龍者。」

杉森聳了聳肩，淡淡地說：

「啊，龍魂使隨後就會來。我們是先來偵察的。」

男子的臉上浮現一股喜悅。

「真的嗎？那麼我應該再更高興一點。」

「高興？」

男子的臉上浮現出有些不好意思的表情。他的笑容很純真。這麼大塊頭的人居然會有這般純真的笑容。如果我看到杉森那樣笑，只會覺得噁心，我一想到這裡，差點就爆笑了出來。

這名男子低頭看了一下腳邊的巨魔，然後對我們說：

「這是我長久以來的習慣。」

「你是指，殺死巨魔？」

杉森，拜託！這名男子看到我和妮莉亞紛紛遠離杉森一、兩步，笑著說：

「不，我是指這樣和你們對話。要是原本的我，只要一看到你們，就一定會殺死你們。這也可以說是理應有的適當手段。」

這次，連杉森也沒有回答「啊，是嗎」這一類的答話。我們三個感覺很恐懼，而且採取了要趕緊往後退的警備狀態。可是這名男子坐在岩石的姿勢絲毫沒有動一下，他說道：

「從美妙的單字組合裡感受到情感，說話時眼神會顫抖，會因為無法知道對方心裡想什麼而經常不安，但還是心懷希望。只有你們這種種族會用情感說話。在精靈的談話裡，不會存在像你們這種的不安感。當然，如果是以知性來看，其實你們是最快樂的談話對象。巨魔？牠們太愛罵人了。半獸人和矮人這些種族更是沒什麼好說的。」

艾賽韓德要是在這裡的話，鐵定會把他的戰斧揮砍出去。就在我這樣胡思亂想的時候，這名男子繼續說道：

「這是我長久以來遺忘的喜悅……他在的時候，我們也常常這樣開心地談話。」

長久以來遺忘的？到底是多久以前啊？而「他」是指？我的身體從剛才不久前就一直劇烈地顫抖著。我吞了一口口水，一直盯著眼前的這名男子。男子？不對。現在應該使用其他的代名詞了。「那個東西」笑著說道：

「既然你們說龍魂使快到了，如果是龍魂使的同伴，我就可以讓你們待在這裡，真是太好了。要是可以，我希望在龍魂使到達之前，和你們多說一點話。」

連杉森也終於察覺到了。他一邊顫抖著，但還是用有些懷疑的語氣，說道：

「你、你說你是能夠最輕易殺死克拉德美索的……」

那個東西露出開朗的微笑。

「當然沒有比自殺還要來得更簡單的方法。既不會有對方逃跑的情況，而且也不會有反抗的事發生。」

妮莉亞再也無法忍住，她喊道：

「克、克拉德美索！」

克拉德美索只有頭稍微移動，回答妮莉亞的話。杉森緊咬著牙齒。

「真、真的是克拉德美索？您就是？那麼、那麼請問您現在這是變身出來的嗎？」

這當然是變身出來的，要不然是什麼？對於杉森這句沒有意義的問題，克拉德美索鄭重地答道：

「是的。」

「啊，那個……我知道您之前是處於睡眠期，可是，請問您是不是很早之前就已經醒來了？」

最初的那種驚愕消失之後，我感覺到一股奇妙的氛圍。可能是因為我想忘記這莫大的打擊，所以心裡故意浮現這種想法，不過，我就像只是在跟一個坐在岩石上的戰士講話似的問了這句話。而且事實上，我眼裡看到的模樣也確實是這樣。克拉德美索也是一樣，與其說是龍在對人類說話，倒不如說像是偶然相遇的旅行者在互相談話。牠說道：

「要進入活動期之前的準備，從很久以前就開始了，很難用你們的話來解釋這種現象。那並不是有意識，也不是沒有意識的狀態，也就是說，說得粗俗但確切一點，就是半夢半醒。可是剛才傳來了一陣轟隆響聲，同時整座山脈猛烈震動。在那一瞬間，我就完全恢復意識，展開了我的另一生。」

震動？啊！躲在杉森背後的妮莉亞驚嘆了一聲。原來是剛才傑倫特的那番躍動。糟糕，要是被克拉德美索知道這件事，牠會不會因為妨礙牠安眠而對我們發火啊？克拉德美索微笑著，看了一眼自己腳邊的屍體。

「我正要走出龍穴，這傢伙就進到我的巢穴。可能是我在進入睡眠的期間，牠把我的龍穴當作是自己的巢穴。牠根本看不出我是誰，就攻擊我。結果，這次活動期一開始，我就展開了殺害。這是不好的出發。」

不好的出發？呃呃，這真是一句殺氣騰騰的話。雖然內容沒什麼，但因為是由克拉德美索說出口，所以聽起來殺氣騰騰！杉森的下巴猛烈顫抖之後，說道：

「那個，可能我說了您會生氣，不過，我還是難以相信。」

「你是指，我是克拉德美索的事實？」

「啊？是、是的。您的語調也是……請問您為何要變身為人類的模樣呢？而且在沒有任何人的這種地方？也難怪這隻巨魔認不出您，是吧？」

哎呀？問題的尖銳度簡直到了發出閃爍鋒芒的地步！克拉德美索的臉上在一瞬間掠過了一絲像是悲傷的臉色。哇！即使是真的人類，恐怕也很難會有這種表情吧？克拉德美索竟然露出了一個比人類還更人類的表情。感覺好怪！

「因為那是我的回憶。」

「回憶？」

「我不想多做解釋。」

克拉德美索啊，你一定不知道吧？你說你不想多做解釋，即使如此鄭重回答，我們聽的人卻覺得非常恐懼。克拉德美索看著我們這群害怕得連話都不敢講的人，說道：

「可是你們怎麼會來找我？你們看起來不是替王室做事的人。啊，首先我應該要問一下，今年是幾年？」

「咦？啊，是。拜索斯曆是三一五年。」

「是嗎？如果是用拜索斯曆，那麼意思是，拜索斯還仍然存續著，是吧？」

「咦？啊，是。拜索斯還存在著。您差一點就破壞掉……呃啊！請原諒我！我不是要責備您，那個，嗯……」

杉森一直胡亂搖著手，妮莉亞則是抓著杉森的甲衣背後，抓到都快出現手指甲印了。克拉德美索淺笑著說道：

「那是事實，是我做過的事，所以我不會否認。可是，現在是三一五年……那麼，才只有二十一年？」

「咦？」

「我是指我的睡眠期。哼嗯。那麼，現在還是拜索斯王族在統治，是吧？」

「咦？啊，是。」

克拉德美索看著天空。

「難怪那隻禿鷹才會那樣一直飛翔。」

禿鷹？啊。原來克拉德美索一直有看到禿鷹。

「我剛才在想這隻蒼空帝王實在盤旋太久了，應該是有牠必須同行的人在這附近。所以我判斷應該是有王族的人，而且是非常重要的人物正要找來。可是，你們之中誰是王族的人？」

「啊，王子大人隨後就會和龍魂使一起到來。」

「是嗎？如果是王子的話，王族裡有兩個王子。我記得是吉西恩和尼西恩。吉西恩應該已經當上國王，那麼說來，是尼西恩嗎？」

「啊，不是的。尼西恩陛下登上了王位。和我們同行的是吉西恩殿下。」

克拉德美索聽到杉森的回答，一副訝異的表情。

「你是說，吉西恩沒有當上國王？真是奇怪了。難道是有發生皇宮叛亂嗎？」

「不是的，沒有那種事。是吉西恩王子對王位沒有興趣，所以離開皇宮，在外生活。」

「是嗎？這可真是的。我記得他是個聰明的王子。他居然丟棄王位。是因為年輕不懂事嗎？」

我差點就喊出「是的沒錯！」。我們的王子大人事實上是應該要登上王位的人，卻跑出來做一個不適合他的流浪者。然後克拉德美索就轉移了話題。

「那麼說來，吉西恩是為了回去坐他的王位，所以帶著龍魂使來找我嗎？他希望我幫他把尼西恩從王位趕下來？」

「咦？啊，不是的。嗯……這該怎麼說才好。哈哈哈。這可真是的。」

杉森大感困擾地笑出來，克拉德美索則是面帶訝異的表情。真是的，該怎麼說才好？要怎麼說才能把「因為我們怕你發瘋，所以來此地是要配一個龍魂使給你，以牽制住你」這種內容的話，以最不令人不悅的方式說出來呢？

結果，妮莉亞救了我們兩個可憐人。

「因、因為您好像需要龍魂使！」

妮莉亞從杉森背後如此喊了一句，克拉德美索則是變得一副啼笑皆非的表情。

「喂，這位仕女，很感謝妳回答我的問題，可是，請妳不要在別人背後說話，走上前來說話才像仕女，不是嗎？」

妮莉亞滿是害怕的表情，走了出來。

「我、我叫妮莉亞。今天天氣不錯。」

呃呃！好了不起的問候語啊！克拉德美索用懷疑的眼神看了一下天空，立刻用高興的表情說道：

「啊哈！看來仕女妮莉亞小姐好像很喜歡陰天。」

妮莉亞的臉都紅了。克拉德美索點了點頭，說道：

「我現在才發現到，我對你們欠缺禮貌。雖然我看起來像人類，但我並不是人類，這各位應該都很清楚這一點吧？所以，請原諒我的毛病。我叫克拉德美索。」

「我是杉森・費西佛！」

被搶先了！我原本想要先說的。可是，在一頭龍與三個人類的會面場景裡，我終究還是變成最欠缺禮貌的那個人了。

「我叫修奇・尼德法。」

「妮莉亞、杉森、修奇，這樣叫你們就可以了吧。很高興認識你們。可是，你們說我好像需要龍魂使，這是禮貌上的說法吧？需要龍魂使的，不是你們人類嗎？」

克拉德美索靜靜地指責妮莉亞的謊言，妮莉亞的臉色如今則是變成了暗紅色。此時，我才發現杉森正在露出一個鄭重的表情。啊啊。那副表情不知為何就是令人不安。

「您如果這麼說……我倒是想要請問一件事。這是我一直在想，如果見到了您一定要問的問題。」

好，我趕快準備逃吧！杉森鐵定會讓克拉德美索生氣，我們死命地逃跑之後，終究還是會跑到無力，然後被克拉德美索口中吐出的氣息給弄死，大陸就會變得滿目瘡痍。在這之中，大陸的所有煎餅都會被燒焦，蠟燭全都被融化，還有其他諸如此類的事會發生。

「什麼樣的問題？」

「我的同伴之中有一位博學多聞的祭司。他知道您即將甦醒的時候，這麼說過：『克拉德美索這麼巨大的龍，怎麼會這麼快就進入活動期？這應該只有一個可能。牠一定是感受到了龍魂使的存在。』」

「哇啊！」

妮莉亞用難以置信的眼神看著杉森。杉森對自己的話點了點頭，說道：

「我想知道這句話是否是真的。」

呵呵？真令人吃驚！這是傑倫特說過的話！沒錯，這是在前往戴哈帕的途中，傑倫特說過的話。杉森。你可真令人吃驚啊！克拉德美索的臉上掠過一絲暗沉。杉森一面觀察那副臉色，一面繼續說道：

「坦白說，我覺得太快了。您剛才說過，進入睡眠期不過是二十一年前的事。那個，請問龍普通睡眠時間大約是多久呢……？」

「隨著年齡不同而有所不同，不過，大致是活動期長度的三分之一左右。」

「是嗎？那麼，您可以推測出往後會活動多久？」

「我不是說明過了嗎？睡眠期是活動期的三分之一左右。所以說，往後應該會有六十年左右的活動期。」

杉森嚇了一大跳。克拉德美索微笑著說道：

「我像你們一樣，睡眠期和活動期的時間長短並不一定。只要想成是睡飽了就會起來活動，這樣就行了。雖然睡得更久，會活動得更長，可是這次我這一生好像會是六十多年。而對於你的問題，我姑且給予肯定的答案。」

肯定的答案？杉森的臉上浮出了高興的笑容。

「如果才睡二十一年，對我這種年齡的龍而言，是短了一點。我不知道自己為什麼會這麼快恢復意識。剛才的那陣奇怪的震動，使我開始恢復意識，但即使如此，我很久之前就開始甦醒了，所以那無法構成理由。終究，一定是因為我依循優比涅的法則，感受到龍魂使的存在。既然我沒有其他理由，那我就應該接受這個理由了。」

「原來真的是這樣。」

「那麼，我應該可以想像，和你們在一起的那個龍魂使，是優比涅安排給我的伴侶。這個龍魂使是什麼樣的人呢？」

杉森笑著說話。哼嗯。現在我也感覺想笑。

「是一名大約十六、七歲的少女，名字叫蕾妮。我們到處找遍了大陸，才好不容易找到她。」

杉森，你用這麼得意的表情講，說得好像真有這麼一回事。怎麼是「到處找遍了」？是伊露莉告訴我們，所以我們很簡單就找到了。克拉德美索點了點頭。

「說得也是。現在我才想到，三百年的期限都已經過了。這幾年來，龍魂使的血統一定是少之又少，是吧？」

「是、是的。」

這實在是和我之前想像過的場景差太多了。沒想到居然是一場如此和平的對話。我們冒著生命危險找來了，可是卻見到這樣一頭呵呵笑著、心情高興的龍，這實在是始料未及之事啊。

這頭呵呵笑著的龍說道：

「你們幾位人類當時一定非常憂心忡忡。」

呃呃！我越來越覺得誇張。而杉森也真的就用一副憂心忡忡的表情，說道：

「是、是的。因為處於龍魂使血統斷絕的狀態，發生了一些令人不快的事情。由於龍魂使的稀少性，引發了一些實在無法想像的怪異事件。」

克拉德美索大大地點頭，說道：

「哼嗯，我似乎可以理解。珍貴的東西會招來貪念，貪念會招來災禍。因為寶石的珍貴性，矮人和龍流了多少血啊！有鑑於這事實，我可以充分猜想得到是什麼樣的情形。」

啊啊。如果阿姆塔特也這麼說，該有多好！如果牠能對走近牠的旅行者溫馨對待，像這樣關心我們的事，那就好了！妮莉亞如今一副幾乎忘記不安的表情，看著克拉德美索。

「那個，請問一下，對於上次龍魂使死掉的事，現在您已經不生氣了嗎？」

哎喲！儘管氣氛再怎麼和平，她也不該問出這種問題啊！杉森嚇了一大跳。我則是為了吸引妮莉亞的目光，費盡全力使眼色，可是妮莉亞卻沒有看我。克拉德美索正眼直視著妮莉亞，說道：

「妳覺得這需要問嗎，這位仕女？如果妳的至親死了，妳的感受會是如何？」

「啊！真是對不起！」

妮莉亞驚慌失色，低下頭來。克拉德美索則是皺著眉頭，說道：

「你們一定不知道那種感受。就連至親死亡，也比不上這種感受。龍魂使，就等於是我。龍魂使死了，就等於是我死了。龍對於死亡並不太瞭解，只有當龍魂使死的時候，龍才會經驗到死亡。這你們一定不懂吧。」

克拉德美索的聲音稍微變得有些沙啞。我感覺額頭都流汗了。這種天氣居然會流汗？克拉德美索從岩石上站了起來。天啊，真是令人吃驚！這種塊頭站起來的模樣，看起來就像是某座山在移動。杉森移動時，我怎麼都沒有這種感覺？啊啊！因為克拉德美索的移動，是承載牠原本面貌的重量感！克拉德美索站直之後，雙手交叉在胸前，把手支在下巴。牠如同自言自語般說道：

「是啊，你們是絕對不會懂的。卡穆就曾經這麼說過：『人類因為知道死亡，所以活的時候會遺忘死亡。』明天說不定就會死，所以頂多只會展望個十年。是啊，因此，你們一定不懂那種感受。那是自己的一部分完全死去的感覺。那種感覺像是在看著被破壞的自己。你們當然不可能會懂。」

妮莉亞似乎在苦惱要不要再躲到杉森背後的模樣。克拉德美索則是用憂鬱的眼神，看著妮莉亞。

「妳能夠想像得到嗎？」

妮莉亞整個人都僵住了。克拉德美索左手扠在腰際，右手舉到自己面前，伸出一個手指。

「你們是在死亡前一刻，只能感受到一次那種感覺。可是，我卻活著時感受到了。」

克拉德美索的聲音開始變更加低沉，我感覺這是一個非常不祥的徵兆。

「我真希望你們也能感受看看。」

啊，啊？我應該沒有尿濕褲子吧？接著，杉森的手就開始往劍柄方向移動。

「以你們的話來說，應該怎麼形容呢……用『終結』來形容嗎？真的是一切『終結』的感覺。哈哈哈。」

牠笑了！克拉德美索正在笑。杉森圓睜著眼睛看牠，克拉德美索搖了搖頭。

「這根本不是什麼好的感覺。對於那件事，我不想再說了。」

啪。克拉德美索坐回岩石上。雖然雨停了，但是我卻流著汗，簡直熱到身體快冒煙的程度。

克拉德美索沒精打采地說：

「你們一行人的速度真慢。」

「我去看看他們的情形！」

妮莉亞留下高喊聲，就立刻跑了。幸好她沒有尖叫，不過她在草叢裡快速移動行走時，草叢發出很大的聲音。沙沙沙沙沙！杉森用啼笑皆非的表情看著她的背影，而克拉德美索也是一樣。克拉德美索嘴角上揚，便立刻笑了起來。牠一邊笑，一邊起身。

「呵呵呵，真是的，好，那我們跟她一起去吧。」

「咦？」

「我的意思是，去迎接你們一行人吧，杉森。沒有必要一定得在這裡等吧？」

克拉德美索把靠在岩石的雙手巨劍舉起，搭到肩上，然後就闊步走著，朝我們方向接近。杉森和我同時都開始往後退，克拉德美索歪著頭，疑惑地說道：

「真是的，如果你們用這種方式走到你們一行人那裡，不會很累嗎？」

沒錯，我們當然是不能一直這樣倒著走。杉森乾咳了一聲，說道：

「啊，謝謝您。您竟然要去迎接我們一行人。那我們引導您過去。」

「好啊。」

杉森和我同時都轉過身去。在這一瞬間，我的後腦杓突然覺得一陣冰涼和毛骨悚然，同時感覺到想要不管三七二十一地往前跑的那種強烈欲望，那種欲望強烈到讓我快忍受不住。我很想往後看，真的！杉森深吸了一口氣，說道：

「那麼，我們走吧。」

杉森如此說完之後，就立刻開始走。嗯。真是驚心動魄的出發。我和杉森頸子後面的毛全都豎起來了，肩膀非常用力，一副如果不對勁就要往前拔腿就跑的姿勢……開始蹩腳地走著。

噗滋、噗滋。啊啊啊，這真的恐怖！從背後傳來的鈍重腳步聲，使我全身都毛骨悚然了起來。剛才明明一直都很平靜的。直到妮莉亞問了那個出乎意料的問題之前，我都還覺得十分溫馨，可是現在卻害怕到毛骨悚然的地步。

嗯？

很溫馨。很溫馨？真是怪了。我曾經跟傑米妮說過一句話：「沒有龍魂使的龍根本不會想和人類溝通，一看到人就會把人殺死。」但是克拉德美索幹嘛要這麼客氣地迎接我們一行人呢？這實在不像龍的行為。

這是……！

我的腦海裡感到一股快爆炸開來的感覺。

我實在快忍不住那種瘋狂地想要逃跑的欲望。可是，在此同時，我卻快要沒辦法踏步出去。我的腿都沒力了，彷彿像是抽筋般痛苦。我用絕望的眼神看了看走在旁邊的杉森。可是杉森只看著前方在走路。這個食人魔，拜託！我現在發覺到一件大事！拜託看看我的眼睛！可是，杉森因為克拉德美索在背後走著，好像連轉頭都不敢轉了。

可是我一定要告訴你這件事啊！

克拉德美索瘋了！

沒錯。克拉德美索已經完全瘋掉了！雖然牠睡了二十一年的時間，可是二十一年前的瘋狂依舊存在。所以、所以牠才會像對待龍那樣對待人類。這實在是太啼笑皆非了。這個完整的種族，居然會很高興地和不完整的我們談話？如果沒有龍魂使就會彼此無法對話，這是我們兩個種族的互動方式，不是嗎？可是剛才，我們居然和一個連龍魂使也沒有的克拉德美索聊天！而且，妮莉亞的問題所引發的那種怪異情緒變化，這就是精神病患的證據啊。哦，我的天啊！我們現在正走在一頭瘋龍的前面！

不行。這實在不行！我不能把瘋龍帶到我們一行人所在的地方。萬一牠發狂了該怎麼辦？應該要停下來才對。可是怎麼辦？我急得都快從頭上冒煙了。伊露莉，妳知道水壺和腦袋瓜的共同點是什麼嗎？

我轉身過去，拔出巨劍，而且同時喊著：

「克拉德美索！」

所有事物都停下來了。

在剎那間，整個盆地在一片沉默之中，只有我的聲音變成山裡的回音，不斷迴盪著。我是個蠟燭匠。可是並沒有規定蠟燭匠就不能當個屠龍勇士啊。杉森開始詛咒這個「想當屠龍勇士的同伴」造成的不幸情況。

「修、修奇？」

我費勁地想把巨劍指向克拉德美索的胸口，可是手抖得太厲害了，無法固定住劍鋒。克拉德美索停下腳步，用訝異的表情低頭看我。

「為何要這樣，修奇？」

「我、我不太喜歡恐怖的想像。可是恐怖的想像有時也是有益的，所以有時候我不得不相信自己的想像。」

「修奇！你在胡說八道什麼啊！」

杉森像是要把我抓來吃掉似的大喊著。可是克拉德美索聽到我的話之後，點了點頭。確實沒錯。克拉德美索瘋了。牠聽到我這句凶惡的話，居然還點頭！

「你想像到什麼呢，修奇？」

「當然是非常恐怖的想像。我想像你可能已經精神異常了。」

「這話聽來很令人不高興。可是你說這是你恐怖的想像，所以我原諒你。你會這樣懷疑的理由是什麼？」

我想要吞一口口水，可是不管多努力，嘴裡都擠不出口水。我的嘴巴越來越乾渴。為何偏偏不下雨了呢？我現在的心情，是想要對著天空張開嘴巴，喝點雨水！

「首先，是因為二十一年前，你做出只能以發瘋來解釋的恐怖破壞行為。」

「這你說得一點也沒錯。」

克拉德美索靜靜地承認了。我的嘴裡很乾，但是汗水卻一直流到下巴。

「再來，第二，是因為剛才你和我們的談話。」

「那段談話的內容中，有特別奇怪的地方嗎？」

「不是，是談話本身！你現在是沒有龍魂使的龍，可是你卻和我們人類『談話』了。這實在是無法解釋的事！只有一個可能，就是你瘋了！」

「呃呃噗！」

杉森發出怪異的呼吸聲，接著就往後退，做出警備狀態。他拔出長劍，站到我旁邊。克拉德美索用憂鬱的目光看了一眼杉森，杉森則是對我說：

「這實在是太可怕的情況，可是沒辦法了。是你說出來的話，你這傢伙就要負責到底。你來證明你的主張正確，要不然，就算是錯的，也要確實證明出來。我知道我不太會講話，所以就交給你了。可是你需要一臂之力時，我會幫你。」

「知道了。」

我一面瞪著克拉德美索，一面說道。（坦白說，這是非常不容易的事。如果是鞋匠米德比說不定可以，但蠟燭匠候補人修奇・尼德法瞪著龍，這是吟遊詩人們即使運用想像力也難以想像的場面吧？）

「好，我的主張是這樣的。你分明已經瘋過一次了，而你剛才的怪異行為，只能解釋為精神病。現在我問你，你精神正常嗎？」

克拉德美索一直盯著我。而在下一瞬間，卻出現了此刻絕對不會出現在他臉上的那種表情。克拉德美索很高興地笑著說：

「哈哈哈！修奇。你問錯問題了。如果我瘋了，我會回答我已經瘋了嗎？」

「是、是這樣嗎？」

杉森的呼吸聲開始變得很急促。他像發狂般低聲吶喊著（杉森真的做得到。他可以像發狂般低聲吶喊，真是太令人尊敬了）：

「你說，是這樣嗎？喂，你這傢伙！你無法確定嗎？」

「稍、稍微再等一下！相信我！嗯，那麼，克拉德美索。你可以解釋一下你的行為嗎？」

杉森雖然低聲吶喊著「我相信你，所以才會相信你說白天跑出來的蝙蝠會挖冬季西瓜的這種話！」等等的話，可是我和克拉德美索卻同樣有默契地無視於杉森的存在。克拉德美索冷靜地說道：

「我已經解釋過了。這是我長久以來的習慣。」
「這根本不成理由！」
「為何不成理由？」
克拉德美索全然沒有要發脾氣的氣氛。好。那麼，這就是要繼續講下去的氣氛了，是吧？
「你不是龍嗎？龍為何會想和我們這種不完整的種族談話呢？你再怎麼說也是接近完整的種族啊！」
「我不知道你在說什麼。」
克拉德美索從剛才開始，就一直以那副出人意料的表情，只回答出人意料的答案。結果變得我覺得自己好像瘋掉了。克拉德美索說道：
「你說的確實是事實。可是，為何這樣一來我就不能和你們談話呢？你應該很清楚祭司這種人吧，祭司甚至可以和神談話。可是龍和人類應該沒有理由不能談話才對。」
咦？我總覺得這好像是卡爾的語氣？我應該清醒一點才對。
「不，你的話並不妥當。祭司們是被選中、來傳播神旨意的人。祭司畢竟也算是神魂使（God raja）。因為他們是連結我們人類和神的人。」
克拉德美索露出微笑，說道：
「神魂使？你這樣說好像很有道理，修奇。」
「那麼我再問一次。你可以解釋你的行為嗎？」
「好像可以。」
「那麼請試著解釋一下。」
我大概會畢生難忘吧。我修奇・尼德法——賀坦特村的蠟燭匠候補人，把劍指向火焰之槍——深赤龍克拉德美索，逼迫牠如果有話就快說。吟遊詩人們都在幹什麼啊？他們都應該看看現在這個場面才對，不是嗎？克拉德美索放下原本搭在肩上的雙手巨劍，像木杖般拄在地上。

「我不知道你在期待我回答什麼。」

克拉德美索慢慢地說出這句話。杉森用力吞口水的聲音非常大聲地傳來。龍又開口說道：

「這樣我只好再重複一遍我說過的。這是我的習慣。」

「……你可以說得明白一點嗎？」

「在這之前，我有話要問你。」

「有話要問我？」

「你們是人類。」

我想要諷刺地說「謝謝，我長到十七歲這麼大，頭一次知道自己竟然是人類！」等等之類的話，最後好不容易才忍了下來。克拉德美索斷斷續續地接著說：

「而我是龍。」

克拉德美索稍微低下頭來，說道：

「你想怎麼樣？」

「咦？」

「如果照你所說的，我已經瘋了，像二十一年前那樣，想要破壞所有東西，那麼，你打算對我怎麼樣？你是人類，而我是龍，你應該是殺不死我的。就算你會死，也要阻擋我嗎？結果就是，你應該將會無法阻擋我，徒然犧牲生命。所以說，我如果不正常，你打算對我怎麼樣？」

因為牠低頭的關係，我看不到牠的眼睛。牠如果不正常呢？我看著克拉德美索，對杉森說：

「杉森，如果你活下來，替我跟傑米妮說對不起。」

有片刻時間，都沒有任何人開口說話。風吹拂著草叢，發出奇特的聲音。呼呼呼嗡。嘘嘘嘘噓。過了一會兒，杉森用生硬的聲音，答道：

「我也一樣。」

「什麼？杉森？你也喜歡傑米妮？」

「不是這個意思，你應該知道吧！」

「哈哈哈哈！」

我們一定得在克拉德美索面前講這種沒水準的對話嗎？可是，這就是賀坦特的方式。我們不怎麼高尚，而且也不高貴。可是我們卻可以冷笑看待死亡。咯咯咯。杉森和我交換了目光。

我們兩個同時把劍直豎起來。克拉德美索的眉毛動了一下。

在這長久的旅途最後，結果竟是我們兩個人這樣站著。我體驗過雷伯涅湖的美麗、拜索斯恩佩的華麗、戴哈帕港的風的憂鬱、永恆森林的神祕、大迷宮的孤獨與淡漠。還有……還有我們兩人最後到了這裡，站在這裡用劍指著這時代最厲害的龍。賀坦特警備隊長和賀坦特蠟燭匠候補人同時說道：

「即使會死，我們也要阻擋你！」

在寂靜中，突然颳起一陣風。

風吹過草葉的葉尖，好像就在克拉德美索的周圍停滯了下來。風尊重克拉德美索，靜靜地停止吹襲。周遭再度陷入一片寂靜。

克拉德美索說道：

「為什麼呢？」

杉森笑著說道：「因為我們的死亡可以拖延同伴逃走的時間。」

沒錯。反正如果活不了，我們只能在前面阻擋，為後面的人著想。不管何時何地，賀坦特男人的最後方式都是一樣。克拉德美索搖了搖頭。

「你們想錯了。你們太過執著眼裡所看到的東西。」

什麼意思啊？接著，在下一刻就颳起了一陣暴風。嘩啊嘩啊啊啊！

「呃啊啊！」

嘶咻！一陣尖銳的聲音傳來，耳膜簡直快被撕裂。嘶咻！嘶咻！而且還有令人無法睜開眼睛的猛烈強風吹襲過來。風一吹來，我感覺自己像是碰撞到牆壁，結果一屁股坐到了地上。屁股好痛啊！可是，令人脊背發涼的響聲還是不斷傳來。嘶咻！草葉全都朝著天空豎立。呼呼呼呼嗡！草屑的旋風颳了起來，草叢簡直像被亂刀切過。

「天啊！」

草葉的旋風上升到空中數百肘高，整個盆地簡直就要往天空飛上去了。草葉和土塊形成了一根柱子。一根猛烈迴轉的旋風柱。而旋風柱的中心，克拉德美索露出牠原本的面貌，站在那裡。

「我的天啊！」

克拉德美索從雲霧之中伸出頭來，正在俯視我們。

是從天空之中，沒錯。牠從天空俯視著我們。我原本想看克拉德美索的臉，卻差點就這麼往後躺了下去。牠有著火紅色的身軀，還有從頭部沿著頸子所呈現的黑色複雜花紋。連腳尖也黑得像煤炭。整體模樣看起來就像是熾烈燃燒的煤炭。這情景我們曾經遇過一次，可是為何龍這種朋友我就是看不習慣呢？因為牠們是難以交往的朋友。草葉和土塊如今全都飛遠了，在變得乾淨的天空裡，克拉德美索正在盯著我們。

「比基果雷德還要大耶！」

杉森簡單地說出了感想。杉森，我真敬愛你！你怎麼有辦法還沒坐到地上？我很快地站起來，又坐下去。此時，克拉德美索說道：

「你們覺得你們的死可以救同伴？」

我牙齒咬得太用力，牙齦簡直都快斷裂了。克拉德美索的聲音很大，就像是一年份的暴風一次全都吹襲而來。克拉德美索又再說道：

「現在你們看清楚我的模樣，說說看。你們丟了自己的性命，真的可以救得了同伴們嗎？華麗的自殺，現在已經是不可能了。你們難道喜歡比較不華麗的自殺？還是喜歡無意義的自殺？」

「華麗的……自殺？」

「當然！我們已經救了他們了！」

杉森喊叫著，蓋過了我的反問。杉森把長劍往上揮舞，喊著：

「現在我們同伴會看到你的模樣！」

這是當然的。即使不是溫柴，也能一眼就看到巨大的克拉德美索。杉森喊著：

「現在如果你攻擊我們的話……」

突然間，杉森的話接不下去了。

「如果你……攻擊我們的話……這一幕如果被我們同伴……」

我搖了搖頭。我們同伴真的會逃走嗎？克拉德美索的攻擊，他們一定會一眼就看到。那麼他們會逃走嗎？我總覺得他們會做出「趕快帶蕾妮跑過來，締結契約，好救我們」的這種誇張行為。

克拉德美索冷笑著說話。牠一定看得到吧？牠一定可以看得到其他人的行動吧？

「如果我攻擊你們的話呢？他們看到這一幕，會為了避開危險而逃跑嗎？」

答案並沒有從杉森的嘴裡說出來。因為，從後面草叢移動過來的聲音大聲地傳來，克拉德美索的這個問題的答案也跟著傳來。

「費西佛老弟——！尼德法老弟——！」

笑吧，快笑。呵呵，呵呵呵！

09

「請住手！」

卡爾揮搖著手臂，從草叢裡衝了出來。跑到一半，他的腳被草絆到，直接就往前跌了一跤。

「呃啊！」砰！可是卡爾一跌倒，馬上就如閃電般快速再站起來，喊著：

「克拉德美索！請住手！龍魂使到了！哎喲，我的膝蓋！」

卡爾用半蹲的姿勢，揉著膝蓋，但同時還是態度昂然地說出這番話。我們故鄉的人，怎麼都如此擅長做一些別人不會做的奇怪動作？用半蹲的動作，以昂然的態度說話，這實在是滿高難度的。

接著，傑倫特忽地衝了出來。傑倫特像是要阻擋克拉德美索似的，把兩隻手臂往上舉起，高喊著：

「等等！性急乃龍與人類都該警戒之惡性！請等一下！龍魂使到了！您期待與苦等的龍魂使到了！」

我、我這些荒唐的同伴啊！然後，亞夫奈德和艾賽韓德就比較體面了，他們緩慢地走來。亞夫奈德一言不發地把雙手合握著，瞄了一眼克拉德美索，隨即看著我們。他的神情看起來很泰然自若，可是，他的嘴巴一張開，就傳來了無法隱藏的顫抖聲音。

「你們兩個沒事。太，太好了。」

「你們為什麼不逃走？」

艾賽韓德聽到杉森這句喊叫，皺起了眉頭。

「你說什麼啊？我們是來訂契約的，又不是為了來看克拉德美索，看完後就逃走。」

過了一會兒，妮莉亞和溫柴把蕾妮護在中間，走了過來。妮莉亞簡直像是快要無法移動腳步了，可是蕾妮卻一副冷靜的表情。蕾妮比我們還要更往前跨兩步之後，抬頭看克拉德美索。在大夥兒吃驚望著蕾妮之際，克拉德美索說道：

「妳就是龍魂使。」

「是的。」

蕾妮的回答甚至到了氣定神閒的態度。這是怎麼一回事？平常很膽小的蕾妮這會兒怎麼這麼鎮靜？她的臉上是難以言喻的那種奇特表情。此時，跟在溫柴後面、最後出現的，是艾德琳扶著吉西恩走來。克拉德美索喃喃地說：

「巨魔女祭司？」

艾德琳用另一隻手，把濕透的頭罩慢慢翻到後面，抬頭看克拉德美索。

「是的，克拉德美索。」

「是什麼樣的造化，如此引導妳？」

「那是您應該也猜得到的人。會決心要使一個巨魔貢獻成為神之權杖的人，應該是不多。」

「原來是亨德列克。」

「是的。」

克拉德美索點了點頭。我覺得天空好像快塌下來了。天啊，克拉德美索怎麼也知道亨德列克的事？然後，牠對吉西恩說：

「你是吉西恩・拜索斯嗎？」

「咳！是……是的，偉大的龍啊。」

克拉德美索突然稍微低頭，直盯著吉西恩。吉西恩臉色蒼白，但還是努力昂首迎視牠的目光。克拉德美索用疑惑的語氣說：

「你看起來好像快死了。那隻禿鷹是來帶你走的亞色斯傳令者嗎？」

什麼？在大夥兒的驚訝眼神注視之下，吉西恩冷靜地回答：

「這我，咳！不知道。但我希望不是這樣。咳。」

「我知道了。你們的目的應該是龍魂使的契約吧？」

卡爾點了點頭，正想要回答，可是在這之前，我已經先大喊了。

「不可以！」

大夥兒的目光都滿裝著各自的疑惑，向我投射而來。我抬頭，向克拉德美索喊道：

「首先，請您先回答我的問題！我們當然是來和克拉德美索訂契約的，但不是要來把一頭瘋龍帶往我們國家！」

「尼、尼德法老弟？」

卡爾臉色發白地喊道。我對卡爾搖了搖頭之後，又再對克拉德美索喊著：

「我知道自己現在或許太無禮。可是，如果您覺得我的疑慮很正當，就請原諒我，並請回答我的問題！」

這對一個不過是個蠟燭匠候補人的十七歲少年而言，是個難以承擔的賭注。可是我有第一等的好牌。因為，龍魂使終於已經到達這裡了。蕾妮已經抵達，那麼，如果克拉德美索沒瘋，當然就不會以我無禮為理由而殺死我。因為，可能成為牠的龍魂使的這個少女，是我的同伴。而萬一牠真的瘋了呢？反正在那種情況下，也不會有任何情理存在的。

克拉德美索答道：

「我的精神狀態很正常。」

杉森安心地喘了一口氣。啊啊，杉森。見到水車磨坊的姑娘時，拜託請你不要做出這種動作。難道瘋子會說自己發瘋了？

「那麼剛才你的行為是怎麼一回事？你怎麼會和我們談話呢？直到剛才為止，不對，到現在為止，你都還是沒有龍魂使的龍啊！」

卡爾的眼裡閃現出一道銳利的光芒。他看了看杉森，杉森則是點了點頭。

克拉德美索答道：

「是的。我是自由的龍，而且……」

克拉德美索先停頓了一下，然後又再慢慢地說：

「比起自由，我是更喜約束的龍。」

「咦？」

「是憧憬你們那種約束感的龍。」

什麼意思啊？

「我是……深赤龍。」

克拉德美索像唸獨白般說著：

「以種族的意義而言，龍已經死了。」

「到底是什麼……」

「等一下。」

克拉德美索低沉但強硬地說道，然後我就無法再說什麼了。克拉德美索看著蕾妮。

「擁有龍魂使命運的少女啊。」

「是，克拉德美索。」

我回頭看到蕾妮，她面帶著令人超乎想像的表情。蕾妮居然在露出淺淺的微笑。雖然是略帶悲傷的微笑，但她確實在微笑。到底怎麼一回事啊？不過，我可以確定一件事，那就是我再怎麼樣也不會猜得透龍與龍魂使的關係。

在蕾妮回答的那一瞬間，我們全都不知不覺地往後退。雖然不過是退了一、兩步，可是現在我們完全被排除在外了。我感覺我們彷彿像是傭人，因為主人和賓客的對話內容，而驚訝得趕緊退下。如今，盆地裡像是只剩下克拉德美索和蕾妮。

克拉德美索像吟詩般說著：

「真高興認識妳。妳來這裡的一路上辛苦了。」

「謝謝您。」

蕾妮既沒有低頭，連眨眼也沒眨，如此說道。克拉德美索說：

「妳的宿命與我的宿命是在這裡相遇，妳成為龍魂使，使我和人類做連結。直到妳自然死亡而分離我們的時刻為止，或者因妳和我兩者的要求而將我們的宿命分開到彼此不同的路為止，妳都能執行這任務。如果妳瞭解妳的任務，請告訴我，妳是否接受這任務？」

蕾妮用和氣的表情，直接說道：

「我願意接受。現在，由我來問您。」

後面那句令人意想不到的話，使我們大吃了一驚。蕾妮毫不動搖地說：

「請問您是否接受？」

啊啊，對哦。沒錯。這應該要相互同意。蕾妮，妳滿聰明的！我看到卡爾喘了一口氣。我們看著克拉德美索。克拉德美索回答：

「我不願意接受。」

最先做出反應的竟然是艾賽韓德。

「為什麼！為什麼？」

我聽到艾賽韓德的高喊聲，才回過神來。可是我還是頭腦一片茫然。現在克拉德美索說了什麼？牠說牠不願意接受？

「為什麼不接受呢，克拉德美索！」

啪。我轉頭一看，妮莉亞一屁股坐到了地上。妮莉亞就像是個眼睛看不到東西的人，揮搖著手臂去抓溫柴的腿，然後緊緊抱著溫柴的腿，不停顫抖。可是溫柴連想低頭看妮莉亞也沒有想到，他稍微張開嘴巴，抬頭看著克拉德美索。我忍不住大喊：

「怎麼會這樣！你不是說過嗎？你說蕾妮說不定是優比涅安排給你的伴侶……」

「那是優比涅的決定，並不是我的決定。」

克拉德美索回答的語氣簡直可以說是很單調。然而，我卻無話可說了。這個世界並不是只有按照優比涅的決定來運轉。因為有賀加涅斯。因為有個人的意志。卡爾費力地開口：

「偉大的龍啊……」

「你真的這麼想嗎？」

「咦？」

「你真的把我當成是偉大的龍嗎？你尊敬我嗎？」

「因為您是值得尊敬的偉大生命啊。您擁有深淵的智慧、可以隨意延伸其智慧的強大力量。您是擁有這所有力量者。可是，您為何這樣說呢？」

「那麼，你們是透過龍魂使來達到我的水準，還是透過龍魂使，使我達到你們的水準呢？」

「咦？」

呃，咦？這是我們根本沒思考過的問題！不對，是連想像也不曾想像過。對於龍魂使，我們沒有用這種方式思考過。克拉德美索說道：

「彼此不同的兩個知性體接觸時，一定會發生變化。你是人類，所以對此事實，應該是比我還清楚。難不成你是相信在彼此接觸下仍能保有自己特性的那種浪漫主義者嗎？」

「不是的。那是不可能做得到的。」

「看來你很清楚這個道理。我不希望再有變化，所以不想再和人類締結關係。因為我已經充分人類化了。就如剛才那個少年所說，我已經很像你們，甚至到了可以和你們對話的地步。我是說，我即使沒有龍魂使也可以和你們對話。可以對話，這是很不得了的事。請你說說看，人類啊，那邊那名戰士看起來是傑彭人。從他的身體可以感受到一股沙漠的氣息。」

克拉德美索突然說到溫柴。我們驚訝地看了一下溫柴，又看了一下克拉德美索。溫柴緊咬著下嘴唇，抬頭看克拉德美索，而克拉德美索則是用冷淡的語氣說：

「傑彭戰士，你可以和拜索斯的女性對話嗎？」

「……可以。」

克拉德美索點了點頭。

「看來好像是這樣。你旁邊的女人，我看到她靠在你身上，便覺得是如此。我可以思考出比你們還要更快、更多的想法。好，現在我問你。這位傑彭戰士啊，你沒有改變嗎？」

溫柴咬著牙，一副可怕的表情。他突然低頭看著在抱他腿的妮莉亞。而妮莉亞則是含淚睜大眼睛在抬頭看溫柴。溫柴稍微搖了搖頭，又再抬頭望著，說道：

「……我變了。」

克拉德美索稍微轉頭，看著艾德琳。

「妳看起來幾乎是人類了。這位女祭司啊。」

「是嗎？連外貌也是嗎？」

「我是龍，外貌對我並沒有什麼意義。妳自己回答吧。妳的行為舉止是巨魔的行為舉止，還是人類的行為舉止？」

艾德琳平靜地點了點頭。

「是近乎人類的行為舉止。」

「那麼妳也改變了。」

「不是的。我從一出生就和人類在一起，所以我會像人類。這並不是改變而來的。」

「那麼血的本能呢？女祭司啊，神創造了這個世界，在區分種族的時候，是讓他們一出生就能區分是哪一個種族，而不是在成長過程創造其種族特性。妳生為巨魔，但是，因為人類而改變了妳。」

艾德琳並沒有答話，而是把頭稍微低下來。克拉德美索稍微往後退，看著天空。牠一看天空，我就看不見牠的頭了，只看得到腿和胸部。

「路坦尼歐啊……」

克拉德美索如呻吟般說著：

「你的行為雖然是一瞬間的，影響卻超過三世紀，而且還會繼續影響，不，是影響越來越大。」

卡爾向前走去，正要說些什麼的時候，克拉德美索的胸部上面突然又再出現牠的臉孔。克拉德美索俯視我們，說道：

「請回去吧。」

「咦？」

「請回去吧。契約被拒絕了，我跟你們已經沒有關係了。」

好像就連卡爾也不想再說什麼。他雖然像是要吶喊什麼似的舉起手臂，但是立刻無力地放下手臂。他激烈地搖了搖頭。沒想到結局居然會變得如此虛無？在最後的最後，被克拉德美索拒絕了！那段奔走、那段冒險、那些逆境全都變成什麼了？我們就這樣要回去了嗎？克拉德美索拒絕了契約，那麼現在應該要怎麼做才好？

不。嗯，也有可能不會有什麼事。我們當初為何要帶蕾妮來這裡？我們是因為擔憂克拉德美索又再一次破壞拜索斯，不是嗎？可是現在從克拉德美索的模樣看來，我們似乎已經可以忘記那份擔憂了。那麼，即使我們的努力歸為泡影，目的還是達成了，是吧？

就在這個時候——

「克拉德美索。」

是蕾妮。她不知何時已經往前走出一步。她把頭盡量往後仰，抬頭看克拉德美索。克拉德美索則是優雅地彎下長頸，低頭看蕾妮。
蕾妮說道：
「昨天晚上，我聽到了亨德列克的一段話。」
「亨德列克的話？」
「是的。亨德列克透過在場的這位艾德琳，告訴我一些話。因為我要來找您，所以他給我一些建言。」
「什麼樣的建言？」
啊？她想要說那些話？她要把艾德琳轉述的那些可笑的話講出來？亞夫奈德的臉色變得像白紙般蒼白。蕾妮則是鼓起胸膛，深深地吸了一口氣。
「亨德列克如此說道：『不要把成為龍魂使當作是件很偉大的事，要想成是在交一個朋友。即使這個朋友的塊頭大得有些誇張，雖然有時打飽嗝打得稍微不對，就會噴火，可是朋友之間，這些都是可以睜一隻眼閉一隻眼的。』」
啊啊啊！這怎麼和我預想的差好多。我原本以為杉森會讓克拉德美索生氣，卻沒想到是蕾妮會讓牠生氣！在這節骨眼上，傑倫特還撇過頭去咯咯笑了起來，結果變成大家強烈抗議目光的集中焦點。可是克拉德美索呢？
克拉德美索一言不發地低頭看著蕾妮。牠會不會很生氣啊？牠是不是要直接把蕾妮給踩下去？就在我忍不住要往前衝的時候，蕾妮接著說：
「我原本以為這番話只是要讓我解除緊張的玩笑話。」
那當然是玩笑話，要不然呢？妳想要說什麼啊，蕾妮？蕾妮稍微搖了搖頭，雙手稍微往上舉起，輕聲地說：

「克拉德美索，看來我應該是龍魂使沒有錯。我遇到基果雷德時，也是這樣，而現在我也能感受到您的心情。您是不是……」

感受到心情？蕾妮感受得到克拉德美索的心情？蕾妮說道：

「很寂寞呢？」

咚！

在細長草葉上的雨珠凝結滴落下來的聲音傳來。四周寂靜，一頭頂天而立的龍正在俯視著龍魂使。

克拉德美索抬起頭來。

噗呼呼呼！颳起的強風將牠全身覆蓋住。場面突然變得極度混亂，大家在尖聲大喊，陷於魂飛魄散的混亂之際，暴風不見了。

而克拉德美索，則又再恢復為人類的面貌。

克拉德美索低頭看蕾妮。呃嗯。即使恢復為人類的面貌，牠還是身軀壯碩，所以蕾妮依舊得要盡量抬頭來看牠。蕾妮用驚訝的眼神看了看克拉德美索，說道：

「……您是克拉德美索？」

克拉德美索露出稍微訝異的表情之後，笑著點了點頭。

「是啊，龍魂使。這是用變身變出來的。龍可以變身成好幾種模樣。」

「啊，是真的嗎？對不起。我、我是個孤陋寡聞的丫頭……」

「可是，妳是一個可以看透我心情的龍魂使。不是嗎？」
蕾妮紅著臉，低下頭來。
傑倫特興奮得像是眼睛快迸出來似的，一直猛喘氣。亞夫奈德和艾賽韓德則是張著幾乎同樣大小的嘴巴，卡爾在驚嘆不已。克拉德美索環視我們每個人之後，又再把頭轉向蕾妮。
「在妳面前，我無法掩飾我的心情。雖然這樣很不公平，可是龍魂使啊，宿命原本就是沒有所謂的公平或不公平。」
蕾妮只是微微抬起眼睛，仰望著克拉德美索。
「妳問我是不是很寂寞？」
「是的……」
「會問已經知道的事實、已經看得出來的事實，這是人類與人類的對話方式，並不是龍與龍魂使的對話方式啊，龍魂使。」
「……是，我確實沒有必要問您。您很寂寞。」
「到什麼程度？」
「刻骨深切的寂寞。」
克拉德美索帶著微笑，靜靜地搖頭。
「妳錯了。蕾妮。我的寂寞如果是用人類的器皿來裝，是太過龐大了，可是如果是用龍的器皿來裝，還夠裝承。」
「您的意思是，如果是龍，比較能夠忍受下來，是嗎？」
「是的。」
蕾妮用手捂住她的嘴巴。她就這樣垂下眼睛，然後用垂下眼睛的模樣，搖了搖頭。

「不、不是的。」

克拉德美索默默地看著蕾妮。呵，真是的。一直聽著主人們生氣對話的那些下人的心情，我現在已經實際感受到了！蕾妮說道：

「您說謊。您是無法感受到寂寞的龍。您說，龍比較能夠忍受寂寞，這是不可能的。反而龍會更加感到痛苦，因為您——」

「龍魂使啊。」

「——愛人類。」

克拉德美索的話還沒講完，蕾妮就如刀割般犀利地說話。克拉德美索閉上了他的嘴巴。

蕾妮的話使克拉德美索閉上嘴巴，不僅如此，還讓周圍的所有嘴巴也閉上了。在我越來越茫然的腦海裡湧上了各種想法。一頭龍愛人類？怎麼會呢？在牠們看來，只不過是無限愚蠢而且弱小的我們，牠竟然愛我們？

克拉德美索突然在蕾妮面前蹲下一邊膝蓋。現在牠大約到蕾妮的眼睛高度。蕾妮紅著臉，但這一次她並沒有低頭。克拉德美索把雙手握在膝蓋上面，對蕾妮說：

「蕾妮。」

「是。」

「妳想想看，蕾妮。比較低級的生物會被比較高級的生物所吸引，比較單純的生物會被比較複雜的生物所吸引，這是當然的事！那麼，必滅者當然會愛不滅者，不是嗎？」

是這樣嗎？就像人類會愛神那樣？

「你們是不滅的種族。像我這樣狼狽的龍，當然會不得不敬愛你們種族。」

我們是不滅的種族？你是狼狽的龍？蕾妮稍微張開嘴巴，失神地聽著克拉德美索說話。

「卡穆和泰班一起來找我的那天，彷彿就像只是昨日。」

泰班！賀坦特男子們的眼裡都迸出了火花。可是正在看著蕾妮的克拉德美索並沒有察覺。

「直到那個時候，我也都還無法預想到這種結果，蕾妮。比起你們人類所感受到的，我更瞭解我的智慧與知識的深度。可是我以前沒有預想到，我竟然會懷念那段和卡穆在一起的日子，憧憬人類的模樣。這讓我愛上了人類。但是現在我已經清楚瞭解。」

克拉德美索稍微歪著頭，笑著說：

「正如同江水懷念大海而奔向大海，而我則是不得不懷念人類。」

克拉德美索起身。牠轉頭去看卡爾。

「我已經說過了。如果讓互相不同的兩個知性接觸，一定會引起改變。懷念大海而奔向大海的江水，最後會變成大海。你們人類當時對我而言，實在是太不相同了。你們人類找來龍魂使，致使我走向別的道路。另一方面，我當時以為即使和你們牽扯上關係，我還是有自信可以守住自己。所以我那時候才會接受和卡穆的契約。結果我變成什麼樣子了，你們看看。」

克拉德美索面向天空，說道：

「我已經失去了精神性的原狀穩定性（homeostasis）。」

天啊！牠居然失去了那種東西？名字這麼長，我想一定是非常重要的東西。可是卡爾好像聽得懂。現在克拉德美索變成人類的模樣，仰望起來大大舒服多了。卡爾望著克拉德美索，用乾澀的聲音說道：

「這真是令人難以相信，因為您是屬於最上等的生物。」

「我不是。」

克拉德美索雖然不是講得很斷然，但這就和斷然沒有兩樣。

「請看吧。請看看我這可恨的自我確認。杉森，你剛才問過我，我為何在沒有任何人的地方變成人類的外貌。你如果曾在沒有任何人看到的小房間裡手淫過，你應該就會理解我的行為了。」

呃！牠居然用這麼厚臉皮的表情說了這種話！吉西恩的咳嗽聲突然升高，妮莉亞、蕾妮和亞夫奈德則是嚇得往後退。其他人也全都臉紅了。但是我看到這時的傑倫特和艾德琳卻是歪著頭。奇怪了，艾德琳我是能理解，難道……傑倫特？杉森臉色一陣青一陣紅地答道：

「請、請您說話高尚一點。」

克拉德美索露出了微笑。

「雖然對於你們的禮法或倫理，我可以理解，但是很難感受到那種情感，所以請各位原諒。你們表現出彷彿像是絕對不會做那種行為，卻公然做出來，或在腦海裡想像，對於這一點，我實在難以理解。」

杉森閉上嘴巴不說話。克拉德美索說道：

「不管怎麼樣，這件事……就像這樣，和自慰行為一樣。我不得不在沒有人的這塊盆地上，變成人類的模樣，做自我確認。我不是指龍的模樣，而是人類的模樣。所以，你們看看我已經改變多少了！」

突然間，我感到一股難以壓抑的情緒。

我感覺喉嚨裡有熱燙的東西忽然湧上來，哽咽著。這是種被騙的感覺。沒錯。這真的是被騙。我們忍受了那麼多的恐懼、那麼多的逆境，最後終於見到的龍，原來只不過是這樣的龍？破壞大陸的龍之恐懼，讓萬人顫慄的龍，某個人還背叛了國家，而且甚至不惜以至親為工具也要見到的龍，只是這樣而已？哈修泰爾侯爵，你反倒是比較可憐啊。你看看，你如此想擁有的龍，竟是頭什麼樣的龍。

是一頭陷於自我憐憫的龍啊！

「所以呢？」

我的嘴巴又在惹是生非了。克拉德美索轉頭看我。

「所以呢？您就不再想和人類有任何關係了嗎？不管我們會變成什麼樣子，您都不想管，您要拋棄我們，在這深山裡，裝得像一頭偉大的龍那樣，繼續做著我們無法理解的深奧省思和自我觀照，戲弄這個世界？」

「修奇，你誤會我了。」

「誤會，那是很了不起的關係。人類和人類之間也會有誤會，可是如果說龍和人類之間不會有誤會，那是天大的笑話。可是，您的恐懼到底是什麼呢？」

「恐懼？」

「您在害怕什麼呢？害怕我們人類嗎，還是您自己脆弱的模樣呢？」

老爸，說不定賀坦特蠟燭匠要絕後了。可是想說的話無法哽在喉嚨裡，這是尼德法家的傳統，不是嗎？直到杉森如風般飛躍身子、跑來把我的嘴堵住之前，我都正眼直視著克拉德美索。杉森從我背後摟住，喊著：

「您發現到這傢伙的真面目了吧？是！正如您所想的，這個傢伙正是發瘋人類的代表性例子。嗯哈哈哈哈！」

「嗚！嗚！咿咿嗚！」

「呃啊啊！」

杉森猛搖自己被咬的那隻手，然後高舉他的腿，想要踢我的屁股。我往旁邊閃去，結果杉森就撲了個空，往後跌了一跤。

「哎喲！」

「你不要那麼囉唆！我既然已經問了，就該聽到答案才行。」

杉森坐在地上，抓了一把他身旁的草，對我丟過來，喊道：

「這個呆瓜！隨便你！」

杉森丟出的草屑乘著風飄揚起來。我又再轉身看克拉德美索。

一陣風吹來。

長滿了整個盆地的草叢起了波浪。輕飄飄的枯黃草葉，發出了噓噓的口哨聲。而在這草葉的波浪上面，飄浮的淡綠色水光斑點之中，牠和我互相凝視著彼此。在陰霾的天空底下，克拉德美索的臉孔看起來很蒼白。牠的前額頭髮被風吹拂，蓋住了牠的臉。

就在我感覺克拉德美索絕對不會回答的時候，克拉德美索說道：

「我害怕的，是我脆弱的模樣。」

就連一行人的呼吸聲，我也聽不到了。

「我要是再憧憬你們，一定會失去自己的原本面貌，愚蠢地從你們的觀點去看世界。這等於是從根本去破壞深赤龍的規則。」

「您是指，維持平衡？維持善惡平衡的原則嗎？」

「是啊。」

「為什麼呢？您這是太小看您自己了！很多龍都有龍魂使為伴，我到現在為止，根本沒聽過有龍因為憧憬人類而變得像人類的事。龍一向都是以龍自居……」

「你又在強求我用人類的觀點看事情了。」

「咦？」

「你說有很多龍？才僅僅三百年的時間，不是嗎？這對我們而言，只不過像一個季節左右啊。說不定這可以說是龍這個種族的……魔法之秋吧。」

魔法之秋！

好久沒聽到這幾個字了。我全身神經都緊繃了起來。為何是魔法之秋呢？

「從路坦尼歐開始，到尼西恩為止的拜索斯王族歷史，對龍族而言，是印象深刻，但只不過算是小小的插曲。可是這或許可以稱之為魔法之秋，可以說是其他三百年都無法比擬的三百年，這一點應該要予以肯定才對。」

沒錯，這是有可能的。因為是龍。因為牠們把六十年如同一天那樣度過。現在想一想，這真的是不算長的歲月啊。畢竟在我旁邊，不正好就有一位三百年前出生的矮人嗎？而且三百年前的大法師至今還活著，並且影響我們的這次旅行，一直在看著我們。

「我很累了，修奇。光是找尋善惡的中心點，我就覺得很吃力。我如果連人類這個包袱也承擔下來，實在沒有自信能處在世界的中心點。」

在克拉德美索深邃的眼神之中所呈現的，是這個不屈不撓的種族所感受到的莫大疲憊的證據嗎？這是人類數十倍的年輪、數十倍的智慧，還有活過數十倍的歲月，所感受到的數十倍痛苦與矛盾。

「可是……」

「尼德法老弟。」

我轉過頭去。卡爾正在看著我。

「不要再說了。」

「咦？卡爾！」

「克拉德美索牠原本就是關照世上的深赤龍。」

卡爾就在龍的旁邊，可是他卻開始展現用第三人稱來講述的了不起本事。

「即使牠具有行動上的強韌感，因而擁有接近無敵的威力，這也不是牠原本的秉性。我們應該學習並促進牠自我的那種模樣。把自己放在善惡的中心……關於這一點，其實，猛衝到極端是件很容易的事，可是要維持在中間點，卻會比衝向兩邊極端還要加倍困難。這是因為對兩邊都必須要警戒的關係。」

克拉德美索露出一個淒涼的冷笑，我閉上了嘴巴。是啊。克拉德美索一定是最累的龍。紅龍只要依照自己的欲望活著就行。金龍呢……也是只要按照自己的欲望，也就是牠希望做善良行為的那種欲望。

「牠現在甚至想離開所愛的人類身邊，以保持自己的中庸。我對這種中庸性，既不是贊同，也不反對，可是我贊成牠努力維持自己認為對的事。」

「咳，咳咳，卡爾……」

這一次，則是吉西恩看著卡爾。可是卡爾搖了搖頭。

「吉西恩，我知道你的心情。基果雷德的失蹤減弱了拜索斯的兵力，你為了這件事，希望牠能幫助拜索斯。可是如果要我說出我的想法，我則是希望尊重牠的意思。」

卡爾看著克拉德美索。克拉德美索用深邃的眼神，迎視卡爾的目光。

「正如同這位少年所說的，我們來找您，是因為擔心您會不會和過去那個時候一樣精神錯亂。」

「是嗎？」

「是的。為了能事先阻擋您對拜索斯做出狂暴行為，所以我們來找您，想說服您締結龍魂使的契約。可是我現在並沒有對您感到不安。」

連艾賽韓德聽到卡爾這番話，也深深地點了點頭。克拉德美索說道：

「我答應你。我不會以二十一年前的那種瘋狂去破壞拜索斯。反而我心裡想的，是要向在這裡的吉西恩對那件事道歉。你接受我的道歉嗎？」

吉西恩緊咬著牙齒，看著克拉德美索。突然間，我在想，他說不定會喊著「我不接受你的道歉，我要你締結龍魂使的契約！」可是，我的國王他靜靜地說：

「您沒有必要，咳咳，道歉。卡穆……卡穆是因為人類的事而死亡的。反，咳咳！反而是我身為人類，要向您道歉。」

「謝謝。」

卡爾用心滿意足的表情，把雙手稍微張開，說道：

「雖然龍魂使的契約無法成功，但是我覺得我們的目的已經達成了。謝謝您。」

「讓你們辛苦走了這麼遠的路，真對不起了。」

「不，沒關係。」

此時，傑倫特走向前去。他搔了搔後腦杓，說道：

「嗯，克拉德美索，我有話想說。在古代傳說裡，善良的冒險家如果見到偉大的龍，大都會收到珍貴的禮物或者祝福之類的東西，不是嗎？」

呃呃呃！真是太丟臉了！傑倫特，你怎麼這麼丟臉啊？你在大迷宮裡不是拿了很多寶物嗎？

就連克拉德美索也露出呆愣住的微笑，看著傑倫特。妮莉亞驚慌得想要說什麼的時候，傑倫特笑著說：

「哈哈哈！我今天才知道這是事實。您真的讓我們思考了許多事。克拉德美索您等於是永遠祝福了人類。」

杉森、亞夫奈德和我同時都吁了一口氣。克拉德美索則是哈哈大笑了出來。

「呵呵呵。在我認為，人類即使沒有特別的祝福，也是非常優秀且了不起。畢竟為什麼優比涅與賀加涅斯兩者全都在觀望你們呢？」

「您使我們確定了這一點。謝謝您！」

接著，艾德琳說道：

「火焰之槍——克拉德美索啊。我實在不知該如何慰勉您保持中庸的那份辛勞。如果您允許的話，我希望能為您祈禱。」

「謝謝妳。在辛苦的修行路上，以巨魔的腳步行走，似乎會更加困難，但是我希望艾德布洛伊總是牽引著妳。」

艾德琳高興地笑了。嗯。現在在艾德琳那樣笑著的表情裡，我可以感受到一股喜悅。杉森突然走向前去，說道：

「那個，您可以到西部去旅行一次嗎？因為在我們故鄉村子那邊，有一頭名叫阿姆塔特，非常凶惡的黑龍！這個傢伙破壞了這世上善惡的平衡，而且不是那種普通破壞的程度……」

「費、費西佛老弟！」

在卡爾的高喊聲響起的同時，克拉德美索呵呵笑著說：

「杉森，很抱歉的是，若不是有特別的情況，我會尊重同族的領域權。而且我有我自己不同的善惡基準。」

「啊，對哦！」

原本想要對一頭龍告發另一頭龍惡行的杉森，趕緊捂住了嘴巴。艾賽韓德一邊微笑著，一邊拍了一下杉森的腰。然後他乾咳了幾聲之後，說道：

「咳，咳嗯。克拉德美索，我是矮人的敲打者，名叫艾賽韓德・愛因德夫。我們矮人有個特別的問題。」

「請說吧，敲打者。」

「在褐色山脈裡，有一處矮人的定居地。而您現在已經進入活動期了，您為了要飛到天上去，一定需要吃下相當多的寶石吧？所以在此，我有個不同於人類的特殊問題。如果您要住在這裡，嗯，為了奠定彼此的和睦關係，我們想送您寶石。當然，如果您攻擊我們、直接來搶寶石，會更容易得到，而且得到更多，這一點我無可否認，但是……」

克拉德美索搖了搖頭。

「你的擔憂我能理解，但是你想錯了，艾賽韓德。我並沒有為了飛上天空而吃掉寶石。」

「什麼？」

「我也很喜歡寶石，但是吃了那些重寶石，就無法飛行了。你如果一定要送我禮物，我希望能送我對你們而言不是那麼有價值的礦石，例如硫化鐵、硫化銅，這樣就可以了。」

「硫化鐵？什麼……難道您是想製造硫酸？」

此時，亞夫奈德彈了一下手指。他被自己的動作嚇了一跳，趕緊彎下腰來，對艾賽韓德說道：

「我好像知道。我記得曾經在書上讀過，牠們會利用硫酸製造氫氣。從稀硫酸和金屬的反應作用裡，能夠收集到氫氣。用那種東西，可以減重到能飛行的程度。」

艾賽韓德深深地點了點頭。他鐵定是完全聽不懂吧。哈哈哈。

「是嗎？如果是那種東西，要多少我都可以送您。」

「謝謝。我也會努力保持鄰居應有的禮貌。」

然後，克拉德美索突然往前伸出手來。艾賽韓德先是嚇了一跳，不過，他隨即滿面笑容地握了克拉德美索的手。當然啦，艾賽韓德又再讓我確定了他有特殊本事——能夠很優雅地踮腳尖。

卡爾表情高興地說：

「那麼，現在我們回去吧。」

大夥兒全都面向克拉德美索，為了道別而排成了一列。這真的是大家不約而同做出來的動作。哈哈哈。

可是此時，只有一個人和我們做出不同的動作。

那就是蕾妮。她用忐忑不安的表情，一會兒看我們，一會兒看克拉德美索。她舉起手來開始咬她的手指甲。卡爾歪著頭，疑惑地問她：

「蕾妮小姐？」

「那、那個，卡爾叔叔，我們現在要回去了嗎？就這樣要回去了嗎？」

「是的。難道有什麼不對的地方嗎？」

「不是的……沒有不對的地方。可是……我當然也想回去。我想回去我爸身邊。但是……不知為何，我總覺得這樣回去好像不妥……」

卡爾只面帶著訝異的表情，一言不發地看著蕾妮。然後他轉頭去看克拉德美索。如果是龍的事，龍魂使一定很清楚。那麼反過來說，如果是龍魂使的事，龍一定是最清楚的吧？

克拉德美索又再蹲在蕾妮面前，抬頭看蕾妮。蕾妮垂下眼睛，只咬著手指甲，避開不看克拉德美索的臉。克拉德美索說道：

「蕾妮。」

「克、克拉德美索先生！」

蕾妮抬頭突然喊了一聲之後，就又再垂下眼睛。克拉德美索很有耐性地等待蕾妮說話。最後，蕾妮開始斷斷續續地說：

「我如果把您這樣單、單獨留下……嗯，那個，雖然我這樣說似乎不像話，但是，我覺得簡直就像……」

「簡直就像？」

「像是把小孩子單獨留下來……」

蕾妮無法把話說完，漲紅著臉，把頭低垂到幾乎碰到胸口。溫柴呻吟了一下，而不知何時已經摟著溫柴手臂的妮莉亞則是驚呼了一聲。

可是，克拉德美索並沒有生氣。

「蕾妮，我很謝謝妳那顆善良的心。妳感受到我的孤單，可是，妳不必那麼在意。我即使看起來如此，也是一頭年齡比妳至少大上數十倍的龍。」

「我、我……是不是很無禮？」

「不是。蕾妮妳是龍魂使，而且擁有一顆善良的心，所以我不會認為妳無禮，反而覺得很感激。如果妳有想要的東西，可以告訴我。」

「咦？」

「這也算是龍魂使與龍的會面。即使合約沒有締結，我還是遇到了一個少數能瞭解龍的人，我想送個小小的禮物以作為紀念。妳有想要的東西嗎？」

蕾妮抬起頭來。她的眼裡含著眼淚。

「想要的東西？我沒有想要的東西。我只要看著您，就會胸口痛得沒辦法好好思考。」

克拉德美索溫和地笑著，慢慢地張開雙臂。就在我感覺蕾妮的眼睛變得無限透明的那一瞬間，咚！蕾妮的白皙臉頰上，骨碌碌地滾下了眼淚。接著，蕾妮就哭著奔向克拉德美索。

「克拉德美索先生！嗚啊啊啊！」

克拉德美索溫柔地移動牠巨大的手臂，抱住蕾妮。蕾妮則是摟著克拉德美索的脖子，放聲大哭。

「不行，不行！您太、太悲傷了。呃！我討厭這麼悲傷！您不可以這麼悲傷！您這麼高貴而且偉大，如此善良而且心胸寬廣！這對您太不公平了，太不公平了！嗚啊啊！您說要維持善惡，難道因為這樣，您就一定要這麼孤單才可以？而且這樣做也沒有任何人感激您！」

「蕾妮、蕾妮。」

克拉德美索並沒有說什麼，只是一直重複呼喚蕾妮的名字。蕾妮哭到都快喘不過氣來，克拉德美索則是抱著她，一動也不動。漸漸地，蕾妮的哭聲開始變小了。

「蕾妮。」

「我、我希望能成為您的龍魂使……」

打了閃電嗎，要不然，是吉西恩的眼裡閃出了一道光芒嗎？我實在難以判斷。蕾妮因為哽咽而發出呼吸不暢的聲音，無法把話講完。

克拉德美索突然用雙臂緊抓住蕾妮的肩膀，推了出去。牠垂下頭來。

「咳呃呃！」

從牠的嘴裡發出了令人心肺撕裂的呻吟聲。蕾妮什麼話也說不出口，只是望著牠。克拉德美索低著頭，顫抖不已。過了一會兒，傳來了牠稍微鎮定下來的聲音。

「不要……拜託不要再說了。龍魂使啊。」

「克拉德美索先生？」

「我已經表明拒絕了。龍魂使啊，拜託不要再誘惑我了。」

克拉德美索的聲音裡有著微微的顫抖。蕾妮用淚流滿面的臉看著克拉德美索。如此仰望著克拉德美索的蕾妮，又再哭著想要靠到克拉德美索的懷裡，可是克拉德美索緊抓住她肩膀的手一動也不動。

克拉德美索聳動肩膀，平息呼吸。過了一會兒，低著頭的牠傳出了一個相當沙啞的聲音。

「龍與龍魂使這樣子是不行的。我們是相互同意的關係。我們不像那精靈，無限改變自己來達到協調，我們也不像人類，無限改變他人以求達到協調，這些都不是我們的關係。我們的原則是互相不改變。龍魂使啊，停止流淚吧。」

蕾妮用力搖頭。她的頭髮也跟著飛揚了起來。

「如果就這樣丟下您，我會一輩子後悔的！」

蕾妮的喊叫聲好淒切。這真的是從一個十幾歲的少女口中喊出來的聲音嗎？克拉德美索全身顫抖不已。牠像在自言自語般，說道：

「是啊，即使是龍魂使，也終究是人類。哈哈哈。就連這麼一個小小的少女，也想對偉大的龍投射自己。這並非低劣的欲望，而是用純真的愛情與令人憐恤的心來誘惑。是啊，龍魂使啊，妳因為龍很可憐，就想照顧牠、愛護牠，是吧？可是，比起這個不是誘惑的誘惑，更為可笑的是什麼妳知道嗎？就是我不想接受這誘惑！」

克拉德美索的肩膀猛然打了一個寒顫。突然間，一個無限冷酷的聲音傳來。

「乾脆把人類……全都……」

克拉德美索沒有把話說完，有好一陣子都只是低頭坐在那裡。因為這種刻骨的恐怖，所有人都不敢開口說話。

蕾妮的哭鬧掙扎也不知不覺停了下來。蕾妮被克拉德美索的雙臂緊抓著，只發出呼吸不暢的咯咯聲，她看著克拉德美索。

克拉德美索突然站了起來。

牠一面放開蕾妮的肩膀，一面站起來。這簡單的動作為何看來如此可怕？牠用一副如同火山爆發的氣勢站了起來。牠的衣角整個都在發出聲音。克拉德美索說道：

「快走！」

所有人開始往後倒退。艾賽韓德往後踢到亞夫奈德，結果甚至還一起跌倒了。妮莉亞則是昏了過去，溫柴臉色發白地抖著下顎。克拉德美索的眼睛在燃燒著，散發出如同牠名字般的鮮紅色光芒。

「快走！這是連和諧之敵賀加涅斯也不會反對的深赤龍之令。快退下！」

我想，就算是天空裂開、神明探出臉孔命令，我也不會像現在這樣渾身顫慄吧。我那些叫做骨頭的骨頭全都喀啦喀啦地響著，全身快融掉的那種無力感纏繞了整個身體。保持善惡平衡的深赤龍下命令了。既看不見，也感受不到的風好像在將我們往後推。

「蕾、蕾、蕾妮小姐！」

卡爾氣喘吁吁，簡直快喘不過氣地說道。蕾妮呢？哦，我的天啊！

這個港口的少女竟然一面渾身發抖，一面抵抗克拉德美索的命令。她前後搖晃的身體好像當場就要倒了下去。雖然她的臉孔一副毫無血色地蒼白，但還是皺著整張臉，在抵抗克拉德美索的命令。我一定要把蕾妮帶走……天啊！往前走一步竟是這麼困難！這個笨腳，我給你吃了這麼多飯，快付出代價啊！我的腳這才開始移動。我一踏出第一步，就在無意識中完成了其他的動作。我衝向蕾妮，一把抱起她。可是她好像光是抵抗克拉德美索的命令，就耗盡了所有力氣，所以她一被我抱住，就昏厥過去了。

我抱著她，直接轉身就跑。其他一行人看到我抱起蕾妮，也立刻拔腿就跑。

「哇啊啊啊啊！」

傑倫特的淒慘尖叫聲傳來，接著，艾賽韓德也喊出和他聲音不相上下的高喊聲。

「快讓開，快讓開！」

他如此喊著，可是他比其他人還要落後。就連肩上扛著妮莉亞的溫柴，都跑得很前面，跑在亞夫奈德的前面。而在溫柴前面，則是艾德琳背著吉西恩，一蹦一跳地跑著。沙沙沙沙沙！草地像是巨大岩石輾過似的，弄出了一條路。四面八方的草葉好像都飄搖著，進到了暴風裡。

就在這個時候——

逃跑到一半肯定會往後看的愚蠢動物，是少之又少的。而真的很惋嘆的是，人類也被包括在這類動物裡。我停下來，往後看。

克拉德美索在暴風吹襲的草地裡，孤單地站在那裡。

牠一句話都不說，對於那些只因為被牠的大發雷霆嚇到，就死命奔逃的弱小生物們，牠也沒有嘲笑或輕蔑，只是站在那裡。不對，牠有表情。是對於被自己趕走的這些生物的那股悲傷愛情。突然間，我好像可以理解蕾妮的情感，好像可以理解牠的悲劇。如此偉大的牠，竟然註定必須要趕走想當牠朋友的人！

我湧出淚水，又再把頭轉回去。現在逃跑已經不再是逃跑。我只是尊重牠的意思，因為不想再給其任何悲痛而離開。眼前變得越來越模糊，就連掠過臉頰的冷風，也不再感受得到。撲通！

噗！大夥兒踩到水坑所濺起的水珠濺散在半空中。我流淚流得太多，感覺鼻子裡面沉甸甸的。

「咳呃呃呃！」

這是亞夫奈德在咆哮嗎？他一面跑，一面用袖口擦著眼睛。

「不要哭！這個傻瓜，不要哭啦！」

艾賽韓德正在用哭泣的聲音喊著。

「哈、哈，可是艾賽韓德……」

「是你哭了，害我也想哭，這個傻瓜啊啊啊！」

艾賽韓德幾乎是用哭哭啼啼的語氣在喊著。杉森在大喊著，唸了一些我聽不懂的話，卡爾則是在嗚咽著。而溫柴，他是緊咬著嘴唇在跑著。突然間，我的腦海裡一片空白，周圍的高喊聲不再傳來。

蒼白的午後。

白色的吶喊上面。

一個黑暗的尖叫忽然掉落。

我感覺黑色的斑點往周圍擴散。

「艾德琳！全都快趴下！」

是杉森的大喊聲。與其說是大喊，倒不如說是比較接近咆哮。我抱著蕾妮，往後躺了下去。天空瘋狂地白亮。而在天上，一直有黑線不斷劃過。我平靜地看著天空中被劃出的黑線。劃得好快啊！

蕾妮的臉出現在我下巴的正上方。她那張被汗水沾濕的白皙臉孔，被紅髮胡亂沾黏著。然後我開始平靜地把她臉上的頭髮撥開。

可是下一刻，我感覺到毛骨悚然的恐懼感。怎麼回事？

「快把頭低下！快把頭低下！藏到草叢裡！」

卡爾一直焦急地高喊著。不斷劃過天空的那些黑線，難道是箭？

「是侯爵那一黨人！」

我聽到杉森的憤怒大吼聲傳來。可惡！

10

我放下蕾妮之後，探出頭來。咻！一枝箭從我的頭頂旁邊掠過。呃啊！我很快站起來，很快又再往前趴下去。在那一瞬間，我看到在草叢遠遠的另一頭，幾名戰士排成一列在射弓箭。

我們一行人在哪裡呢？周圍的草叢裡，只是大聲傳來窸窣聲響。因為大夥兒都趴著的關係，周圍只看得到長得很高的草叢。而箭矢不斷飛射過來，所以我根本沒辦法抬頭去看情況如何。我應該要去找大家嗎？可是我轉頭過去，看著躺在草叢裡的蕾妮。我應該把蕾妮移到別的地方才對。

我開始往蕾妮方向匍匐前進。可是，要把蕾妮移到哪裡好呢？讓她清醒過來，應該會比較好吧。

「蕾妮，蕾妮！」

我緊抓著蕾妮的肩膀，不停搖晃她。但是蕾妮只發出嗯哼呻吟聲，並沒有睜開眼睛。於是，我更加用力搖她。

「蕾妮，拜託快醒醒！」

此時，從很遠的地方，傳來了卡爾生氣的聲音。

「尼德法老弟！快保護蕾妮小姐！那些傢伙連蕾妮在這裡也敢放箭！你知道這是什麼意思了吧？」

我整個背都起雞皮疙瘩了。原來如此！侯爵現在連自己的女兒也不顧了，一直在猛射弓箭。這代表什麼意思？天啊，真是可惡！

咻咻咻！箭矢不斷從我頭上經過，每當有箭經過，我都會蜷縮著低下頭來。而且還繼續試著搖醒蕾妮。不，不能大聲叫她。我靠在蕾妮耳邊，說道：

「蕾妮——！」

「呃嗯……克拉德美索？修奇？」

蕾妮睜開了眼睛。她皺起眉頭，看到自己躺在地上，而我趴在她身上，然後她一副像是不敢相信似的，一直看我。

「嘎啊啊！你在做什麼呀！」

「拜託不要想一些和情況不符的行為！還有，不要出聲！」

那時候，蕾妮才看到劃過天空的箭矢。蕾妮臉色發青，閉上了嘴巴，我則是匍匐到她旁邊，耳語著：

「跟在我後面。絕對不要抬頭，知道嗎？」

蕾妮噙著眼淚，點了點頭。我們兩個開始肚子貼著地面匍匐前進。可是，該往哪邊才對？

「喀呃呃！」

我嚇一大跳，下巴都撞到地上去了。因為在我正前方突然傳來了尖叫聲。我一閉上眼睛，可怕的恐懼感就越來越靠近。不，不該躺著閉眼睛等死。我又再睜開了眼睛。

「溫柴！」

溫柴站在我正前方。他的長劍已經刺進了一名戰士的肚子，他用腳踢了那名戰士的肚子。而在他旁邊，妮莉亞緊握三叉戟，喊著：

「快起來，修奇！那些傢伙在突擊了！沒有在射箭！」

好，那麼！我站起身來，喊著：

「蕾妮！絕對不要跟丟！要是走散了，我可保護不了妳！」

「我、我知道。」

蕾妮用害怕的語氣回答。此時傳來了一陣大喊聲。

「喝啊啊啊！」

好像整個盆地都充斥著這高喊聲。我握住巨劍往前一看，就看到戰士們正在直衝過來。而且我也看到同伴們從草叢各處站了起來。杉森用長劍像根竹竿那樣揮舞著站起來之後，開始破口大罵一些可怕的髒話。而在另一邊稍遠處，卡爾正在拉弓。亞夫奈德則是只露出一顆頭和舉著一隻手在草叢上面，他喊著：

「Fireball!」（火球術！）

火球滾著燒焦了草葉尖端，然後飛越出去。亞夫奈德出人意外地把火球丟得很低。因為這樣，位於火球軌跡上的草都一下子著火了。在戰士們嚇得避開火球的那一瞬間，亞夫奈德又再施了法術。

「Gust of Wind!」（狂風術！）

亞夫奈德一揮動雙臂，就有一陣猛烈強風吹向那些直衝過來的戰士們。遇到狂風的火焰劇烈燃燒了起來。頂尖魔法師萬歲！你玩火的功夫，什麼時候看都好厲害！原本被雨淋濕的草叢冒出了煙霧，於是著火的草和煙霧被風吹動著，整個襲向那些正要衝來的戰士們。火花和令眼睛疼痛的煙霧，使得戰士們個個都亂了陣腳。

「咳咳！咳咳！什、什麼啊！是煙霧！咳咳！」

「呃啊，眼睛！我的眼睛！」

溫柴開始悄悄地溜了過去。令人意外的是，草叢竟然柔軟地移開，柔軟到簡直令人懷疑草叢是為了他而往旁邊閃開的。擋在溫柴前面的草被弄彎之後，只是往旁邊滑移出去。而在另一邊，杉森卻是以完全相反的動作衝出去。我看杉森你乾脆把整個盆地給翻過來吧。杉森胡亂撥開草叢，直衝出去。

「接招！」

突如其來地，從煙霧裡跑出一名戰士，揮砍著劍。可是溫柴格擋住揮砍過來的劍，將那把劍往下壓。不，是一壓下去就又再把長劍揮上去，割傷那名下巴出現空隙的戰士下巴。那名戰士臉上噴出像瀑布般的血柱，同時往後倒下。我想要跟在溫柴後面衝的時候，溫柴突然停下腳步，頭也不回地說：

「修奇，我可不會讓你動歪腦筋。」

「我就知道你連拜託一下也不行！」

「好了，你自己好好打。」

「你真的很絕情絕義！呀啊啊啊！」

我往溫柴的左邊跑出去，向正要殺過來的長劍揮砍。那把長劍在瞬息間被我擊碎，閃著銀光的碎塊就這麼飛散到空中。那名戰士看得臉色都發白了。我毫不遲疑，立刻把巨劍拉到背後準備揮砍，但是那名戰士已經丟下手中的劍柄，往後逃跑。我對那名逃掉的戰士大喊著：

「你想走就走吧！我不會死纏著討厭我的人。」

我不知所云地大喊一堆話之後，就開始去找對手。可是我一看前方，立刻倒退好幾步。五、六名之多的戰士揮舞著長劍，正要衝過來。

「你這傢伙！不要動！」

跑在最前面的那個人喊出了怪叫聲。哇啊，那些劍光真是殺氣騰騰！我生硬地答道：

「怪物蠟燭匠不會聽令於比自己還不如的人！」

我如此喊完之後，就直接轉身逃跑，然後就看到蕾妮被嚇得臉色發白。

「蕾妮！蕾妮！我不聽那個叫我站住不要動的傢伙的話！我很冷酷吧？是不是很酷？」

然後我就彎腰撿了一顆石頭。我一轉身，就直接丟了出去，結果碰巧砸中了最前面那名戰士的胸口。

「喀呃呃！」

戰士叫出一聲慘叫聲，就往後倒了下去。我看他的肋骨一定斷了好幾根。在後面直衝過來的其餘戰士們，先是驚嚇了一下，然後就破口大罵地繞過那名倒下的戰士。就在這一瞬間，我又再舉起手臂，喊著：

「還有一顆！」

「呃啊啊！」

戰士們慌忙彎腰低頭。在那一瞬間，我、妮莉亞和溫柴朝著低頭的戰士進行肉搏戰。戰士們個個驚慌地又把身體挺直，所以，我們最多也不過只有勉強打到最前面的那個人。被我的巨劍打到的那名戰士，看著自己被打碎的劍，喊著：

「這小子，你是人嗎？」

我原本想要嘻嘻笑出來，可是那傢伙卻直接丟出了斷掉的劍。真是可惡！我趕緊轉身迴避，劍卻掠過了我左肩，我立刻痛得眼冒金星。

「啊啊啊！修奇！」

蕾妮的尖叫聲更是讓我嚇一跳，我用右手握著巨劍之後，無情地揮劍。嗡嗡嗡嗡！

很可惜的是，戰士們都往後避開了，不過，那個傢伙和他旁邊的其他戰士們的臉已經都嚇得變成灰色了。從巨劍所發出的聲音，連我也嚇了一大跳。那些戰士看到周圍的草全被削成同樣高度，個個都嚇呆了。哇？沒想到用巨劍也能割草！妮莉亞直接就朝著那些僵住的戰士們，用雙手握著三叉戟猛揮，那些戰士們的胸口和臉孔等部位受了傷，慘叫不已。而溫柴則是溜進他們中間。

「Peca!」

有好一陣子，在戰士們中間迸出了閃電火光，然後溫柴從另一邊出來的時候，就有五、六名戰士連尖叫都還來不及尖叫，就已經倒下了。我們三個又再跑到保護蕾妮的位置上。妮莉亞對我喊著：

「你沒事吧？」

「沒事，我的手臂沒有不見！」

雖然我很有精神地答話，可是左邊肩膀卻像用火燙過似的疼痛。身體的左半邊全都發軟了，軟到都快發抖。我咬緊牙關，用右手有力地舉起巨劍。就在這個時候，在我面前的煙霧之中，迸射出了一道白光。

鏘鏘鏘！

我反射性地用舉起的巨劍擋住這道光芒，可是，右臂卻感覺連肩膀也快斷了。喀呃呃！我勉強沒有跌倒，往後退了幾步。我的腳後跟該不會是碎裂了吧？我的手臂彷彿像是打到了岩石，一直顫抖不已。這是人嗎？從左臂一直連到右臂都在發抖，我簡直就跟個酒鬼沒兩樣。我眨了眨眼睛，擠出眼眶裡的淚，隨即清楚看到站在我面前的人的模樣。

他有一頭栗子色頭髮，而且有些斑白。頭髮下的生硬臉孔上，那雙燃燒著怒火的眼睛正在瞪著我。這真是叫人發狂！我舉起巨劍，指著對方的胸口，喊著：

「你年輕時候一定常聽到別人說你是眼神難看的少年吧。你一定到現在都還耿耿於懷吧？哈哈哈！」

哈修泰爾侯爵不悅地皺起嘴臉，用皺著的嘴唇直接說話。

「沒教養的小鬼。你這麼想死嗎？」

就在我想著該講什麼話，好讓侯爵更加印象深刻、心情更糟的時候，溫柴悄聲地來到我前面。

「往後退！」

這是對我說的話，還是對侯爵說的話啊？溫柴沒有解釋，只舉起長劍指著侯爵。侯爵則是皺著眉頭，說道：

「你們竟然阻止父女相逢……」

父女相逢？我轉頭一看，就看到蕾妮害怕得發白的臉孔。妮莉亞擋在蕾妮前面，喊著：

「你們父女的關係可真好！你放箭射殺，還敢說什麼父女！」

侯爵噗哧笑了一聲。此時溫柴一直看著侯爵，說道：

「帶著蕾妮往後退，修奇、妮莉亞。免得礙事。」

「溫、溫柴？」

「不要讓我說第二次，快後退！」

妮莉亞緊咬著嘴唇，拉著蕾妮的手臂往後退。我一面後退，一面環視四周圍。

我看到其他同伴聚在稍遠的地方。亞夫奈德和卡爾一直猛射魔法飛彈和箭矢，而艾賽韓德和杉森即使兩人塊頭不同，卻都用如同劈柴的動作在猛力攻擊戰士們，動作簡直相同到無法分辨兩人的地步。

而傑倫特則是陷於祈禱的狀態，形成了一道防護罩，在保護大夥兒。杉森氣勢洶湧地踢了一名戰士，並且喊著：

「修奇、妮莉亞！到這邊來！」

妮莉亞拉著蕾妮的手，往杉森那邊跑去，可是我卻停下了腳步。呃，溫柴一個人要對付侯爵？可是侯爵他戴著ＯＰＧ！

「呀啊啊啊！」

我聽到哈修泰爾侯爵的高喊聲，嚇得趕緊回頭。鏘鏘！溫柴格擋住侯爵的劍招。等等，他居然擋住了侯爵的劍招！溫柴彈開侯爵的劍，用劍柄刺了一下侯爵的手腕。侯爵發出呻吟聲，連忙往後退步，而此時，我衝了過去——

「小心你的頭！」

我如此喊著，卻看著侯爵的腿揮砍下去。抱歉了，侯爵。然而，侯爵卻把劍往下劈，將我的巨劍推往地面。糟糕！劍被壓住了！在這一瞬間，溫柴從旁邊喊出怪聲，刺了侯爵的長劍。侯爵放開我的劍，又再往後退了一步。我和溫柴並肩站著，用劍指著侯爵。

「我說過你會礙事！」

溫柴氣喘吁吁地說。我正想要說些什麼的時候，侯爵看了一眼溫柴的劍，歪著頭，疑惑地問：

「你居然沒有把我的劍弄斷，劍技不錯！」

溫柴的肩膀細微地顫抖著，可是他的冷漠語氣絲毫沒有改變。

「因為我想引起你注意。我有話要說。」

「什麼話？」

侯爵依舊面帶著和溫柴一樣冷酷的表情。我看他們兩個人都不像是拜索斯人。

「我們已經試著締結龍魂使的契約，失敗了。」

侯爵的臉上浮現出好奇心。他瞄了一眼蕾妮奔跑的背影，說道：

「你是說，龍魂使的契約沒有成功？」

「是的。克拉德美索並不接受。」

「謝謝你告訴我這個好消息。我會讓你死得好過一些。」

「我還有話要告訴你。」

「你說。」

溫柴瞄了一眼旁邊。啊，對哦！其他戰士們！侯爵的戰士們看到侯爵單獨出來和我還有溫柴對決，便不管我們那邊的同伴，全都跑了過來。這、這好像不是能在這裡繼續和侯爵講話的情勢！

「克拉德美索往後也絕對不會再接受龍魂使。牠說牠再也不要和人類有關聯。因此，你放棄吧。」

然後，我也在旁邊喊著：

「喂！你的希望是克拉德美索，不是嗎？托爾曼如果當不成克拉德美索的龍魂使，你不就沒轍了！可惜啊，已經沒指望了！所以我說，你已經不用再打了！如果是我，我一有機會就會夾著尾巴逃跑！」

我的喊叫有絕大半不是要給侯爵聽，而是要給直衝過來的那些戰士們聽的。還好，戰士們聽到我的喊叫聲，真的都驚訝地停下腳步。我可以清楚看到他們互相看著彼此，在交換不安的目光。侯爵皺起眉頭。

「你說，那傢伙不接受龍魂使？這頭自大傲慢的龍……」

「你說什麼？」

真是令人啼笑皆非！哈修泰爾侯爵是不是完全瘋了？就在這個時候，那些戰士之中傳出了驚嚇的喊叫聲。

「天、天空！在天空！」

什麼？天空？我很快看了一下周圍之後，抬頭看天空。陰霾的天空依舊不變，因為草地處處冒出煙霧，所以多多少少有遮掩到天空。可是灰色煙霧忽地消失，我在煙霧之間看到一個飛在天上的黑影。是鳥嗎？不對，怎麼會有四隻腳的鳥？

此時，溫柴喃喃地說：

「靈幻駿馬……是涅克斯！」

什麼？涅克斯？奇怪，如果是靈幻駿馬，應該是希歐娜所為，可是大白天的，怎麼會出現呢？

因為有雲！

天空烏雲密布，根本找不到一絲陽光。在卡拉爾領地時，希歐娜不也曾在大白天出現過？可是再怎麼說，現在依舊是白天啊！只要雲散開，就會出現陽光。希歐娜！妳到底是在下什麼賭注啊？在眾人陷入瞬間驚慌、只看著天空的時候，靈幻駿馬用可怕的速度下降。靈幻駿馬一下降，就清楚看到騎在牠上面的涅克斯和希歐娜。可是他們經過我們頭頂，就飛走了。那個方向是……克拉德美索？此時，溫柴低聲喊著：

「我們快抽身離開！」

我們兩人把握機會，不管已經看得有些出神的侯爵及戰士們，就開始衝向我們一行人那邊。侯爵和至今剩下的六、七名戰士因為在看靈幻駿馬，沒能及時制止我們。

我一跑到大夥兒聚集的地方，首先映入眼簾的是艾德琳倒在地上的模樣。

「艾德琳！」

艾德琳躺在地上，手按著胸口，氣喘吁吁地呼吸著。而且有好幾枝長箭插在她上半身各處。傑倫特原本在艾德琳身旁屈膝蹲著，費盡力氣想拔出箭矢，他一看到我，立刻高興地喊著：

「修奇！太好了。趕快來拔一下！她的肉一直再生，用我的力量根本拔不出來！」

我坐到艾德琳的身旁。艾德琳一看到我，隨即露出虛弱的微笑。我一面顫抖著下巴，一面說道：

「請咬住牙齒，艾德琳。」

艾德琳咬緊牙關，甚至還閉上了眼睛。我緊抓住箭矢之後，一鼓作氣拔起來。啪！肉被撕裂，鮮血迸濺出來，把我的臉和手都沾濕了。妮莉亞呻吟了一聲。我丟下箭，觀察艾德琳的情形。雖然艾德琳在呻吟，可是她一動也不動。一直在旁邊坐著的吉西恩用哽咽的聲音說：

「艾德琳，艾德琳！因為我而害妳變成這樣，咳咳！」

艾德琳仍然閉著眼睛，面帶著虛弱的微笑。

「我沒事，吉西恩。好了，修奇，繼續吧。」

剛才抱著吉西恩奔跑的艾德琳，好像因為保護吉西恩而中了如此多的箭。我深呼吸了一下之後，立刻拔出下一枝箭。啪！艾德琳的肉又被撕裂，鮮血噴濺，簡直令人噁心。雖然這是我想做的事，可是我卻快要分辨不出這是真的在治療，還是在撕裂身體。蕾妮乾脆轉身過去，不看這一幕。

隨即，我就把五枝之多的箭全都拔了出來，艾德琳的上半身變得傷痕累累。在我旁邊，蕾妮一直嘩嘩流眼淚、哭個不停，而妮莉亞也是和她不相上下，放聲大哭著。傑倫特想要開始祈禱，可是躺著的艾德琳卻搖頭阻止他。

「既然箭已經取出，現在沒關係了。因為我是巨魔。」

傑倫特用讚嘆的眼神看著艾德琳。果然，艾德琳的上半身正在快速再生。艾德琳起身坐著，對我說：

「謝謝你，修奇。唉，今天我使天空降雨下來，好像製造了許多麻煩事。」

啊，涅克斯！我又再轉頭看天空。此時，突然從天空傳來了高喊聲。

「克拉德美索！」

是涅克斯在大聲喊叫。他們不知何時已經飛到克拉德美索所在位置的上空。接著，他又喊出簡直響徹整個盆地的喊叫聲。在他喊叫的那一瞬間，在盆地的我們和侯爵一行人，全都覺得一陣錯愕。

「我是涅克斯．修利哲！我要當你的龍魂使！快答應吧！」

龍魂使？涅克斯要當龍魂使？卡爾開始像是快把頭髮拔光似的，拉著自己的頭髮。我可以清楚看到，在稍遠的地方，侯爵則是一面嘀咕著，一面瞪著天空。此時，從某處傳來了克拉德美索的聲音。距離太遠，所以聽起來很細微，但那是克拉德美索充滿強悍力量的聲音。

「我拒絕。」

很好！克拉德美索確實不願接受龍魂使。大夥兒都陷入一股說不出來的安心感，彼此互望著，嘻嘻笑了出來。可是，涅克斯又再喊著：

「那麼，我再表明一次！我是您以前的龍魂使卡穆・修利哲的兒子涅克斯・修利哲！雖然我父親死了，可是他是死於非命，因此，您和我父親的契約還沒有廢除！而我身為他的兒子，我繼承其遺產！您不可以拒絕！」

草地燃燒的火勢如今已經變小了，只有灰色煙霧裊裊升起。侯爵一行人和我們一行人的距離大約六十肘左右。可是我們雖然距離很近，卻完全無視於彼此，只是望著天空。

亞夫奈德呻吟著：

「父親的債務……遺留給兒子？」

債務？這個嘛，應該稱之為債權才對吧？我們一行人有的坐著，有的呆愣地站著，全都只是望著天空，連呼吸聲也聽不到。此時，妮莉亞驚慌地說道：

「蕾妮？」

蕾妮面帶著呆愣的微笑，看著飄浮天空的涅克斯。她的表情像是已經遺忘了周圍的火焰、煙霧，還有凶猛的打鬥。她的微笑是白色的。蕾妮面帶著呆愣的微笑，嘴唇一動一動的。她在說什麼呢？她實在說得太小聲了。我走近蕾妮身旁。可是連我的走近她都沒有察覺到，只是繼續面帶神祕的微笑，悄聲在說著：

「接受吧……接受吧……克拉德美索……」
蕾妮？我驚慌得想要抓住她的肩膀。此時，又再傳來涅克斯的高喊聲。我望回天空。
「克拉德美索！」
他的喊叫聲裡充滿焦急。
「快回答我，克拉德美索！您發誓過要忠於我父親，請不要以那種死，來推卸您的誓言！請您證明，您的忠誠不論我父親生存與否，都是一樣的。」
就在這個時候——
「……卡穆？」
那是一個類似沙啞的聲音。實際上，克拉德美索清亮且有力的聲音依舊不變，可是牠的語調卻聽來非常沙啞。牠現在並不是用那種平坦語調在說話。牠的聲音裡帶有一種生動感，卻是充斥著混亂的生動感。克拉德美索說道：
「……卡穆？卡穆，你怎麼還活著？」
一片令人窒息的寂靜。這充斥著混亂的龍之聲，它本身有一股能夠使周圍變得寂靜的極大壓迫力。可是涅克斯喊著：
「您從我身上感受到他了！是的！我是卡穆・修利哲的兒子涅克斯・修利哲！」
我哽在胸口的那口氣，簡直快讓我呼吸不過來，而且還感覺一陣頭暈目眩。
「是嗎？你真的是卡穆的血脈。我可以從你身上看到他的模樣。」
「是的！我是您以前的龍魂使的兒子！」
盆地裡，就連風也停止吹拂了。只有煙霧靜靜地升起，其他任何東西都沒有移動，處於一個完全寂靜的狀態。這時候，侯爵的尖銳聲音打破了這片寂靜。

「射那個傢伙！」

我轉頭一看，就看到戰士們慌忙舉起弓箭。剩下的戰士之中，持有弓箭的人還有三個。呃，哎呀？該怎麼辦才好？是應該不要管侯爵呢，還是應該保護涅克斯？卡爾喊著：

「啊，不行。住手……」

「卡爾！」

是吉西恩的可怕高喊聲。嗡嗡嗡嗡！端雅劍的鳴叫聲大聲地響起。他拿著劍？大夥兒全都用不敢相信的眼神看著吉西恩。吉西恩他已經拔出端雅劍，雙腿直立站著。他的腿在抖著，那張毫無臉色的臉孔上，如下雨般流著汗，但是，吉西恩緊握著端雅劍，瞪視卡爾。

「吉、吉西恩？」

吉西恩用肩膀喘了一口氣，費力地喊著：

「呃咳！請恕我無禮！咳，咳咳！我們應該要阻止、阻止涅克斯成為龍魂使！」

在卡爾都還來不及回答之前，就開始傳來了劃破空氣的響聲。咻咻咻！我把目光從吉西恩身上轉移到天空。

射出的弓箭全都射向靈幻駿馬。接著，侯爵的憤怒高喊聲傳來：

「這些笨蛋！連那個東西也射不中！繼續射！」

戰士們又再開始搭箭。此時，吉西恩喊著：

「射箭吧，卡爾！」

「咦？」

「你可以命中……咳咳！」

吉西恩尖叫了一句，屈膝跪了下來。嗡嗡嗡嗡嗡！

「王子大人！」

蕾妮跪在他身旁。吉西恩把頭落在蕾妮的膝上，激烈地咳嗽。

「咳、咳咳！咳咳！咳咳咳！」

蕾妮的衣服開始出現血色斑點。傑倫特立刻開始祈禱。吉西恩抖動著全身，不停咳嗽。突然間，吉西恩抬起頭來。從他的嘴角流出一條紅色鮮血。

「卡爾……請阻止涅克斯……咳咳！他是拜索斯的叛徒……我不希求你愛拜索斯……但是，請為了這片土地上的萬民著想……」

卡爾用僵硬的表情顫抖著。然後，他的頭開始往旁邊移動。

「不、不行……」

「Magic Missile!」（魔法飛彈！）

卡爾的答話還沒講完，就響起了亞夫奈德的高喊聲。我們雖然趕緊轉身，但亞夫奈德的手上已經有一道白色光箭飛了出去。它的方向是飄浮在空中的靈幻駿馬。卡爾喊著：

「不行！」

那道光箭跟在侯爵戰士們射出的箭後面，飛進濃雲密布的天空。咻咻咻咻！此時，從靈幻駿馬那邊傳出了尖銳的喊叫聲。啪啊啊！在突如其來的爆炸聲之中，希歐娜的聲音消失了。火花爆發出來，雲層底下似乎像多了一顆太陽。火花往四面八方劃出巨大的曲線，飛迸出去。可是，爆炸的餘燼消失之後，靈幻駿馬還是依舊飄浮在上面。

「可惡！希歐娜！」

亞夫奈德一面咬牙切齒，一面又再開始施法。可是這一瞬間，卡爾猛然拉住亞夫奈德的肩膀。亞夫奈德搖搖晃晃的，勉強才穩住重心，然後，他睜大眼睛看著卡爾。卡爾很快地說道：

「不行，不可以攻擊！他是克拉德美索之前龍魂使的兒子啊！」

亞夫奈德驚慌不已。卡爾像是不知該怎麼說，動了動嘴唇之後，他突然看著蕾妮。

「蕾妮小姐！妳現在也能感受得到克拉德美索的心情嗎？」

我轉頭看蕾妮。天啊！蕾妮的臉孔正在極度痛苦地顫抖著。一頭紅髮和那下面的青色額頭形成了可怕的對比。吉西恩用難以置信的眼神抬頭看蕾妮，妮莉亞急忙走向蕾妮，喊著：

「蕾、蕾妮？」

突然間，蕾妮的眼睛睜得好大。我看到她充血的紅眼睛，不禁張大嘴巴。從蕾妮的嘴裡吐出一個生硬的聲音。

「你們竟敢射他……」

「快住手！停止射擊！」

侯爵的高喊聲傳來。蕾妮則是不再說話，慢慢地轉頭。我隨著她的目光，看到戰士們驚慌放下弓箭的模樣。卡爾看到這一幕，低沉而且很快地喃喃說道：

「侯爵也是龍魂使。答案已經出來了。克拉德美索從涅克斯身上看到了卡穆，那麼，就不可以在他面前第二次殺死卡穆。龍與龍魂使的關係比父母還要強烈，不是嗎？那麼，卡穆・修利哲的兒子涅克斯，同時就是克拉德美索的兒子了，不是嗎？不管怎麼樣，可想而知的是，他的死一定會引起克拉德美索的憤怒。像二十一年前那樣……」

「卡、卡爾！哦，天啊！」

是杉森的驚嚇聲音。一直仰著頭的吉西恩全身顫抖，把頭無力地癱在蕾妮的膝蓋上。他嗚咽著：

「亞色斯啊……您想讓拜索斯變成什麼樣啊！亞色斯啊！」

吉西恩緊抓蕾妮的衣服，全身顫抖著痛哭。然後他的這陣痙攣立刻傳到一直僵在那裡的蕾妮身上。蕾妮顫抖著身子，開始低頭看吉西恩。

「王、王子大人……！呃呃！」

接著，蕾妮也跟著吉西恩哭了起來。到底是怎麼一回事啊？涅克斯對拜索斯有很大的敵意。被破壞得支離破碎的他，沒有被毀壞而還留著的部分，只剩下失去目標的憎恨而已。可是……可是他卻是克拉德美索之前龍魂使的兒子。

在克拉德美索的眼前，真的可以殺他嗎？

「這完全要看克拉德美索的回答。」

艾賽韓德一面撫摸戰斧的刀刃，一面沉著地喃喃說了這一句。可是，他雖然表情沉著，卻一副即使太過用力按拇指而流血出來，他也不會知道的模樣。我拍了一下他的手，艾賽韓德嚇得趕緊看自己的手，然後露出一個苦笑。四周又再度變得寂靜無聲，所有人都在等待克拉德美索的回答。

克拉德美索的回答並沒有傳來。宛如烏黑墨汁般的寂靜之中，只有吉西恩和蕾妮的淒切哭聲，還有治療吉西恩的祈禱聲，低沉地傳來。是因為太緊張了嗎？我焦急忍不住地轉過頭去。侯爵一行人呢？他們也只是無言地看著飄浮在空中的涅克斯。侯爵的臉已經僵硬到不能再僵硬了，簡直看起來像鬼一樣。他牢牢緊閉嘴唇，一言不發。

時間似乎決心乾脆在盆地上睡個午覺。真是的！克拉德美索，趕快回答吧！雖然我不知道會是什麼答案，可是趕快講來聽吧！您的六十年可能只是您的一天，但卻是我們的一生啊！

「龍……」

克拉德美索的聲音傳來的那一瞬間，我感到一股如同有東西刺進太陽穴的刺痛感。克拉德美索用疲憊的聲音說：

「龍和龍魂使是在相互同意下締結契約。除了這兩者以外，不需要其他第三者。我只和卡穆・修利哲訂約而已，並不是和他的家族訂約。涅克斯，我愛你的父親，可是你沒有權力干涉我。」

「說得好！」

亞夫奈德一面把右手拳頭啪的一聲拍在左手掌上，一面低聲喊著。可是在瞬息間，涅克斯卻喊著：

「你看著我說話！」

「不要對龍下命令，涅克斯。」

克拉德美索的說話聲裡，並沒有和趕走我們時一樣的無限力量。相反地，涅克斯的聲音裡，卻漸漸有一股強勢的力量。

「別說笑了！如果我想要的話，我也可以對優比涅和賀加涅斯下命令！你看著我！」

「涅克斯，你只不過是隨便講出一些不知意義的話。」

在這一瞬間，涅克斯的反應實在無比地怪異。

「意義？咯咯咯！你還在說可笑的話！真的很可笑！」

克拉德美索並沒有回答他。涅克斯笑出像漏風的那種噓噓聲，說道：

「真的有人在乎意義嗎？在人類的三大需求裡，並沒有追求意義這種東西。如果是想用來說服人類的話，不要用意義這種詞！人類全部都是蟲子。只滿足於睡、吃、性交，這就是人類啊！」

涅克斯瘋狂似的繼續大喊：

「節食的那些人，可真是令人尊敬。他們只會做一些可笑的行為！從大自然之中拿取食物，堆得像山一樣高，卻放著不吃，這就是在欺瞞啊！有其他動物會節食嗎？不睡覺在工作的人才是了不起的人。哈哈！不睡覺在工作，能夠做什麼呢？其實就是想要奪取在睡覺的人的東西，不是嗎？誓言純潔的那些傢伙，認為自己很高尚。然而，有其他動物會去誓言純潔嗎？事實上，連會強姦的動物也沒有！人類的所有禮節和文化歷史，總括而言，就是三大欲望的節制！這節制同時也是為了隱藏卑鄙的欲望，而刻意用完全的欺瞞和華麗包裝過！人類在很久以前，用雙腳站著看天空的時候，就是已經死掉的一種禽獸，名叫人類的禽獸，而這節制，就是裝飾在禽獸上面的壽衣啊！」

涅克斯把人類的所有事物全都一概輕視之後，用憐憫的語氣對克拉德美索說：

「偉大的龍啊，偉大的龍啊！要說服蟲子，請不要選擇用意義這種太過高貴的工具。意義？這只不過是填飽肚子時，為了消化而做的夢想。因為，肚子填飽後，沒有其他需求了，沒有要追求的東西了，才會開始覺得怎麼會沒有事做，而去追求存在意義的這個最後議題，其陳腐的真面目就是這樣啊！所以……」

涅克斯氣喘吁吁地講完一段話之後，暫時停下來喘氣。然後他一口氣喊道：

「偉大的克拉德美索！我這隻蟲子，而且還是支離破碎的蟲子對你下令。看著我！」

克拉德美索牠會抬頭看涅克斯嗎？在這個位置，我完全看不到克拉德美索。可是，如果侯爵和蕾妮可以正確感受到的話，那麼，克拉德美索對於卡穆的兒子涅克斯，應該是帶有一股無法言喻的深切情感。

「這好像是你所發現到的，或者說是，你發明的，有關你的種族的真面目。」

溫馨？克拉德美索的聲音裡有一股溫馨感。這是一種無法用任何說明來充分解釋的溫馨感，可是卻很確實存在著。

「那麼，歸於虛無的你，你的話在這裡迴響著，為什麼呢？涅克斯，你為何在那裡如此大喊大叫？」

啊啊，我真懷念賀坦特領地。還有那單純地折磨我們的阿姆塔特。真是懷念牠那容易理解、可愛的那股單純的邪惡之名！阿姆塔特就是我的東西。是我的痛苦、我的煩惱、我的憎恨。可是克拉德美索，還有涅克斯卻不是這樣。他們是在一個超越我理解範圍的地方對立著。

涅克斯並沒有做任何回答。而克拉德美索也並沒有等待回答。

「就連你的這種被扭曲的感情，也很像他！」

「感情？」

「請不要從我這裡去求得你已經知道的事實，涅克斯。這並不是龍與龍魂使的對話方式。」

克拉德美索的聲音無限地溫柔，在牠的那份絕對溫柔之中，同時展現出無力感的界限。擴散到整個盆地的那股無力感，具有強大的傳染力。在它影響之下還能感到自在的人，恐怕只有涅克斯，還有哈修泰爾侯爵？

哈修泰爾侯爵緊閉著嘴巴，但是眼睛卻凶悍地閃爍著。是憤怒嗎？不是。那並不是憤怒的眼神。笨修奇啊，現在侯爵正在覬覦某個東西。可是他究竟是在覬覦什麼呢？突然間，侯爵大喊著：

「請表明你的意思吧，克拉德美索！」

一行人被嚇了一大跳，所有人都轉頭去看侯爵。從看不到的地方，傳來了克拉德美索的反問：

「是哈修泰爾侯爵？」

「是的！」

「找到這裡來的人好像滿多的。可是，所謂我的意思是？」

「是的！請不要再做文字遊戲，表明你的意思吧！我聽他們說，你說不願再接受龍魂使！不是這樣嗎？」

「閉嘴，侯爵！」

「是的。」

同時傳來了涅克斯的喊叫聲和克拉德美索的回答。侯爵立刻說道：

「聽到了沒，涅克斯！克拉德美索絕對不要再有龍魂使。放棄吧，快下來你這個笨蛋！」

滿奇怪的。真是怪了！侯爵為何這樣說呢？那傢伙是因為無法讓托爾曼當克拉德美索的龍魂使，於是乾脆不要讓任何人成為牠的龍魂使，是這樣嗎？可是，可是侯爵如果沒有克拉德美索，就會立刻被視為拜索斯王族的叛亂份子。叛亂份子如果沒有力量，會變成什麼樣呢？

此時，涅克斯喊著：

「哈修泰爾侯爵，不要插嘴！克拉德美索，正眼看著我，回答我的問題！」

侯爵抬起眼睛，瞪著涅克斯。涅克斯又想再說些什麼的時候，克拉德美索答道：

「不，我應該要問一下才對。」

「什麼？」

啪沙沙，沙沙。傳來了一陣撥開草叢的聲音。然後，涅克斯在空中喊著：

「克拉德美索！你要去哪裡？」

沙沙的響聲越來越大聲。是克拉德美索開始在移動了嗎？從稍遠的地方，開始有草在動。接著，草叢上面就出現了人形的克拉德美索的胸部，還有牠那張疲憊的臉孔。因為汗水的關係，沾黏在牠臉上的頭髮把牠的臉分成一塊塊的。因此，克拉德美索的臉看起來像是由彼此不同的臉孔碎塊所聚集成的。

牠的臉逐漸變大。克拉德美索正在往我們這邊走來。牠一面向我們走近，一面說：

「現在的情勢實在非常怪異！我原本在想是侯爵在攻擊拜索斯王子，結果接著就出現我以前龍魂使的兒子，不經拜索斯王族的許可，就想當我的龍魂使。可是龍魂使的家族首長卻想要阻止他。這到底是怎麼一回事？你們是不是有各自不同的目的？」

沒有任何人回答。克拉德美索停住腳步。

我們一行人和侯爵那一群人全都靜止不動，看著來到眼前的克拉德美索。克拉德美索和我們及侯爵等人構成了一個三角形。而在這之中，草叢如波浪般起伏，白茫茫的煙霧向天空裊裊升起。涅克斯……涅克斯、希歐娜還有靈幻駿馬則是沒被包含在這三角形裡，飄浮在半空中。不知為何，我總覺得這個位置暗示著許多事情。

雖然不知道其他人是什麼感覺。可是我就是有這種感覺。這像是在小孩子被禁止玩遊戲的地方，突如其來地出現一位大人，挑起眉毛問「你們現在是在幹嘛」。其他人會不會也都有這種感覺啊，所以才會沒有人回答克拉德美索的問題，不是嗎？

「請不要干涉人類的事！」

是侯爵的高喊聲。克拉德美索瞄了他一眼。侯爵難道對於這偉大的深赤龍，也感受不到任何恐懼嗎？

「你沒有龍魂使！不可以插手管人類的事！」

克拉德美索露出了一絲微笑。這可真是一個像大人的微笑。突然間，侯爵的模樣看起來就像是個喊著「我們在玩耶，拜託你不要管那麼多！」的小鬼。

「是嗎？可是我只想問一件事。」

「你不可以問！」

「我不曾要求你的同意。」

克拉德美索優雅地說，但是這句話卻存在一股力量，使侯爵閉上了嘴巴。侯爵只是轉動眼睛，瞪著克拉德美索。克拉德美索面向我們所有人，開始說道：

「過去這三百年來，根本沒有必要問這個問題。因為拜索斯王族以人類的守護者自居，同時這個事實受到萬人認定，所以，龍族關照拜索斯王族，就是在關照人類。路坦尼歐大王接收了神龍王的人類支配權，這是所有人類肯定的事。即使近來傑彭認為無法認定這件事，兩國因而引發了戰爭，不過，這還是事實。」

溫柴面向克拉德美索，吼叫著：

「我們沒有接受過神龍王的統治。所以，大王趕走神龍王、以大陸的新主人自居的這種事，我們當時並不知道。」

克拉德美索笑著答道：

「你的話沒有錯。不過，這是因為你們那個時候並不具有可以被統治的勢力。神龍王當時並不覺得需要統治在熱沙之沙漠裡辛苦維生的你們。而且你們再怎麼說，也是從拜索斯分出來的新秩序，會誕生的理由是因為遊民流入你們國家，使你們具備國家的面貌，這一點是你應該要承認的事實。」

溫柴只是露出牙齒，並沒有答話。克拉德美索說道：

「可是……我要問你們，在路坦尼歐大王之後三世紀的這個時間點上，這個大陸是不是有新勢力要形成了？拜索斯王族是不是在接受挑戰？」

「當然！」

「閉嘴！」

「是的！」

侯爵的回答、吉西恩的怒吼，還有涅克斯的高喊聲，一個接一個地迸發出來。侯爵用可怕的眼神看著吉西恩，吉西恩則是站起來，想要衝向侯爵。要不是杉森很快抱住他的腋下，吉西恩恐怕早就直接衝去，衝到一半就往前跌倒。而涅克斯則是瞪視著這兩邊的人。

此時，克拉德美索說：

「現在我才確信了一件事。」

什麼事？克拉德美索，您確信了什麼事？就在這個時候，蕾妮突然發出了呻吟聲。我慌忙轉身一看，蕾妮一直看著飄浮在空中的涅克斯，她睜大了眼睛。蕾妮，怎麼了？此時，蕾妮開始慢慢地往旁邊倒下去，妮莉亞見狀趕緊去抱住她。

此時，又再傳來了克拉德美索的說話聲。

「涅克斯・修利哲。你就是那殘酷秤臺上的主人所安排給我的配偶。我是指，在這個時間點上，在路坦尼歐大王之後三世紀的這個時間點上。原來我剛才錯了。現在我應該要積極介入人類。」

「你說什麼！」

侯爵嘶喊著。可是這嘶喊聲都還來不及變成回音，就已經被涅克斯的笑聲給抹煞掉了。

「咯哈哈哈！你的選擇是正確的，克拉德美索！」

殘酷秤臺上的主人，哦，優比涅！優比涅您真的把涅克斯放在克拉德美索的秤臺另一邊了嗎？

「艾德布洛伊啊。」

艾德琳的壓抑呻吟聲幾乎是無比地陰沉。躺在妮莉亞膝上的蕾妮，從嘴裡傳來了微弱的呻吟聲。

「不，不可以這樣……您選錯人了。克拉德美索……拜託！」

克拉德美索抬頭看著天空。

「你真的想當我的龍魂使嗎，卡穆之子涅克斯・修利哲？」

「是的！」

「好。這對龍而言，是以宿命承擔的約定，我不會拒絕。我認定我必須在你所喚起的這股猛烈感情之前下跪。」

在克拉德美索的聲音響起之際，我們一行人都圍聚到蕾妮身旁。蕾妮氣喘吁吁的，顫抖不已。她那冰冷且僵硬的臉頰上，寒毛都直豎了起來。妮莉亞慌忙想要穩住蕾妮，可是蕾妮卻一直無力地滑下去。此時卡爾舉起手，阻止妮莉亞，把自己的臉靠到蕾妮的臉上，焦急地說：

「蕾妮小姐？蕾妮小姐！妳想要說什麼呢？」

可是蕾妮好像沒聽到卡爾的話。她只是閉著眼睛，無力地左右搖頭。

「不行！」

在她尖叫的同時，她的手突然上舉之際，我感覺心頭猛然震了一下。我按住自己抖個不停的下顎。蕾妮彷彿要用看不見的某樣東西守住自己似的，揮搖著手。

「不行，不行！不可以接受……這無法忍受的……毀滅……！尖叫與紅血……不公平的，無理由的，無目的……啊啊啊……我不想看，我不喜歡！我不喜歡！好可怕。拜託，拜託不可以這樣……！可怕……」

此時，克拉德美索像是一鼓作氣的聲音響起。

「我接受你。」

一片黑暗。突然間，我們站在分不清上下的一片黑暗之中。這裡是哪裡？我現在是站著，還是倒立著？我感覺到重量感這種東西像是世上最大的謊言。所謂的重量，是什麼東西啊？光線是在古色古香的傳說之中才會登場的荒唐名字。光？啊啊，那種東西。我記得我聽過。至於聲音這東西是什麼，我必須不斷努力去想才可以。可是為了什麼要這麼努力？算了，聲音這種東西。

在某個應該要有寶石的位置上，閃爍著一顆寶石。

我也不知道為何會是那個位置。不管怎麼樣，那個東西在那裡，在別的地方。不對，應該是沒有在別的地方。原本就在那裡。因為在那裡，所以沒有在別的地方。好漂亮啊。

對於不理會自己的對象，如果用其他方法都不能誘惑的話，最後的方法就是必須一大早起床，收集一千滴露珠。這種魔法祕方是連雕像的心也可以燃燒出烈火的。可是呢，問題是別說一千滴，就算是一百滴，也可能在收集到之前，太陽就將露珠蒸發掉了，風就會將露珠颳走了。可是若和其他人一起同心協力收集，通常關乎魔法的事情都一樣，就會變成毫無效用。

對於感到愛之挫折的主角，還剩下一個最後的希望。如果他的單戀對象真的是優比涅所安排給他的伴侶，天空會在某一天的隔天或者某一天的前一天，很分明的某一天裡，會賜給他一個早晨，直到他收集到一千滴露珠時，才會出太陽，才會颳風。

在那裡，收集了百萬滴露珠才做成的寶石，正在放射出光芒。

「是龍之星嗎？」
這是從哪裡傳來的？
「卡爾？你在哪裡？」
我環顧四周，還是看不到卡爾的身影。大家都到哪裡去了？都去收集露珠了嗎？
「修奇？這小子！修奇！你在哪裡？快回答！」
是杉森急切的高喊聲。可是，呼喊的人都到哪裡去了？
「好漂亮啊……真的！」
是艾賽韓德。是啊，很漂亮吧？你有挖過那種寶石，琢磨過那種寶石嗎？
「大家在哪裡？拜託……讓我看看你們的臉吧！你們到哪裡去了？請不要藏在我背後、看不到的地方。」
「妮莉亞、妮莉亞！」
「修奇？修奇！你在哪裡？過來這裡！」
我原本想大喊「我在這裡！」，可是最後作罷。因為我覺得這實在會是十分可笑的行為。
「這裡」是哪裡呢？
「我死了嗎？這是死亡嗎？」
亞夫奈德的這句話，立刻有吉西恩答道：
「咳、咳咳，不要擔心。請放心。大家都請放心，應該不會有什麼事的。」
「吉西恩？吉西恩，你沒事吧？」
「我沒事，艾德琳。請不要擔心，咳咳。在原地不要動。我、我……咳咳！」
我的國王正在向看不見的同伴說話。病人怎麼反倒在擔心其他人？

「喲！大家都沒事吧？嘿，溫柴呢？」

「我活著……我想是這樣。所以你不要叫那麼大聲，傑倫特。」

「啊，你和我想的一樣。太好了。呃，可是蕾妮呢？」

「蕾妮？蕾妮小姐？」

「蕾妮小姐！妳在哪裡？請回答！」

一片黑暗。

「不行……來不及了……」

「蕾妮小姐？咳咳！」

「來不及了……王子大人。克拉德美索……在看著龍之星的時候……」

「龍之星！那是龍之星，對嗎？可是怎麼會在這裡？」

「我知道……我知道了。龍之星是……龍魂使契約的抵押品……」

「抵押品？是人質的意思嗎？」

「證據……人質……無意義的東西聚集起來，就會有意義……不對，是收集之後才產生意義的嗎……無意義和無價值的差別是什麼呢……對人類而言，不是相同的嗎？」

「蕾、蕾妮小姐？」

此時，克拉德美索的聲音響了一段時間。

「時揉風間會演奏我們的約定之弦。搓揉並且抓彈並且撥弄。風。除了熱風吹過冰冷樹枝時所傳來的聲音，所有的風是自由誕生的。風的自由代價是什麼？就是到死為止都必須做約定的公證人，同時是傳達者的工作。風傳達你的話，風傳達我的話，所以風是自由的。就算是被鄙視的良心說的話，就算是約定的破壞者說的話，風也還是自由的。」

克拉德美索的話一結束，涅克斯就立刻接著說：

「時揉風間會我們的之弦。搓並且自由抓彈並同時且。風。所有熱風吹死過時所傳來的公約，的風是誕生的。傳達自由定證是什麼？就是破壞到為止都冰冷必須做約定的人，是風也者的工作。風你演奏的話。除了風傳達我的話。所以風樹枝是自由的。就算撥聲音弄是的被鄙視的良心說代價的話，就算是約定的者說的話，傳達還是自由的。」

過了一會兒之後，克拉德美索開始吟唱了起來。

明暗
明暗
明暗
明暗明暗明暗明暗明暗

然後，像是在對答這首歌似的，涅克斯的歌也開始被吟唱了出來。

蛋黃色冬季早晨的寒光水光女人的嘴唇色閉眼時看到的顏色金黃色一百年舊房子的窗戶上堆
積的灰塵色嬰兒的臉頰色熬過長夜之後看到的早晨陽光刺進睫毛的刺眼光色被汗水沾濕的衣服腋
下的半月形汗漬的髒黑色射向夕陽天空的箭尖的銀紅色摘下那最後終於來臨的春天的第一片花瓣
吃下去的蛇的瞳孔色

克拉德美索的歌和涅克斯的歌，逐漸開始唱和了起來，急急忙忙凝結，猶豫躊躇互相推開之後，終於擁抱彼此，兩者的歌曲逐漸染成灰色。那些銳利撕破的灰色顯露出來。那些擴散開來的灰色水珠染到明亮，染到黑暗，染到所有東西。可是散開的灰色在那絕對的征服結束之際，最後垂死，又再回歸。所有東西被顏色的領土所統治支配。在顏色的蠕動裡，像是被射到的滋味。以無聲的音樂為背景音樂，停下來的舞蹈被展現開來。燃燒著那太長久的瞬間，我看著那東西。

「契約成立了。」

克拉德美索的疲憊聲音，空虛地傳了開來。

11

褐色山脈的盆地上，一陣風吹過。草葉一直呼喚著彼此，又離開彼此。雲乘著風，正在徐徐地溜走。

所有人全都僵硬地站著。抱著蕾妮的妮莉亞、彎身靠近蕾妮臉孔的卡爾、縮著腰半蹲站著的吉西恩、扶著吉西恩的杉森、在治療吉西恩的傑倫特祈禱聲、驚訝地張著嘴巴的艾賽韓德、在撫摸傷口的艾德琳、緊抓住劍的溫柴、顫抖不已的亞夫奈德，還有我，全都僵住了。

侯爵一行人也是一樣。戰士們有的張開嘴巴，有的瞪著眼睛，他們在盯著涅克斯和克拉德美索。在他們中間的，是雙手交叉在胸前、凝視空中的侯爵，他看起來與眾不同。他的嘴臉動了動。雖然他一副驚慌的臉色，卻至少沒有像他的部下們那樣害怕。怎麼一回事？我那雙一直看著侯爵的耳朵，聽到了涅克斯爆發性的笑聲。

「咯哈哈哈哈！」

涅克斯的笑聲傳來的同時，我才感覺到身體又開始動了。我好不容易才站直搖晃的腿。在我四周圍，解除僵直狀態的我們一行人紛紛吁了一口氣，或者發出短促的尖叫聲。此時，涅克斯的笑聲停了下來。

「成立了？你說成立了，是嗎？那麼，我是你的龍魂使了嗎？」

涅克斯的笑聲要是在其他地方、其他狀況之下，我會覺得那無比純真，想要與他同樂。因為，這真的是那種無限純真的笑聲。

「是的。」

「那麼，現在我要說了！克拉德美索！我的第一個要求就是——除掉哈修泰爾侯爵！」

除掉侯爵？我又再看了一眼侯爵。圍繞著侯爵的戰士們一動也不動地站著，但是個個臉色和屍體沒兩樣。可是……侯爵呢？

侯爵正在露出苦笑。

侯爵放下他交叉在胸前的手，搖了搖頭。在那一瞬間，他的眼睛對視到了我的眼睛。他用銳利的眼神瞪我，隨即笑了出來。他的目光透過我的眼睛射進來，我感覺那簡直就像尖銳地刺進我腦袋裡的東西。怎麼一回事？這到底怎麼了？為何侯爵聽到這句話，不會害怕呢？

「涅克斯・修利哲，你誤會了。雖然你認為是理所當然。」

克拉德美索用一種勸導小朋友的大人口吻說話。涅克斯驚慌地說道：

「你說什麼？」

「龍魂使什麼事也不用做。」

呃，這好像是我常聽到的一句話？不對，等等。這是誰都知道的事啊。可是為何要說這句話呢？龍魂使當然什麼事都不用做。龍魂使什麼事都……

「龍魂使什麼事也不用做！」

卡爾驚訝地震了一下，喊出這句話。他表情驚慌，像是在聽著自己的話的餘音。杉森嚇了一跳，說道：

「咦？卡爾？」

「是啊、是啊！龍魂使什麼事也不用做。為什麼？因為龍魂使連結了人類與龍，可是龍魂使也是人類！可是為什麼？原來如此！哈修泰爾侯爵到現在都無視於自己就可以成為克拉德美索的龍魂使的這個簡單方法，而要托爾曼或蕾妮來當。他絕對不要當龍魂使的原因是……！」

「因為龍魂使什麼事也……不能做。所以他不可以當龍魂使。」

亞夫奈德用顫抖的聲音做了結論。

原來如此！哈修泰爾侯爵自己也曾是龍魂使，但他為何要讓失散已久的蕾妮、曾是基果雷德的龍魂使的托爾曼，來和克拉德美索配對呢？為何他自己不去當克拉德美索的龍魂使？這是因為，龍魂使只是關係而已！

「因為，光是從關係的層面來看，其實會很疏遠。關係只要有兩者就行了。如果想指夫婦，就說先生和太太就可以了，沒有其他第三者介於其中。如果說，人類和龍透過龍魂使來連結關係，那麼，沒有龍魂使也可以溝通嗎？是的！龍魂使是不能以人類身分……」

卡爾這番氣喘吁吁說出的話，被涅克斯的尖叫聲給掩蓋住了。

「不！」

不！不！不！山裡的回音更加稀釋了涅克斯的驚愕，同時也擴大了他這份驚愕。

「克拉德美索！你是在拒絕你的龍魂使的請求嗎？」

涅克斯像是吐血般地喊著，但是克拉德美索用平靜到令人覺得冷淡的平靜口吻，答道：

「我是在無視於你的請求。可憐的龍魂使啊。」

「無視……？」

「你不知道你要求之事的本質。龍魂使的話裡原本是沒有意義的。我現在是有龍魂使的龍，只對人類有關心，沒有必要去聽龍魂使的話。即使是像愛你的手腳那樣愛你，手腳也不能對頭部開口命令，不是嗎？」

「什、什麼！這是在耍賴！我不也是人類嗎？」

「不，你是龍魂使。你只是龍魂使而已，而且既然已經立約了，就只是當事者龍活生生的龍魂使。現在你如果想脫離你的宿命、想當一個人類，你必須取消契約，或者把我殺死，否則別無他法。然而，我不會取消契約，而你無法殺死我。」

涅克斯揮搖晃著全身，繼續喊叫著，然後差點就從靈幻駿馬摔下來。

「不對！不對！不是這樣的！照你所說的，我是你的龍魂使！如果我是你的手腳，那麼，我就是你！我的要求就等於是你的意志啊！」

「你是我，但同時也是人類。」

克拉德美索並沒有往後看，只是如此說道。在草叢之上，他高高冒出來的身影，在隨意搖擺的草之浪濤上面，看起來像是一棵絲毫不動搖的古木。

「你是我，同時是人類。可是你無法當人類涅克斯。你既不是只有隸屬於龍，也不是只有隸屬於人類。關係乃是兩者的事。這是你選擇的真相。這是龍魂使的真相。涅克斯，你是不該成為龍魂使的那種人類，這一點，你和你的父親很像。」

「不要說一些莫名其妙的話！你轉、轉頭過來！我為何不是人類涅克斯！對、對你而言，有龍魂使在，所以你應該聽我的話才對！你不能無視於我的存在！轉頭看我！」

可是，克拉德美索並沒有轉頭。難道這意味著牠不只無視於涅克斯的話，還要無視於他的存在？牠只是稍微低下頭來，說道：

「涅克斯，雖然我不知道是什麼樣的線纏繞著，在一塊名為命運的布上，畫出了這樣的花紋。但你是優比涅安排給我的配偶，同時，因為賀加涅斯的造化所致，成為我不完整的配偶。」

我以為自己的心臟掉下來了。

不完整的配偶？這是指在永恆森林裡，一連死了三次的涅克斯嗎？原本一直焦急叫喚克拉德美索的涅克斯，突然僵住了。我可以清楚看到他那張蒼白的臉孔。克拉德美索繼續像在自言自語般，對牠背後的涅克斯說：

「我不問你，為何是以非整體的模樣接近我，但我現在要告訴你。你選擇了龍魂使的路，因此連你最後剩下的一部分，也都破壞掉了。」

涅克斯好像有說「你說什麼？」，我好像有聽到這樣的話。可是我看向涅克斯時，他的嘴巴卻是僵著。他真的有說嗎？

「是的。你已經不存在了。」

「不存在？」

「不存在了。剛才不久前，還有龍、人類、龍魂使。可是契約結束了，現在只剩下龍和人類。龍魂使涅克斯・修利哲，你已經不存在了。所以，不要再讓我對著空氣講話。」

涅克斯已經不存在了。

克拉德美索向我們說道：

「現在我要和人類締結關係。」

「咦？」

克拉德美索聽到卡爾的反問，開始把頭轉向卡爾的時候，突然傳來了侯爵的喊叫聲。

「我希望你能讓我參與你的報仇！」

「哈修泰爾！」

吉西恩大聲喊叫著，搖搖晃晃地想要衝出去。我瞪著侯爵。這個狡猾的傢伙！你腦筋轉得可真快啊，侯爵！杉森又再抱住吉西恩的腋下，可是吉西恩一面掙扎一面喊著：

「叛徒！閉上你那張發著惡臭的嘴巴！咳咳！」

「吉西恩，吉西恩！拜託鎮定一點。你如果激動，毒就會更加擴散！」

「毒！對，毒！你這個混蛋，侯爵。你這混蛋是毒——！咳……咳咳咳！」

吉西恩像是快把內臟都倒出來似的咳嗽著，但是侯爵對於吉西恩的喊叫一點也看不出有任何反應。侯爵看著克拉德美索，很快地說：

「克拉德美索，想想看你失去的東西。龍得不到人類所接受的祝福。你是不會遺忘的生命，所以，你二十一年前的情緒，一定如同昨日的情緒般活生生。你失去了龍魂使。」

「還不都是因為你的關係！」

這一次，是把蕾妮放在自己膝蓋上的妮莉亞在喊叫。侯爵突然皺起眉頭，瞪著妮莉亞。妮莉亞坐在地上，一直大聲喊著：

「是你去告發那件亂倫的事，才使卡穆死掉的，不是嗎？真是厚顏無恥！卡穆・修利哲是因為你而死的！」

「閉嘴，妳這隻骯髒的母狗！」

妮莉亞的眉毛立刻朝天豎了起來。

「什麼？」

對於接下來發生的事，我不想一字一句講出來。只是，妮莉亞以新穎的角度和獨特的比喻能力為基礎，說了一大堆非常豐富的低俗語，這使我確定她真的具備有豐富的低俗語運用能力。亞夫奈德則是漲紅著臉，撇過頭不去看妮莉亞。至於傑倫特，我只能說他是裝出一副完全聽不懂的樣子。過了好一陣子之後，侯爵才陰沉地說：

「妳真是一個嘴巴骯髒的女人。」

妮莉亞當場說不出話來，只是氣喘吁吁地瞪著侯爵。因為她一下子罵了太多，都快喘不過氣來了。

我並沒有注意侯爵和妮莉亞的舌戰，只是看著克拉德美索。克拉德美索一有龍魂使，一變成那樣，我們為了和牠搭關係，會不會又再打鬥呢？克拉德美索一面看著我們，一面在想些什麼呢？牠仍然稍微低頭，站在那裡。牠那張面向地面的臉上，沒有任何表情。而飄浮在他背後的涅克斯，也是一樣毫無表情。

涅克斯還沒出生就失去了親生父親，長大之後又失去了養他的父親，在永恆森林裡更失去了自己的五分之三的他，現在最後因為和龍訂約，所以全都沒有了，是嗎？怎麼會是這樣呢？為何涅克斯都是在被破壞呢？而且我現在想一想，我和我們一行人也曾破壞了他的東西。我們破壞了他的公會。為何他在被這樣破壞之後，還能成為克拉德美索的龍魂使呢？萬一這是優比涅的安排，到底理由是什麼啊？

涅克斯一句話也說不出來，只是茫然地俯視克拉德美索。他的樣子不像帶有意識。他的眼睛雖然看著克拉德美索，卻沒有對焦。即使是死人，也會留有活著時候的痕跡。活著時候的情感、回憶，留在死者臉上，可以證明他走過歲月的風霜。然而，在涅克斯的臉上並沒有那種東西。那是一張完全空白的臉。

比起克拉德美索的話語，我倒覺得我是看著涅克斯的臉，才確實察覺到一件事：他死了。

而且，因為我在看涅克斯，所以也可以看到希歐娜的動作。

「涅克斯，小心！」

我大聲喊叫，往前衝出去。

「卡爾！亞夫奈德！不管是誰，趕快射下希歐娜！」

克拉德美索在這一瞬間抬頭。有人在尖叫，一片混亂。我一邊看著上面一邊奔跑，結果跑到一半，腳就被草絆倒了。我重重地碰撞到地面，都眼冒金星了。在我站起來的那一瞬間，映入我眼睛的，是克拉德美索的發青、僵住的臉孔。

然後，涅克斯開始往下掉。

他緩慢地掉落。看起來就像會永遠這樣掉落下去。天空似乎想要抓住他不放，地面則像是要避開他。可是，時間卻將他往下推。涅克斯一次也沒有掙扎，靜靜地掉落了下去。

砰！涅克斯掉落在我的正前方，也就是克拉德美索、我們一行人，還有侯爵一行人所形成的三角形中央。他的身體猛然動了一下之後，就躺平了。

「嘎啊啊啊啊！」

是妮莉亞尖銳的慘叫聲。我一面顫抖著，一面去看著涅克斯。他不是從非常高的地方落下，但他的身體卻扭成了怪異的角度。他死了。絕對不可能還活著。可是他的嘴唇還動了幾下。不，那只是從他嘴裡冒出血泡。咕嚕嚕嚕。涅克斯的喉嚨裡傳出了奇怪的聲音。他的身體周圍有一灘紅血，簡直令人看了想吐。他是因為支撐自己最後的最後希望也被自己破壞掉，而產生絕望嗎？他的身體甚至好像有一根骨頭碎了。染血的臉上，白色的瞳孔竟然在閃爍著。是在流眼淚嗎？難道是死了之後在哭嗎？

我像是往後彈地站起來，看著天空，然後用無法制止的顫抖聲音，大喊著：

「希、希歐娜！妳、妳在做什麼啊！」

靈幻駿馬上的希歐娜一副沉著的模樣。她一手抓著轡繩，用憂鬱的表情看著下面。然後她另一隻手上，拿著刺殺涅克斯的那把匕首。她說道：

「現在總算結束了！那時候要不是有你幫忙，恐怕很難達成這樣的結果。謝了，小鬼。」

「妳、妳，這個吸血鬼！妳到底在說、說什麼啊！」

希歐娜露出了微笑。此時，她手上拿著的匕首開始被移向她的嘴。希歐娜慢慢地打開嘴巴，舔起了那把匕首。匕首以非常緩慢的速度，滑過她的舌頭。涅克斯的血沾到希歐娜的舌頭之後，流進了她體內。剎那間，我感覺自己快吐了，只希望趕快彎下腰來吐個痛快。可是我並沒有低頭，而是抬頭看希歐娜。

她把匕首又再放進懷裡，看著遠方，把頭髮撥了上去。她仍然看著遠處，悠閒地說道：

「修奇，我以為你是個頭腦很好的小鬼，你可不要讓我失望啊。我促成克拉德美索和龍魂使的契約締結成功，讓牠的龍魂使在牠眼前死掉。這不是很簡單嗎？」

「哦，天啊！」

傑倫特氣喘吁吁地說道。我張開了嘴巴，可是卻說不出話來。我費力地，非常費力地低頭。然後，我看到了克拉德美索。

克拉德美索蒼白地僵在那裡。

大法師有三個女兒，

他稍微一不注意時，

冰冷死亡找上她們。
誰來哀悼她們的死？

突然間，希歐娜像吟唱似的唸著。在一片寂靜，就連呼吸聲也聽不到的極度寂靜之中，她的聲音像是碎在半空中似的顫抖著，迴響著。

第一個先死的是不誠實的長女，
再來是不會反咬人的巨魔姑娘，
幼小稚氣的么女則是在最後死。
一個個接著死。像出生時一樣。

我看到克拉德美索的蒼白臉孔，還有聽到希歐娜的歌聲，我覺得世界在暈轉著。巨魔姑娘指的是艾德琳，么女指的是蕾妮嗎？那麼長女呢？希歐娜開始往天空上升。她的歌聲也逐漸變得細微。

長女的名字是拜索斯，
她被龍抓去狠狠咬了。
巨魔姑娘的名字是艾德琳，
暴風之神帶走她，咬了她。

么女的名字則是蕾妮，
被某個吸血鬼狠咬了。

嘻嘻呵呵。笑吧，繞著墳墓周圍，
在棺上撒下枯萎的花瓣吧。
哀悼的鐘聲，噹噹噹。
喟然長嘆，太陽沉落。

大法師有三個女兒，
他稍微一不注意時，
冰冷死亡找上她們。
只剩三個冰冷墳墓。

希歐娜現在已經上升到快要頂到灰色雲層。長女的名字是拜索斯。如同是亨德列克所建立的這個國家，會被龍抓去狠咬？

「我促成克拉德美索和龍魂使的契約締結成功，讓牠的龍魂使在牠眼前死掉。這不是很簡單嗎？」

在克拉德美索面前，讓牠看到自己的龍魂使死亡？失去龍魂使的龍會變成什麼樣子？雖然我知道答案，但眼裡還是滿布希望地去看克拉德美索。

可是在看到克拉德美索的臉那一瞬間，我連想要轉頭不看的希望也消失了。如果岩石長有眼睛鼻子嘴巴，恐怕也比克拉德美索現在的臉孔還來得有生氣。克拉德美索只面露一副無限蒼白的臉孔，低頭看著涅克斯。涅克斯的身體流出來的血，如今已經畫出一個巨大的圓。克拉德美索開始走去。

噗滋。噗滋，噗滋噗滋噗滋噗滋！

克拉德美索踩著涅克斯的血，漸漸加快步伐走過來。最後那一瞬間，牠幾乎是快跌倒似的跪在涅克斯的旁邊。血滴往四面八方飛濺了上來。克拉德美索的膝蓋下面一下子都沾滿了血。

克拉德美索的手緩慢移動，去觸摸涅克斯的臉頰。

「涅克斯？」

克拉德美索摸到涅克斯的臉頰之後，愣怔了一下，並且舉起手來。牠把自己顫抖的手舉到眼前。

「眼淚？」

克拉德美索的指尖有閃爍的光芒。克拉德美索看自己的手，又再低頭看涅克斯。

「涅克斯……你在流眼淚嗎？你還活著？是吧？」

克拉德美索慢慢彎下腰。幾乎快要鼻子碰鼻子地低垂牠的臉，看著涅克斯。

「是我感覺錯了嗎，涅克斯？」

克拉德美索現在慢慢地移動他的頭，靠近涅克斯的耳邊。克拉德美索開始對他耳語著：

「……涅克斯？涅克斯？涅克斯……涅克斯？」

「嗚嗚！」

妮莉亞發出難過的聲音，身體落到趴在她膝上的蕾妮背上。妮莉亞如此抱著蕾妮，開始哭了起來。

「嗚嗚！」

我看到傑倫特捂住自己的嘴巴。我的喉嚨裡為何這麼悶呢？而且這熱燙的東西，到底是什麼呢？

「涅克斯？」

克拉德美索更加低沉地耳語，聲音如同山裡的風那樣細微。可是，涅克斯只是翻著白眼珠，他死了。他的嘴裡突然流出血來，那一瞬間，我以為他還活著，差點就大喊了出來。但這是因為克拉德美索的手壓到涅克斯的胸口。

克拉德美索開始不停搖晃涅克斯的胸部。

「涅克斯？涅克斯？涅克斯。涅克斯。涅克斯？涅克斯！涅克斯！涅克斯！」

克拉德美索不停呼喚涅克斯，然後聲音逐漸變高。而且牠搖晃涅克斯胸口的力道也越來越強勁。涅克斯現在被猛烈搖晃著手腳，不斷跳動著。隨著他的身體跳動，地上的那灘血被弄得模糊不清。血珠噴濺上來，血染克拉德美索的上半身。克拉德美索被血沾濕，喊著：

「涅克斯！涅克斯！涅克斯！涅克斯！涅克斯！涅克斯！涅克斯！涅……」

克拉德美索緩緩抬頭。

「啊啊啊……呃呃呃……呃啊啊啊！呃啊啊啊！呃啊啊啊！」

牠仰著頭，仰到我以為牠的脖子就要直接往後折斷了。龍向著天空大吼：

「呃哇啊啊啊！呃哇啊啊啊啊！嗚哇啊啊啊啊啊啊！喀啊啊啊啊啊啊……！」

牠喊到喉嚨都快破了，突然，牠停了下來。克拉德美索跪在涅克斯身旁，把雙手放在涅克斯的胸前，一動也不動。牠向天空仰頭的臉孔，依舊不動。牠張大嘴巴，兩眼連眼皮也不動，瞪視著天空。

突然間，從龍的眼裡流出了眼淚。

眼淚？不對。是紅色的。血色眼淚。

牠流著血淚。

從牠眼裡流出來的兩行紅血，順著牠蒼白僵硬的臉頰流了下去。血流過嘴唇旁邊之後，流到下顎線，暫時停留在那裡。可是從上面流下來的血聚集，結成一個小珠子，變大之後，就像猛然滴落似的，順著下巴流下去。血現在流到脖子，然後很快地消失在牠的甲衣之中。

克拉德美索悲慟的身影好像就這麼變成石像了，就連牠的眼皮、嘴巴，什麼都沒有動。在動的就只有從眼睛不斷流下的紅血。

「喀，喀，喀啦，喀……」

從克拉德美索的嘴裡，開始說出一些沒有意義的話。在那一瞬間，侯爵喊著：

「往後退！」

我茫然地轉頭看侯爵。而侯爵已經背對著我們，在拚命飛奔著；那些戰士們也都開始紛紛邁步出去，然後立刻用很快的速度開始奔跑。

「卡爾？我們要繼續在這裡……」

杉森的聲音比平常還要低一半，他費力地說出話來。

「……走吧！」

卡爾如此說完之後就立刻轉身。妮莉亞一直緊抱著的蕾妮哭號著：

「不行，這太悲傷了！怎麼可以丟下牠不管……」

「我們要活命啊！」

卡爾如此喊完之後，立刻對我和杉森使眼色。杉森趕緊扛起蕾妮，我則是扛起吉西恩。傑倫特像是想要充當艾德琳的手杖似的，趕緊把她的手臂搭到他肩膀，可是艾德琳放下手臂，自己開始一個人走。走？我們在下一瞬間，就已經開始奔跑了。

只留下克拉德美索和涅克斯的屍體。

然後，我們根本沒能跑多久。

「呱啊啊啊啊啊！」

「呃啊啊啊！」

亞夫奈德尖叫了一聲。一直把吉西恩扛在肩上的我雙腿發軟，像快要跌倒似的搖晃著，溫柴很快地扶住我。

「振作點！」

溫柴粗魯地扶住我，可是我的腿還在一直搖晃，我開口喊著：

「沒有用的，逃跑也沒有用，我們怎麼可能逃得過克拉德美索……」

「閉嘴！」

溫柴揪住我的咽喉。你竟然揪住我的咽喉！要不是扛著吉西恩，我當場就打得你下巴飛出去！溫柴說道：

「反正在人生的競技場上，任何人都不能逃離死亡！這是人生競賽的規則！遵守這個規則跑到最後吧！」

我仍然被揪住咽喉，我掙扎著。

「真是的，死也要死得高尚一點！競技場上的最後優勝者就是死亡！比賽已經結束了，對優勝者表示敬意吧！我要保有失敗者的自尊心！」

溫柴在瞬間高高舉起右手，可是我正眼直視著他。在他充血的眼睛裡所映照出的我，顯得很怪異。溫柴的眼神動搖了一下。

此刻，克拉德美索的咆哮聲又再度傳遍整個盆地。

「呱啊啊啊啊！」

跑在我和溫柴前面的其他同伴們速度開始變慢了。我看到大夥兒紛紛轉頭。這、這根本是毫無意義的行為，逃跑有什麼用？因為要活命？我當然也要活命。直到死亡那一刻，我都要照我的意思行事！我把頭用力往後仰。溫柴放開了我的咽喉。

「我要去見克拉德美索！至少，我不想要後腦杓被牠的氣息噴到而致死！我要用我的眼睛迎視自己的死亡！」

溫柴嚇人的眼神好像快把我的身體揪痛。

「該死，你想去見就請便吧！可是，我會活著！」

然後，溫柴就開始奔跑起來。

「呃，溫柴？」

雖然我聽到杉森這一句話，可是我並沒有回頭。我放下吉西恩。

「吉西恩？我沒有要逃走。對不起，我沒有辦法帶你走。」

「我會在你身邊。」

這是一個令人出乎意料地冷靜的聲音。吉西恩的臉孔現在蒼白得簡直快到透明的地步。吉西恩突然劇烈咳嗽起來，我扶著他。

「亞色斯啊……」

我隨著吉西恩的目光，瞄到克拉德美索的模樣。那是一頭龍的身影。盆地什麼時候變得那麼窄了？那座山為何變得如此低矮？克拉德美索將牠的長頸高舉向天空，讓我們看到牠紅色的下巴。我看到牠鮮紅色的巨大身軀和長頸，順著牠長頸呈現的黑線，看起來就像是克拉德美索流下的眼淚。克拉德美索看起來就像一棵紅色的樹木。是世界上最大棵的樹木。

突然間，那棵樹木的樹枝開始長出來了，這黑色的樹枝，漸漸呈現出紅色的部分。克拉德美索往兩旁展開了牠的翅膀，牠身後的山群全都消失不見了。啊，不對。牠還在展翅中。在我感覺牠已經完全展開翅膀的時候，克拉德美索其實根本連翅膀的一半都還沒展開。我的天啊，庇護龍的……龍？等等，我現在仔細一想，怎麼沒有龍的神？

「呱啊啊啊啊啊啊！」

現在克拉德美索才把牠那足足超過三百肘的翅膀展開來。沿著脖子而下的黑線連到翅膀，漸漸變得複雜。那彷彿像樹葉葉脈般複雜的黑線，將翅膀尖端染成漆黑的顏色。現在牠的身軀看起來像是劍刃。劍刃？我仔細一看，牠的長頸就是劍身，胸部是護手，然後並著的前腳看起來像是劍柄。劍刃上似乎有巨大的火花在晃蕩著。

在夜空之中熊熊燃燒的紅赤色之劍……是克拉德美索。

「喘息者，停止喘息吧！」

呃啊啊！在克拉德美索的咆哮聲傳來那一刻，我和吉西恩一起往後摔成了一團。我一面滾著，無數多的草覆蓋了世界。我眼前看到的，只有亂七八糟的草。草叢的沙沙聲和狂風的咻咻聲，就像有數十個人正在打我。

「咯呃呃呃！」

我不知道自己滾了多久，直到下巴重重地碰撞到地面，我才好不容易停止翻滾。我拚命抬頭一看，看到傑倫特往前彎的模樣。傑倫特就像是一個正面迎著暴風雨的人，把左臂舉到他的臉前面，彎著身。天啊！真的有暴風吹襲著。傑倫特的頭髮整個飛揚起來往後飛，他用力睜著眼睛看著前方。

「行路者！停住腳步吧！」

骨碌碌！我的天啊，這實在是太誇張了！傑倫特身體往前彎的姿勢就這麼往後滑行三步左右。砰！傑倫特隨即往前倒了下去。他的手拄著地面時，又往後滑行了幾步。

「真是的！」

傑倫特抓著草，這才停止了滑行。我抓著旁邊的草，用另一隻手臂抓住吉西恩的腰部。吉西恩連咳嗽都咳不出來，一直氣喘吁吁著。像雨絲般飛揚的草，胡亂刮搔著我的臉。我感覺頭髮都快被拔起來了。在這陣連睜開眼睛都很費力的狂風之中，我費力地看了一下四周，所有人都緊抓著草或者抓著彼此。哦！天啊！沒想到竟是這種程度，太誇張了。

「望看世界者！閉上眼睛吧！」

然後，風停了。

原本吹襲的狂風停了。在半空中飄散的葉子像是在夢中掉落的物體般，靜靜地掉落下來。像是晚春掉落的花瓣般，草綠色的雪花飄落了下來。傑倫特把頭髮往後撥，注視著周圍。

「風……停了？」

「修奇！吉西恩！大家都沒事吧？」

杉森從後面慌慌張張地跑來，看來，他好像是因為塊頭比較大，所以比別人被吹得還要更遠。在我旁邊，妮莉亞正在拔起三叉戟。啊！她剛才好像是抱著那一根三叉戟。傑倫特的袍子都被翻反了，他試著將它穿正。艾德琳靜靜地看看這一幕。艾賽韓德則是扶著亞夫奈德。此時，卡爾喊著：

「蕾妮小姐？」

蕾妮？在哪裡呢？我看後面，再怎麼看也看不到她。難道是被風吹走了嗎？還是被草蓋住才沒看到？我在原地一直蹦跳著尋找蕾妮的身影。此時，吉西恩拍了一下我的肩膀。

「她在相反方向。」

相反方向？我把頭轉向克拉德美索。

蕾妮面向克拉德美索，直挺挺地站在那裡。她好像完全不受風的影響，怎麼回事？就在這個時候，蕾妮突然一屁股坐了下來。

「蕾妮？」

我趕緊往前跑過去。克拉德美索仍然在看著天空，一動也不動地站在那裡。為什麼會這樣呢？我按了一下蕾妮的肩膀。蕾妮突然尖叫了一聲。

「啊啊啊！」

哎呀！我太用力按了嗎？應該不是吧？我吃驚地看了一眼蕾妮。蕾妮用陷入混亂的眼神抬頭看我。

「蕾妮？」

蕾妮看我的眼神像是不知道我是誰。其他同伴一面注意克拉德美索的目光，一面走近蕾妮。蕾妮帶著茫然的眼神看我，突然間，她說道：

「謝謝你。」

「嗯？」

「謝謝你，修奇。其他同伴也是……我不會恨你們的。」

我都僵住了。正要走過來的妮莉亞聽到蕾妮這番話的瞬間，就在原地僵住了。蕾妮露出一絲微笑，說道：

「現在……我們全都會死。」

在這一瞬間，克拉德美索開始拍動翅膀。

草叢的波浪之中，我們一行人全都站著不動，在看著克拉德美索。啪啦，啪啦。這巨大的翅膀竟然會動。在戴哈帕港看到的帆船篷帆，根本無法與這個巨大翅膀相比。它到底是怎麼動起來的？然而，克拉德美索的翅膀卻優雅地動了。

飛翔是瞬息間的。

翅膀拍動的速度稍微變快，不知何時，克拉德美索踏了一下地面之後，就飛起來了。我的眼睛看著克拉德美索的飛行，腦子裡想到了許多事。爸爸，對不起。你的妻子和兒子都因龍而死，說不定你也會這樣吧。傑米妮，若真的現在有人把我移動到妳身旁，只要給我五分鐘，不，只要給我一分鐘，我可以給他任何東西。伊露莉，請不要離開這個世界，被克拉德美索破壞的這塊土地，一定會需要你們幫忙。真是的！為什麼我要留遺言的對象都不在這裡呢？

接著，克拉德美索突然往我們頭頂襲擊過來。

「呱啊啊啊啊！」

飛在天上的克拉德美索突然用力揮動翅膀，減低速度。我可以清楚看到克拉德美索的眼睛。牠紅色的眼睛看起來像寶石，而在牠嘴裡，則是有火焰在晃動著。這是最後一刻了嗎？我就這麼站著死掉，實在有些平淡。我難道是為了面臨這最後一刻，而活這十七年的嗎？我轉過頭去。傑倫特正在祈禱著，而亞夫奈德在唸著咒語；吉西恩費力地舉著端雅劍，卡爾則是抽出箭矢搭在弓上。是啊。既然要死，就拿著劍死吧。

「我已經過了一個不錯的人生！」

我大喊著，舉劍的那一瞬間，天空變得一片白色。

白色。塞滿天空的白色閃光，簡直快把我的眼睛給弄瞎了。我的耳朵因為無法承受太高頻的聲音，整個都聾掉了。所以，在完全寂靜之中，我才得以看到所有東西。可是，我看到了什麼？只是一片白色啊？

此時，白光消失了。而且有東西飛走了。好像是飛走了。我的眼睛看到的，只有白光消失，然後某個暗紅色的東西很快地移動。此時，開始傳來了聲音。

「呱啊啊啊啊啊！」

那個快速移動的東西，原來就是克拉德美索。克拉德美索原本減低速度，要噴吐出氣息，可是牠突然加速，直接從我們頭頂經過。接著，就有風隨著牠身後猛烈覆蓋我。可是，我雖然被風推擠，但還是無法轉頭不看眼前這景象。

眼前是令人難以相信的大破壞。

一片被燒黑的土地。原本有草的，但實在難以置信，現在居然一根草也不留，全都燒光了。而且不止如此，數百肘的地面被挖過。這到底是怎麼做到的？為何我們前方會形成這樣的痕跡？就在這個時候，突然間，我感覺周圍變暗了。在我抬頭的那一瞬間，這次，是某個藍色的東西忽地經過頭頂。然後從背後颳起了一陣風。我和吉西恩挺不住，兩個人往前摔成一團。

「呃呃呃！」

我們在地上滾了一圈。坐起來的時候，映入眼簾的，是克拉德美索往天空另一邊消失的背影。那麼，從相反方向飛來的是什麼呢？我又再轉頭。隨即，我看到一個往天空相反方向消失的藍色物體。

「咳、咳咳！那是？」

「天啊……天啊！」

就在我講不出話來的時候，往天空另一頭消失的藍色身軀開始劃出了巨大的曲線。這頭龍在天空劃出半徑數千肘的圓弧之後，又再開始往我們這邊飛。我很自然地轉頭。隨即，在相反方向，克拉德美索劃出同樣大的圓弧，飛了過來。這兩頭龍所形成的圓，該不會已經覆蓋住整個褐色山脈了？

「呱啊啊啊！」

克拉德美索粗暴地咆哮著。隨即，對面也傳來了咆哮聲。

「嘎啊啊啊啊！」

妮莉亞的臉孔真是有夠瞧的了。她的臉上恐懼與喜悅參半，絕妙地達到了平衡。她不斷左右搖頭，然後結結巴巴地說：

「閃、閃、閃……閃電龍？」

「是基果雷德！」

「怎麼回事？基果雷德怎麼會來這裡？」

我轉頭一看，杉森表情驚訝地看著基果雷德，說出這句話。基果雷德展開巨大的翅膀，用可怕的速度在天空中滑翔，在對面，則是克拉德美索正滑翔下來。咦？糟、糟了！

「吉西恩，我現在覺得我們處於非常不好的處境。你難道不認為，我們需要某種行動來脫離這個亂局嗎？」

吉西恩起身，說道：

「我們應該要站起來奔逃的這句話，咳咳。我好像講太長了。」

真是的呃呃呃！克拉德美索和基果雷德要相撞的地方，就在我們頭頂正上方啊！

「哇啊啊啊啊！快逃啊啊！」

杉森放聲一喊，妮莉亞隨即睜大眼睛，看了看四周。

「逃、逃到哪？逃到哪？」

逃到哪裡好呢？應該要逃才對。剛才是無計可施，但現在基果雷德來了，不是嗎？而且牠正在攻擊克拉德美索。我的人生這樣過，還算不錯，好像還不用劃上句點。所以……可是！在這空曠的盆地上，該逃到哪裡呢？就在這個時候——

「到這裡來！」

一個非常大聲的說話聲。有個人能夠發出這種聲音。

「溫柴？你沒有逃走嗎？在那裡做什麼？」

溫柴在遠處做手勢。太遠了，根本就看不到，可是光是聽聲音就知道了。在下一刻，我不等溫柴的答話，就把吉西恩扛在肩上，奔跑過去。隨即，背後就傳來了一行人的尖叫聲。

「嗚，嗚哇啊啊！龍要打起來了！」

「傑倫特！你清醒一點！還不快逃！不要一直往後看！」

「啊，是……哇啊……？好壯觀！」

「亞夫奈德！拜託你在那傢伙的屁股上面點個火吧！」

「嗯，艾賽韓德先生，現在逃命要緊……」

「真是……酷啊……呃啊！妳在做什麼啊？妮莉亞！」

「你再不快跑，我就再刺你！趕快跑喲！」

「很好！做得好，妮莉亞小姐！繼續刺喲！」

「卡啊啊爾！」

嗯。我轉頭一看，就看到妮莉亞反拿著三叉戟，像趕牛般趕著傑倫特，而在她旁邊，則是卡爾一邊拍手一邊跑來。我又再聽到溫柴的喊叫聲：

「快趴下！」

「糟糕，吉西恩！你罵我好了！」

我又再推倒吉西恩之後，一起摔到地上。到底今天我摔了幾次啊？在這一瞬間，傳來了令人毛骨悚然的鳴叫聲。

「嘎啊啊啊啊！」

「呱啊啊啊啊！」

是東西相撞的響聲，還有激烈的拍翅聲。我躺著轉身，看著天空。隨即，我看到克拉德美索飛往另一邊的天空。可是，基果雷德呢？基果雷德也是，牠正飛往相反方向的天空。可是牠飛得很奇怪。牠搖晃著，像是當場就要掉落似的，費力地飛上去。溫柴咬牙切齒地喊著：

「可惡！牠撞到翅膀了！大家全都站起來跑！趕快到這裡來！」

兩頭龍又再度往天上衝的時候，我們死命地奔跑。我沒有把吉西恩當人類對待，而吉西恩也是讓人當行李那樣搬運，全身都沒有出力，所以扛著他跑並不是件難事。克拉德美索和基果雷德在天空反向轉來時，我們幾乎已經跑到盆地的盡頭了。

我看到盆地盡頭的峭壁，在中間，有一個稍微裂開的地方。溫柴發現到的就是那個嗎？溫柴往那裡面鑽了進去。我想也不想就鑽進了峭壁隙縫。我總覺得自己像變成一隻看到貓和狗打架而逃跑的老鼠。現在我們進去的地方也真的很像老鼠洞。

最後，傑倫特和妮莉亞鑽進來之後，大夥兒都藏到了峭壁隙縫。這個峭壁隙縫的入口窄小，但是滿深的。這裡雖然人類進得來，但龍卻進不來。行了！大夥兒全都氣喘吁吁地坐下。妮莉亞丟下三叉戟，立刻哭著投入溫柴的懷抱。

「嗚哇啊啊啊！溫柴！」

溫柴露出了一個苦笑。杉森靠在岩石上，說道：

「呼，呼。你剛才不是逃掉了嗎？」

溫柴慢慢地推開妮莉亞，說道：

「我不像你們北方人，面臨死亡時，就全身發軟。」

「是嗎？你幹嘛回來？」

「……因為我發現了這裡。」

「是啊，是啊！因為你發現了這裡，嗯嗯。你想要救我們所有人？」

妮莉亞的聲音變得比較嗲。溫柴皺著臉孔，正想要答話的那一瞬間，傳來了令人背脊一陣冰涼的咆哮聲。

「嘎啊啊啊啊！」

哎呀，是基果雷德？我放下吉西恩，觀察天空的情況。我們一行人躲在峭壁隙縫之間，屏息看著龍在打鬥。狗和貓，還有守在這老鼠洞的一群老鼠。

「那個，會不會有危險啊？」

亞夫奈德緊咬著嘴唇，說了這句話。兩頭龍互相猛烈飛衝著。可是基果雷德的速度比較慢，在牠的翅膀後面，拖出了一朵長長的血雲，看起來就像是天上流著一條紅色的江河。一直在不停喘息的卡爾，吐出了一聲嘆息。

「呼、呼……糟糕，這樣下去不行的。」

就在這個時候，朝著克拉德美索滑翔的基果雷德，牠的頸後開始有東西閃爍著白光。艾賽韓德驚訝地說：

「呼、呼。牠背上那是什麼啊？」

在這一瞬間，基果雷德大力扭動翅膀。

基果雷德突然換了方向。飛得緩慢的基果雷德很輕易就轉過身軀，可是克拉德美索卻繼續飛。此時，密布於天空的雲，火紅地晃蕩著。雲怎麼一回事？

有火球穿過雲層，掉落下來！

「是隕石群落術！」

亞夫奈德喊著。從天空傾瀉而下的火球，準確地掉往克拉德美索的前進路線正前方。咻咻咻咻咻！這攻擊甚至還準確地計算了克拉德美索的速度。無法穩住速度的克拉德美索，立刻往隕石群落的雨中鑽進去。

「行了！在這種速度下，牠無法避得開的！」

杉森像是快跳舞似的高興喊著。此時，克拉德美索突然把翅膀往後縮，牠的速度就在瞬息間變快了。

「牠打算硬闖過去！」

「難道？」

克拉德美索的左右翅膀忽上忽下地，飛行在火球之間。轟！轟隆隆隆隆！火球撞擊到地面，盆地到處都是可怕的爆炸，衝向天際的光芒和火焰，還有塵土和石塊。溫柴高喊著：

「糟糕！到更裡面去！」

盆地裡迸濺的岩石打到我們藏身的峭壁。轟隆隆！整個峭壁都在震動。可是克拉德美索悠然地避開那些從天而降的火球，在波濤洶湧的爆炸上面飛著。真令人不敢相信！牠那超過二百肘的身軀，居然能夠像白頭翁那樣輕快飛翔！

「天啊，這真是令人難以相信！這麼巨大的身軀，怎麼會這麼輕盈？」

傑倫特像是想要當場衝出去盆地似的動來動去，喊叫出聲音。在這一瞬間，急遽往上衝的基果雷德的頸後，這一次冒出了火之江河。

噗嘩嘩嘩嘩！寬度達數十肘的火之江河，像是在天上鋪了紅地毯似的，伸展開來。克拉德美索雖然幾乎要脫離隕石群落的區域了，但是基果雷德背後伸展開來的火之江河，卻擋住了克拉德美索的前方。

「行了！行了！這次牠絕對避不掉！」

杉森蹦跳拍手的那瞬間，穿越天空的克拉德美索竟突然消失身影。是瞬間移動嗎？接著，克拉德美索的身軀又出現在火之江河的正上方，如箭般地飛上去。

「杉森！下次基果雷德攻擊的時候，你安靜一點！」

「我知道了……」

火之江河失去目標之後，直接就劃過天空，在對面山峰爆炸。轟隆隆隆！山峰發出巨響，然後整座山就開始燃燒起來。

砰……砰……砰隆隆隆！如同打雷般的響聲傳來的同時，燃燒著的山峰就慢慢地崩塌了。亞夫奈德驚訝得坐到了地上。他表情驚慌地看著被燃燒破壞的山峰，說道：

「我以光之塔的名譽發誓！我不知道那是什麼。那、那個到底是什麼法術？」

此時，在看著相同地方的卡爾突然跳了一下。

「啊啊！」

卡爾高興地抖動身體，叫出怪聲。哎喲，我的天啊。卡爾！你瘋了嗎？卡爾看著基果雷德，大笑了出來。

「咯哈哈哈哈！我應該可以告訴你那是什麼！我以前曾經看過！那是火精與風精的舞會！」

「咦？什麼……！」

卡爾用閃閃發光的眼睛看著溫柴。真的看起來像瘋子！可是我也是顫抖著嘴唇，等待溫柴的回答，等待那令人高興的回答。溫柴看著基果雷德，點了點頭。

「沒錯。是她。」

杉森用顫抖的聲音喊著：

「伊露莉！」

……該不會，伊露莉已經不是伊露莉了？

12

「呱啦啦啦啦！」

原本在天空中滑翔的克拉德美索突然開始垂直地往上衝。就像是直射上天的箭一樣，克拉德美索的身影穿過雲層消失了。基果雷德隨即開始在地上滑行。

「牠會直接撞上去！」

基果雷德幾乎肚子都要碰到草似的在盆地上滑行。基果雷德飛過而捲起的草被連根拔起，跟在牠後面飛舞。傑倫特簡直要跳起來似的大喊：

「牠是要躲避克拉德美索的得意招數，不，應該說是深赤龍的得意招數——急速俯衝攻擊！深赤龍的攻擊方式，就如同天上打下來的閃電般，直衝而下！哇！真是帥呆了！」

亞夫奈德滿臉蒼白地點了點頭，說：

「說得沒錯。因為深赤龍是能飛得最高的龍。再加上雲層讓基果雷德看不到克拉德美索，所以牠只好在低空飛行，使克拉德美索無法攻擊。」

是嗎？唉，這種大戰之下，根本沒有人類手拿刀劍進去插花的餘地。路坦尼歐大王到底是怎麼打敗這種生物的？溫柴突然喊了一聲：

「下來了！」

在這一瞬間，雲無情地破開，克拉德美索再度出現了。克拉德美索出現在基果雷德的後面，直接朝向基果雷德俯衝而去。這樣下去，兩頭龍都會撞上地面的！但是克拉德美索在猛力下降的同時，也展開了噴吐攻擊。這傢伙反應真快！卡爾帶著快暈過去的表情說：

「火焰之槍！」

克拉德美索射出數千肘長的火焰之槍，斜斜地往地下插。基果雷德為了避開而扭動身子，但是由於飛得太低，剩下的空間不夠讓牠移動。

「呱啊啊啊啊！」

克拉德美索噴出的火焰槍完全貫穿了基果雷德的翅膀。基果雷德在落地之前，牠的脖子後方有一個黑點往上躍起。而基果雷德就此被火焰包圍，直接墜落到地上去了。基果雷德藍色的身軀開始在原本火焰激烈燃燒的盆地上滾動著。

「咕耶——」

巨大得像座城堡的火球撞上了山頭。褐色山脈受到燃燒著的基果雷德撞擊，整座山脈顫抖了起來，並發出呻吟。撞山的基果雷德滾了一陣子之後停了下來，但牠上方的峭壁卻開始崩塌。轟隆……轟隆隆！

「糟了！」

「啊——！」

基果雷德揮動著翅膀，努力想要飛起來，但牠上方落下的岩石無比巨大。一陣子之後，基果雷德就在一面燃燒，一面被石頭重擊的淒慘狀態下翻落地上。克拉德美索在噴吐攻擊之後，為了不撞到地面，又再度揮動翅膀，開始飛升。

基果雷德脖子上飛起的黑點，則直接飛上了盆地上方的天空。黑點好像在觀望基果雷德的狀況似的，停下來一陣子，然後馬上往我們這邊飛來。在被破壞得用「廢墟」二字尚不足以形容的盆地上方，像一尾燕子般飛來的黑點漸漸放大，變成了伊露莉的身影。

「伊露莉！」

伊露莉輕巧地站到盆地上。她站在我們藏身的峭壁裂縫入口處，一落到地上就環視了我們每個人，然後很快地向所有人打招呼。

「我很想念各位。現在我在充實的想念當中，見到各位，我很高興。」

此刻不需要千言萬語。我完全不知道該用什麼話來回答她，只是茫然地望著她，點了點頭。一看到她柔順烏黑的秀髮，以及深邃的眼神，就讓人為之語塞。其他人大概也一樣吧？卡爾好不容易才用激動的聲音說：

「謝蕾妮爾小姐！妳回來了！」

伊露莉輕輕地低下了頭。

「是的。我按照我的約定……里奇蒙並不是亨德列克。」

「妳來得太好了！我好高興喔！」

艾賽韓德抖著他的鬍子，高興地向伊露莉問好。伊露莉馬上就開始一一回答每個問候。都什麼時候了，我真該罵罵她。妮莉亞抱著伊露莉蹦蹦跳著，杉森則是自己在那邊蹦蹦跳。但是因著落在地上的基果雷德以及在天空盤旋的克拉德美索，使得我們重逢的問候相當快就結束了。過了好一陣子後，伊露莉才有機會跟不斷咳著的吉西恩問好。

「吉西恩？您受傷了嗎？」

吉西恩很努力地想微笑，說：

「沒有。咳咳！是中毒了。但我已經好些了，所以不用擔心，咳咳。對了，御雷者的詛咒已經解開了。咳，那麼里奇蒙呢？」

「是的。里奇蒙已經死了，基果雷德把他殺了。」

嗚！為什麼伊露莉連講其他人被殺的時候，也還是這麼漂亮！我到了這一刻，才實際感覺到我們的伊露莉已經回來了。伊露莉瞄了一眼天空之後，這次則是望著蕾妮。

蕾妮獨自坐在遠離我們所有人的地方。她帶著茫然的表情坐在岩石上，抬頭望著克拉德美索。伊露莉看到她那個樣子，很快地開始問：

「克拉德美索的行動方式，看起來不像是有龍魂使的龍。這麼說來，克拉德美索現在的行動應該跟契約締結失敗有關嘍？」

呃，呃？這應該要怎麼解釋呢？但是我們之中有人像伊露莉一樣，可以用很含蓄的方式說明一件事。

「涅克斯趁著我們跟哈修泰爾侯爵僵持不下時，當上了克拉德美索的龍魂使，卻被希歐娜殺害了。」

「為什麼呢？」

哎喲喂呀……這果然是伊露莉！卡爾很快地回答：

「雖然沒辦法直接聽到她解釋，但我認為大概是為了把克拉德美索弄瘋。她是要再次造成二十一年前的悲劇。」

「這件事真是讓人無法置信地殘忍。」

「但是基果雷德呢？」

伊露莉歪著頭回答：

「咦？就像你看到的一樣，已經嚴重受傷了。」

呃。艾賽韓德扶著自己的額頭，發出一聲呻吟，亞夫奈德則是扶著艾賽韓德的肩膀。卡爾在如此急迫的情況下，還是微微一笑，說：

「……我們要問的不是這個。是牠為什麼來到這邊，還有妳為什麼騎在牠身上？」

「是嗎？因為我有債要向侯爵討，所以啟程過來。我只是因為順道才騎在牠身上。」

「債？什麼債？」

伊露莉原本想回答，話語卻又縮了回去，她開始望天。克拉德美索再次橫越天空，開始往地面俯衝，落地的基果雷德在牠前方。基果雷德掙扎著要起來，但落下的石塊卻不放牠走。而克拉德美索毫無阻礙地飛了過去。

伊露莉急忙地望向溫柴。溫柴正在查看峭壁的另一面。另一面是不是有路呢？但其實那邊只看得到遼遠的山峰。伊露莉將手抬到一半就作罷，然後將頭轉過來對著我。

「修奇，你能不能傳話給溫柴，叫他要求克拉德美索停下來？」

嗚！我跟杉森馬上捂住了嘴，發出漏氣的聲音。而溫柴一下子就把頭轉了過來，用生氣的聲音說：

「妳是要我對瘋掉的龍大喊大叫嗎？」

伊露莉眼睛睜得大大地看溫柴。

「你……已經不是我以前所認識的溫柴了嗎？」

溫柴聽了伊露莉的話，只是愁眉苦臉，完全沒有回答。溫柴突然輕快地開始向盆地走去。他一面走一面說：

「我雖然不知道瘋狂的龍會不會聽人類的話，但至少會讓牠有某些想法吧。是不是這樣？」

溫柴走到峭壁裂縫入口的近處就停了下來，深深吸了一口氣。我們每個人都蒙住了耳朵。

「克拉德美索——！停下來——！」

溫柴的喊聲讓整個峭壁都開始震動，但由於剛才持續聽爆炸聲，所以現在連聽他的喊聲也聽起來不怎麼大。然而克拉德美索並沒有停下來。克拉德美索完全無視於溫柴的話，只是飛向落在地上的基果雷德。啪噠，啪噠！克拉德美索用力地揮動著翅膀，一直飛到了基果雷德的上方。

在這一瞬間，伊露莉的兩隻手向前伸出。

「在那氣息之下，浮載著生命，望看所有事物，不從屬於任何事物的您啊！在自己的敵人當中最美麗的妖精啊！以無限的型態從屬，最後卻脫離從屬的沒有型態的型態啊！賦予你假的真相及真的假象之名！」

伊露莉的朗聲吟誦一畢，外頭立刻上起雨來。

我們平常都說下雨。但現在我們眼前出現的景象是「上」雨。火焰仍在熊熊燃燒的盆地上，雨滴開始往天上飛去。怎麼辦到的？難道是沾濕盆地的雨水，因為不久之前的爆炸和火焰而蒸發了？但是在整個盆地上以相同速度飛起的東西分明就是雨滴。火焰當中怎麼會出現雨滴？

「呱啦啦啦啦！」

一瞬間，從意想不到的地方傳來的咆哮聲，讓整個洞穴陷入毛骨悚然。盆地的另一邊又出現了另一頭龍。巨大的紅色身軀，加上黑色的條紋，還有放聲大喊的強大威猛模樣，不正是克拉德美索嗎？

「呱啦啦啦啦！」

咦？又來了？我再次回頭，看到從環繞盆地的峭壁上方探出頭來的克拉德美索。

本來想要攻擊基果雷德的克拉德美索，看著新出現的「自己」，將動作停了下來。牠全身僵硬地不斷環視著盆地。

「咕啦啦啦！」

「呱嚕嚕嚕！」

到處都出現了克拉德美索。克拉德美索終於真正地開始緊張，將頭放低。牠將頭到處轉來轉去。不管牠的軀體多龐大威猛，此刻的克拉德美索看來就像是被獵人追逐的猛獸。傑倫特開始笑得快斷氣似的。

「嗚嘿嘿嘿嘿！這真是深赤龍的首腦大會啊！」

艾賽韓德的太陽穴上出現了蚯蚓般的血管，他開始望著傑倫特。

「你笑？你在笑嗎？」

「我們大概是首次看到這種景象的人，為什麼不笑？哇哈哈哈哈！」

「首次看到這種景象的矮人卻很想哭！」

傑倫特看到這幕景象，好像聯想到教壇所有聖職者聚集的教壇最高會議了。如果我也知道這類典故那該多好。這是我用腦袋無法想像的場面，結果這樣的場面就真的在我眼前展開了。杉森的眼睛瞪得跟牛一樣大，他嘀嘀咕咕地說：

「有十一頭？應該是十一頭。」

對方的塊頭大小或壓迫感，對於杉森快速數算的能力好像沒有什麼影響。居然有十一頭深赤龍擠滿了盆地！亞夫奈德帶著一副要去抓住伊露莉領口似的表情說：

「不可能施出這種法術來！這種規模是不可能控制瑪那的！施展者的意志，不，就算妳是精靈，也不可能控制這種規模的瑪那！這、這不是幻影吧？」

「對不起。這是幻影。」

伊露莉真的很抱歉似的一說完，亞夫奈德才恢復了他的氣勢，像成為債主一樣，跑去壓制住了伊露莉。

「那怎麼會是幻影！」

「請看。風精讓水精的鏡子浮上天空，而光精則將自己聚集的光投射在鏡子上。所以這不是靠瑪那，而是靠它們的力量。」

「啊！」

亞夫奈德用複雜的表情望著伊露莉，然後再次望向盆地。他激烈地搖了搖頭。我聽不清他的喃喃自語。

「我還是別幹巫師了……召喚師好像更有前途？」

就在亞夫奈德對自己不確定的未來進行評估的同時，克拉德美索望著新出現的自己，而且還是多達十頭的自己，感到很緊張。假設牠有毛的話，現在應該都豎起來了吧。

伊露莉靜靜地站立，看著盆地自言自語：

「這是我在永恆森林感受到的東西。各位人類看到『自己』會感到恐怖。」

卡爾用有話要說的表情回頭看伊露莉。但他還是靜靜等待伊露莉的下一句話。

「所以我猜測龍也有類似的傾向。這對我來說是很獨特的經驗。對精靈來說，半信半疑的情緒是很陌生的，但是我在半信半疑的情況下這麼試了。似乎很有效。連接龍跟人的優比涅之秤臺上最遠的極端……」

「妳要說的是……龍是位在跟人相反的極端嗎？」

聽到這個問題，伊露莉點了點頭。她還沒回答，艾德琳就說：

「龍魂使並沒有連結人與龍的關係。」

所有人都轉頭看著艾德琳。艾德琳用委屈的表情望著盆地說：

「無法單獨生存的人類……單獨生存的龍……同時受到優比涅及賀加涅斯關心的人類……沒有任何神祇的龍……爸爸為什麼這麼做呢？……」

爸爸？被艾德琳稱作爸爸的人，啊，不就是亨德列克嗎？為什麼突然冒出這個人的名字？卡爾的額頭上出現了垂直的皺紋，眼睛直瞪著艾德琳。

「這句話是什麼意思？」

「爸爸為什麼要創造龍魂使呢？」

克拉德美索大聲咆哮。

「呱啦啦啦啦！」

咆哮的餘波消失之前，克拉德美索就往前直衝。沒有一點腳步聲。克拉德美索拍動著翅膀，像要往前飛似的跑了起來。牠前方有伊露莉造出的另一個克拉德美索。假的克拉德美索猛烈地鳴叫，躲開了跑過來的克拉德美索。而另外的一些假克拉德美索都一起開始跑向克拉德美索。

衝撞與咆哮，加上展開翅膀的響聲，地面被刨起的土塊一下子就形成了暴風。十一頭深赤龍同時展開了一場亂鬥。瀰漫的恐怖簡直就要將看到這光景的人的心臟都凍結了。傑倫特喘著氣說：

「不是有個十二頭龍與亨德列克的故事嗎？而現在這個盆地中就有十二頭龍！如果把基果雷德也算進去的話！」

「也就是說……亨德列克曾經和這樣的東西敵對過。」

亞夫奈德的呻吟由於被那些龍的咆哮所掩蓋，因此很難聽清楚。伊露莉用痛苦的表情說：

「牠好像也沒辦法接受『自己』。但跟你們的理由好像不一樣。」

「謝蕾妮爾小姐？」

伊露莉轉過頭看了卡爾一陣子。但是她的頭髮又再度像波浪般蕩漾，她回頭開始看著基果雷德。

「……把基果雷德救出來吧。」

伊露莉突然閉上眼睛靜靜地說：

「基果雷德？我要把你移到別的地方。按照你現在的樣子，我是無法移動你的，所以請你使用變身術。岩石會落下，當我數到三……一，二，三。」

一陣子之後，基果雷德就消失了，岩石堆開始崩塌。但是在那些克拉德美索亂鬥的激烈噪音下，岩石崩塌的聲音幾乎聽不見。而伊露莉的前方出現了一個男子。男子一出現就發出呻吟，跪倒在地。

「呃！」

不知為什麼，那人看起來就像個巫師。牠穿著藍色袍子，手上拿著杖。生來銳利的眼神現在因著痛苦而萎靡。他的雙臂汨汨流出血來。牠就這樣跪著，靠著拐杖才沒倒下去。傑倫特慌忙地到牠身邊跪下說：

「您是基果雷德嗎？」

基果雷德轉過蒼白的臉，凶狠地看著傑倫特。傑倫特嚇了一跳，不自覺地往後退了一點。基果雷德用凶惡的聲音說：

「真是愚蠢的問題，祭司。」

「啊，哈哈，說得是。您哪裡需要治療……」

「憑你？想治我？真是個該粉身碎骨的傢伙！」

基果雷德用一副想把人抓來吃了的眼神看著傑倫特。想表現好意的傑倫特碰到出乎意料的反應，用無奈的眼神盯著基果雷德瞧。

就在這時——

「因為牠是沒有龍魂使的龍……」

到現在為止一直靜靜坐著看克拉德美索的蕾妮，口中發出了難得的說話聲。我們都望向蕾妮，但她不帶任何表情地看著克拉德美索。她就這樣面無表情，連頭也不回地說：

「牠為什麼要接受你們的好意或愛心？基果雷德又沒有龍魂使。不管什麼樣的關係牠都無法接受，就算接受也是行不通的，也不會去接受的。」

「是、是這樣嗎？」

傑倫特用慌張的聲音自言自語。這時伊露莉說話了。

「蕾妮小姐，妳不願意成為基果雷德的龍魂使嗎？」

什麼？蕾妮成為基果雷德的龍魂使？基果雷德嚇了一跳，抬頭望著伊露莉。蕾妮還是像之前一樣，只望著克拉德美索，連有沒有聽到伊露莉的話都是個疑問。伊露莉繼續說：

「如果妳成為基果雷德的龍魂使，牠就會跟各位締結關係了。在各位的善意與關心之下，牠的傷口應該是可以治癒的。不管肉體的傷口，還是精神的傷口都一樣。」

精神的傷口？啊？是說牠失去幼龍的事嗎？但是基果雷德用可怕的表情說：

「治療我心靈傷口的藥方只有一個。就是哈修泰爾侯爵的死！」

什麼？哈修泰爾侯爵的死？啊？這是什麼意思？我們每個人都看著伊露莉。不管怎麼說，向伊露莉要求解答總是比問基果雷德要讓人安心多了。

「里奇蒙被殺之前說出了一切。他當時是依據哈修泰爾侯爵的命令而行動，可以說是侯爵的爪牙吧。不管怎樣，他依照侯爵的命令殺害了基果雷德的幼龍。」

「咦？不，怎麼會……」

「因為基果雷德因幼龍的關係而想要離開人類。侯爵以為若是把幼龍除掉，基果雷德就會再次回去。」

「……天啊！」

我腦中一片混亂。哈修泰爾侯爵，哈修泰爾侯爵！到底你有什麼事是做不出來的？對於已經超越良心極限的你，到底還有什麼做不出來！伊露莉冷冷地說：

「大概他是想到跟克拉德美索締結契約失敗的情況。這個人準備事情可真徹底。找到蕾妮小姐、跟克拉德美索締結契約應該是他的第一計畫。但由於各位的妨礙，這個計畫無法實現的可能性很高。」

卡爾用氣結的表情接著說：

「所以……侯爵才把本來是基果雷德龍魂使的托爾曼硬是拆散嘍？但是托爾曼若失敗了，還會想回頭去找基果雷德？所以將基果雷德離開的原因——幼龍給……」

基果雷德用陰森的聲音打斷卡爾的話。

「別說了。全給我閉嘴。」

卡爾吃了一驚，馬上將嘴閉上。基果雷德倚著杖，辛辛苦苦地起身。牠起身之後，看著克拉德美索的戰鬥。這樣一看，本來在激烈震撼下忘記的轟隆聲及咆哮聲突然聽起來更大了。

轉過頭去，我看到激烈到無法想像的暴力與破壞，而說不出話來。

盆地中的戰鬥既殘忍又聲勢浩大。只要看大部分的克拉德美索以哪一頭作為目標攻擊，就可以推測出哪隻才是真正的克拉德美索。揚起的塵土與火焰中，克拉德美索正在造出一片地獄。雖然對方都長得跟自己一樣，但克拉德美索連一絲猶豫都沒有，反而用甚至可說是冷靜的動作在攻擊著自己的幻影。又寬又長的翅膀就像兩把劍一樣揮動著砍向幻影，粗壯的脖子就像箭一樣飛出，咬住幻影的脖子。幻影的龍發出尖銳的慘叫倒下了。牠們倒下的同時，就變得像陣霧般消失了。剩下的只有閃閃發光的水滴。那些水滴只閃耀了一瞬，就被火焰席捲而蒸發了。

伊露莉用痛苦的聲音說：

「水精的鏡子雖然能照出牠的形貌，卻照不出牠的瘋狂。」

基果雷德倚著杖，顫抖地看著這幕光景。幻影雖然拚命地攻擊克拉德美索，但克拉德美索根本不顧自己的傷口。不，似乎應該說牠越受傷越狂暴，也越強大。盆地周圍的群山與峭壁已經有相當程度被破壞崩塌了，而火勢變得更加強烈。

基果雷德用細微的聲音說：

「蕾妮，妳要不要成為我的龍魂使？」

蕾妮到這時還是只用茫然的表情看著克拉德美索的戰鬥。基果雷德很吃力地說：

「成為我的龍魂使吧。那麼我就可以治療這傷口，跟牠正面打一場。現在的牠已經受了無數的傷，即使是我，也足以試著跟牠打打看。」

蕾妮除了嘴以外，全身上下一動也不動，她說：

「為什麼……你會想幫助我們？」

基果雷德苦笑了一下。

「瘋狂的龍並不只是你們的恐懼來源。克拉德美索是公平的。難道你們相信，只有你們才是牠破壞的對象？若用人類本位這句話來形容，還真是貼切。」

「是嗎？牠是萬物的恐怖來源。希歐娜為什麼要造出這樣的局面……」

蕾妮看來還是像尊堅硬的雕像。基果雷德焦躁地說：

「蕾妮，沒時間了。快回答。妳要不要成為我的龍魂使？」

蕾妮成為基果雷德的龍魂使？啊，等一下。我看了一眼吉西恩，他果然用緊張的表情望著蕾妮。卡爾開口了。

「蕾妮小姐。」

所有人都回頭看卡爾。但是蕾妮卻沒有回頭。我懷疑她到底是不是在看克拉德美索。因為，克拉德美索雖然激烈移動著，但她的視線卻不會動。

「蕾妮小姐……沒關係嗎？」

蕾妮沒有回答。真是讓人擔心。蕾妮為什麼這樣一動也不動？

「蕾妮小姐，反正這是妳的自由意志。但我是想勸妳接受。」

「為什麼呢，卡爾叔叔？」

蕾妮的回答簡直讓人心涼了一半。卡爾慌張了一陣子，看了一下蕾妮，然後慢慢地說：

「就像蕾妮小姐所看到的，涅克斯雖然成功了，但同時也受到挫折而失去了生命。哈修泰爾侯爵避開了龍魂使的命運，他只想擁有龍魂使的力量。他們都想要龍魂使的力量，差別只在一個不瞭解真相，另一個瞭解真相。但是呢，這真相到底是什麼？」

「龍魂使什麼也不做。」

「是的，就是這個。但蕾妮小姐要的是什麼？」

「什麼？我要的東西？」

「是的。」

蕾妮的眼中滑下了淚珠。她鼻子抽吸了一下，然後說：

「我想要……見到爸爸。」

「是的。嗯，蕾妮小姐什麼都不要。蕾妮小姐跟涅克斯不一樣，跟哈修泰爾侯爵也不一樣。因為蕾妮小姐什麼都不要。嗯，所以蕾妮小姐面對龍魂使的真相之時是自由的。試著看看周圍的人們吧。如果蕾妮小姐成為基果雷德的龍魂使，基果雷德馬上就可以接受治療。而吉西恩，常常為了這個國家煩憂的吉西恩，也由於基果雷德的歸來而可以安心。」

哈。卡爾很巧妙地將基果雷德給拉了進來。基果雷德瞄了吉西恩一眼。吉西恩小聲地咳了咳，卻沒有避開基果雷德的視線。我看到基果雷德輕輕點了點頭。吉西恩的臉龐煥發了起來。

看了這一幕，我又回頭看看蕾妮。蕾妮惆悵地流淚坐著。這真是殘忍至極。我很能理解這件事，但還是得繼續講下去才行嗎？傑倫特用焦急的聲音說：

「沒錯，蕾妮，這樣的話我們才都能活下去。嗯？」

「別再說了。」

四方的視線都轉向我。我雖然想要用很清楚的聲音講話，但卻很沙啞。真想吐口口水。

「別再說了。蕾妮不是龍魂使嗎，所以別再說了。因為蕾妮也會瞭解的。」

「尼德法老弟？」

「蕾妮是所謂的龍魂使……媽的！我不太會比喻，但假設某對父母有兩個兒子，其中一個兒子已經完全瘋了，但鄰居如果勸正常的兒子把瘋掉的兒子殺掉，父母的心情會如何？啊，這個比喻不太像話，但各位可以瞭解吧？」

卡爾張大了嘴巴看著我，亞夫奈德則是相反地緊閉著嘴巴瞧過來。在各式各樣的視線當中，基果雷德的視線最為特殊。牠嘴唇兩端稍微揚起，說：

「曾經想用自己孑然一身擋住我攻擊的少年，原來你還活著。」

伊露莉搖了搖頭。為什麼呢？我用委屈的視線和她相迎視，之後看著蕾妮。

蕾妮還是一樣面無表情。若不管眼中流出的淚，她就像是沒有呼吸的非生物一樣。

「蕾妮，這話雖然殘忍，但不管怎樣我還是得說。用什麼龍魂使真相之類的話來粉飾也是沒用的。嘖。我好像成了涅克斯。難道涅克斯那傢伙附在我身上？哀悼他死亡的人連一個也沒有。無論如何，如果沒人說的話，就讓我來說……」

我吸了一下鼻子。來吧，蕾妮。要說出這些話，對賀坦特村的蠟燭匠候補來說是非常困難的事。這話的責任不是我擔得起的，也不可能帶有權威。但我還是要說。

「對不起，把妳帶到這樣的痛苦之中。」

「……嗚！」

蕾妮低下了頭，用雙手蒙住臉。妮莉亞慌了，雖然摟住了蕾妮的肩膀，但蕾妮身子一扭，將妮莉亞的手甩開。我沉浸在淒慘的心情中，低頭看著她的樣子。

風聲與咆哮聲強烈襲來。爆炸聲與破裂聲互相不在乎地撕扯著，盆地中的戰鬥現在已經超越了極度的殘忍，反而變得讓人沒有感覺了。

克拉德美索在殘殺自己的同時，看來卻完全沒有痛苦與憤怒。伊露莉，妳的行動雖然奏效，但意義跟妳說的全然不同。我們是害怕自己以外的自己，因為那東西看起來很完整。因為我們知道自己不完整，所以遇到看來好像完整的自己，就會陷入自己似乎是假的這種想法之中。但是龍對自己以外的自己是不耐煩。因為那是不可能存在的。那就像是大熱天裡穿的毛衣，像是因為過了太久，連執著都蒸發了的往日情感。

就算嘲笑想像的界限，不管那巨大暴力的規模，它的本質也不過如此而已。

克拉德美索，你在清掃的時候實在是太吵了。

「蕾妮，這是不得已的。」

我喉嚨間傳出粗啞到讓人無法相信是我的說話聲。

「不能用殘忍這個理由來推遲選擇，因為痛苦只會變得更長久、更深刻。現在克拉德美索的幻影幾乎都快消失了。牠真的是最強的深赤龍，居然能夠擊退十頭跟自己一樣的龍。」

「……很美吧？」

「咦？啊，嗯。」

蕾妮擦去眼淚，再次望著克拉德美索。

「很美吧？這麼美的東西，為什麼非死不可呢？只因為人類……」

「是因為吸血鬼，蕾妮。」

「是因為亨德列克這個人類。」

「……對不起。」

「人類全死光不是更好？世界是為了這些美麗者所準備的，不是嗎？」

基果雷德搖了搖頭。

「這句話是錯的，少女。克拉德美索將會破壞世界。雖然因為妳是龍魂使而沉迷於龍的美，但克拉德美索現在連龍都不是了。」

「是嗎？」

「是的……別再拖延選擇了，蕾妮。德菲力的祭司應該有話要告訴妳。」

傑倫特吃了一驚，看著基果雷德。

「咦？」

基果雷德皺起眉頭看傑倫特。傑倫特拍了自己額頭一下。

「啊，沒錯，蕾妮小姐。啊，嗯。妳大概會有自己的選擇是否錯誤之類的想法吧，對不對？但是啊，所有的選擇本來就沒有正確解答的。」

我想起德菲力的神殿，兩扇都可以打開的門。蕾妮注視著傑倫特。

「就按照妳心之所向選擇吧，蕾妮小姐。妳也可以為了克拉德美索而拋棄世界。雖然說起來有些殘酷，但這也是因為我們對牠所犯罪孽的代價，因此使我們滅亡。蕾妮小姐應該是這麼想的吧？」

蕾妮不做回答地看著傑倫特。傑倫特乾咳了一聲，繼續說：

「反過來說，妳也可以為了世界而拋棄克拉德美索。克拉德美索的悲劇，就讓牠自己懷抱著走向毀滅。妳打算怎麼做？」

蕾妮開口了。

「我要……」

第15篇

朝夕陽飛翔的龍

……於是，修利哲家族最後的龍魂使就此殞沒。至於想要綁架涅克斯‧修利哲，企圖用戰爭來征服混亂國家的來歷不明者，則是至今仍然藏匿於歷史的面紗之中，其來歷真相依舊是個謎團。（中略）那位誓死阻撓涅克斯‧修利哲締結龍魂使契約、拯救了國家的哈修泰爾侯爵，從此行蹤不明，三十年後追封為王……（中略）戰爭可說是已達盡頭，然而拜索斯與傑彭之戰的這最後幾個時期，和前期的幾次小戰爭相較，從許多特點上，可以被視為獨特的戰爭。這是因為偉大的種族——龍，其力量的陰影從此不再投射在人類的戰爭之上。曾為傑彭國惡夢的基果雷德、卡賽普萊這幾個名字，變成僅僅是恐怖的傳說，來享受其榮耀……（中略）這場戰爭是人類為人類歷史負責，在這個時期，我們可以見到和拜索斯的歷史一同永遠閃耀的名字——英雄杉森‧費西佛和大賢者卡爾‧賀坦特。（中略）在屠龍勇士路坦尼歐大王和大法師亨德列克的名字之後，他們的登場確實大放異彩，引起了當代人們的無數關注……（中略）此後，貴族們在英雄杉森・費西佛和大賢者卡爾・賀坦特的名號之下，一致團結，在拜索斯王室御前奉獻其劍，竭盡精誠。這使得長久以來寄生於路坦尼歐大王榮耀之下的附屬品——拜索斯王室，可以再次成為國家的領袖，致使拜索斯成為具有近代意義的王國……（中略）艾德騰・得力爾滋曾申述「以前的拜索斯堪稱是對英雄路坦尼歐大王的有組織之追慕者團體」，這句話實在值得反覆思索……（中略）……然而，從尼西恩大王時期起，真正的英雄已消失不見，真正的國家奮躍而起……

——摘自《在風雅高尚的肯頓市長馬雷斯・朱伯烈的資助下所出版，身為可信賴的拜索斯公民且任職肯頓史官之賢明的阿普西林克・多洛梅涅，告拜索斯國民既神祕又具價值的話語》一書，多洛梅涅著，七七〇年。第三十四冊第十二～一百三十四頁。

01

冬夜的森林，一片漆黑。

從水壺裡不斷冒出的霧氣被營火照得泛紅。我將裹在身上的毛毯拉到脖子那邊，然後提起了水壺。熱水倒在茶杯裡的聲音靜靜地響起。咕嚕嚕嚕。

我一面聞著茶香，一面環視四周圍。

一片漆黑的樹林當然是沒什麼好看的。突然，一陣足以讓鼻子凍僵的凜冽寒風吹拂而來，營火隨即立刻迸濺出火花。在昏暗的樹林裡，映入我眼中的是火紅燃燒的營火，以及在夜空裡閃閃發亮的星光。

還有，大刀閃耀的反射光芒。

「唉，真是的……」

我不禁嘆了口氣。真是一群笨傢伙。牠們怎麼總是不會從失敗中學得教訓啊？對刀刃做一些不會反光的處理，有這麼困難嗎？只要塗點灰燼不就得了？

我一面把柴棍丟入營火，一面說道：

「喂，半獸人，要不要一起來喝杯茶？」

隨即樹林裡就爆出了一陣尖叫聲。

「吱！被發現了！」

「可、可怕的傢伙。怎、怎麼辦？吱，吱吱！」

這種情況真的可以用啼笑皆非來形容。我拿著熱氣從中裊裊升起的茶杯，從嘴裡呼呼吹氣，並且環視四周圍。

半獸人一個接一個從那些樹木後面走了出來。在我咕嚕咕嚕喝了好幾口茶的這段時間裡，大約現出了六十把之多的大刀反光。哼嗯。真的就是有這麼多。牠們全都塊頭很大，看來一定是經過好幾番挑選才選出來的。

那些半獸人把大刀像是當作弓般，向我瞄準，準備射向我。因為牠們在距離大約三十肘的地方用大刀瞄準我，我當然只好稱之為弓了。我放下毛毯，仍舊拿著茶杯，慢慢地站了起來。剎那間，我和半獸人的距離就遠離成五十肘左右……好像無法阻止牠們後退了。

「你們要用丟的嗎？」

「吱、吱？你說什麼？」

「咕嚕。哼嗯。我是問你們，你們是要丟大刀嗎？要不然，你們站得這麼遠，要怎麼攻擊我啊？」

那些半獸人面帶著進退兩難的表情，一直看著我。話說回來，牠們原本是打算要偷襲的，結果偷偷走近到一半，在算是很遠的距離之外就被發現，所以現在都一副既無法攻擊，也無法逃走的模樣。我泰然自若地拿出一根在火堆裡燃燒著的柴棍。那些半獸人嚇得愣怔了一下，但我若無其事地搖晃那根柴棍，並且環視那些半獸人。牠們之中有一個看起來很眼熟。

「亞克敘？真是幸會了。」

戴著黑色頭盔的亞克敘囟悍地揮舞著大刀。

「吱、吱吱！怪物蠟燭匠！今天啊，我一定要把你這傢伙，吱！給收拾掉！」

「啊，是嗎？原來你有此打算。那就快動手啊！夜深了，今天已經剩下沒多少時間了，不是嗎？」

亞克敘垂下揮舞的大刀，一直眨著眼睛，用啼笑皆非的表情看我。我則是放回柴棍，喝了一口茶，等牠答話。

亞克敘一副好不容易才擠出話來的樣子。

「呃，吱！等等！其他那些傢伙都到哪裡去了？」

「咕嚕嚕。嘖。其他那些傢伙？」

「眼珠怪！還有精靈，吱！拿三叉戟的女人！那個射箭的！吱吱！食人魔戰士！吱！其他那些傢伙到哪裡去了？」

我噗哧笑著放下了茶杯。

「啊。你說其他那些傢伙，我還以為那些人被發現了呢。」

「吱？被發現？」

「我是指躲在我後面的人啊。」

亞克敘先是用呆滯的表情看我。但是從我身後開始傳出沙沙響聲之後，牠還有其他半獸人的臉孔就嚇得發青了。在牠們緊張的手上，大刀微微顫抖著。

噗滋噗滋。腳步聲很大的這一群人，在我旁邊排成了一排。人數真的滿多的。我看了看自己的左右邊，說道：

「我來介紹一下。從左邊開始，是瑞丘、比爾丘、哈丘、巴比丘。而從右邊開始，則是奈刺丘、理丘、道丘、司馬洛丘、韓塔爾丘、奇丘、哈啾！嘖。最後這個哈啾就是我。」

奇丘咯咯笑了出來。呃呃。我簡直就像是個半獸人。這些人類的名字怎麼都是這個樣子啊？亞克敘驚訝地張大嘴巴，一直盯著我們。接著，從牠的嘴裡終於迸出了可怕的高喊聲：

「是北、北，吱，北方牧人！」

理丘咯咯地笑著說：

「哇，這些半獸人有五、六十隻之多哦！在北方牧場附近已經很久沒看過這些傢伙了。是不是啊，韓塔爾丘？」

韓塔爾丘靜靜地點頭，說道：

「因為這些傢伙最近都沒有來偷襲我們的牛隻。會不會是因為我們對待牠們太過粗暴了？不管怎麼樣，好久不見！現在看到了你們，可真是高興。」

接下來，哈丘就冷笑著拔出一把看來很嚇人的短劍。

「是啊，而且我好久沒用這個來剝半獸人的皮了。」

哈丘拔劍的動作像是個信號般，其他牧人也跟著全都拔出劍來。而六十隻半獸人則是開始炫耀著牠們變得如同白玉般的皮膚，不停地顫抖。

「可、可惡！吱！北方牧人怎麼會跑到這裡來？吱吱！」

我把杯裡剩下的茶全喝完之後，緩慢地放到地上，而這時候，半獸人已經開始悄悄地後退。亞克敘一看左右兩邊，隨即如同發狂般大喊著：

「你們這些混蛋！雖然他們是怪、怪物蠟燭匠和，吱！北方牧人，但是，吱吱！我們數量是他們的五倍啊！不要害怕！吱吱吱！」

牠可真笨。不是五倍，是六倍才對。可惜的是，亞克敘的勇氣沒能得到任何效果，半獸人個個都是一副當場就想逃跑的樣子。牠們的姿勢是那種只要有人一喊，準備立刻拔腿就跑的姿勢。不行。對待牠們應該要溫柔一點才對。

好，我用有些顫抖的聲音，深情地說：

「啊啊，我親愛的諸位半獸人，」

或許亞克敘沒有暈倒，是因為牠是半獸人吧。理丘已經開始打嗝了，而奈刺丘則是用啼笑皆非的表情一直看我。我往前跨一步，攤開雙臂，說道：

「你們這些牙齒漂亮的朋友們，啊啊，我親愛的弟兄們啊！請你們先停住腳步，聽一下我說的話。」

「修、修奇？你剛才喝的是什麼東西？」

哈丘滿是害怕地問我，比爾丘一聽，隨即把我剛才放下的杯子拿起，開始小心翼翼地聞味道。我不管他們，對亞克敘說：

「拜託，請先聽我說一下。我們長久以來都一直維持這種悲哀不幸的關係，好不容易總算等到了這算總帳的時機。從現在開始，讓我們的關係，綻放出一點點宛如春之香氣的美麗光芒，你們覺得如何呢？」

「吱！什麼，你在說什麼啊？」

這其實是很難的一件事。我必須要慢慢講出正題才行了。

「好，好。我簡單講一下，你們仔細聽好。你們把最有力氣的一些傢伙都叫來這裡，在這個季節奔波，一定會產生很多麻煩的問題吧。像是準備過冬的問題，你們一定虧大了。所以，我給你們過冬的食糧。條件是：忘了我們之間的不愉快。」

「什麼啊？」

「你在說什麼啊？」

理丘和亞克敘同時喊道。這兩個人難道是從小就分散的兄弟嗎？嗯。看來這疑問我應該埋藏在心中才行。我對理丘聳了聳肩之後，對亞克敘說：

「我給你們四百頭牛，怎麼樣？我真的會給你們四百頭牛，所以從現在起，不要再對我窮追不捨了。」

那些半獸人全都停下了後退的步伐。亞克敘像是無法置信似的，說：

「四、四百？吱！吱！四百頭牛？」

在我還來不及回答之前，理丘就已經開始用北方腔調大吼大叫著：

「喂，你這傢伙！那麼你是打算送牛隻給半獸人，才來買我們的牛嗎？這實在太不像話了！居然要把我們的牛送給半獸人？」

「嗯，既然我已經付錢，那就是我的牛了。我可以隨意處置，不是嗎？」

「可是再怎麼說，世上哪有這種事啊！送給半獸人，哦，天啊，杉克列啊！」

理丘把雙臂舉向天空，吶喊了一聲。我噗哧笑了出來，心中想到我在拜索斯恩佩的純天堂酒館裡看到理丘的那一幕。

當時理丘垂頭喪氣地呆坐在純天堂，一直猛喝著心碎的酒。理由則是：基果雷德從戰場上消失之後，原本要作為牠糧食的四百頭牛，面臨了毀約的情形。再加上他們在細菲亞潘嶺延誤了時間，比約定時間還要晚到，根本拿不到違約金之類的錢。因此在我提議要把那群牛全買下時，理丘簡直連我的腳背也快親吻下去了。現在他會這樣，只是因為要把牛交給半獸人，他很傷心難過，所以應該不是他內心真正的意思吧。看來，我應該先將大家的意見統合一下才行了。

我把雙手交叉在胸前，開始面帶稍微有些挑釁的目光，看著理丘。

「如果你不喜歡這樣，現在只要歸還我支付的寶石，然後帶著牛群回去拜索斯恩佩就行了。」

正在做出誇張動作的理丘嚇得身體一震，並且看我。這時我該怎麼做，才能露出一個比較陰險狡詐的表情呢？

「啊，我說錯了。反正回去拜索斯也沒辦法賣掉那些牛，嗯，看來你們一定得趕著這些牛回去北方了。這樣恐怕很困難。真的很困難。因為現在就連牛隻吃的草也都幾乎沒了，牛隻可能在回去的路上就全死光也說不一定。嗯。真是件令人遺憾的事。那些半獸人只要偷偷跟在你們後面，應該就可以得到四百頭牛了。那麼，我很幸運，錢還能留在身邊，而那些半獸人也很幸運，可以得到四百頭牛。可是你們卻損失大了，一定會很心痛……」

亞克敘一副豎耳傾聽的表情。理丘則是搖著兩手，說道：

「我知道了，知道了！就照你的意思去做吧！你這個壞小子。」

「很好。那麼，亞克敘，你覺得我的提議如何？」

亞克敘看到情勢急遽逆轉，先是一副張口結舌的表情，站著一動也不動。等等。這傢伙該不會聽了我剛才的話，覺得即使無視於我的提議，也不會有任何影響？也就是說：一、亞克敘無視於我的提議。二、我向理丘收回寶石，歸還牛群。三、理丘和那些牧人們必須帶著牛群回去北方。四、在回去的路上，牛群全都相繼死掉。五、所以，那些半獸人只要跟著牧人……

「好！吱！」

……華倫查啊。您真是太過辛苦萬分了。您能夠如此照顧這些傢伙，真是太令人尊敬不已。真不愧是神，再怎麼說也跟人類不同。

不過，要將牛群全都交給半獸人，也是耗費了相當多的時間。首先，要把六十多隻半獸人帶往牛群藏匿的溪谷，就是個大問題（牧人們熟練的動作讓那些多達自己六倍數量的半獸人膽怯害怕，所以半獸人們都畏畏縮縮地跟隨在後面），一到達溪谷，理丘就開始一直拖時間，因為他想要和四百頭之多的牛群一一道別。

「不要再道別了，好嗎？」

「等等，等一下。這頭牛是我接生的牛。因為那時候難產，我把手伸進牠母親身體裡面，用繩子綁在牠身上，才拉出來的啊。哎呀，這傢伙！早知道你會被半獸人帶走，我那時候就放棄你了！」

「……是哦。結束了嗎？」

「啊，等等！這頭牛、這頭公牛犢！我只要想起牠差點被野狼抓走，我救了牠的那件事……」

理丘開始摟抱那頭公牛犢，搓揉牠的全身。因為現在是晚上，牛群沒有什麼聲音，都很安靜，只有理丘的喃喃自語聲清晰地響著。那些半獸人全都火冒三丈了，可是因為其他牧人全都用殺氣騰騰的目光在監視牠們，所以牠們也只能焦急地吱吱叫個不停。而亞克敘則是乾脆就懸腿坐到岩石上咆哮著。不過，亞克敘更多的時候是在偷看那布滿溪谷的牛群，並且露出心滿意足的表情。

不論是被龍吃掉，還是被半獸人吃掉，反正這些牛的最終目的地都是某個動物的嘴裡。這兩種相同的處境可真是湊巧，但也還是有區別的。難道被龍吃掉會比較好，而被半獸人吃掉就比較不好嗎？

終於，在快要黎明破曉的時候，理丘才退開來。可能是因為他無法再忍受倦意的關係吧。理丘接二連三打著哈欠，但同時還是又再用淒然的目光看了一眼滿山滿谷的牛群。

「永別了……永別了……」

我都起雞皮疙瘩了，真的！亞克敘滿是不悅的眼神，對我說：

「現在可以走了嗎，吱？」

「啊，是的。讓你們久等，辛苦你們了。你們可得要遵守約定才行！」

「吱！當然！報仇已經結束了！」

「好、好。啊，我還有一個條件。」

「吱！你說什麼？」

「喂，你們既然有過冬的糧食了，就放走那些被抓到你們洞穴裡的技工吧。如何？」

亞克敘開始目光凶悍地瞪著我。嘿嘿。你想用那種眼神對我怎麼樣？喂，我可是親眼目睹過十二頭龍打鬥的人。亞克敘咆哮著點頭同意。

「吱！好！」

「很好，行了。那麼理丘先生？」

理丘一直到那時候，都還愁眉苦臉地看著牛群，所以我必須得再叫喚他一次。

「什麼？」

「請你趕著牛群到這些半獸人要去的地方，並且請你監視這些半獸人把技工給全放了。」

「什、什、什麼啊！你甚至要我們去服侍半獸人？」

那些牧人全都氣呼呼地看著我。哈哈。這是我向某人學的手法。雖然不是他直接教我的。不過，這是那個叫做泰班・海希克的傢伙的伎倆：即使是強逼，也要讓他們共同行動。

我一面點頭，一面說道：

「要不然，這些半獸人要如何帶著這麼多牛走？牠們不被牛群踩死，就已經很幸運了。而且這些牛要由你們來帶才會安心。好了，這是我最後一個條件了。而且，你們要是幫忙趕這群牛趕到目的地，並監視那些被拘禁在半獸人洞穴的技工被放出來的過程，那我可以再給你們一顆和剛才一模一樣的寶石。你們要不要？」

「什麼？再給一顆？」

我沒有回答，而是從袋子裡拿出一顆鑽石，往上丟，又再接住，如此一直反覆這個動作。那些牧人和半獸人們的眼睛，則是開始一起上上下下地跳動。哈哈哈！從同時張大嘴巴的這一點看來，這兩群傢伙也實在太像了。

大概是在我往上丟第四次的時候吧，理丘從半空中將鑽石攔截了下來。我嘻嘻笑了一聲，理丘則是面帶咬牙切齒的表情，點了點頭，說道：

「好！好！真是的，我一回去一定要作巫法，請杉克列驅邪才行。這趟旅行一定是受到詛咒了。」

「哈哈。謝謝您辛苦幫忙。」

我向牧人們揮手，也對亞克敘揮手。那些牧人們雖然皺起臉來接受我的道別，但是亞克敘乾脆連看也不看我，只是對那些牧人們高度警戒。我聳了聳肩之後，轉身面向我的馬。

啊，這可真傷腦筋。馬的高度實在太高了，要把腳踩到馬鐙上，並不是件易事。看來我應該要調整一下馬鐙的繩子才對。我坐在馬匹上，又再一次環視整個溪谷。

那些牧人和半獸人們彼此正用彆扭的目光互相對視著，在他們背後，四百頭的公牛正在哄哄喧叫。而在溪谷的對岸，也就是東方，晨霞將天空染紅了。牛群強韌的背脊接著便泛紅地扭動著。牠們好像現在全都睡醒了。

「好，那我要走了。願各位有趟和睦的旅行！」

直到那個時候，理丘都還在和亞克敘互相較量瞪眼的功夫，然後他垂下肩膀，回頭看我。

「你乾脆咒罵我好了，你這小子！再見！」

其他牧人們也都露出苦笑，對我揮手。我大笑著，輕輕踢了一下馬鐙。

「走吧，御雷者！」

「咿嘻嘻嘻嘻！」

御雷者猛嘶了一聲，就開始奔馳起來。輕盈的銀色馬鬃飄逸著，在霎時之間，溪谷就已經消逝在身後。過了一會兒之後，我開始走上中部大道。呀啊，如果想要習慣這種速度，我看一定要花很久的時間才行！

「好，御雷者！今天一整天又要再和太陽競賽了。走吧，往西邊前進！」

不管再怎麼掙扎求活，也不可能沒經歷過死亡就脫離人生。同樣的道理，即使是御雷者，也無法跑贏太陽。嗯。我這樣比喻好像聽起來很鬱卒！我一面因為這想法而獨自鬱悶著，一面看著伊拉姆斯市的夜景。

好累啊。旅行確實應該要有夥伴一起同行才對。獨自一人旅行似乎會更快覺得疲憊，這是因為必須由自己一人來承擔所有事情的緣故。可是，如果有同伴，就可以互相承擔彼此的安危，互相分擔彼此的事，所以自然不會覺得辛苦。龍到底是如何「獨自」承擔「自己」的呢？我們和龍是處在相反方向的極端上，這句話確實沒有錯……真是的。我又胡思亂想了。

該死混帳的龍族，該死混帳的人類。

呼嗚嗚嗚。

一陣冷冽的寒風吹過伊拉姆斯市的夜路。啪達，啪達。就連御雷者的馬蹄聲也不禁令人聽起來很沉重。雖然現在時候還很早，但是冬季晝短，太陽早已經下山了。每扇厚實的窗戶和粗重的門全都緊閉著，使得我這個流浪者只能不知所措地游移著目光。周圍不但安靜而且黑暗，更令人不安的是，根本沒有人出來走動。因為沒有人可以問路，我只好循著記憶尋找，因而耗了不少時間。

所以，在我到達「特拉摩尼卡之風」門前時，大約已是晚餐結束的時間。而且我已經冷得在顫抖了。希望他們能為可憐的流浪者至少留一些熱騰騰的燉湯！

我停住御雷者，下馬站好的時候，從旅館裡面傳來了大喊的聲音：

「臭ㄚ頭！妳想逃到哪裡？想逃？去死吧，臭ㄚ頭！去死！」

「啊啊啊啊！叔叔，我知道錯了，我知道錯……啊啊啊！」

一聲慘叫聲之後，緊接著大聲傳來了某個東西打破的乒乓聲。我站在馬匹旁邊，整個人就這麼僵在那裡，聽酒館裡傳出來的喧嚷噪音。

「妳這個土匪ㄚ頭！我一直撫養妳長大，給妳吃的穿的，可是妳不但不報恩，還妨礙我做生意？妳今天就給我去死。可惡！」

「啊啊啊！」

「請不要這樣，主人。你這樣會把這孩子打死！」

「是啊，這孩子都已經認錯了。你就住手吧。」

「你們放手！快放手！這種臭ㄚ頭一定要讓她死才可以！喂，這個瘋ㄚ頭！妳這樣做，以為那個自命不凡的男人就會回來了嗎？妳為什麼不接受那個客人，為什麼！」

「啊啊！呃啊啊啊！」

……這使我剛才憂鬱的心情一下子全沒了，可真是謝謝啊！不過，取而代之的，是另一種情緒卻翻騰而起，這可就是個大問題了。我又再騎上御雷者。御雷者像是有些訝異般，噗嚕嚕地叫了一聲。

我坐正在馬匹上面之後，深呼吸幾口氣，然後抽出巨劍。鏘。劍響起了一陣聽起來很棒的聲音。我把巨劍往前舉，指著特拉摩尼卡之風的入口。

呼，呼。喂，老闆。你就快遇到今天開始營業之後，用最華麗方式進門的客人了。而且說不定這會是你遇到的最後一位客人。我可不敢擔保到明早還會有這棟建築物存在。

我踢了一下御雷者的肚子。

「呀啊啊啊啊！」

「咿嘻嘻嘻嘻！」

我毀了特拉摩尼卡之風的推門之後，繼續騎著馬要衝進大廳裡的那一短暫瞬間，我腦海裡很快地閃過一個想法。說不定像龍那樣獨自生活，反而可能會比較好。

「我看看。我看一下……」

「啊呀呀呀……」

「啊，抱歉抱歉。有沒有很痛？妳再忍一下。擦了這個，可以很快痊癒。」

我把治療藥水輕輕地塗抹在梅莉安的額頭上。雖然傷口剛受傷就接受治療，但是一個不小心，還是可能會產生疤痕。這可真是令人感到不安。每當梅莉安緊皺眉頭要阻攔我摸傷口時，我就會肩膀一震。

要從這個完全被破壞的大廳裡找出一把能用的椅子，並不是件易事。於是，我剛才拿來了一個酒桶，讓梅莉安坐下，並且治療她的傷口。天啊，居然有這種混蛋，拿撥火棍來鞭打女孩子的額頭。而且還是打自己的姪女！

這個「有辦法用撥火棍鞭打自己姪女」的傢伙大聲喊著：

「噓！噓！你這匹馬，去那邊！請、請、請你看一下，大爺！胡蘿、胡蘿蔔都快沒了！」

「是嗎？如果胡蘿蔔沒了，牠應該會咬點別的東西吧。」

「大、大爺！哎喲，拜、拜託！噓、噓！」

「喂，那是匹馬……雖然牠曾經是頭公牛，但至少不是隻雞。你幹嘛噓噓個不停啊。」

老闆臉色發青地掙扎著。現在，這個沒人性的傢伙全身被捆綁著，掛在牆上的火把架上，在他的皮帶上，掛著好幾根我從廚房拿來的胡蘿蔔。而御雷者則是站在他前面，用優雅的姿勢咬下胡蘿蔔。嘖嘖咀嚼的聲音越大，老闆臉孔就更加快速地漲紅。我一面拿出繃帶，一面用很認真的語氣安慰老闆：

「你的那個如果被馬咬到，這種經驗可不是常有的，一定會留在腦海裡久久揮之不去。你就不要掙扎亂動，乖乖地體驗這個嶄新的經驗吧？你難道對於體驗嶄新的經驗，一點都沒有好奇心嗎？」

「大、大爺！……呃啊！」

嘶！傳來了一陣撕裂聲。終於咬了嗎？我轉過頭去，想要高呼萬歲，結果一看，看到老闆的褲襠裂開了一半。褲襠被撕裂之後，胡蘿蔔就全部掉落下來，所以御雷者正在低頭吃著牠的晚餐。

「嘿，老闆。沒事沒事，只有褲子被撕破。你那個東西還好端端地在……嗯？咦？喂，你昏過去了啊？」

老闆一面從嘴裡噗嚕噗嚕地吐出白沫，已經昏迷過去了。梅莉安雖然露出焦急的表情看著那個「褲襠被撕裂、吊在牆上的昏迷男人」，但是她好像沒辦法焦急地看太久。

「咯！」

「呃，呃，妳不要笑。我要纏繃帶了。好，然後，嗯，繃帶打結……行了。好，怎麼樣，妳沒事吧？」

梅莉安睜開眼睛，輕輕撫摸著層層纏繞在額頭上的繃帶，並且皺起眉頭。

「很痛嗎？呃，妳會不會痛得無法忍受？等等。這裡有沒有沒被打破的酒瓶？」

我轉身要去尋找拿來作為代替鎮痛劑的酒，此時，梅莉安原本在撫摸額頭的那隻手便放了下來，握住我的手。哇，這簡直就像是蠟油滴在手背上的感覺！她的手怎麼會這麼燙啊？

「梅莉安？」

「修奇……修奇……？」

由於梅莉安拉我的手，我的身體跟著慢慢地往前傾斜。過了一會兒，我半縮著腰，彎著上半身，就這樣被坐在酒桶上的梅莉安給抱住了。

「梅莉安？」

梅莉安撫摸著我的背。她的聲音細微地顫抖著，說道：

「是真的……你真的回來了。謝謝。」

「謝什麼謝。我沒有更快一點回來，才真的很抱歉。」

「這樣已經很快了。真的。你真的很快就回來了。」

我拍了拍梅莉安的肩膀之後，輕輕地推開她。

「妳如果把頭那樣一直搓揉我的肩膀，傷口會更加嚴重，而且說不定嫁人的時候，還會因為這疤痕而害妳嫁不出去！」

「……反正我只是個酒店丫頭。」

「那是到今天為止。」

「嗯？」

「明天我再解釋給妳聽，妳坐在這裡不要動。我肚子快餓死了。中午也挨餓，而且走了太多的路。我來找看看有沒有沒被打破的碗。」

「啊，我來找。」

「喂、喂！妳就相信我一下吧。我算是相當不錯的廚師哦！我說連精靈也吃過我煮的東西，妳相信嗎？」

梅莉安圓睜著眼睛，然後就立刻噗哧笑了出來。

「啊，你是指那時候的那位精靈。我雖然從店裡的酒客口中聽到各種冒險故事，可是煮東西給精靈吃，這還是頭一次聽到呢。」

「啊，是嗎？我也是頭一次經歷。」

我嘻嘻笑著，開始查看爐灶口。好不容易才把火點著後，我毫無罪惡感地砸了桌子和椅子，製造出柴火。梅莉安則只是圓睜著眼睛，並沒有說任何話。

一陣劈里啪啦的敲打噪音之後，爐灶裡就開始有紅色的火花晃蕩搖曳著。我開始哼哼唧唧地找食物材料，做起菜來。梅莉安噗哧笑了出來，說道：

「你真的很會耍刀子。」

「是嗎？哈哈。我耍刀子的功夫啊，就連劍神雷提的祭司們也認定過呢。」

「雷提的祭司？哈哈。」

她好像以為我是在開玩笑，但這可是千真萬確。劍神雷提的祭司們，確實用全身的力氣跟我較量過劍術。

「可惡！是那些雷提的祭司們！」

杉森的高喊聲響徹了整座山，形成回音傳了回來。溫柴抽出長劍，並且低聲說道：

「可真多謝你告訴我！」

杉森聽到溫柴的這句諷刺，露出尷尬的表情。我皺著眉頭往上看。

侯爵正用冰冷的表情低頭看著我們。而在他站著的那座山頭後面，雷提的祭司們一個接著一個拔出劍來，現出身影。接著，在山丘上面，侯爵和三十多名的雷提祭司們就全站在那裡低頭看我們。

吉西恩咆哮著：

「咳、咳咳！侯爵，你這傢伙！你是、你是來找死的嗎？」

侯爵並沒有回答吉西恩。他往後看，對祭司們說：

「除掉他們，一個都不准留！」

雷提的祭司們並沒有答話。侯爵直接消失在山丘後面之後，雷提的祭司們開始慢慢地朝我們的方向走下來。卡爾急忙喊著：

「你們到底心裡作何打算？為何要聽從侯爵的命令？」

祭司們毫無答話，繼續走過來。此時，亞夫奈德用顫抖的聲音說道：

「沒有看到他。」

「咦？」

「雷提之口……沒有看到那位白髮祭司。他該不會是被抓去當人質了？」

「啊！」

確實沒錯。我並沒有看到那位硬朗的白髮祭司。那麼一來，雷提的祭司們不得已鐵定會攻過來！那麼……卡爾大聲高喊著：

「喂，各位！那麼，你們和我們一起同心協力把人質救出來吧。怎麼樣？」

祭司們的腳步停下來了。然而，他們之中的那位金髮祭司卻往前走出來，沉鬱地說：

「對不起了，吉西恩・拜索斯。」

吉西恩只是用凶悍的表情看他，並沒有答話。那位金髮祭司淡漠地說：

「我們選擇了哈修泰爾侯爵。」

「是嗎，我知道。」

太好了。吉西恩說他知道。不過我還是不知道他們為何要選擇侯爵。我回頭看吉西恩。在那一瞬間，我因為他臉上浮現的敵意而被嚇得目瞪口呆。吉西恩說道：

「咳。只要把我們全都除掉就行了，是嗎？那麼就沒有人可以證明哈修泰爾，咳咳，侯爵的罪狀了……」

那位金髮祭司點了點頭。

「我們這是在為國家著想。」

「為了……國家？」

「你們如果回到首都，無可避免的，王室和侯爵之間一定會形成對峙。可是侯爵是貴族院的元老，因此，王室說不定就會和整個貴族院相互對立。處於戰爭中的國家裡頭，最好不要發生這種事。」

我以為吉西恩會大吼大叫出來。然而，吉西恩卻激烈地咳嗽，取而代之的是卡爾大叫著：

「還有然後呢！因為叛亂罪是只要涉案者皆有罪，所以亞米昂斯修道院亦不能免罪，是吧？」

「……坦白說，我也不否認有這點考量。請想想看。王室要是跟貴族及宗教界對立，這對現今這個國家會有什麼好處？當然是沒有。反而只會招致極度的混亂。現在光是和傑彭的戰爭，王室就已經撐得很辛苦了。」

「光、光之塔有可能會置身事外嗎？」

亞夫奈德擠出全力喊了這一句，然而，那位金髮祭司卻搖了搖頭。

「因為光之塔，我們更不能讓你們回去。你是巫師，應該是公會成員吧？你要是回去光之塔，把事件一五一十說出來，那麼一直保持沉默的光之塔，一定會參與這場對立。那麼，事情就會變得無法收拾。」

亞夫奈德張口結舌地看著那名祭司。金髮祭司帶著疲憊的表情，說道：

「而且矮人族的敲打者艾賽韓德・愛因德夫也是一樣。如果你讓這國家裡的矮人群起，拜索斯會被搞得天翻地覆。」

艾賽韓德殘酷地笑著說：

「是嗎？你怎麼知道，我不會睜一隻眼閉一隻眼地放過哈修泰爾侯爵這傢伙，而會去攪亂拜索斯呢？」

「因為您是矮人。」

就在這個時候，吉西恩說道：

「所以……」

吉西恩的臉孔發青到像是再也找不到任何血色。可是，我卻發現到剛才那陣劇烈的咳嗽之後，他已經不再咳嗽了。吉西恩冷靜地說：

「反正我是廢太子，其他人也都只是默默無聞的冒險家，所以沒有必要讓這些人來動搖國家，是這個意思吧？」

「您好像很喜歡下一些悲情的結論。」

「你們這些人竟然如此小看王室！」

那名祭司點了點頭，陰沉地說：

「拜索斯並不是國王的國家。在這片領土之內，有些種族，像精靈或矮人，他們不接受國王統治，這一點就已經包含在這矛盾裡了。真正的國王從第四代耶里涅大王之後，就沒有再出現過了。拜索斯可以說是貴族們的國家。」

「你們剛才對我敬拜過……」

吉西恩的這句話雖然低沉，但是那位金髮祭司的臉上卻轉變成被劍刺到的表情。他一面跳抖著太陽穴，一面俯視吉西恩。吉西恩說道：

「是因為那個關係嗎？所以你們更費勁地想要無視於王族？」

「您是正義的……這我承認如此。而我們想做的事不合正義，這我也……」

那位金髮祭司費力地講出話來。而他那一直上下抖動的肩膀，緊抓住了我的目光。

「正義是美好的，但它是個無常的名號，只有力量與其同在的時候，才有美好存在啊。吉西恩・拜索斯。」

「你的意思是，你們在人類的正義之外可以為所欲為？只因為你們是神的劍？」

「是的。正如同剛才您所說的，你們全都是默默無聞的冒險家。你以為貴族院真的只會相信在宮外流浪之後回宮的惡名鼎鼎王子，以及不知從何處冒出來的一些流浪者的話，而逼迫德高望重的貴族哈修泰爾家族嗎？現在我們就是想要阻止拜索斯形成亂局。」

「可、可是那是事實啊！侯爵的所作所為全都是事實……」

妮莉亞淒切激動地喊著，但是那位金髮祭司只是更加皺緊眉頭。

「這和事實有無並沒有關聯。」

「咦？」

「這位仕女，我猜想，可能妳的同伴們會覺得妳的純真很有魅力。」

妮莉亞圓睜著她的眼睛。可是她立刻瞇起眼睛，瞪著那位金髮祭司。

「……你是在暗指我很愚蠢。什麼意思呢？」

「這和事實有無並沒有關聯，即使是貴族院，他們也不可能讓王室下令，將素有威望的貴族處刑。因為這樣等於是貴族院屈從於王室。貴族們會認為，如果王室開了先例，像哈修泰爾這種名門家族都被輕易處置，那麼王室隨時都可以逼迫貴族。」

妮莉亞閉上嘴巴不說話。他媽的，說什麼國王是騎士中的騎士，而貴族們生來就是國王的騎士？說得可真好聽！他們其實是互相不露空隙，即使是一小塊的權力，也不想被搶奪走，如此互相牽制著！還有……還有，你是什麼東西啊！身為一個奉獻給神的人，居然這麼詳細地說明政治上的東西，你這個祭司到底是在幹嘛！你難道不知道嗎？你在對妮莉亞說明時的態度，已經說明了不少事！

那位金髮祭司冷漠地說：

「我們會弄得像是你們全都是在阻止克拉德美索時死掉的，把你們當成國家的恩人。至少，這樣可以光耀你們的名譽。」

那位金髮祭司把袍子衣角翻到背後。隨即，閃閃發光的長劍就握在他手上，指著我們。

「即使我建議你們自殺，你們應該也不會接受吧？」

我、杉森和溫柴同時伸出劍來，往前站出去。卡爾往後退，舉起弓，而亞夫奈德則是立刻開始唸咒語。妮莉亞舉起了三叉戟。那位金髮祭司嘆了一口氣，說道：

「一鼓作氣殺了他們，盡量別讓他們痛苦！」

雷提的祭司們紛紛往前滑下山坡。

「這些混蛋！」

我大喊著，在往前衝出去的那一瞬間，才發覺到我是用很妙的姿勢，停滯在半空中。然後在我還沒來得及好好感受飛行的感覺時，地板就已經用很快的速度接近我了。砰！哎喲，我的頭啊！

我一面揉著頭，一面站起來，就發現有一道感到十分有趣的目光射向我。

「你的起床動作怎麼這麼妙？」

原來是梅莉安，她站在從窗外歪斜地射下的早晨陽光中，面帶著微笑。她把雙手放在膝蓋上，坐在地板上看著我。原來是一場夢！真是的，好可怕的夢。我整個頭疼痛不已。呼嗚嗚。

我用一隻手撫摸頭上的腫包，另一隻手撐著冰冷的房間地板，說道：

「妳在這裡做什麼啊？」

「我在看人睡覺。」

「哈哈，看來妳好像事先就知道我會這樣轟轟烈烈地起床。」

梅莉安嘻嘻笑了出來，說道：

「剛才我看你一直邊睡邊哼哼呻吟。你是不是做了惡夢？」

如果說是惡夢，還真是惡夢。我無力地笑著抬頭看梅莉安。因為從旁邊斜射下來的陽光的關係，她的右側臉龐呈現一道明顯的鼻子陰影，讓人感覺這張臉孔很陌生。

「記憶乃夜之帝王，以夢現身時，能支配萬物，我剛才就是在親身實驗這個理論。」

「……看來，你做惡夢了！」

「妳把重點歸納得很好哦。」

梅莉安露出微笑，站了起來。她打開房門，一面走出去一面說道：

「你既然已經起床了，就先梳洗再下來吧。還有，下來的時候，要記得穿得整齊一點。」

「……呃呃，妳是因為把我全看光了，才這樣說的嗎？幹嘛叫我穿整齊一點啊？」

梅莉安從門外咯咯笑著說：

「反正我以前都看過了。趕快下來吧，警備隊員們正在等著呢。」

「警備隊員？」

我穿好衣服，一走下樓梯，就聽到人們鬧哄哄的聲音。我站在樓梯頂端，俯視大廳。大廳仍然留有昨晚騷動的痕跡。哇。雖然那是我做的，但我真的破壞得很徹底。我一面在心裡覺得自己很厲害，一面環視四周圍，便在那片廢墟之中，看到一些似乎是伊拉姆斯市警備隊員的人站在那裡。他們環視被弄得亂七八糟的大廳，個個都露出難以置信的表情。而昨晚被吊在牆上的老闆，此刻則是坐在地上，正哼哼呻吟著接受警備隊員的治療。幾名警備隊員看著站在大廳一角的御雷者，讚嘆著：

「哇啊，這匹馬真是不錯！」

而其他警備隊員之中的一位，則是拿著壓扁的青銅燭臺，用畏懼的語氣說：

「這到底是怎麼弄的？是用什麼把它打成這樣？」

不過，這些人也未免出動得太快了吧。昨晚的騷動竟然到了今天早上才出動？此時，坐在地上的老闆喊著：

「在、在那裡！他從那裡下來了！」

這時警備隊員們才發現一直站在昏暗的樓梯頂端的我。警備隊員們在剎那間都驚慌地握住戰戟。我一面聽著武器舉起的噹啷響聲，一面下到樓梯口，隨即其中一個像是帶頭的男子用啼笑皆非的語氣說道：

「什麼啊？只不過是個年輕小伙子嘛！」

哼嗯。他們好像因為樓梯頂端太過昏暗，所以錯看了我的模樣。其他隊員們也一副啼笑皆非的表情，一下子看看我，一下子又看看老闆。老闆呻吟著點了點頭，隨即，那名帶頭的男子就放下了原本緊握住的戰戟，開始摸著他的下巴。他說道：

「這可真是怪了。鬧出這種騷動的傢伙居然連逃都不逃，而且還睡了一覺，這已經夠不可思議了，而且犯人竟然是這種小鬼？這到底怎麼一回事啊？」

我留意注視著那名男子在摸下巴的動作，說道：

「啊，您好像是因為一大早就出動，所以沒時間刮鬍子。我叫修奇・尼德法。早安！」

「你在高興什麼啊？你這傢伙，你一個人嗎？」

真是的，這個人見面第一句話就這麼凶！我點了點頭。隨即，那名帶頭的人就搖了搖頭，說道：

「真是令人難以置信。好，先將你羈押在警備部。快放下武器。」

要我放下武器？那我當然是很樂意。我用慎重的表情，長長地伸出舌頭，試驗它上下運動的性能。也就是說，我對他吐了吐舌頭。那名帶頭的人突然受到嘲弄之後，稍微張著嘴巴，用驚訝的眼神看我。

「舌頭是我最強的武器。俗語說，三寸不爛之舌勝過一把劍。」

「這可惡傢伙！」

這名男子的拳頭立刻往前飛來。啪！哼嗯。比起杉森的拳頭力道，這簡直就是在搔癢嘛。在他收回拳頭的那一瞬間，我冷冷地笑著說道：

「是你先打的吧？」

「什麼意思？」

「我說，是你這邊先打的。所以這可是正當防衛行為。」

我根本不讓那名吃驚的男子有空檔說話，立刻揪住他的領口，往上提起。我聽到周圍的尖叫聲，以及比周圍尖叫聲還要尖銳的那名男子的尖叫聲，然後我開始抓著他轉圓圈。直轉到發出風聲之後，我就把他擺到地上，隨即，那名男子連站都沒辦法站穩，就重重地跌坐在地上。砰！他坐在地上之後，開始左右搖晃他的頭。

「這、這個可惡傢伙！」

警備隊員們全都一齊喊出怪聲，在他們舉起戰戟的那一瞬間，我雙手交叉在胸前，喊著：

「攻擊國王的騎士乃叛亂罪！」

「什……麼？」

警備隊員們手上所持的戰戟突然停頓下來，他們的臉色按照個人體質的不同，開始呈現出各式各樣的顏色。我咯咯笑著從袋子裡翻找出動章，在那些臉孔面前搖晃了幾下。看著動章的那些警備隊員們的臉色，個個都發黑了。

我面向那些發黑的臉孔，展開了一場訓話。

「各位，你們只要看到那匹雄健的馬，就應該知道了，不是嗎？而且你們看到我製造出這種騷動卻還很泰然，早就該看出來了才對啊。我這小鬼一定是有什麼可靠的靠山，才敢這樣趾高氣揚的，不是嗎？唉，該死的權力！這種東西就像抹布一樣，越是用它，就會越髒，但是有了它，就一定會去用它。咳，呸！」

警備隊員們對於我問的問題，吃力地問道：

「國、國王的騎士？請問你是……貴族嗎？」

「啊啊，真的用不慣這個名字，不過，我還是再自我介紹一次好了。我是尼德法伯爵家的修奇．尼德法。」

爸爸！您可以高興了吧。這是尼德法伯爵家第一次的宣言。而且是尼德法伯爵家代替國王行使的第一次為民服務。因為，這是在救國王的國民梅莉安，不是嗎？嗯哈哈哈！

「我身為國王的騎士，代替國王，來懲治折磨自己姪女的惡劣酒館老闆。這傢伙殘酷地使喚姪女，這件事身為同鄉人的你們，應該更清楚才對吧？好了，現在我問各位，你們要攻擊我這個國王的騎士，來背叛王室嗎？」

剛才一屁股坐在地上的警備隊員帶頭人，像是如坐針氈般趕緊站起來。他用很有禮貌的動作敬禮，但這副模樣還是可以看出他不久前才失去平衡跌坐在地上。

「我真是千不該萬不該！我會以虐待青少年的罪名，立刻逮捕『特拉摩尼卡之風』酒館的老闆！」

嗯，這個時候，我當然不能用修奇式的方式來答話！我以尼德法伯爵家的第一代伯爵身分，嚴謹地說道：

「您這是優秀的警備隊員所具備的行事態度。伊拉姆斯市的未來是光明的。我等一下一定會去找市長大人稟報此事。」

我敢說，傑米妮要是看到現在的我，一定會笑到昏厥過去。不過，那名帶頭的警備隊員又再次敬了一個快把額頭弄傷的舉手禮。

「敬禮！啊，不是，謝謝您！」

過了一會兒，旅館老闆就被捆綁起來，正要被警備隊員帶走。我坐到倒放的酒桶上，一面懸腿搖晃著，一面咯咯笑著觀賞這一幕。警備隊員們和老闆都離開之後，我回頭一看，就看到梅莉安表情呆滯地站在大廳角落看著我。

「梅莉安？」

她像是剛睡醒似的，肩膀驚顫了一下，隨即立刻低下頭來。

「伯、伯爵大人……」

呃呃。看來還是「蠟燭騎士」或者「半獸人的悲劇」這些稱號比較適合我，「修奇伯爵大人」好像不怎麼適合我。我把腿舉到酒桶上面，咻地轉了半圈。呃！我的屁股！

「喂，妳該不會以為妳那樣叫我，我會很高興吧？」

梅莉安的表情變得很高興。她用右手的食指和拇指拉了拉下嘴唇，說道：

「可是，我知道你是伯爵，就無法繼續叫你修奇了啊。」

「嗯，是嗎？妳現在叫過一次就行了。以後就叫我修奇吧。」

「好。修奇，可是，這是怎麼一回事啊？」

「妳是說我怎麼當上伯爵的？說來話長。簡單地說，我為國家立了功，所以獲封爵位。」

「真令人驚訝……真的。跟那些來往這裡的蹩腳冒險家相比，你比他們一百個人加起來還要了不起呢。你是真正的冒險家。」

我瞇了一邊眼睛之後，對梅莉安做了一個手勢。

「哈哈。好，那麼妳坐在那裡一下。」

「嗯？」

「我要妳坐那裡，嗯。那把椅子應該沒壞吧。因為我有話要說，妳坐著吧。我不是要談早餐吃什麼好的這類複雜微妙的事，所以妳大可放心。」

梅莉安嘻嘻笑著拉了椅子坐到我對面。我在講話之前，乾咳了幾聲。早上總是令人覺得口渴。

「我可以給妳機會。說起來，我真的長大很多，居然已經可以給別人一次轉換人生的機會。哼嗯。我要妳自己來判斷，看妳是否要抓住這個機會。」

「機會？什麼意思呢？」

「嗯。首先，如果妳不想離開這個都市，我可以讓這間店變成是妳的。啊，絕對不是不合法的事。我的意思是，可以把這間店買下來給妳。但如果妳對經營酒店旅館沒有自信，說得也是，妳年紀還小，對妳來說一定是不容易。可是，妳應該找不到其他的保護人吧？」

「嗯……」

「妳有男友嗎？」

梅莉安緊盯著我，然後搖了搖頭。

「好。我認識一個很優秀的人。我在想，要不要把妳交付給他。嗯，他雖然不是什麼有錢人，可是個性不錯。他可能沒辦法讓妳養尊處優，不過，應該可以讓妳過得心情舒坦。」

「你這是在做媒人嗎？」

「哦，沒這回事。我不是說過了，我是在幫妳找保護人。我是打算把妳託付給他，直到妳長大到足以去尋找自己的路為止。哈哈，真是的。這種話是上了年紀的人才會說的，可是，由一個和妳年紀差不多的男孩子口中講出來，聽來實在是很怪異，是吧？」

梅莉安又開始拉她的下嘴唇了。所以，她的答話聽來有些不清楚。

「我不知道。這實在太突然了。」

「這我能理解。妳慢慢考慮吧。我想要現在去找市長，表明自己的身分，討論如何處置老闆。在這段時間裡，妳好好考慮吧。」

「我知道了。對了，你應該先吃點早餐吧？」

「沒關係，我進到市長官邸後再去吃他一頓吧。我應該給伊拉姆斯市長大人一個招待尼德法伯爵的機會。」

「啊、啊。是啊，因為你是伯爵大人……」

「很可笑吧？哈哈。可是，這是不得已的。因為在禮貌上，我進到一個都市或領地，就得去向當地市長或領主打聲招呼。啊，對了，妳要不要一起去？」

「啊，不，我沒關係。嗯，你現在是以伯爵身分去見市長大人，是吧？」

「嗯……當然是啊。」

「我知道了，那我怎麼敢跟著去。呵呵，你不要露出那種抱歉的表情，我能理解，而且這也沒什麼啊。」

我沒有回答，而是跳下酒桶，把手指放到嘴邊吹口哨。噓！站在大廳角落的御雷者可真乖，牠立刻走了過來。

我騎上馬，一面走出大門，一面往後看了一眼。梅莉安呆坐在空蕩蕩的大廳之中，一副驚慌與感嘆交雜的複雜表情。她獨自坐在形同廢墟的大廳裡的模樣，就像是在顯示她現在的處境。真是令人覺得憐惜。可是，在她臉上浮現的希望卻讓我滿懷感動。哈哈，那份希望的原因正是我的緣故吧？梅莉安，妳不要擔心。我會幫助妳的。

我昨晚的那個想法要暫時保留了。我們是不可能像龍那樣活著的。至少，梅莉安是不可能做得到的。我的意思是，他人的親切能讓人多開心啊。這完全不同於那時對伊露莉是否幫忙都不在意，還有傑倫特一幫忙就立刻勃然大怒的基果雷德……因為，梅莉安是人類。

即使身處廢墟之中，也懷著希望在笑的人類梅莉安舉起手來。

「快去快回吧。」

我也對她搖了搖手之後，就高興地出發了。

「呀啊！走吧，御雷者！」

呃！我錯了。我在興高采烈之餘，就不顧一切地奔馳出去。可是，我不知道市政府在哪裡啊！

02

這天的拜訪並不怎麼順利。偏偏伊拉姆斯市的市長大人在幾天前收到公文，要求他注意傑彭使用的神力武器（這名稱應該是指利用神臨地的破壞性作戰方式。他們稱作是神的武器？其實應該是人類的武器，是人類的武器啊）。之後，他就義憤填膺，馬上把家傳寶劍扛在肩上，自願入伍了。我一聽到他現在應該是在志願軍裡，正在雄心勃勃地行軍的這番話之後，我問道：

「請問市長大人的年紀多大呢？」

現在代理市長的市政府總務局長笑著回答：

「六十五歲了。」

「……他真是老當益壯啊。」

從市長室的模樣看來，也大概可以看出這位市長的個性。掛在牆上的盾牌和劍，像是當場就可以拿出去打仗那般閃閃發亮著，絕對不是那種拿來裝飾用的東西。而且在市長室的另一頭角落裡，甚至可以隱約看到擱放了一張野戰床。高大的書架旁邊放著的木桶裡，沒有放置文件卷宗，而是裝滿了方鏃箭。這到底是市長室，還是騎警們的棚屋啊？咱們國家確實是騎士道的國家。啊，我說錯了。應該說，除了貴族那些人以外，其他人才會去遵守騎士道。哼！

我一面看著放在桌上的茶杯，一面說：
「是啊，難道他的兒子們都沒有勸阻他嗎？」
「因為，我父親不是那種會聽勸阻的人。」
噹、噹！我的腦袋瓜裡好像有鐘聲響起。我趕緊低下頭來。
「啊，真是的。對不起，原來市長大人是您的父親。」
「不，沒關係，尼德法伯爵大人。雖然這是令我自豪的事，卻也不得不令我擔心。」
「這我可以理解。因為我父親也是自願入伍兵。」
「是嗎？啊，是不是……啊，沒事。」
「咦？」
「我是在想，您是不是因為令尊戰死，所以您才會這麼年輕就繼承伯爵爵位……」
「咦？哈哈，不是的。我是新興貴族。我是尼德法伯爵家的第一代伯爵。」
那名代理市長低下頭來，舉起了茶杯。我想他可能是為了要掩飾驚慌的表情吧。哼嗯。這有什麼好大驚小怪的呢？代理市長喝了一口茶之後，才一邊乾咳幾聲，一邊說道：
「是嗎？呵呵，真是令人難以相信啊。您這樣的年紀應該是不會在戰場上立功吧。」
「如果要論功勞，我是有功勞……嗯，就是有那一類的事。詳細情形關係到國家機密，我怕有可能一不小心引發禍端，所以恕我無法奉告。」
看啊，賀坦特的村民們啊！哇哈哈哈！我啊，身為賀坦特蠟燭匠候補人的我呢，現在面帶著略顯疲憊同時緊張的表情，正在說「關係到國家機密……引發禍端……」這一類的話。而聽我說話的伊拉姆斯代理市長則是滿懷緊張，雖然不知是什麼事，但他還是點了點頭。他根本沒想到要把手上的茶杯放到桌上，就只是這麼拿在半空中。真希望能夠把我們領地的村民們全叫來看看這一幕。

我拿起放在桌上的茶杯，又再風度翩翩地說：

「我父親被龍抓去當俘虜了，除此之外，詳細情形恕我無法奉告。」代理市長如今整個人都僵住了。現在我是用滿是憂愁的眼神望著地平線，打磨著要對龍報仇的那把劍刃的尼德法伯爵。爸爸呀，請您原諒我拿您的不幸來開玩笑，我一定會救您的。這樣總行了吧？

我和那名代理市長的會面，就在這樣適當的應對水準之下文雅地結束了。至於梅莉安的叔叔要如何處置一事，按照保護未成年的國法和伊拉姆斯市的市規，代理市長會自行處理。然後，我鄭重地拒絕了留宿在市政府官邸的請求，就回去找梅莉安了。

梅莉安甚至還跑到大門外，在等著我。

在她周圍，圍著一些好奇的民眾，正在不停問她有關昨晚發生的事。梅莉安帶著很慌張的表情向那些民眾說明之後，才好不容易發現到我。她的眼睛突然圓睜著，說道：

「修……伯爵大人！」

……我實在很不喜歡伯爵這名號。因為所有人都在看，所以她才這麼叫我，這我能理解，但這到底算什麼啊？梅莉安和我之間等於就形成了一段很大的距離，不是嗎？圍在梅莉安身邊的市民們首先看到御雷者，嚇得趕緊低下頭來。

我一言不發地下馬。梅莉安則是低頭之後，用恭敬的語氣說：

「您從市政府回來了嗎？」

我一面皺著臉，一面看梅莉安。雖然她低著頭，但是可以明顯看到她的嘴角上揚。啊，是嗎？那可是贏不了我的。

「以優比涅與賀加涅斯之名，祝福高貴仕女梅莉安萬歲。是的，小姐。折磨高貴仕女的惡劣老闆將會依正義與國法之名，受到處分處置。希望高貴仕女梅莉安的名譽永存。」

梅莉安用驚慌的眼神抬頭看我，我盡量不讓周圍的人看到，很快眨了一邊眼睛。其實我和梅莉安都似乎不怎麼適合這樣的角色。圍著圍裙躊躇地站著的梅莉安不適合「高貴仕女」，而同樣地，我呢，除了騎著的馬很不錯以外，穿著一身皺巴巴的衣服，再加上一頭像鳥巢的頭髮，也是不適合「尼德法伯爵」的稱號。周圍的這些民眾會覺得敬畏，應該僅僅只是因為我的態度，以及御雷者的態度。啊，說不定還是後者佔比較大的比例呢。

梅莉安又再低頭說道：

「啊，請您進到裡面去，伯爵大人。」

「謝謝。」

我跟著梅莉安進到大廳裡面之後，立刻把門關上，抵擋住門外那些民眾好奇的目光。然後，我立刻緊皺臉孔，望著梅莉安。而梅莉安則是面帶頑皮的眼神，一邊看我，一邊聳了聳肩。

「不然怎麼辦才好？挑釁國王的騎士是叛亂罪，同樣地，對國王的騎士不表示出合宜之禮，這也算是侮辱王室，不是嗎？」

「……妳吃早餐了嗎？」

「嗯，我吃了。」

「妳吃午餐了嗎？」

「什麼？還沒有到午餐時間啊，不是嗎？」

「啊哈，原來妳還沒吃，所以才這麼會說話！」

「修奇！」

我噗哧笑了出來。因為這樣叫我，確實比較能夠確認我的存在。哇哈哈。

我笑著環視四周圍。在桌上有一個包袱，那是我早晨出去時沒有看到的東西。梅莉安隨著我的目光看到那個包袱之後，微笑了一下。我說道：

「那是什麼啊？」

「是我的行李。很簡單吧？」

「……我知道了。妳有沒有特別要見的人？」

「不，沒有。可是，我有個問題。」

「妳可真厲害。妳不但有問題要問，而且也有人聽妳問問題。妳比祭司還要厲害。雖然祭司們丟出一大堆的問題，可是卻很少能得到答案。哈哈。恭喜妳能遇到這麼棒的情形，妳有什麼問題？」

「為何對我這麼好？」

「嗯？」

梅莉安垂下眼睛，一面摸著她的包袱一面說：

「我在收拾行李時，突然有一種感覺。我似乎沒有理由接受你的好意。你為什麼想要為我打架，保護我的未來呢？」

原來是個小問題。我拉了一把椅子坐下，說道：

「這個嘛，有少女在懸崖邊看到小孩子慢吞吞地匍匐前進，於是丟下手中拿著的雞蛋籃跑了過去，那她的理由是什麼呢？」

「嗯？」

「妳說說看。即使雞蛋籃裡的雞蛋全都會被打破，也要跑去小孩子那邊的理由是什麼？」

梅莉安歪著頭，說道：

「呃，嗯，因為小孩子比雞蛋珍貴？」

「雖然我期待的不是那種答案，不，這答案也不錯。對，對。因為我也覺得梅莉安妳比我的辛勞還要來得重要。我幫妳並不是特別累的事。喂，可是我自己的答案，連我聽來都覺得有些沒人情味耶！」

梅莉安嘟著嘴，說道：

「真是的。那麼你的意思是，如果是很辛苦累人的事，你就不會幫我了，是嗎？」

「妳也可以那樣想啦。嗯。萬一是需要冒著生命去做的事，或者是要甘冒可能毀了我所有未來的危險。那麼，在那種情況下，我可以想像到我一定會這樣想。也就是說，我會想：『我和梅莉安的友情並沒有什麼，我比較重要』，而且我還會滿足於那樣的決定。」

「你當然……會那樣吧？」

「是啊。我並不想把我的辛勞華麗地裝飾起來。我是因為可以做得來，才去做的。我和愚蠢的廢太子是有很多不同的地方……算了，不說了。」

「嗯？什麼意思啊？」

「沒有啦。沒什麼意思。如果解釋夠了，我們就出發了吧？」

梅莉安毫不猶豫地拿起包袱。哼嗯，這樣出發真是爽直啊。她連回頭看一次店內也不看，直接就想走出大門了。我趕緊叫住她。

「呃，喂，梅莉安。難道沒有店員領班之類的人嗎？不能就這麼丟下這間店就走人吧？連老闆也不在……」

梅莉安在大門前停下腳步，轉身看了看我。她沒精打采地說：

「這個嘛，我對這間店並沒有什麼責任感。你好像對它有責任感，是嗎？」

「我啊，我當然和這店沒關係，可是妳會不會……他是妳的叔叔，不是嗎？」

「不管這間店會變成什麼樣子，都不是我的店。嗯，其他傭人會知道該怎麼做。現在他們雖然因為怕你，而全都逃掉了，可是再過不久就會再回來的。只要我叔叔被放了，他們就會再回來的。」

「好，我知道了。那麼我們出發吧。」

是啊，只要老闆又再找回權威，傭人應該會再回來的。

「你是說，他們會再回來？」

「是啊。應該是會這樣吧。」

卡爾將疲憊的頭部往左右邊搖了搖，暫時不發一語。接著，他望著射進窗戶的陽光，慢慢地說：

「這樣一來，貴族的根基會全部動搖的。貴族的根基是什麼？其實就是用傲慢與獨善其身來規範的那種毫無根據的優越意識。如果是真的很優越的人，根本不用做任何行為，就能被其他人尊敬。可是沒有內涵，只有優越意識的人就會變得暴力。那種暴力雖然乍看之下強而有力，但是在遇到更暴力的勢力時，就會被擊潰。我現在要做的好像比亨德列克那時還要更加殘忍。卡爾・賀坦特的名字將成為恐怖的名字，恐怖到變成是一個發光到難以迎視的光圈。」

這真的是卡爾嗎？我滿是驚訝地看著卡爾。可是再怎麼看，他還是那副在自己窩巢裡翻書、呵呵笑著的讀書人模樣啊。不過，卡爾帶著可怕的眼神，說道：

「我會讓他們依賴國王而存在的。貴族？即使是貴族，在國王面前，也將會變得和其他人民沒有兩樣。他們的傲慢與威權都會被擊潰。」

我實在無話可說了。所以，我也一面看著窗戶，一面喃喃地說：

「……吉西恩給你的人情債好像很大。」

卡爾點了點頭。

「他太殘忍無情了。這個人……他是個偉大到了無情地步的人。偉大並不是只用了不起的英勇和高深的知識，就能成就出來的。偉大必須就只是偉大才行。能夠做到這樣的人才是偉大的人。我看到吉西恩之後，才得以瞭解到這一點。人們不知內情所說的正是真實。其實他原本應該當國王才對……」

「那麼，他們會如何處置侯爵呢？」

卡爾先是看了我一眼，然後點頭說道：

「侯爵當然應該被塑造成英雄嘍。」

「這實在是太不像話了！」

杉森踢倒椅子，站了起來。我和卡爾圓睜著眼睛看杉森，而溫柴則是皺起了眉頭。杉森說道：

「這、這難道是種新式的刑罰嗎？請問是不是有新發明一種名叫『祖國英雄』的刑罰？」

這真是個有趣的揣測。杉森正在激動得口沫橫飛地說道。妮莉亞雖然也是一副想要說這種話的樣子，可是杉森一說完，她就坐在座位上，只能點點頭。哈哈哈。他們真是一群好人。我摸著額頭笑了出來，而卡爾也露出了微笑。

「不是的，費西佛老弟。我剛才只是按照那含義直接說出來。」

杉森深吸了一口氣，顯示出一副可以再稍微提高語氣高喊的模樣，然後他愣怔地察看我的表情。我用微笑的表情搖了搖頭。隨即，杉森看了看溫柴，溫柴則是冷酷地說：

「你坐下來等那位比你聰明的人說話吧。只要靜靜地等，就能知道事情始末了。」

杉森表情尷尬地拉起椅子，直挺挺地坐著看卡爾（可是，妮莉亞幹嘛鬆了一口氣呢）。

「請解釋給我們聽吧。」

「好。你還記得那名金髮祭司說過的話嗎？他說：『貴族們會認為，如果王室開了先例，像哈修泰爾這種名門家族都被輕易處置，那麼王室隨時都可以逼迫貴族。』」

「咦？啊，是。他是這麼說過。」

「這正說明了我們國家的王權是多麼地脆弱。事實上，一個國家裡的權力實在太多了。宗教界除了有神聖不可侵犯的權力，此外還有很多權力。而魔法界雖然是單一結構，但是太過強而有力了。幸好亨德列克和索羅奇留下好的傳統，所以至今巫師們都只喜歡當一個象牙塔裡的高尚學者。龍則是……龍因為龍魂使，而與人類保持一定的友好關係，要不然，以龍的力量，當然足以危害王室。還有，精靈與矮人族也都不被王權所束縛，都能自由自在地行動。這樣想來，我們國家真的是一路走來岌岌可危到了令人捏一把冷汗的地步，不是嗎？」

杉森臉色發黃地喘了一口氣。卡爾則是噗哧笑著說：

「曾有一度……我也曾經懷抱青雲般的大志。可是這個國家實在太沒有前途了。」

「卡爾？」

卡爾乾咳了一聲之後，轉移了話題。

「不管怎麼樣，無法做到權力集中的國家是很令人頭痛的。這個問題，要是把它想成是一個家庭，就可以很容易瞭解。一個家庭的家長如果無法以家長身分立足，那會怎麼樣？他的眷屬們肯定會嘲笑他。所以說，現在我們這個國家是貴族正在嘲笑王室。」

「所以呢？」

「而在路坦尼歐大王和亨德列克之後三百年，拜索斯王室卻面臨到傑彭戰爭這個最大的挑戰。由我們看來，似乎歷史是偶然的，甚至會覺得事情怎麼會變得這樣，可是，在它背後，卻存在著息息相關的因果關係。傑彭戰爭、哈修泰爾侯爵或涅克斯‧修利哲的叛亂陰謀、克拉德美索的甦醒、龍魂使血統的斷絕……所有的事件都可以被簡單扼要地歸納成一句話：拜索斯已經開始在動搖了。大王和亨德列克所累積的基礎，現在其力量已經開始被削弱了。如今我們這些無能的後代子孫已經用盡了英雄時代的遺產。」

咕嚕。我怎麼感覺吞口水也是種辛苦的工作。

「在這種情況下，如果將哈修泰爾侯爵以叛亂罪處置，在判斷真偽之際，貴族們一定會大大地動搖。這是無可避免的事。所以一定要先投其所好。因此，哈修泰爾侯爵一定要為王室殉職才行。這一點很重要啊。哈修泰爾侯爵必須為這個國家和國王以身相殉，那麼對於其他貴族們，也就可以要求類似的事：『看啊，連哈修泰爾侯爵也這麼做，你們也應該對國王忠誠。』這樣你懂了嗎？」

「哎喲，我的天啊……頭好疼。」

「當然啦，我們是沒有辦法正面這樣要求，可是卻能夠製造出那種氛圍。而且那樣就夠了。現在，必須要注入新的力量到拜索斯。我是指絕對非人類的力量。人類的力量、英雄的幻想都僅僅是夏天的白日夢，現在，酷寒的冬天即將到來。英雄時代已不復再來。在過去，英雄時代的遺產開展了孕育我們意識的地平線，現在我們應該從這遺產之中跳脫出來，做出新的跳躍。此乃拜索斯的魔法之秋啊。」

這是卡爾的缺點之一啊。因為他把聽他講話的人都看得太高了。我無法聽懂他到底在講什麼。杉森猛搔自己的腦袋瓜，然後好不容易才想出要說的話。

「那麼……我知道了。所以說，絕對不能讓哈修泰爾侯爵回拜索斯恩佩，是吧？」

「很正確。不管有什麼事，都不能讓他現身於這個世上。所以今天才會找各位來。現在我們必須馬上找到他才行。」

冬天的陽光特別令人覺得舒服。

「好熱……我應該可以把這件脫掉。」

梅莉安為了要脫下她披著的那件外套，一直動來動去的。我感覺到梅莉安的目光刺痛我的頸後。我乾咳了一聲之後，說道：

「好啊。呵，哼嗯。冬天天氣這麼好，真是太好了。很適合旅行吧？」

「你還嚇我，說天氣會非常非常冷……」

冒險家的吹噓是無罪的。拜託不要用那種眼神瞪我了。我原本動員了各式各樣的吹噓嚇阻梅莉安。我說，我們會在寒風刺骨的冰冷之中挨餓好幾天，抱著飢腸轆轆的肚子睡覺，但還得一面警戒著那些在後面追趕的怪物們的血牙，度過無法睡得安穩的恐怖之夜……可是在妳身旁，一個史上最強大的冒險家與妳同行，妳就相信他，跟著他吧。（我該不該跟她說，事實上，我還期待她能用帶有「我崇拜的修奇先生，我會一直相信你的」這種情緒的目光看我呢！）

然而離開伊拉姆斯市已經兩天了，這段期間的天氣都無比地晴朗，三餐都吃得很飽，而且別說是怪物，就連隻小兔子也不見蹤影。而且這位有史以來最強大的冒險家打了瞌睡，結果差點就摔落馬匹，還被坐在他後面的那位高貴仕女給折磨了十分鐘，聽她嘀咕個沒完沒了。我怎麼會這樣呢？好想睡覺！這個時候，我真希望有山賊一窩蜂出現，親切地要我「把所有東西全都交出來，帶著小命快滾」，那該有多好啊。

「把所有東西全都交出來！」

「萬歲！」

我這聲喊叫聲讓山賊、梅莉安還有我自己都嚇了一大跳。從道路兩旁一窩蜂出現的男子們臉上寫著「驚慌」，都在抬頭看我。就在我感到一股無法忍受、一定要尖叫的強迫感的那瞬間，我說道：

「你們才七個人啊！」

我的第二句喊叫並沒有什麼號召力，山賊和梅莉安聽完之後好像都沉浸到更深的疑問之中。我可能是講了什麼誤導我本質的話吧。我下了馬。不行，應該要趕緊提高我的人格才對。

我用悲壯的眼神看著梅莉安。

「梅莉安，妳繼續待在馬上，我會保護妳的。萬一我死了，御雷者會安全地把妳……」

「修奇！你這個笨蛋，幹嘛要下馬啊！應該一起逃走才對啊！」

呃。梅莉安，拜託！我既然這樣拚命，妳就應該要講一些呼應我的話吧。

「男生在這種時候都是會這樣說的！」

「所以說，男生才都會從女生那裡聽到『笨蛋』這句話！而且你這樣豈不是言行不一！」

「我言行不一？」

「是啊！你說過，可以做得到的事你才去做！」

「……有時候也是會發生和自己信念相違背的事。而且這一次，並不是和我信念相違背啊。」

「什麼意思啊？」

「我是因為可以打贏，才下馬的。妳這麼不相信我說的話嗎？我甚至還跟雷提的祭司們一起比劃過劍法。我並不怕這七個遊民！」

那些男子一直圓睜著眼睛，在看我和梅莉安不顧情況地舌戰，而且一聽到「遊民」這幾個字，立刻露出驚嚇的模樣。我轉頭過去，喊著：

「各位！你們是因為從南部林地到這裡來避難，覺得生活困窘，所以才想開始從事山賊買賣，是吧？而且你們這是第一次，對吧？」

「呃，呃？」

「你在問我怎麼會知道的？只要看你們手上拿的東西，就可以看出來了。而我一開始是怎麼知道的呢？只要看你們緊張的程度，就可以看出來了。」

那些手拿鋤頭、鐵鍬和鐮刀的男子們，現在開始做出無法掩飾的後退動作。好，等等。後退原本就是無法掩飾的動作，不是嗎？哼嗯！這並不是很重要。

「好，要打了嗎？」

那些男子互相看了看彼此。我看到他們那副模樣，覺得很不忍，於是放下劍來。到底為什麼會這樣？七名大漢排成一排是很壯觀的景象。他們凹陷的臉頰上有汙泥沾著，而且臉頰和下巴有一團沒有修整的鬍鬚。衣服則是……可能是因為沒有閒工夫去管，所以就任它裂著穿在身上，那東西與其說是衣服，倒不如稱之為破布。而且在那飢餓凹陷的眼睛裡，可以感受到殺氣。這些人其實已經走到了窮途末路。

「可惡，快上！」

在那些男子之中還是有個看來很剛強的男子先向前走一步，開始衝了過來。隨即，其他人也跟著開始拚命衝過來。

「啊啊啊啊！」

天啊。雷提的祭司們在攻擊時，根本沒有發出任何聲音。他們所發出的聲音只是「喝！」的喘息聲而已。其實他們連尖叫都不叫。

「這傢伙，你這樣打，我豈不是會死！」

杉森一邊高喊著，一邊擋開朝他脖子砍過來的長劍。對方並沒有收回他的劍，反而往後跳，製造出距離，以此作為防禦，手上則早已在準備下一個攻擊動作。真是厲害！可是那名祭司沒有察覺到溫柴。溫柴從他旁邊經過，然後揮了一刀，又再抽身離開時，那名祭司立刻癱倒在地。

在溫柴衝過去的地方，有一個非常高大的祭司正在等著。那名巨人祭司緊握著兩把長劍，正要攻擊溫柴。可是溫柴把飛砍過來的兩把劍一次擋開，並且噗哧笑著說：

「雙劍？這是連在我們國家的傳說之中都已失傳很久的技法。我就讓你領受執著於老舊東西的癖好所要付出的代價。」

溫柴的身體引導著劍。在他身體掠過對方身體之後，劍好像跟著他身後在移動。我的眼睛只看得到這些。然後對方就垂下劍來，往前仆倒了。溫柴根本沒有往後看，只是說道：

「不要失神站在那裡！你該知道這樣會有劍讓你腦袋搬家！」

哎呀！我揮了一下巨劍，並且往後跳一步。噹！哦，天啊！一股刺痛的顫抖掠過手腕，使肩膀也搖晃了起來。這劍砍得好像滿準的！我平息了呼吸之後，往前一看，那名金髮祭司握著劍，站在那裡對視著我。我突如其來地喊著：

「你再砍用力一點！」

金髮祭司點了點頭。你這傢伙，被我騙了！噹噹！我勉強格擋金髮祭司的劍。然後，在劍碰擊的那一瞬間，我悄悄放鬆力量。對方立刻往前開始滑了出去。我嘻嘻笑了一聲，立刻跟著往前滑出去。

「呀啊啊啊啊！」

那名金髮祭司的臉都皺起來了。他立刻開始往後退，但是我死命推著他。這傢伙，如果讓你抽出劍來，我就會死，我幹嘛要放掉你？在霎時之間，那名金髮祭司和我大約推著跑了十步左右。居然有這種人！都已經推了十步了，竟然還沒跌倒！

「居然連這樣也不會倒！」

我的腳朝著對方小腿脛骨踢了出去。然而，那名金髮祭司抽腿避開，我撲了個空，就讓金髮祭司給跑掉了。他只跑了兩步。然而，對金髮祭司而言，兩步就很足夠了。他又再用力刺擊而來。哎呀，糟糕！

「我的武器更長！」

在三叉戟閃爍的那瞬間，金髮祭司原本要刺擊過來的劍，便往旁邊揮去。三叉戟的槍刃和長劍碰擊在一起，我往後跌倒，並且直接往後滾。

「妮莉亞！我愛妳！」

「我經常為此感到傷腦筋呢！因為我實在是太可愛了！咯哈哈哈！」

妮莉亞如此讓我完全呆愣住之後，便開始刺出三叉戟。金髮祭司咬牙切齒地往下揮砍那把刺向他的三叉戟。三叉戟往下掉落的那一瞬間，另一名祭司衝過來踩住三叉戟。妮莉亞漏失了三叉戟之後，往後退了好幾步。

可惡！對方實在太多人了！杉森抓住三個人，正在孤軍奮戰；溫柴則是不斷移動，以防被包圍，結果因而耗盡了自己實力，所以他現在連想攻擊對方都不行。至於已經用完記憶魔法的亞夫奈德，則是打算用身體打鬥，撿起掉落在地上的標槍，開始揮舞著。他的第一次攻擊可怕得連矮人敲打者都嚇了一大跳。

「這小子，揮好一點！你是想把誰的眼珠子給挖出來啊？」

「哎，哎呀！對不起。啊，沒想到這東西這麼重……艾賽韓德！」

「嗯？」

艾賽韓德雖然急速轉頭，但為時已晚。雷提之劍掠過他的肩膀，艾賽韓德轉身轉到一半，就失去平衡，一面轉身，一面跌了下去。亞夫奈德雖然拚命揮舞標槍，但對方輕輕地把他的標槍切成兩半，還踢了亞夫奈德一腳。亞夫奈德倒在艾賽韓德的身旁，說道：

「呃！艾賽韓德先生，對不起……」

艾賽韓德像是要說什麼似的，正想要抬頭，但雷提祭司用腳踩住了他的胸口。可惡！沒了武器的妮莉亞喊出怪聲，跑向艾賽韓德。妮莉亞一邊跑去，一邊轉動手臂，好幾把匕首就橫越過了半空中。原本踩著艾賽韓德、舉起長劍的那名祭司趕緊往後退步。不過，他沒能避開卡爾射出的箭，胸口就中箭往後倒下。很好，那裡就先交給卡爾和妮莉亞吧！我又再轉頭，朝那名金髮祭司衝過去。

「你死的時候，記得喊著修奇・尼德法。受死吧！記住是此人殺死你的！」

金髮祭司凶狠地笑著揮砍過來。雖然金髮祭司的長劍彈開了飛來的劍，可是那把劍像柳條般彈上去之後，卻又再飛過來。

「呃呃呃！」

我感覺大腿一陣刺痛，同時瞬間腿變得完全無力。如同原本就沒有膝蓋那樣，我整條腿都彎了下來。我一面跪著，但還是揮砍巨劍，可是，那名金髮祭司只是稍微移動手腕，就把我的劍撥往旁邊。我咬牙切齒地抬頭看著舉劍的金髮祭司。那把劍高舉過我頭頂的那一瞬間，我緊閉住了眼睛。現在我完蛋了！

可是劍並沒有落下。一陣奇怪的腳步聲傳來。這陣奇怪的腳步聲從我旁邊經過之後，在我前方停住了。我睜開眼睛。

「吉西恩？」

原來是吉西恩費力地移動雙腿之後，擋在我面前。在我抬頭看著吉西恩背部的那一剎那，我感覺身體都僵住了，一句話也說不出口。妮莉亞在遠處喊道：

「你瘋了啊！請快讓開！」

吉西恩一副沒聽到的模樣，舉起端雅劍。嗡嗡嗡！那名金髮祭司皺著眉頭，說道：

「你好好地去死吧。」

吉西恩仍舊擋在我面前，慢慢地說：

「好好去死……沒這種事吧，笨蛋，只有『好好地活著』這種事。」

「是嗎？」

「因為在這一瞬間……我還活著。」

不知道吉西恩是不是在笑，只見他肩膀不停抖動著。那名金髮祭司點了點頭，說道：

「你說得對。你把這一瞬間當成像永恆般活著。希望這一瞬間對你而言是幸福的。」

接著，那名金髮祭司就開始緩慢地往前走過來。其他祭司們只是表情複雜地看著。吉西恩的身體雖然沒有動，可是他的肩膀卻開始緊張僵硬起來。不行。我應該要往前衝去吧？我應該要推開吉西恩嗎？可是我根本無法採取任何行動，只能望著我的國王背影。

喀啊啊啊！

有個閃爍的東西急速往天空射了上去。我茫然地跟隨那道光芒，抬起目光。隨即，就看到在半空中有一個黑點正在畫圓圈。而朝著那圓圈射上去的閃爍物體則是……端雅劍？

「吱——！」

禿鷹的鳴叫聲很是淒切。在耳朵嗡嗡作響的同時，我聽到簡直快要震破的怦怦心跳聲。我垂下了目光。

那名金髮祭司的劍已經刺進了吉西恩的腹部。

「咳，咳咳。」

吉西恩只是咳嗽，一動也不動。我完全感受不到周圍的打鬥了，只是看著他的模樣。那名金髮祭司低沉地說：

「請原諒我吧，原本應該當上國王的您啊。」

金髮祭司的劍被拔出來之後，吉西恩屈膝蹲下。啪。彈到半空中的端雅劍插在吉西恩身旁的地上。嗡嗡嗡嗡！端雅劍像是快要從地上被拔出來似的嗡嗡叫著。

吉西恩蹲在我前方，不停顫抖著。他是不是就要這樣往前倒下了？可是，吉西恩並沒有倒下。他用左手拄著膝蓋，顫抖的右手伸向端雅劍。那名金髮祭司用冷酷的表情看著他。

「我還……活著。」

吉西恩用像呼吸氣息般細微的聲音說道，並且握住了端雅劍。他把端雅劍當成手杖，想要站起來。那名金髮祭司搖了搖頭，緩慢舉起了長劍。

「這混帳傢伙，住手！」

我大喊著想要站起來，可是雙腿卻不聽使喚。結果，我重重地臉頰撞地，滾落在地上。因為臉頰破皮之痛，眼淚在眼眶中打轉。我驚慌失措地揉了揉眼睛，看著吉西恩。

吉西恩正用憂鬱的眼神抬頭看著金髮祭司。而金髮祭司的劍則是慢慢地，但卻一直不停往上舉。

最後，那把劍舉到他頭上。然而，吉西恩並沒有閉眼，他還是一直努力想要站起來。金髮祭司輕輕搖了搖頭，說道：

「請好好安息吧。」

就在這個時候，從雷提的祭司們後方突然迸出一陣可怕的尖叫聲。

金髮祭司一聽到這尖叫聲，驚慌地往後看。這陣尖叫聲居然能讓堪稱是劍之能手的雷提祭司們轉頭去注意。而那些聽到尖叫聲後轉頭的祭司們，因為眼前的景象，皆無法轉動眼睛。

如果是沙塵飛揚，就稱之為沙塵暴。那麼這應該叫做什麼啊？

「人群暴？」

祭司們被捲成一陣狂風。這句話實在很怪，可是根本沒有別的話可以形容了。那些祭司們個個都飛了上去之後，摔落出去。此時，溫柴不知從何處衝了過來。他用強硬的動作驅趕金髮祭司之後，擋在吉西恩的前面。他這時候才暫時停下動作，看了看人群暴風，突然間，他欣喜若狂地喊著：

「卡爾！我真的要尊敬你了！」

搭著箭站在遠處的卡爾，一副糊裡糊塗的表情看了看溫柴。溫柴喊道：

「是熱劍格蘭和賈克！我知道你在那棵大松樹下藏匿什麼東西了！」

「藏了ＯＰＧ？」

「嗯。在逮捕哈斯勒的時候，我們連他的ＯＰＧ也卸了下來。可是，卡爾把那雙從格蘭身上卸下的ＯＰＧ藏放在那裡。我問他，他不是說過沒有藏匿武器？卡爾還泰然自若地回答說，ＯＰＧ不算是武器。」

「嘿……說得也是，那位名叫哈斯勒的先生還帶了女兒，當然無法赤手空拳從騎警身邊逃走嘍。」

「妳說得對。」

梅莉安露出微笑，看著我的手拉著御雷者的轡繩。我一面握著御雷者的轡繩，一面吹著口哨前進。這景象真的可說是很壯觀。一個是拉著馬匹轡繩行進的美男子戰士，還有坐在馬匹上面的漂亮仕女，以及在後面排排跟隨著的一群遊民。

那些原本要偷襲我們的男子全都鼻青眼腫，或者腿一跛一拐的，他們被妻子或其他家人扶持著行走。我會不會揍得太用力了？就連那些男子的家人也全都一副狼狽的模樣。當時我和那些男子打得差不多可以結束的時候，他們的家人一窩蜂趕過來，要我不要殺了那些男人，手都快變成腳那般拜託我，弄得我心情變得很怪。雖然現在他們跟隨在我後面，不過，每個人仍是一副非常不安的眼神。我對著這些人故作高興地喊著：

「好，已經到了。看到那些田了吧？」

那些男子和他們的家人一面看著開始出現在道路兩旁的農田，一面點頭。我也跟著環視農田。在結束秋收的農田裡，一捆捆的麥草和麥茬散在那裡。此時，我看著這片農田的眼睛看到了一群人。

在距離稍遠的地方移動身子的一群人，看來大概有二十個人左右。他們把繩索綁在一棵大樹上，正在拉著繩索。他們是想要把樹木拔掉嗎？我開始牽著御雷者往那個方向行走。那些遊民們先是猶豫了一下，然後就立刻跟隨在我身後。

距離越是靠近，就聽到人們喊叫的聲音變得越是大聲。嘿咻！嘿咻！哼嗯。他們的確是在拔樹。好像是在開墾農田吧。有不少人拉著繩索，正在拔樹。有些是才要開始長鬍鬚的少年，甚至有些是從結實的肩膀可以感受到其中年之美的大嬸。在他們周圍，則是圍著小孩少女，在看他們拔樹。

那些人可能也看到了我們走近，所以都停下手邊的事，表情訝異地看著我們。可是他們之中有一個人用歡迎的語氣說：

「你是修奇？」

咦？這是誰啊？我想起這個聲音了。這個黑臉孔的人，穿著沾濕汗水的襯衫，一邊擦拭額頭，一邊走來，他是……

「費雷爾？」

「哎呀！這是誰啊？是修奇！真高興見到你。」

費雷爾幾乎是蹦蹦跳跳地跑過來，然後他抓住我的手，開始和我握手。我任由費雷爾盡情握我的手，並用驚慌的目光看著他的臉。

「什麼……啊，真高興見到你，費雷爾。可是你怎麼會變成這樣？」

「這是勞動所留下的痕跡啊。哈哈哈！」

費雷爾挽起衣袖的手臂曬得黑黝黝的，而且有肌肉健美地突起。我仔細一看，連脖子和胸口也似乎變得有些強壯厚實。不過，最重要的，我還是因為他那張變黑的臉孔，所以覺得他看來很陌生。我好不容易才露出微笑，說道：

「哈、哈哈……最近你要是跑去跟人說你是巫師，一定沒人會相信吧？」

「哈哈，你在說什麼啊！我在這附近可是很出名的。人人稱我是卡拉爾的夥伴巫師（Fellow mage）費雷爾。」

卡拉爾的夥伴巫師費雷爾？那麼說來，史奈爾小徑的黑魔法師里奇蒙，曾經是個耕種史奈爾小徑的土地的農夫嗎？

不管怎麼樣，我帶去的遊民們受到費雷爾和卡拉爾領地居民們的歡迎。那天晚上，遊民們的用餐禮貌使我不禁想起艾賽韓德。晚餐結束之後，我幫忙處理讓遊民有臨時睡覺的居所，結束之後，我被邀請到費雷爾的家中。

我和梅莉安坐定位子之後，費雷爾高興地笑著，並且帶進來一名陌生的男子。費雷爾對我說：

「這一位，你還記得嗎？」

我先是搖了搖頭，然後看著這位才剛出現的男子。他是誰呢？那名男子用木訥的表情靜靜看了我一會兒之後，就大步走去把木柴丟進壁爐裡。我用呆愣的眼神看他，但他只是就這麼坐到椅子上，隨即雙手交叉在胸前，並沒有說什麼。費雷爾咯咯笑著說：

「這位是寇達修先生。你怎麼不記得和溫柴在一起的間諜呢？」

「啊！原來是艾德琳說的那一位。願意留在這裡的……」

那名男子輕輕地點頭。看來這可能是在和我打招呼吧。呵呵。這個人比溫柴還要誇張多了。梅莉安對他打招呼，但是寇達修先生完全無視於此。於是梅莉安漲紅了臉孔，我搖了搖頭，而費雷爾則是咯咯笑著。

費雷爾拿了酒瓶和簡單的食物，擺放在桌上，坐了下來。

「好，這個歡迎會好像太過簡單了一點。不過，我真的很高興見到你。」

「是。我突然找來，一定添了你很多麻煩吧？」

「不會的，有人來這裡是很令人高興的事。正如同修奇你也知道的，這塊領地人力非常不足，不是嗎？」

費雷爾的話尾變得很小聲，並且看了一眼寇達修先生的眼神，不過，寇達修先生仍舊雙手交叉在胸前，只是瞪視著壁爐。我笑著說：

「是的。我也認為可能是這樣，才把那些人帶來這裡。如果可以的話，我希望你能讓他們在這裡定居下來。」

費雷爾攤開雙臂，做出歡迎的身體動作。

「不管多少人，我們都很歡迎。房子需要多少，我們都有，而且農田也很多。」

「真是太好了。我明天就告訴他們，他們一定會很高興。」

「是。不過我們到現在為止，都一直因為沒空，無法盡興聊一聊。你們其他夥伴現在怎麼樣？在場的寇達修先生就是因為特別關心溫柴先生的近況，今晚才過來這裡。」

「啊，是。您一定很關心吧。這有些說來話長。」

「好。冬季夜長，而且柴火也夠。亨德列克說過：『將疲憊的身體靠在椅子上，傾聽著到村裡來躲避暴風雪的冒險家說故事，此乃冬夜之喜樂。』」

「亨德列克……有關那個人的事應該也會說到。」

「咦？」

冬夜冗長，如同一條黑暗的通道。

那是一股被密閉的感覺。比起那晴朗爽快的夏夜，冬夜簡直令人覺得心頭很悶。壁爐的柴被燒掉之後，飛散出火花。雖然長時間下來我們一直在講話，旅行通過那條既黑又長的通路，但是冬夜的盡頭還是很遙遠。

我一面看著壁爐飛散出的火花，一面說道：

「關於那棵樹。」

「咦？」

「剛才田裡那棵樹，真是怪了，為何田中間會有樹木呢？」

「啊，那塊農田是新開墾的田。」

「是嗎？」

「是的。託你的福，能夠拔掉那棵樹真是太謝謝你了。這裡男人實在是太少了。我有考慮過是不是用魔法來拔樹。可是事實上，我最近早上很早就起床工作，所以連記憶咒語的空閒時間也沒有。」

「我能幫上忙真是太好了。可是既然人很少，為何要開闢新農田呢？」

「這樣才會有外地人聚集過來，不是嗎？我想讓有效的耕地多一點。最近大陸上到處都多了許多遊民。」

「是因為神臨地的緣故嗎？」

「是啊。幸好我們領地先經歷了那件事，所以在公文來之前，我們就已經很清楚因應方法。這附近都在流傳著，說這裡是大法師費雷爾守護的土地。」

我不禁露出了微笑。

「而……實際的理由呢？」

費雷爾稍微睜大了眼睛，隨即嘻嘻笑著說：

「在長長的冬季裡，領地的居民們沒事做，只是坐著不動的話，容易遭逢不好的事，所以需要有件事讓他們合力去做。事實上，開墾農田是只要用幾次挖掘法術就能做到的簡單事。但是你看看，就連小孩子也跑來撿石子，連婦孺們也都把小石子撿起盛到裙子上，如此搬運，同時所有人都來造田。所以我才會連拔這棵樹的魔法也制止自己使用。」

「我心裡也是這樣猜想。我走向前去拔樹反而不好。」

「不。修奇你是這個領地的恩人之一，所以居民們會因此很高興。英雄回來之後所做的迷人事蹟，足以成為整個冬季的話題。」

「呃啊！」

「他們大概會是這樣子說你吧：『修奇・尼德法騎著一匹他們至今見過最高大的巨馬，一到達卡拉爾領地，就幫助那些辛苦開墾農田的居民，弄垮一整座森林的樹……』他們應該會這樣形容吧。」

「可是只有一棵樹啊！」

「英雄故事大都會那樣發展下去，這你不知道嗎？」

「拜託……到時請你上前去阻止一下那種故事的流傳。」

費雷爾咯咯笑了出來，然後伸展了一下他那因勞動而疲累的身體，同時隨口問道：

「修奇你騎來的那匹馬……請問是御雷者嗎？」

我點了點頭。費雷爾用平靜的眼神看著我，說道：

「我剛才就猜到了，因為那是匹銀色馬鬃的黑馬。吉西恩殿下去世了嗎？」

我又再點了點頭，說道：

「吉西恩把端雅劍留給杉森，把御雷者留給了我。如果按照你剛才所說的英雄故事發展，嗯……大約數十年後，應該就會製造出這樣的傳說吧：『拜索斯的王子，同時是偉大的冒險家——吉西恩・拜索斯，他在最後一刻留下的兩件寶物，分別給了曾經和他同生死共患難的同伴。萬一這兩件寶物能再被找回，必能叱吒列國，號令百世！』」

費雷爾這一次哈哈大笑了出來，連寇達修先生也露出了微笑。我表情苦澀地望著桌子。桌上的燭火有一縷細煙裊裊上升著。那是一縷像是馬上就要斷滅的細煙。

吉西恩握住胸口，費力吐出像是馬上就要斷氣的氣息。

妮莉亞抱著他，不停地嗚咽；卡爾則彷彿是祭司般，對著所有神祇祈禱。他喊出的祈禱，只差內容沒有詛咒，但其實在語調上幾乎都像在詛咒。他現在對著所有神祇，強迫祂們救吉西恩一命。真是的！為什麼偏偏這個時候艾德琳和傑倫特都不在這裡？為何偏偏是這個時候！

吉西恩費力地說道：

「卡爾……死者的託付……是一生的債務……我這個人很狡詐……所以我要賦予你一生無法

脫離的……包袱……」

「吉西恩！吉西恩！」

「我拜託你……守護拜……索……斯……呵呵……」

吉西恩發出像吹笛的呼吸聲。卡爾則是拉著自己沾血的頭髮，喊著：

「不行，不可以！你不能這樣死！」

「咿咿咿咿！」

吉西恩咬緊牙關，瞪大雙眼，像是不能就這麼死去地掙扎著。他的急促呼吸聲已經變得稍微平靜下來了。他對卡爾說：

「拜……託……」

「我知道了！我知道了啦！請你振作點，振作點！」

吉西恩的臉上浮現出了微笑。我看著我那滴落到膝上之後，在褲子上製造出濕痕的眼淚。此時，吉西恩的手指費力地移動。

「端……」

他手指的是自己的腰。是端雅劍？我用顫抖的手費力地拔出端雅劍。在那一瞬間，有一陣細細的鳴叫聲傳到我腦裡。

「呵呃、呵呃。」

端雅劍無力地發出鳴叫聲。我抓住吉西恩一直試著要握劍卻一直下滑的手，幫他握住端雅劍之後，緊握住他的手。

「端……雅……」

端雅劍過了一陣子之後才回答：

「……你要死了嗎？」

吉西恩無力地點頭。端雅劍用努力忍住痛苦的聲音，說道：

「如果很費力，就不要說了。嗯，我已經歷過許多主人死亡。持劍之人一定要有死亡的打算！嗯。也就是說，我已經很習慣了，已經很習慣了啦。」

「太……好了……」

「我當然是很好！當然。我一點也沒關係。一點也、一點也……你這個笨蛋！」

吉西恩暫時停止說話，露出了一絲微笑。

「墓……墓……」

「墓？什麼，啊，墓碑上面要那樣刻？笨蛋，這裡很辛苦？當然啦！像你這種笨蛋傢伙，死了還是會聲名狼藉！你這個笨蛋！死啊，快死啊！你這個壞蛋，大壞蛋！嗚嗡嗡嗡嗡！」

端雅劍放聲鳴叫了起來。吉西恩費力地接著說：

「杉、杉森……端雅……端雅拜、拜託……」

「吉西恩！」

杉森如雞屎般大的眼淚漕漕落下，同時啪地跪了下來。吉西恩的瞳孔這一次則是向著我，他說道：

「修、修……御、御雷……你……」

我什麼話也說不出來了，只是不斷點頭，除此之外，沒有我能做的事。吉西恩這才變得一副安心的表情。

「三、三……合力……心滿意……」

然後吉西恩就斷氣了。妮莉亞喊了一聲淒切的尖叫聲：

「吉西恩——！」

「他說的是什麼意思呢，修奇？」

「咦？啊，是。我在前往這裡的路上，也是一直在想這個問題。我大概知道是什麼意思了。」

費雷爾用柔和的目光看我。我則是瞇起眼睛，看了一眼燭光。

「對於卡爾，他是囑咐卡爾用下半輩子來守護拜索斯，而對於杉森，他給了杉森端雅劍，至於我，他給了我御雷者。他應該是想要把他的一部分留給我們三個人。可能也包含要我們三人互相合力保護這個國家的用意吧。我和杉森被選為是卡爾的輔佐者。」

「原來如此。」

費雷爾點了點頭。我彈了一下手指，露出微笑，說道：

「還有，嗯，在這之中，也應該包含了吉西恩在死前一刻所流露的幽默感。杉森現在多虧有端雅劍，變成一位很有智慧且能言善道的騎士，是吧？」

「哈哈哈……那麼修奇你的情況如何呢？」

「也是一樣啊。如果讓杉森騎御雷者，這樣一來御雷者就太可憐了，那是有這層含義的。當然啦，我失去了我的馬，這也是理由之一吧。」

「原來如此。」

啪，啪。在壁爐裡燃燒完的木柴又有一根倒了下去。寇達修先生默默無言地拿起撥火棍撥弄壁爐。迸出了一些火花，寇達修先生隨即皺起眉頭。

寇達修先生對食物看也不看一眼，只是默默地一直喝空酒杯裡的酒，費雷爾則是像卡爾那樣喝酒。而我也是，正在慢慢喝光酒杯裡的酒，至於最後一個人，她從剛才就已經靠在椅背上打盹了。梅莉安因為還不適應長途旅行，所以顯得非常疲倦。不管怎麼樣，我們三個人坐著的那一桌開始寂靜無聲，變得像是在哀悼吉西恩的那種氣氛。

呼呼。吹過窗外的冬季風聲簡直狂暴到令人覺得野蠻的地步。寇達修先生又再握住桌上酒杯，像是隨口問話似的開口說：

「所以，溫柴呢？」

我放下酒杯，啪地拍了一下額頭。

「哈哈！您知道嗎？現在這句話，是您三個小時以來所講的第一句話！」

寇達修先生摸了摸臉頰粗糙的鬍鬚。費雷爾微笑著，把身體靠到椅子上，他說道：

「這已經算是好很多了。一開始，我們整天下來連一、兩句話都很難聽得到呢。」

「這我可以想像得到。因為溫柴以前也是這樣。可是，寇達修先生需要花多久時間才會開始和女人講話呢？」

「女人？什麼啊，就連對男人他都不太講話了。」

「呼。看來寇達修先生嚴重多了。」

寇達修先生在費雷爾和我把他放到舌頭上面，隨便橫切縱刮的時候，他只是慢慢摸著酒杯邊緣。過了一會兒，他以隨和的語氣，說道：

「溫柴到底怎麼樣了？」

我舉起雙臂，做出投降的動作。費雷爾則是笑著把手臂撐在桌上，準備開始聽我講述。

我雙手交叉在胸前，看著壁爐，說道：

「他去追哈修泰爾侯爵了。」

03

「這是我的任務！」

一直安靜靠在牆上站著的溫柴，突然丟出了這句話。卡爾用感動的眼神回頭看他，但是溫柴已經不再開口了。杉森驚慌地說：

「你、你說什麼？你要去追侯爵？」

「是的。」

妮莉亞原本想開口說話，但後來她只是突然用手摀住了嘴巴。她臉色發白地看著溫柴，而溫柴只是低頭望著自己的腳。此時，卡爾用疲憊的聲音說道：

「當時在矮人的村落裡，你不是說過不會再拿劍了？」

溫柴抬起眼睛，正眼直視著卡爾，而卡爾也迎視著他的目光。溫柴噗哧笑著說：

「因為人生的最大妙趣，就是能夠逆轉情勢。」

「但是這很危險。你怎麼能夠……」

「不要再拐彎抹角地說話了，卡爾。反正你本來就在考慮我了。如果是叫杉森去追，算了吧，這個笨蛋是不行的。你該不會說修奇也可以吧？」

卡爾什麼話也不說，杉森則是原本想要大喊「我又哪裡笨了？」，結果被我踩了一腳，也是什麼話都說不出口。溫柴將眉毛往中間聚攏，並且低沉地喃喃說道：

「因為我生來就是那種血債血還之後才能睡好覺的壞性子。」

他指的是吉西恩的……血債！當初是吉西恩把他從監獄裡調出來，擔保他能夠重新做人，是他的救命恩人。

「侯爵戴著ＯＰＧ，根本沒有多少人可以對付他……」

卡爾一面點頭一面細聲地說到一半，他瞄了一眼妮莉亞，就把話停住了。他開始驚慌地蠕動手指頭，隨即，房裡就變得安靜無聲。我感覺很心煩，不停反覆看著他們兩人的表情。這美麗的皇宮房間怎麼會這樣昏暗啊？

過了一會兒之後，溫柴說道：

「該怎麼辦才好？」

「咦？」

「您說過，不能讓侯爵再度出現在這個世上。那天，吉西恩死的那天……」

溫柴先停頓了一下，緊咬住嘴唇。我們其他人也全都閉上嘴巴，等他繼續說下去。

「……那天以後，我們用最快的速度回來拜索斯恩佩。可是，應該不能說是夠快的速度。只要侯爵有心，應該會比我們還要更快到達這個地方，而且也可以用某種方法控制貴族院。然而，侯爵到現在都沒有現身。卡爾，你是不是有得到什麼情報？你和尼西恩國王好像談得滿久的。」

「可惜的是，我沒有得到什麼情報。我和國王陛下主要是談吉西恩殿下的死亡消息，以及這段期間發生的事。」

「這等於是在沙漠裡找沙子，多此一舉。算了。唉，熱劍。」

一直靜悄悄坐在椅子上的哈斯勒，只轉動眼睛，看了一眼溫柴。溫柴面無表情地說：

「你會跟我去吧？」

「跟你去？真可笑了。侯爵是我的。可是，如果你這傢伙硬要跟我去，我是不會阻止你的。」

「是嗎？那你的女兒怎麼辦？」

「我打算託付給……適當的修道院。不過，現在我考慮將她託付給大暴風神殿。」

「是。」

「我也要去！」

杉森一聽到妮莉亞突然迸出的這陣喊叫聲，趕緊看了一下窗戶。

「天氣明明很晴朗啊？」

「不是打雷啦。那是妮莉亞在喊叫的聲音。」

妮莉亞不理會杉森和我所開的玩笑，一點也沒有生氣。怎麼會這樣？卡爾驚訝地張大嘴巴看著妮莉亞，可是妮莉亞只是望著溫柴。溫柴皺眉頭，說道：

「妳在說什麼啊？妳要跟隨我們去？」

「是啊！當然嘍。」

「理由是什麼啊？」

「這是理所當然的事。跟隨好的同伴，嗯，我是說流浪的人，應該要跟隨其他人一起走才行。因為我沒有目的地，嗯，我現在並沒有什麼目的地。我的個性不喜歡悶坐在同一個地方……那個，我喜歡輕快的旅行，是吧。這是旅行啊。嗯。我的意思是，我沒有目的地。所以，不是這樣嗎？嗯，雖然我不是喜歡你才跟隨你，所以說呢，這是旅行。不是嗎？」

這一回，換我問卡爾了。

「這是傑彭語，是吧？」

「應該不是。這是我不曾接觸過的稀有語言啊。」

妮莉亞對於我和卡爾所開的玩笑，也依舊毫不在意。今天真是怪事連連。溫柴露出一副快要發火前的那種冷森森的表情，說道：

「妳說清楚一點。」

「我已經都說了啊！」

「我不知道妳是不是已經都說了，可是妳根本沒有表達到任何意思。妳到底是什麼用意啊？」

「也就是說！我既沒有目的地，而且也想到處走走，既然如此，就要和有力的人一起同行會比較好，不是嗎？那樣才會比較安全啊。」

「所以呢？」

「要是和南方最強的劍士以及北方最強的劍士一起同行，應該會非常非常地安全，不是嗎？」

溫柴像是這時才聽懂似的點了點頭，然後斜眼看了看哈斯勒，說道：

「真是可笑了。這個熱劍傢伙怎麼會是北方最強的劍士？拜索斯的劍術，看來是沒指望了。」

「你這傢伙，不要把你的情況加諸到別人身上。」

「你是不是想嘗試看看戴著ＯＰＧ這種東西可以趾高氣揚到什麼程度啊？」

「我即使脫下這個之後拿木棍對付你這傢伙，也只能算是飯後運動吧。」

「要比比看嗎？」

「來啊。」

然後兩人就立刻跑到皇宮的後院去了。我、卡爾和妮莉亞等剩下的人全都一副啼笑皆非的表情，開始走向陽臺。總得要觀賞一下才對吧？

寇達修先生忽然激動地說：

「後來怎麼樣了？嗯？溫柴贏了，是吧？」

費雷爾帶著啼笑皆非的眼神看了一眼激動的寇達修先生，隨即哈哈大笑出來。寇達修先生開始乾咳幾聲之後，我笑著搖頭，說道：

「不是。」

「什麼？那麼，是那個叫做熱劍的傢伙贏了？」

寇達修先生變得更加激動，我這次也是笑著搖頭，說道：

「不是。」

「什麼？那麼到底是誰贏了啊？」

「是黛美公主贏了。他們兩個人在後院展開一場很有可看性的打鬥，接著便聽著黛美公主嚴厲的責備，被迫停止打鬥了。她說花草樹木雖然圍繞在我們身邊，卻很難感覺到它們的存在。這段關於它們的高雅與珍貴的長時間說教，可以說是一場決定性的打鬥。他們兩個人不得不完全舉手承認他們被打敗了。」

「哼，要是能打到最後，溫柴一定會贏。」

費雷爾現在已經笑到開始捧腹，發出快喘不過氣的聲音。

「咳呵，是。咳咳咳！啊，那麼一來，你們就得分開行動了。」

「是的。溫柴、哈斯勒還有妮莉亞去追哈修泰爾侯爵，嗯，就這樣，我們就分開了。我為了達成我們一行人原本的目的，帶著要給阿姆塔特的寶石，正要回去故鄉。」

「啊，原來如此。」

「而我在途中去見梅莉安，還有遇到了剛才那些遊民。啊，既然說到了梅莉安，我有話想講。」

我停頓了一下，先看了看梅莉安正在睡覺的臉孔。她現在一動也不動地正在睡覺。

「費雷爾，你可以當這孩子的保護人嗎？」

「咦？」

「我的意思是，請你當與五十一個小孩在一起的大法師費雷爾。嗯，說她是小孩，的確嫌大了些。不過，請你像收容其他遊民那般，也收容這個孩子吧。請讓她住在這裡。而因為這孩子還不到能夠靠自己雙手照顧自己的年紀，所以希望費雷爾你能當她的保護人。換句話說，是拜託你當她的監護人，可以嗎？」

「這個嘛，當監護人……這實在是太突然了。當然，一方面也是我能力不夠去負起這位小姐的教育和未來。」

「是。我很清楚，你光是要照顧這塊領地，就已經很辛苦了。如果是金錢方面，我會拿出梅莉安要用的足夠金錢。我只希望你能照顧她到成人為止即可。啊，可不可以讓她當你的學生啊？我的意思是，不是當她的監護人，而是當她的老師。」

「哈哈哈，修奇，這位小姐說過她想當個巫師嗎？」

「不，她並沒有這樣說過。不過，如果讓她待在偉大的夥伴巫師身邊，也是很有可能成為巫師，不是嗎？」

費雷爾一聽到偉大的夥伴巫師這個名號，笑了好一陣子，才說道：

「收學生……這我可就有些難為情了。我還不到可以收學生的程度。不論是實力、資歷我都很淺。反倒是當寇達修先生的學生，你覺得怎麼樣呢？」

噹啷！我和費雷爾目瞪口呆地看著掉落在地上的酒杯。寇達修先生根本沒有想到要去撿起掉到地上的酒杯，他只是臉色發白地盯著我們。他好不容易，非常好不容易才開口說：

「別說笑了。」

費雷爾的眼珠子很妙地動了起來。他慢慢地轉頭看我，說道：

「我們不該把一個孤苦伶仃的少女棄之不顧。收容她是理所當然的事，修奇。」

「啊，啊？是……」

我都還未說完之前，寇達修先生就很快地說：

「收容她可以說是件好事，費雷爾。你該不會是在動我的歪腦筋吧？喂！」

費雷爾根本不看寇達修先生一眼，就說：

「嗯，這村裡的成年男子並不多，而且那些男子大都有家人要撫養。不過，這其中有幾個人失去了撫養的家人，應該可以收養一個人。如同修奇你所想的，像我就是……」

寇達修先生現在開始對我喊了起來。

「當然啦！這個叫做費雷爾的傢伙，絕對不想要有家人。所以，你說收養一個人是很容易的事嗎？」

「咦？啊，為何不能有家人……」

「國家隨時都有可能會派領主來。這傢伙打算國家一派領主來，他就立刻離開此地！所以他不想有家人。」

「是。正如同寇達修先生所說的，我是隨時都有可能離開這裡的人，所以當然不夠資格當別人的監護人吧？」

費雷爾說完之後，微笑著看了一眼寇達修先生，而寇達修先生則是面帶著充滿敵意的眼光，迎視費雷爾的目光。我如果把梅莉安留在這裡，過幾年之後，我說不定就會聽到魔法劍士的傳說。一隻手使喚魔法，另一隻手使出傑彭劍術的神祕優雅之剛強仕女——梅莉安……算了，我不要胡思亂想了。梅莉安應該會很適合他們。可是啊，這下子輪到我來嚇嚇這兩個人吧。

「啊，說到那個領主啊，那個人已經來了。」

「什麼？什麼意思啊？」

「什麼意思呢，修奇？」

「他不是已經在你們面前了？修奇・尼德法伯爵。而且他是要來繼承已經無人繼承的卡拉爾領地。既然領主已經到任了，從現在起，這領地的名字是尼德法領地。」

費雷爾和寇達修先生張大嘴巴看著我，我則是聳了聳肩膀。

「啊，殘酷的領主和嚴酷的政治，這種東西連做夢都請別想。因為，尼德法領地的領主在到任後第二天就打算離開領地。在他認為，他要把自己的領地交付給最優秀的代理人。領地的居民可能連領主有到任都不知道，我很有可能會成為傳說中的領主。可是為何我會具有這麼多可以成為傳說的素質啊？」

費雷爾的嘴巴叭嗒叭嗒地開合了好幾次。我等了一陣子之後，才聽到他發出像話語的聲音。

「那……代理人……是攝政的角色嗎？不管怎麼樣，請問，那些攝政人的名字可以告訴我嗎？……領主大人？」

「是費雷爾和寇達修。我認為這裡將會成為瑪那與殺氣所守護的美麗領地，你們覺得呢？啊，是。全部都交給這兩個人，應該就行了吧。」

「你這樣說，好像是你剛剛才想到的……你真的是剛剛才出現這種想法嗎？」

「我確實是剛剛才想到寇達修先生。至於其他部分是在來這裡的途中，我就一直在考慮了。對於我領地的居民們，他們比較熟悉親近的是費雷爾吧？你可以負責照顧我領地的居民們，還有我的被保護人梅莉安嗎？」

寇達修先生只是面帶一副凶悍的表情，什麼話也不說。而費雷爾也是一樣不開口。費雷爾搔了搔他工作時刮傷的疤痕，好一陣子都不回答。然後，他突然問道：

「為什麼呢？」

「咦？」

費雷爾抬起眼睛看我。而在此時，我才得以看到以前看到的那個費雷爾。就連艱辛勞動也無法奪走他的那種眼神。在這目光之中，他說道：

「我想知道理由。一定是有理由，才會無法吸引你去坐上領主位子，是吧？」

「……因為擔心改變的關係吧。」

「這話聽來有些愚蠢。雖然地位一定能改變一個人，但是反正人本來就是一輩子都在變化。就像是初級巫師費雷爾變成了夥伴巫師費雷爾，是吧？哈哈哈。人類是共同生命體。修奇你應該不會不知道這道理吧？我看到你放棄領主地位的那股行動力，就大概理解到你的想法了。普通人得到不適合自己的高位時，可能會驚惶失措，但是無法輕易就放棄。」

「你是不是比較喜歡現在的我？」

「這不過是換了類似的話來講出來，但是語感上確實比較好。」

「我已經見過克拉德美索這頭龍了。」
「我剛才聽你說了。」
「克拉德美索非常努力想要保持住自己原有的樣子。牠甚至想要和牠瘋狂熱愛的人類斷絕關係。可是，為何人類卻想要改變呢？難道不能就此滿足於自己的模樣嗎？」
寇達修先生突如其來地開口說道：
「因為人類瞭解自己被流配了……」
「咦？」
「因為人類瞭解自己被神流配，流放到大地上。」
好沉重的氣氛。我和費雷爾歪著頭，一直看著寇達修先生。寇達修先生則像是硬把一句很不搭的話接上去似的說：
「我們傑彭有句話，叫做『換骨脫胎』。」
「什麼意思呢？」
「其實沒有什麼意思。這是指一個人完完全全地轉換，精神和肉體完全改變。可是它語意上的差別卻很有意思。聽到換骨脫胎這個詞，大都會讓人覺得很高興。」
「很高興……是因為有變化的關係？」
「是的。就好像我們害怕變身這種能力，而且覺得敬畏。海格摩尼亞的巫婆戴著白色面具，在傑彭的祭祀裡會在臉上畫圖案，這都是變身。吸血鬼和其他可怕的吸血怪物不同，被稱為怪物中的貴族理由何在？不論是其不死之身，吸取生命的吸血方式都很可怕，但是吸血鬼的超絕恐怖之處還是在於牠們強大的變身能力。變身是令人既怕又愛，而且令人尊敬的。」
費雷爾用深沉的眼神看著寇達修先生。寇達修先生則是沉重地說：

「哼。我們其實就是想要變成神。真是一個永遠欲求不滿的種族。」

「原來連傑彭人……也和我們沒什麼差別。所以說，精靈是追求和諧，人類則是追求變化，是吧？」

「是的。因此，你說是因為擔心的緣故，這有些說不過去。會不會你是因為你們國家貴族所做的惡行，而感到幻滅？可是即使是往壞的方向去改變，變化本身的魅力還是會讓人無法放棄，這是理所當然的事。」

「應該是吧。」

「那你為何要放棄改變呢？這似乎是費雷爾心中的疑問。」

我真的應該再思考一下才對。為了思考，我吃了一口下酒菜，而且為了我那個能夠解開思想的圓滑舌頭，我喝了一杯酒。

「正如同你所說的……我對於貴族相當感到失望。不知道我們領主大人到底是哪裡修來的福氣。不過，我並不會幼稚到去主張『我不要當那種汙穢的貴族！』這種想法。正如同你所說的，變化本身的魅力，比起對於變化之後的樣子所抱持的不安感，通常都是更加大的，所以我說謊的成分應該比較高吧。」

「所以呢？」

「哈哈哈。寇達修先生，我可是拜索斯國民哦。支配拜索斯國民的精神和思想的是誰呢？」

寇達修先生只是默默無言地望著我的臉孔。然後費雷爾還是面帶一絲微笑。我點了點頭，說道：「是的。就是那一對。路坦尼歐與亨德列克這一對人物。我想這可能是歷史上最強的一對了。他們展現出來的確實比『一加一等於二』還要大，我就是因為他們的緣故才如此決定的啊。」

「要走了嗎？呃，你要走了？」

我笑著摸了摸蘇的頭。另一邊，費雷爾、寇達修先生還有梅莉安站在那裡。這場道別並沒有讓領地的其他居民們知道，因為，我要悄悄地離開。

蘇一手拿著我送她的娃娃，另一手抓著我的褲帶。我彎下腰來凝視蘇的臉。蘇皺著眉頭看我，突然丟出一句話。

「要再來嗎？」

「蘇變成漂亮的大人，我就會回來看妳。」

「大人？要睡幾個晚上才能變成大人呢？」

這我可得要算一下才行。我先是皺了一下眉頭，思考了一會兒。隨即，答案就出來了。我真的很不平凡。

「一百個晚上。」

「一百個晚上？只要睡一百個晚上，就可以了嗎？」

蘇用天真爛漫的眼神這樣問我，讓我的良心好痛，於是，我一面因為良心痛苦而顫抖著，一面說道：

「嗯。當然嘍！那樣就可以了。還有……」

我抬頭看了其他人的臉，特別是費雷爾的臉，然後嘻嘻笑了一聲之後，靠到蘇的耳邊，說道：

「妳還記得我教妳的歌吧？」

蘇像是覺得很癢似的抖動了肩膀，隨即，立刻點了點頭。

「很好。我走了之後，妳就要立刻教其他小孩哦！」

「我知道了。」

在漫長的冬季裡，費雷爾如果聽到領地四處傳來〈五十個小孩與大法師〉的歌，會是什麼樣的表情呢？哈哈哈。我又再摸了一下蘇的頭，然後站直身子。

梅莉安走了過來。

她像是不知該說什麼話似的，只是靜靜看著我。我笑著伸出手來。她則是看了一眼我的手，隨即無力地笑著握住我的手。

「費雷爾先生一定會好好照顧妳的。希望妳要聽話，像蘇一樣變成漂亮的大人。」

「是嗎？嗯……我也是只要睡一百個晚上，就能變成大人嗎？」

呃！居然連梅莉安也在攻擊我的良心！我不得已只好說：

「一定會的。」

我又說謊了。呃呃。

我向費雷爾和寇達修先生道別之後，騎上了御雷者。蘇把娃娃緊抱在懷裡，一直看著我，梅莉安則只是用顫動的眼神看著我。我實在想不出要說什麼。於是，我向站著的人揮了揮手，就立刻轉身了。

走吧，御雷者。跟隨著太陽向西……

「喂，修奇你這傢伙！我一百天以後長大成人，就會去找你！」

……就在我要出發的前一刻，差點就從馬上摔落下來。我就這樣聽著梅莉安這句尖銳刺耳的道別語，離開了尼德法領地。「然後，離開領地之後，尼德法領地代代都由他人攝政統治，不過，領地的居民們期待有一天他們面臨危機時，他們的領主會再回來……」就此展開了這段傳說。哈哈哈。

各位，我領地的居民們啊，我雖然做不到像我們賀坦特領地所做的事，但我還是給了你們如同大王和亨德列克給拜索斯的禮物。這樣應該算是盡了領主的責任了吧。祝各位幸福！

「他媽的。你走得未免也太快了吧，難道不是嗎？我原本是打算今天傍晚左右到達的。這算什麼跟什麼啊！太陽公公還高掛在一點都不怕要掉下來的高度，在這種早不早、晚不晚的時間到達，我實在不知道該不該經過不停。」

可是御雷者並沒有回答。說實在的，我想和馬兒講話，這其實也是滿可笑的。

「哼嗯。要是有馬魂使，我是不是就可以和你講話了啊？你覺得呢？算了。你前一個主人太優秀了，我還是不要說一些讓你負擔太重的東西吧，說不定這樣會有損我謙虛的個性呢！……這個傢伙！你現在搖頭噗嚕嚕叫是什麼意思啊？」

果然……旅行時把憂愁當朋友的冒險家知道如何排解自己心中的孤單。我就是一個很好的例子。因為我生來就是那種自己一人就能排遣寂寞的個性。而且，我再過一會兒就不是一個人了，所以使得冒險家的腳步變得輕快。

雷諾斯市的城外散發出一股冬天氣息。使人臉頰泛紅的冬風，朝著田野直驅而入。而正在巡視這片荒野的一群警備隊員首先張大了嘴巴，然後瞇起了眼睛。

「早安！請問各位是雷諾斯市的警備隊員嗎？」

那些警備隊員噗哧笑了出來。其中一名開口說道：

「是啊，沒錯。不過，你是誰啊？你是幫誰跑腿來這裡的嗎？不過你怎麼帶著武器，而且帶那麼多行李？」

「那個，我看起來不像冒險家嗎？」

「這個嘛……這匹馬看起來是很像冒險家的馬。」

呃！那些警備隊員們之中迸出了哈哈大笑聲。接著，在他旁邊一個看起來上了年紀的士兵譏諷說道：

「你如果一定要說那種謊話，就先拿馬尾巴貼在下巴下面吧。」

我真是會瘋掉。其實我也沒有特別要說到身分，要不要就這樣走過去就算了？就在這個時候，我發現到其中一個警備隊員比其他人還要更加瞇起眼睛看我。他歪著頭想了一下，突然間，他拍了一下自己的頭。

「哎呀！你、你、你！」

「咦？我、我、我嗎？」

雖然我這樣學他講話，那名士兵卻沒能察覺到。他彈了一下手指頭，大聲喊著：

「你，是那個殺死食人魔的人！」

「呃？等等、等等。我雖然沒聽過別人誇我很會記人臉孔，可是還不至於完全忘記認識的人……可是，請問你是哪一位？」

其他警備隊員一聽到殺死食人魔，都圓睜著眼睛看著那名喊叫出來的警備隊員。那名警備隊員敲著自己的胸口，說道：

「他媽的，你記不得我了嗎？我以前是希里坎男爵的傭兵，差點被大法師亞夫奈德殺死的時候，是你和那個精靈一起救了我，你忘了嗎？」

「韓斯泰！哇，你現在當上警備隊員了！」

韓斯泰露出高興的表情。可是立刻有另一名警備隊員大聲喊著：

「你、你這傢伙！那麼你就是當時劫出那個精靈，一起逃跑的……那個頭腦動得很快的小鬼！」

「呃。難道你是那時候那個地牢的獄卒？」

第二個大聲喊叫的警備隊員很快用雙手緊握住拿在手中的戰戟，指著我。

「這傢伙！竟然不害怕，還敢回來這裡？大家聽好！這小鬼是個逃獄犯，快逮捕他！」

其他警備隊員在這突發狀況下，不知所措地看了看我，又看了看那名士兵。我一看到他們手上的戰戟舉高，便很快地喊著：

「各位！那時候我們是含冤入獄的！而且明明我們並不在犯人名單上啊！你們逮捕我之後，是要審判我嗎，還是想對我怎麼樣？萬一審判，就會揭發當時你們市政府逮捕受冤枉的人，那可就很有得瞧了。」

「什麼……啊！」

那些警備隊員的戰戟都開始慢慢放下來。可是那名警備隊員還是咬牙切齒地又再喊著：

「你這傢伙！不管你是不是被冤枉的，總之你是個逃獄犯。含冤入獄是可以再查的，不過，對於你逃獄一事，必須受到懲罰！而且你毆打雷諾斯市的警備隊員，這也應該受罰！」

他周圍的警備隊員們又再舉起戰戟，可是我也很快說道：

「怎麼有人腦筋這麼不會轉……你現在是為了讓無效監禁所發生的無效逃獄受到無效刑罰而想要做無效逮捕，是嗎？」

「你說什麼？」

「啊，我簡單地說吧。如果我含冤入獄的這個前提可以被接受的話，我的監禁即為無效，被關在監獄的事實本身則變成是無效，那麼逃獄也會變成是無效的事。所以，要我因為逃獄而受罰的這件事，就等於是要我因為一件無效事實而受罰，因此那種刑罰亦屬於無效刑罰。你為了要使我接受無效刑罰而想要逮捕我的行為，這行為就可以稱之為無效逮捕，此乃我的主張。如果你有疑慮之處或反對意見，請你說出來，如果沒有，就請在我數到三為止，從是或不是之中選擇一個來回答。一、二──」

「是！」

在雷諾斯市的城外，一片荒涼的美麗冬季田野突然變成一塊寧靜的土地。不管三七二十一，隨便喊了一聲的那名士兵，用緊張的眼神看了看四周圍，然後擦拭上唇上方的一滴滴汗水，說道：

「不是……吧？」

已經沒有人再點頭了，只有一陣冰冷的寂靜籠罩著我們。看來我應該稍微幫幫忙才對。咯咯。

「各位，請不要做出不必要的行為。當時我和我的同伴們打傷你們而逃獄的事，我向各位道歉。可是，當時是在無計可施的情況下，我們當然只好先逃出來再說。我們含冤入獄，而且甚至連審判都沒有審判，要是換成各位的話，你們會坐以待斃嗎？我們被冤枉的這件事，市政府那邊應該也很清楚吧。」

一名警備隊員發出了一聲「嗯」的聲音。接著，他周圍的其他警備隊員則是個個開始鬆了口氣。我對那名大喊的警備隊員點頭表示道歉，並說道：

「請忘了那件事吧。嗯，雖然各位可能會有吃虧的感覺，可是我在那種情況之下是不得已的，對於這件事，我只能說我很抱歉。請各位接受我的道歉，好嗎？」

結果，那名曾經是地牢獄卒的警備隊員，終究還是生硬地點頭接受了我的道歉。在和他們道別之前，我問他們為何在這寒冷的早晨裡還在城外巡邏，而他們的回答卻是令人鬱悶的答案。因為南部林地的遊民們開始很有組織性地從事山賊的活動，所以他們來巡視外城。那些人也真是的。嚴寒的冬天都已經快到了，居然還做山賊。費雷爾要是聽到這件事，想必一定會批判這是無法適應氣候環境的活動吧。

「他們原本是南方人，熱情到連血都沸騰的人，這是很出名的。在一百名死亡騎士的故事裡所出現的那個姑娘，你不知道就是這種個性嗎？所以那些人好像根本就不管什麼冬季儲糧之類的事。」

「唉……那麼，市政府那邊有沒有什麼對策？像是遊民收容之類的？」

「遊民收容？啊，你是指接受他們成為市民？這很難。如果是在需要人手的季節，說不定行得通，但是在這冬季裡，根本不用消耗什麼人力啊。」

「呃？可是據我所知，雷諾斯市是商業人口比農業人口多啊。」

「雷諾斯河結凍之後，就很難做貿易往來了。雖然現在還沒有結凍……不管怎麼樣，現在這裡就和農業都市沒什麼兩樣。」

「呃呃。原來有這種問題存在。」

「是啊。總而言之，把那些人引到城裡去，也沒有辦法賺錢掙飯吃，只能做乞丐，所以不能讓他們進城去。啊，警備隊員實在很缺人，可是很難叫那些遊民當警備隊員。他們不但不夠資格，而且也沒有實力可以做為民服務的事。」

「你是說，警備隊員很缺人？」

在冬季裡，因為市民沒事做，所以大都不會有警備隊員的缺額，不過奇怪的是，韓斯泰卻說這次冬季的警備隊員人數大大不足。遊民們真的個性有這麼極端嗎？說得也是，如果開始飄起細雪，在山裡生活應該也不是件易事，所以若要做山賊，現在可是最後機會了。不管怎麼樣，總之他們說現在警備隊員很缺人，才會連韓斯泰也進到了警備隊。

「真是辛苦了。你們收下這個吧？」

韓斯泰接下我遞給他們的金幣之後，驚訝地張大嘴巴。

「嗯？咦？幹嘛給我們金幣啊？」

「巡視結束之後，你們找一間溫暖的酒店，去喝一杯吧。請各位把它想作是對於我的道歉的一點表示，同時感謝各位的辛勞。」

警備隊員們的臉上浮現了笑容。韓斯泰則是用讚嘆的表情看了一眼金幣，然後歪著頭，疑惑地問修奇：

「咦？這是什麼啊？我頭一次看到這種金幣，怎麼會這麼厚啊？」

「啊，這是三百年前的金幣，所以才會這樣。沒關係的。我問過財政部的長官，他說這面額還是通用的。而且他說如果賣給收集古書或古物的人，甚至可以拿到面額好幾倍的價錢。」

韓斯泰的嘴巴張得好大。而其他的警備隊員們也全都一起張著嘴巴。他們嘴裡冒出來的煙氣簡直就快形成一片霧了。

「哇，這是三百年前的金幣？財政部長官？你好像真的經歷了一場很棒的冒險哦！」

「哈哈哈。彩虹的索羅奇不是說過嗎？歷險歸來的冒險家全都是富人。」

那句話的意思是，冒險家出生入死，能活著回來的冒險家是帶著自己性命回來的，所以是富人，因此其餘的東西他並不需要……韓斯泰似乎是知道這故事，所以嘻嘻笑了出來。

嗯。人們會對於自己曾經逃出來過的地方的位置，記得很清楚。果然說得一點也沒錯。

我望著雷諾斯市的市政府建築物，一邊沉浸於回憶裡，一邊茫然地站著。沒錯。就是在這裡。嗯。那天晚上，我、卡爾、杉森還有伊露莉悄悄匍匐爬了出來。而艾賽韓德和巴特平格則是在另一頭等我們。在我周圍的市民們都圓睜著眼睛看我，但我無視於此，有好一陣子都只是一直望著市政府大門。後來，一名大門警備隊員忍不住走近我身邊。

「喂，小鬼，你幹嘛一直那樣站在市政府前面？你是不是有事要進去市政府啊？」

大門警備隊員的問話，聽起來簡直就像在問「你這種小鬼到市政府來會有什麼事」。我對他微笑了一下，說道：

「啊……抱歉。是。我應該要進去了。」

「什麼？你要進來？哈哈！那麼，感謝您光臨雷諾斯市政府。請問我要跟裡面如何通報？」

這種情形實在令人不怎麼高興。其實，這名大門警備隊員的罪只不過是無知而已啊。

「請您轉告一聲，尼德法伯爵家的修奇．尼德法來訪，謝謝您。」

「什麼？」

「嗯，那我再說一次好了。尼德法伯爵家的修奇．尼德法在旅行途中經過雷諾斯市，想要前來問候這座城市的負責人，請你這樣轉告。」

警備隊員的臉上先是滿臉的不相信。但是過了一會兒之後，就開始浮現出不安感，接著他便立刻轉身跑進去裡面。他那副慌忙的模樣，說他幾乎是用跑的也不誇張。然後，不久之後，從市政府建築物裡面跑出來一個熟悉面孔的人。他慌慌張張地跑來，隨即站在我面前，驚訝地張大了嘴巴。

「你！你是那時候那個小鬼！」

「哦，這是誰啊？希里坎男爵大人！哈哈哈！」

啊哈。聽說希里坎男爵在幫市政府做事，看來真有這麼一回事。不管怎麼樣，希里坎男爵和我就這樣展開了一場好久不見之後的華麗問候。當然啦，他對我有不好的回憶，但是一看到我出示的勳章還有御雷者等，就完全相信我是伯爵了。所以他用非常恭敬的態度招呼我。呵呵。真是的。我就說嘛，地位這東西真是可笑。

在他的引領之下，我到了市長室，隨即，就見到了那位外表看來有些年紀而且和氣的市長大人。我、希里坎男爵還有市長大人互報姓名之後，就開始談了起來。在這段時間裡，希里坎男爵還是不斷對我急遽上升的身分讚嘆不已。

「太令人驚訝了。真是了不起啊。您怎麼會獲封伯爵爵位呢？」

「啊，這樣我真的有些不習慣。沒想到希里坎男爵大人會這樣莊重地和我說話……」

「哎呀，對不起！請不要再稱我為男爵大人了。請您不要這樣跟我開玩笑。」

雷諾斯市的市長大人聽到我和希里坎男爵的對話，露出微笑。他握住他那放在椅子上的雙手，說道：

「上一次你到我們城裡時所發生的那件事，我再一次向你致歉。」

「啊啊，您不用跟我道歉這麼多次。沒關係了。啊，對了，請問那位名叫都坎・巴特平格的半身人還住在這個城市裡嗎？」

「不。那件事之後，他就逃得不見人影了。」

「嗯。是。啊，對了，希里坎先生，亞夫奈德要我代他向您問好。」

「咦？您有見到亞夫奈德？」

「我不只是見到他。他離開這裡之後，在首都和我們一行人見了面。然後他就和我們一起去冒險了。」

「啊，是嗎？可是現在……他在哪裡呢？難道他……？」

「你是要問他死了嗎？不。現在他正在前往大迷宮。」

「咦？」

「喂喂喂！是啊，居然沒有人要跟我去！至少要有一個人帶路吧？」

卡爾一聽到艾賽韓德的大吼聲，露出被嚇得愣住的表情。他帶著為難的表情，環視每個人之後，說道：

「對不起，愛因德夫先生，我們現在必須馬上飛奔到拜索斯恩佩。侯爵如果比我們早到首都，真不知道他會做出什麼行為。」

隨即，艾賽韓德就怒氣沖沖地說：

「真是的！好啦，知道了。我知道了啦！拜爾哈福！你這傢伙就來做敲打者吧！」

拜爾哈福先生嘴裡叼著菸斗，抓著嘴巴暴跳了好幾下之後，才好不容易說道：

「你這傢伙。你突然講的這是什麼話啊！」

艾賽韓德完全忘了自己全身包紮著繃帶，他氣勢洶洶地說：

「我現在要去永恆森林！我一定要用我這兩隻眼睛看一遍大迷宮。人類都已經進去過的地方，要是我沒進去過，那像話嗎？不管怎麼樣，我無法保證自己回得來，所以你這傢伙就做敲打者吧。如果你不要，你就自行開個會議，選一個新的吧。」

「艾賽韓德先生，您不能一個人單獨去。」

艾賽韓德一聽到亞夫奈德低沉的聲音，不高興地撇嘴。亞夫奈德則是微笑著說：

「我也要一起去。」

「什麼？」

「我也想去見神龍王。而且艾賽韓德先生你不能帶著傷勢獨自前去。其實，大迷宮有非常多的書籍和魔法物品，這也是吸引我的原因。」

「好！只有你夠義氣，這小子。噗哈哈哈！」

亞夫奈德露出微笑，對卡爾說：

「可以幫我們畫一張簡單的地圖嗎？啊，請問在永恆森林裡所發生的自我分裂現象，是不是只要對自我很確信，就沒問題了？」

「是的，沒錯。如果是兩位去，那我就放心了。費西佛老弟，你來畫一張地圖。你還記得地形吧？」

「是的。我知道怎麼畫。」

「沒有必要畫地圖。」

突然傳來的聲音原來是賈克。大夥兒看向賈克，哈斯勒則是歪著頭，疑惑地問道：

「你？」

「因為我也去過那裡。由我來帶路吧。」

艾賽韓德高興地快要跳了起來。可是，亞夫奈德卻歪著頭，問他：

「你是為了什麼理由呢，賈克先生？」

「理由？嗯，當然是為了錢。」

「為了錢？」

「我們首領已經死了，如果我回去首都，只有絞首臺在等著我，我喜歡的女孩子連看我也不看我一眼……真的是無路可走了。」

妮莉亞瞄了一眼賈克，但是賈克卻看著別的地方，說道：

「我學的是偷東西的伎倆，如今只能繼續偷東西。所以我想從大迷宮盡情把錢帶回來，考慮重建公會。」

妮莉亞用低沉的聲音說：

「賈克，你以為神龍王會隨便把牠的寶物交出來嗎？我們是有牠的許可，才能帶出那些寶物的。」

賈克皺眉頭，對妮莉亞說：

「天啊，看來三叉戟的妮莉亞真的不行了。夜鷹會說什麼許可不許可的這種話嗎？難道有小偷是經過主人允許才偷東西的嗎？」

「你這傢伙！你以為牠是個普通的主人？牠是神龍王啊！」

賈克面帶著厚顏無恥的表情，說道：

「哼，那我就變成是偷了神龍王東西的小偷了。既然神龍王的東西都偷過了，那我就可以藉此招搖了。」

妮莉亞的眼神突然顯現出內心的不安。她嘟著嘴，對賈克說：

「你這傢伙……這是在做垂死的無謂掙扎嗎？」

賈克瞪大眼睛，迎視著妮莉亞的目光。可是，他立刻瞇起了眼睛。

「咯咯！妳真是可笑！」

「什麼？」

「哼，師姊，我一定要站出來講幾句話才行了。現在妳是把我當作是因為失戀之痛而想去自殺的蠢蛋嗎？妳真的越活越回去了。我根本不想去找死。反而我現在是想要風風光光地回來，讓那個說討厭我而離開我的女子後悔。而且為了要成功地回來，我會充分準備好再離開。」

妮莉亞的表情這才高興起來。賈克則是陰險地笑著，擦了一下鼻子。

「現在妳知道我的想法了吧？妳等著瞧吧。拜索斯恩佩的公會會長賈克就要復出了，所以到時候妳後悔也沒用了！」

「你這傢伙，後悔……誰會後悔……」

「我一定會讓妳後悔的！」

突然間，賈克的身子往前迅速地移動。妮莉亞雖然睜大了眼睛，但是無計可施。賈克的手臂完全緊抱住妮莉亞的身體，隨即，就在房裡所有人的目光下，賈克親吻了妮莉亞。呃啊！

妮莉亞雖然想要掙脫，但是賈克牢牢緊擁住，讓妮莉亞一動也不能動。我們則是只能張大嘴巴看著這一幕。

過了好一會兒之後，妮莉亞才得以掙脫賈克的懷抱。妮莉亞掙脫之後，有好一陣子都用呆愣的眼神看賈克，賈克則是咯咯笑著說：

「咯咯咯！我的願望達成了！我讓三叉戟的妮莉亞動彈不得之後，深深地吻了她。」

「你、你、你這傢伙……」

「呵！沒有小偷是經過允許才偷東西的，偷吻當然也是一樣啊。哈哈哈！妳等著吧，師姊！我是不會放棄的！」

接著，賈克就跑出了房間。被留下來的我們無法去看妮莉亞，所以全都開始瞪起天花板和地板。但是，過了一會兒之後，妮莉亞一面擦著嘴唇，一面像是自言自語般嘀咕時，使我們全都不禁笑得快要奪門而出。

「這傢伙應該先刷個牙，再來親我……」

「大迷宮……原來是真的有這個地方！真是令人驚訝。」

市長大人和希里坎先生讚嘆了好一陣子，隨即更是用敬畏的眼神看我。這樣實在是令我覺得十分尷尬。市長大人過了好一會兒之後，才從驚嘆的情緒裡恢復過來。

「那麼，伯爵大人現在是要回故鄉了嗎？」

「是的。」

「是，那麼祝福您一路順風。如果有需要雷諾斯市幫忙之處，請盡量開口，尼德法伯爵大人。」

呃。我都雞皮疙瘩掉滿地了。看來應該趕快把要辦的事講一講，趕緊走人才是。我伸直了桌子底下的雙腿，說道：

「是的……我沒有要拜託的事，但我有件事想要請問市長大人。」

「請問什麼事？請您說吧。」

「我聽說這裡最近從南部林地大量湧來遊民，市長大人因此很是苦惱。」

市長大人的臉都皺了起來。

「是的。這真是件為難的事。」

「您應該也很清楚，他們也都是拜索斯國民，難道不能讓他們進到這城市裡嗎？」

「我當然是希望這麼做，可是他們人數並非只有一、二個。雖然讓他們登記成為雷諾斯市的市民並不是件難事，但他們這麼多人，要解決其工作或睡覺的問題，可不是簡單的事。因為戰爭的緣故，已經提高了稅金……目前是所有人都處於痛苦中的時期。不管怎麼樣，以市政府的財力而言，我們根本無法承擔那麼多的遊民。」

「是。我想也是這樣。可是，如果雷諾斯市建造大規模的工程，您覺得如何呢？」

「大規模的工程？」

「是的。如果有工程能夠將遊民僱來當勞力，那麼就能讓他們餬口生活了，不是嗎？幸好，農忙時期已經結束了，而且我聽說雷諾斯河如果凍結，就很少有貿易往來。所以也可以在市民當中選一些人來進行工程。現在既然是冬季，應該不會造成市民生活上的不便吧？」

這是從一個名叫費雷爾的巫師那裡學到的。這是可以製造工作機會的方法。可是，我怎麼總是向巫師學東西，卻一點也不會魔法呢？希里坎先生睜大了眼睛看我，而市長大人的眼睛卻瞇了起來。

「確實，這是常被拿來使用的方法。然而可惜的是，雷諾斯市現在沒有足以吸收那麼多遊民的大規模工程。而且，也沒有那樣的財源。雖然您和您的一行人給了我們很大的禮物，但我還說了這番話，真是羞愧啊。」

咦？我給過雷諾斯市什麼禮物呢？啊！那座鬥技場。對了。希里坎先生以前擁有的那座鬥技場已經給了市政府。我露出苦笑，對希里坎先生點了點頭。

「真是抱歉，希里坎先生。」

希里坎先生則是露出了一個無力的微笑。我又再看著市長大人，說道：

「可是，您也知道的，我之前曾經路過此地，在修多恩河上面不是有座很有名的橋嗎？」
「您是指十二人之橋嗎？」
「是的。可是，那座橋實在很不方便！因為一定要湊到十二個人才能過橋。」
「說得也是。但還是得將就著用。」
「如果在它旁邊建一座新橋，您覺得如何呢？」
「咦？」
「在十二人之橋旁邊建一座新橋。不是要建一座小小的木橋，而是要造一座堅固到可以使用超過一百年的石橋。如果要在那條河上造橋，應該會是個相當大的工程吧？說不定整個冬天都需要進行這項工程吧。而且那麼大的工程，一定可以僱用相當多的遊民來做勞力。」
市長大人笑著搖了搖頭。
「新橋……當然是啊。那一定會是個很大的工程。然而那麼大的工程，我們哪來的財源？」
我笑著把事先準備的袋子擺到了桌上。咚。雖然是個小小的袋子，卻相較之下發出了很沉重的聲音。隨即，市長大人就面帶著糊裡糊塗的表情，看了一眼那個袋子。我做出手勢要他打開來，市長大人立刻開來看，結果他的臉色馬上發青。希里坎先生嚇了一跳，趕緊探看那袋子裡的東西，然後他的臉色立刻發白。
「這些數量的寶石，應該可以足夠造橋了吧？」
「天、天、天啊……！」
市長大人講完之後，就昏厥過去了。哎喲，我的天啊！
在市政府一陣騷動之後，市長大人好不容易才清醒過來。出乎我意料之外地，這位市長大人好像心臟滿沒力的。嗯，跑來市長室圍觀的其他市政府員工，看到寶石之後則一個個露出像是快要昏厥的表情。市長大人勉強恢復威嚴之後，問道：

「到、到、到底……」

他好像只恢復了威嚴，可是還沒恢復講話的技術。呃呃。

「你到底是從哪裡取得這麼多的寶石？是不是在大迷宮……」

「不、不、不是，到、到、到底……」

「不是嗎？那麼你到底為何要給予雷諾斯市如此大的幫助呢？」

市長大人點了點頭。其他市政府員工們也點了點頭，一直盯著我。咦，這樣感覺滿怪的！對他們太好了，他們反而好像先懷疑起來。

「嗯，其實，因為這對我也是件好事。」

「咦？」

「從雷諾斯市往西行，就是荒涼的西部林地。那是一塊開發不多的土地。可是，十二人之橋的交通要是變得比較便利，通過西部林地的商人就會變得比較多，那麼西部林地也會比較有發展，是吧？」

「啊……是。原來如此！」

「所以說，這是為我故鄉設想的事。而且如此一來，也可以處理雷諾斯市的遊民問題。可以說是一箭雙鵰吧。」

「是……非常感激您！」

我有好一陣子都因為市長大人及市政府員工們熱烈感謝，而拖了不少時間。接著，我還聽他們說要取名為尼德法橋，簡直覺得啼笑皆非。我相當努力才說服了他們，要他們取名修多恩橋，這樣才能讓其他人易於瞭解。我不喜歡人們踩著我的名字過橋。噗哈哈！不管怎麼樣，杉森，我說的話終究是對的吧？修多恩溪谷的修多恩河，應該要叫做修多恩橋。不管怎麼樣，所有騷動結束之後，我才得以說明最後一件要辦的事。而這最後一件事，令市長大人相當驚慌不已。

在雷諾斯市的市政府前方，一個難得見到的場面，使得來來往往的市民們看得都嚇了一大跳。市長大人和市政府員工們在這寒冷的冬日裡，居然蜂擁著爭相想要拉住一個冒險家。當然啦，那個冒險家就是我。

「這樣就要走了嗎，實在太說不過去了。怎麼可以連吃一餐都不吃……」

「啊，沒關係。因為，我急著要去見一個人。」

「請問不能改一下約定的時間嗎？」

「我是沒有約時間，不過，如果可以的話，我希望能節省我的時間。」

「但你還是應該要……」

嗯，就是這一類的對話，你來我往地講了好一陣子，我才好不容易得以脫離市長大人和市政府員工們的手心。

「對了，我拜託您的事，何時可以好？」

市長大人變得一副愁眉苦臉的表情，他說道：

「雖然這是尼德法伯爵大人您的請託……但這實在有些困難。不過，我會把警備隊員們全都叫來，探索看看。」

我先是呆愣了一下，想像那種情景，隨即，市長大人和我就都哈哈大笑了起來。咯咯咯！這一定會很有可看性。想必一定是這樣吧。

「是，我知道了。這一定不是件容易的事吧。哼嗯。待會兒下午的時候，我會再來見您。」

「好的，那就請您那時候再來。」

然後，我就離開了市政府。看來雷諾斯市的警備隊員們，今天一定會有個驚慌的上午時光。

過了一會兒之後，我到處繞著逛了逛商店街之後，才到達十二人的旅館那條巷子路。可是呢，我在前往那裡的途中，也還是一直心中存有悔意。我真的該去見尤絲娜嗎？對她而言，我算是個離開此地的流浪漢，好像沒有必要一定得回來。哼嗯。我這習慣真是不好。事實上並沒有特別一定要見的理由，所以我就這樣走掉也無妨。

可是……我都已經跟警備隊員還有市政府那邊說了自己的名字，所以我進入雷諾斯市的消息一定會傳到尤絲娜耳中。那麼，她會不會生氣我進了這城市，卻過門不入沒去找她呢？

可是，她會生氣嗎？雖然她表面上應該會生氣……其實這很難說。雖然人生並不是古老的故事，但是故意把人生弄得像故事那樣卻不是罪。尤絲娜對修奇・尼德法的回憶是在那場離別的場面之後就結束了，現在我去等於是沒什麼用處的小插曲，不對，應該說是幕後小插曲吧？不管怎麼樣，應該都沒有必要插進這一段。不，應該說是沒必要另外多加上這插曲吧？

只要去串個門子就可以了。我站在十二人的旅館那條巷口，卻沒有進去串門子。我還在苦惱著。

就在這個時候——

「尤絲娜！真是的。」

喊叫聲傳來的那一刻，我立刻拉住韁繩，把身體往旁邊移動。

「咿嘻嘻嘻。」

「噓！別出聲！」

我趕著御雷者，趕緊往後轉身，走沒幾步就看到另一條巷子，於是我衝進那裡面。幸好這是一條昏暗的巷子。呼。我藏到巷子裡之後，探頭看外面。

「幹嘛叫我？你是不是還想賒欠我們的錢？」

這說話語氣……是那個說話帶刺的語氣。尤絲娜的聲音是從右邊傳來，而再遠一點，有另一個聲音接在這話後面。

「喂，妳這丫頭，幹嘛瞪我。我不是要說這個。我是要妳告訴薛林，他訂的東西二十號會到。」

「二十號？那就太晚了！現在我們已經在省著用庫存品了。你死也要在十八號送到，知道沒？」

過了一會兒，就看到尤絲娜手裡提著一個洗衣籃之類的大籃子。我急忙把頭往旁邊躲開，結果撞上了牆壁，我無聲地驚呼。幸好她轉過頭去叫喊，而在她後面的，是一名青年一面走來，一面用不滿的表情說道：

「不要強人所難。現在中部大道很亂，難道妳不知道嗎？到處都有山賊出沒，戰爭好像永無止境，所以……」

「我不知道啦！我很無知！我很無知，所以不知道那些事，你無論如何都得十八號把貨送到。」

「哪有這種事？妳以為耍賴就可以解決事情嗎？」

「我耍賴是只針對那些可以解決的事。如果是不能解決的事，我連講都不會講。所以說，就是十八號。就算天塌下來，我也要十八號拿到東西。知道了沒？」

咯咯。我藏身在昏暗的巷子，用手捂住嘴巴看著這一幕。跟在尤絲娜身後的那名青年表情為難地說：

「這可真是……」

「你就幫幫忙吧。嗯？嗯？如果十八號還沒送到，我們就沒法做生意了。這樣像話嗎？積雪之後，還要好久才會有冬季商團經過這裡，那我和我哥哥就得餓肚子了。」

「十二人的旅館的老闆會餓肚子？」

「你沒看到嗎？我臉頰都凹陷下去了！」

尤絲娜嘟起嘴巴，讓兩頰凹陷了下去。那名青年於是爆笑了出來。

「哈哈哈哈！我知道了啦，我知道了。妳這丫頭實在是太固執了。我會盡量幫妳，可是不要太過期待……」

「倉庫我會預先清出來的！」

「喂，尤絲娜！」

「別擔心，別擔心。十八號東西如果還沒來，我會在清出來的那個位置咬舌自盡哦！這比餓死要好多了。知道了沒？」

「真是的，妳怎麼像個固執不知變通的人啊。妳這個樣子，真懷疑妳能嫁得出去。」

「嫁人？呃，你現在應該不是以為我一次也沒戀愛過吧？我也是有過一段美好的過去的！那時候……」

「不要再說了，妳不要再說了！我若是再聽一次，就是第一百遍了。」

「啊？我也有跟你講過嗎？」

「在雷諾斯市，關於妳那偉大愛人的故事，除了聾子以外，應該沒人沒聽過吧。他一到雷諾斯市，就打倒了三隻巨魔，因為希里坎男爵的關係，含冤入獄，結果毀壞掉監獄牆壁，逃了出來，然後大鬧希里坎男爵的宅邸，那座鬥技場就整個送給了市政府。我有沒有漏掉什麼啊？」

御、御雷者，快扶我一把……啊，對了，你沒有手臂！

「當然是有漏掉的嘍！他因為一個重要到你們這些粗人根本無法想像的重要任務，不得已，連休息都沒辦法休息，在深夜裡就離開了這裡。」

「啊，是啊。我倒是有一點挺好奇的。那天夜裡，妳和那一位偉大的先生，有沒有親吻啊？」

「真低級！你就只會想到這個！」

尤絲娜揮了一下籃子，動作漂亮地攻擊了青年的胸口之後，就忽地轉身回去。那名青年呆愣地看了看她的背影，隨即咯咯笑了起來。尤絲娜走到一半，突然轉身過去，說道：

「他只給了我他的名字而已啊！笨蛋。你一定不知道這種高尚的行為吧？我看你恐怕只知道認識之後就摟抱親吻吧？」

「好啦好啦。我沒知識。」

那名青年舉起雙臂，並且繼續咯咯笑個不停。而我也無聲地咯咯笑了起來。很好。我知道該怎麼做了。現在我真的已經決定了。

我揮了一下御雷者的韁繩，然後，開始去找我藏身的那條巷子另一頭出口。從現在直到下午的這段時間，我該到哪裡消磨時間呢？原本我是想在十二人的旅館裡，喝著香醇的黑麥啤酒度過這個下午，嘖，真是可惜！

天氣好冷啊！可是如果不快點加快速度，恐怕還沒爬上修多恩嶺，就已經晚上了！太陽公公似乎已經決心要把西方當作目標，快速墜落下去。

嗒嗒嗒嗒。御雷者好像一點也不會累，一直奔馳而去。這傢伙該不會原本就不知道什麼是疲倦啊？我大言不慚地說：

「御雷者，你這傢伙。這都怪你，是你的步伐走太快了！結果我在雷諾斯市連一天也不得休息，只能繼續奔馳。你有不滿的地方嗎？如果有任何不滿，你就說啊。說不出來了吧？噗哈哈哈。那我們就走吧！」

「咿嘻嘻嘻！」

呼呼嗚嗚嗚！吹過山頭的冬風踩踏摧折著凋零的冬天樹枝。然而，這風卻無法盤踞在施慕妮安的胸懷裡，總是被盤踞在大地的樹木們打敗。最後打贏的終究是樹木。

因為，沒有不動的風。

因為，沒有不變的人。

風永遠無法回到施慕妮安的身邊。然而，人類會躺到施慕妮安的胸懷，註定一定會在那裡休息。

「御雷者，我們去追風吧！」

原本一直搖晃的腰部和肩膀，如今反而靜止下來了。在可怕的快速度裡，我的身體停止晃動，我在修多恩嶺上面移動著。就連御雷者的馬蹄聲，就連猛烈吹過耳邊的風聲，也都消失不見了。周圍無限地寂靜無聲，而我的身體則是停住了。結果終究變成了這個樣子。

沒有風在動。

沒有人在變。

想要相對地這樣說，會是很簡單的事嗎？動的東西要相對於其靜止的狀態，才能說明這個東西是在動。然而，沒有靜止的風，因此，也沒有會動的風。

會變化的東西是只有具備會固定的本質時，才能說明這個東西會變化。然而，卻沒有所謂固定本質的這種東西。因此，沒有會變的人類。

而路坦尼歐和亨德列克則是……

嘩啦啦啦啦！

即使是冬季，修多恩溪谷的水量好像還是沒有減少很多。修多恩河依舊發出壯觀的聲響，並且壓倒周圍所有聲音。就連風也對修多恩河表示敬意，無法張開它嘮叨的嘴巴。而在這溪谷上空，浮著一座沒有固定在任何東西上面，然而卻固定在半空中的十二人之橋。

「咿嘻嘻嘻！」

御雷者急忙停住腳步，並且噴了幾下鼻息。然後，我用快速的動作跳下馬。有好一陣子，我什麼話也不說，什麼事也不做，一直看著那座固定著的橋。

我並沒有移動雙腿。即使世上所有東西動了，它還是絲毫不動，就像是世界的中心點，靜靜地停在半空中。而在對岸，照得我額頭發暖的太陽所面向著的那片土地——西部林地，看起來很是遼闊。

在灰色山脈的峰巒以及高原的隙縫裡，遙望到的西部林地是夕陽之地。青灰色的山與峰巒之間，是閃爍的黃金之地。紅色大地的模樣很是特別，多彩多姿。那是片夜晚之地、回歸之地。終究我的所有東西都會回到那裡。我的模樣依舊和我朝著太陽騎馬奔馳出發的當時一樣。在東方、北方和南方經歷過的所有回憶都留在那裡，終究我還是以一樣的面貌、同樣的步伐回來西方了嗎？

太陽，從早上出生的時候，就註定會死亡，所以就急忙往西方跑去。修奇・尼德法，你瘋狂地往東方奔馳而去，然而終究還是跟著太陽回來了。哈哈哈！

「我又在胡思亂想了。連這些胡思亂想也把它們留在修多恩溪谷這邊吧。現在我要回去了。」

我拉著御雷者的轡繩，往前走出去。

「我按照約定，這裡共有十二個。請讓我過橋吧，好嗎？」

橋靜靜地開始移動。

這種沒有加速度的移動，好像有股催眠作用。橋並不是從靜止狀態緩緩加速，而是突然開始移動。這東西終究也是不知變化的橋嘍？靜止，相同的速度，然後橋就在我眼前靜止了。

我拉著御雷者上了橋。橋很是老實，它一直等到我和御雷者都上了橋，才立刻開始移動。

我把手臂靠在欄杆，望著西方。御雷者這傢伙並沒有拒絕被我倚靠，而是用一副非常平安無事的模樣站著。牠真是個酷傢伙！所以我得以毫無負擔地看著緩慢接近的溪谷對岸，還有對岸那閃閃發亮的西部林地。

橋安靜地停了下來。啊？這麼快就到盡頭了啊？為什麼我每次搭這橋，都會想再搭一次呢？可是好像沒辦法。

「下去吧，御雷者。」

我和御雷者一下橋，橋又再回到原來的位置，像是毫無移動過的樣子。

我對那座橋噗哧笑了一聲之後，從御雷者的馬鞍後面掛著的行李之中拿出了一個箱子。

我把箱子放在地上之後，把它打開來。先是寂靜無聲了一會兒，但隨即就有一群嗅著外面味道的老鼠開始往外跑了出來。十隻老鼠只留下吱吱叫的聲音，在瞬息之間就跑到周圍的樹林去了。這些傢伙，竟連道別也不說一聲！哈哈哈！

為了要在這寒冷的季節裡抓這十隻老鼠，雷諾斯市的警備隊員們可是翻遍了天花板和地下室。我為了向他們的辛勞致謝，朝向東方敬了一個禮。還有，這座橋連老鼠這種小生物也認同，所以，我也向造橋的泰班·海希克敬了一個禮。

敬禮之後，我又再騎上御雷者。這裡可不是普通地冷啊！冷到我都快睜不開眼睛了！那時候還是楓葉飄落的季節，現在只剩下凋零的樹枝了。

「走吧！御雷者！現在已經不需要溪谷、橋、都市、領地，什麼都不需要了。我們只要朝著賀坦特領地回家！走吧，越過山頭，到山的另一頭去！」

我踢了一下御雷者的肚子。御雷者立刻用猛烈的速度奔馳了起來。我朝向閃爍的西部林地，盡全力地大喊著：

「阿姆塔特，你等著！」

清晨的風完全掌控住露水的臨終。

冬季清晨的懶惰太陽還沒有露出身影，但是四周已經很亮了。每當吹乾露水的風又再吹拂的時候，就揚起一陣像麥麩般的塵土。這些混濁的灰塵就這樣往藍色的冬季早晨大氣之中消失而去。我仔細一想，連這粗糙的灰塵也是好久不見了。中部林地和東部林地的灰塵比較像是麵粉或細沙子。

西部林地的土壤比較貧瘠。

東部的土地，我特別記得的是永恆森林的土，肥沃到簡直是黏糊糊的程度。而東部林地卡納丁城周邊的泥土，則像是黃色的水摻到粉嫩麵粉裡的那種塵土。

然而西部林地，我故鄉的土地比較貧瘠。土粒並不細，肥沃度卻比較差。嗯，也因此用很輕的犁田農具就能犁田，這一點倒是滿不錯的。

是啊，沒錯。如果人們聚居到這塊土地上，他們一定可以不用為農具大傷腦筋。他們不需用好幾匹馬的縱列式馬具來拉十字犁具。只要一頭牛來犁田就綽綽有餘了！

我撥弄御雷者的銀色馬鬃，說道：

「喂，你這個曾經當過牛的馬，你倒是說句話，馬憑什麼比牛還貴啊？」

御雷者並不回答。這傢伙。我是不是把牠惹火了啊？哈哈哈。其實，馬比較有力氣，而且速度快，奔馳的速度當然是好得沒話說。確實，馬的做事速度是快多了。而且馬吃的東西比較高級，所以當然會比較貴了。

然而在這塊土地上，不需用馬，用牛就夠了！

至於水呢？水當然很多。從灰色山脈流下來的河水既清澈又冰涼。中部大道如果真的連到這裡的話，這裡的土地很多，如果南部林地的遊民們能全都到這裡來那就好了。為何大陸的西部會無法被開發呢？

喂，卡爾。反正我們北邊已經有海格摩尼亞擋住，南邊則是傑彭擋著，不是嗎？東邊則是被大海擋住。所以說呢，這次的戰爭應該會讓拜索斯體認到開發西部的必要性了。卡爾，你的想法如何？既然沒有龍了，拜索斯可能很難和傑彭合併，最終的答案應該就是開發西部吧。

哈！哈！哈！

然而，我修奇・尼德法，當然不是為了西部探勘的事，背著太陽來到這塊土地。那種小事和我毫無相關。

「天啊！天啊！」

哦，我說的就是這種小事。

有個少女背對著還留有暗藍色的西方天空，一直站在那裡。她的肩膀圍著披肩，將尾端繫在胸前。在她背後是一片暗藍色的天空，但她正面迎向太陽的臉孔卻很白皙。早晨的風吹亂了她的一頭紅髮。而我現在則是背後迎著初升的太陽，走向那個少女。

山丘上的少女正在靜靜地站著等我。她緊閉著雙唇。一頭紅髮胡亂飛揚著，就連肩上的披肩也輕輕地飄起，但是少女的白皙臉孔卻一動也不動。我舉起手來。我看她應該不大認得出我的臉孔了吧？因為背對太陽的關係，我的臉看起來一定黑漆漆的。然而，少女的眼睛漸漸圓睜了起來。

「修奇？」

哈哈哈。

「修奇？」

哈哈哈哈。

「修奇！」

我突然覺得自己像是不慎落水之後，急著想掙扎時的急促呼吸那般，從胸口冒出無法忍住的喊叫聲。我不是用喉嚨喊的，而是用胸口喊著：

「傑米妮！」

我跳下御雷者，朝著頂立於剛剛天亮的西方天空的那座山丘跑上去。一頭紅髮飄逸了起來，裙子像快被撕裂般往後揚起。披肩則是往背後飛上去。白色的披肩像旗幟般往西邊天空飛揚而去。

「修──奇──！」

我們簡直快窒息般劇烈撞在一起。

我懷裡抱著傑米妮，就這麼一直轉圈圈。世界一面轉圈圈，一面變換東邊天空的紅色晨曦和西邊天空的昏暗黑色。極明與極暗迴轉著，但是我鼻子下面看到的，只有一片紅髮瀑布。我還聽到傑米妮的尖銳聲音穿過耳邊的風聲，傳了過來。

「我就知道你會回來！嗯！嗯！我就知道你會回來！修奇、修奇、修奇！」

是嗎？我也早就知道了。我知道妳一定會等著我。我回來故鄉的時候，第一個會見到的是誰，這我早就已經知道了。

在傑米妮肩膀上飛揚的白色披肩，令人眼花撩亂地飛舞著，一直飛揚著。在一片暗藍色的天空之下，被陽光照得閃閃發亮的披肩，永永遠遠地飛舞著。

三一五年十二月十八日。天氣？哼！天氣很重要嗎？我已經記不起來了！

泰班先生他猜對了。太令人驚訝了！泰班先生到底是怎麼知道的呢？套一句修奇所說的話：「老人所度過的一年，不是小孩或年輕人的一年所能相較的。」是因為這樣嗎？（我仔細一想，修奇回來之後很會用艱深的語句，好像變得很奇怪。）如同昨日日記所陳述之內容……

咯咯。原來這是前天我回來那天她寫的日記。「如同昨日日記所陳述之內容」？哈哈，傑米妮，妳沒必要努力想要跟著我用艱深的語句。可是，那天的前一天晚上日記寫了什麼呢？好，我來看前一頁。

……今天晚上，在回家的路上遇到了泰班先生。泰班先生原本面向散特雷拉之歌，他一聽到我的腳步聲，（真是令人驚訝！）就往我這邊轉過頭來。

「傑米妮？今天又去等修奇了啊？」

「我是去散步啦。」

「妳怎麼都朝同一邊的方向去散步啊？」

「每個人都會有喜歡的散步路線，不是嗎？」

「是嗎？啊，對了。妳不要晚上去散步，早上去散步吧。」

「可是早上我起得晚……」

「明天早一點起來，去走一走妳喜歡的那條散步路線吧。」

啊。哈哈哈。原來是這麼一回事！我看了一眼躺在床上的傑米妮，不禁咯咯笑了出來。傑米妮只是發出勻靜的呼吸聲，連翻身都沒翻身地熟睡著。她睡得可真沉。我看看。要不要再翻回隔天寫的日記呢？就是我回來的那一天。

我照泰班先生所說的，一大早就到村口外的山丘上。天氣好冷好冷，可是奇怪的是，腳卻沒有很冰冷。太陽出來之後，很是刺眼，我想要轉頭，但那個時候，奇怪的是我並沒有轉頭。此時，我看到太陽公公的臉孔前面有一個黑影……

「嘻嘻嘻嘻！……嗯，嘖。」

這聲音嚇得我差點就昏過去。哎喲，這個臭丫頭！我一邊嘀咕著，一邊把傑米妮踢開的被子再拉高蓋到她脖子。這麼冷，居然還敢露出肚子睡覺，明天早上豈不就糟糕了！哎，她在我旁邊一杯接著一杯喝下我倒給她的酒，結果就變成這副模樣了！

我又再坐在椅子上，拿起傑米妮的日記。

三一五年十二月十九日。雖然很冷，可是沒有什麼雲，算是很晴朗的天氣。這個壞修奇！這個壞修奇！真是的，怎麼都不來我家呢？修奇從今天一大早就一直待在山丘上的城堡，到了下午都還不出來。下午，警備隊員透納先生到村裡來的時候，我才終於問到了修奇的消息。透納先生是這麼說的：

「嗯？啊，他要向執事先生報告這段時間裡發生的事，所以才會遲遲不出來。我也不是很清楚。只有泰班先生、執事先生和修奇三個人在裡面。要不要我幫妳轉告什麼話？」

我現在還是在生氣，都快氣死了！我要請他轉告什麼話？一直到晚上，我上去山丘好幾次，可是都不見修奇的蹤影。但是爸爸剛才回來，說他看到修奇傍晚的時候，和泰班先生一起去卡爾先生家。我還是忍著不生氣，但是我在晚餐時不知不覺踢了桌腳一下，結果被媽罵了。我難過得沒有胃口，連飯都沒吃，現在肚子實在是好餓好餓啊。我現在一面捧著肚子，一面寫著日記。這個傢伙，修奇。明天走著瞧！你不知跑去哪裡，連耳朵都被砍了一截才回來，結果竟然不來找我？這個混蛋傢伙！怎麼這麼不會愛惜身體啊！

哈哈哈。所以她今天晚上才會那樣猛喝酒！哼嗯。

我闔上傑米妮的日記之後，把日記藏回那個她深信全世界都沒人知道的地方，也就是傑米妮的床底下。這丫頭。妳在床底下藏日記，還有藏其他一大堆妳的寶物，這件事妳家人當然知道，連我也知道，而這妳一定不知道吧？

我又再一次把傑米妮的被子蓋好之後，走出了傑米妮的房間。在房間外面，傑米妮的媽媽正努力想要把傑米妮的爸爸拉到房裡去。傑米妮的媽媽一看到我，便高興地說：

「哎呀，修奇。幫我個忙。他怎麼會喝酒喝成這樣才回來啊？到底在海娜的店裡發生了什麼事啊？」

傑米妮的爸爸史麥塔格先生，如今整個人都癱軟了，躺在地上。他在喃喃自語著，但是實在無法聽懂他到底在說些什麼話。我說道：

「哈哈，我今天晚上幾乎把海娜阿姨的酒窖裡的酒都搬光了。」

「天啊，修奇你真的出手很闊綽！雖然說年輕人血氣方剛，但是這樣揮霍，以後就沒得用了。哎呀，你看看我。我應該先叫你幫我抬這大爺才對！」

我笑著將史麥塔格先生抬到房裡。我讓史麥塔格先生躺在床上之後，一走出房門，史麥塔格太太就遞給我一杯水。她用擔憂的眼神看著我的耳朵，並說道：

「我是聽傑米妮提過了，可是，你耳朵究竟是怎麼弄成這樣的？」

「咕嚕咕嚕。說來話長。我在旅行途中，發生和半獸人打鬥的事，是在那時候被砍了一刀的。」

「真是的，耳朵差點就沒了。我們傑米妮昨晚哭得多傷心啊。」

「哭了？真是的，哈哈哈……」

「她哭著哭著睡了之後，還整夜說夢話。她一直喃喃地說著：『雖然你耳朵受傷，但幸好還是活著回來了。』所以我原本以為你已經變成半殘廢了。可是我看你這樣並不是很嚴重。有沒有影響到你的聽力啊？」

「沒有。一點也沒有影響到。」

「是嗎？你把這對喝得不省人事的父女帶回這裡，真是辛苦你了，修奇。可是，你怎麼好像沒怎麼喝醉？」

「啊，是。我並沒有喝很多。事實上根本沒有空閒喝酒，因為我一直不停講故事。」

「真是的，那些酒鬼竟然不讓長途旅行歸來的人好好休息！你應該充分休息幾天的。你昨天去向執事先生報告，今天又被酒鬼們拉去，你一定很累了吧。而且你還帶他們兩個回來，想必一定非常累了。我現在就去把房間整理整理，你在這裡睡吧。」

「啊，我沒關係。伯母，我不累。我想回我家休息。」

「是嗎？可是時候已經不早了。可是你這麼累，怎麼回得去？」

「哈哈。這條路我閉上眼睛都可以走得到。雖然我離開了幾個月，但還是可以找得到自己家的！」

然後我就向傑米妮的媽媽道別，走出了史麥塔格家。

賀坦特領地十年來最熱鬧盛大的喝酒場面，我卻沒有喝多少酒。真是鬱悶啊。不過，聞到故鄉的空氣，就已經讓我醉了，所以沒能喝到酒這點我可以忍一忍。不管怎麼樣，明天早上海娜阿姨要清理大廳裡到處躺得亂七八糟的醉客，恐怕得費一番工夫了。

人們都沒有變。

他們聽到我講的事，個個都驚訝得快要說不出話來。我講的故事其實有很多部分已經刪減掉了，因為裡面摻雜有很多事是不能講出去的。而且正如卡爾所說，我們領地是和阿姆塔特達成平衡的領地，因此，人們一定無法理解哈修泰爾侯爵的野心，或者涅克斯的悲劇、克拉德美索的苦惱之類的事，所以那些部分，我也刪掉了相當多的內容。

然而，光是那些沒被刪掉的故事，也讓賀坦特的居民們夠驚訝了。他們聽到近來中部林地那邊發生神臨地的可怕消息，我這個賀坦特的蠟燭匠候補人修奇・尼德法還經歷了兩次之多，對神臨地非常清楚，他們聽了都很驚愕。他們從模糊記憶裡，好不容易才搜尋到有關大迷宮的傳說，而他們一聽到我進去過那個地方，都覺得很不可思議。然而，他們竟斥責我，說如果我有在大迷宮外面綁繩子，那他們就可以比較輕易找到進去的路了。我聽到的時候只覺得啼笑皆非。看來這些人腦袋瓜裡的大迷宮，就只是比熊洞還要稍微大的地方。

我一到家，就看到屋裡流瀉出微弱的光芒。

我把御雷者綁在工作坊，就走進屋裡。裡面一片昏暗。流瀉到屋外的原來是壁爐的柴薪燃燒著的火光。而在壁爐正前方的床——我爸爸以前用的那張床上，坐著一個黑影。那是泰班。

泰班連回頭也沒回頭，就說：

「是修奇嗎？」

「是。您是不是等很久了？」

我原本想問他為何不點個燭火，但還是勉強吞下了這句話。因為，泰班需要的不是光，應該是壁爐的暖氣。哈哈。我拉了一把椅子坐下。

泰班仍然還是面朝壁爐，坐在那裡，旁邊則是放了一個空了一半的酒瓶。我一看到那東西，泰班就笑著拿起酒瓶，準確地遞給我。他連頭都沒轉，只伸出手臂。

「您簡直就像個鬼怪。您真的眼睛看不見嗎？」

「哼嗯。聽說，有個人看到酒瓶，就會發出一直流口水的聲音。」

我接過酒瓶，喝了一口。哇啊！是穆洛凱・薩波涅酒！哈哈哈。我閉上嘴巴，一言不發地把酒瓶伸出去。然而泰班卻搖了搖頭。

「我不想喝，全給你喝吧。」

真是厲害，好厲害啊。難道他連酒瓶裡酒的搖晃聲也聽到了？我咯咯笑著把酒瓶擺在桌上。泰班一直盯著壁爐，不對，應該說他只是把臉朝著那個方向，他說道：

「呵，真是的，這壁爐的灰塵味道可真重。」

「因為好久都沒有升火了……亨德列克。」

亨德列克面無表情。因為眼睛看不見的關係，他的眼皮一直都靜靜地閉著，像是一副在沉思的模樣。牆上只有我和亨德列克的巨大影子在晃動著，這是一個沒有任何人移動的寂靜夜晚。

「從你昨天講的故事裡，就可以感覺出你大致已經猜到了。為何你今天才說出你知道的這個事實？」

「因為我想先跟您說我是怎麼知道的。」

「是嗎？哼嗯。你有沒有跟別人說？」

「這個嘛，卡爾應該是已經猜到了。因為，我知道的事卡爾也幾乎都知道。杉森恐怕是猜不出來吧。而艾德琳應該有來過這裡，但其他人好像都還不知道。」

「嗯，那孩子並沒有跟別人說。」

亨德列克突然轉頭面向我這邊。他的眼皮打開，露出了白色的瞳孔。亨德列克慢慢地瞇起一邊眼睛。

「以後也……」

「我當然會保密。我知道了。」

「真不愧是個聰明的助手。哈哈。我雖然沒了看東西的視力，但仍然還是有識人的眼力呢。」

「您的眼睛，是吸血鬼的副作用嗎？」

「應該可以這麼說吧。我勉強在白天出來走動，因此視力減弱了很多，身體也變得很糟糕。幸好在巫婆村裡接受紋身法術，身體才恢復成原來的模樣，而且連吸血的欲望也能得以控制住，只是眼睛卻完全瞎了。這裡，左邊胸口……心臟這邊的紋身就是吸血鬼的封印。」

「哼嗯。巫婆會的罕見法術可真多。可是，聽說那是只有女人才能接受的紋身啊？」

「任何事都會有例外，不是嗎？」

「啊，是，說得也是。」

亨德列克伸展了一下身子，並說道：

「那麼，我想繼續聽你昨天講的事。蕾妮做了什麼選擇？看你這樣跑回來，蕾妮應該是選了基果雷德吧。」

我噗哧笑著，又再舉起酒瓶。嘿嘿。在散特雷拉之歌沒能喝到的酒，我要在這裡都把它補回來。

「在我講之前，請您先說說看吧。」

「什麼意思？」

「您身為創造龍魂使之人，而且是將蕾妮帶到戴哈帕港之人，請您說明一下吧。」

亨德列克雙手的手指交叉著，放在膝上。這動作就像是在整理他自己的思緒。

「有幾件事，您必須要解釋清楚。您帶到戴哈帕港的是小蕾妮吧？可是蕾妮的母親直到近幾年都還活著。那麼，您是從蕾妮的母親身邊搶走她，帶走她的嗎？」

「這和事實全然不符。我真擔心我太慢才發覺到選錯助手了。」

「哼。那請您解釋一下吧。」

「其實這並沒有什麼了不起的故事。我遇到的是蕾妮。我偶然遇到只有兩、三歲大的蕾妮，當時她母親並沒有在她身邊。雖然這是我的猜測，不過，我想可能是她母親怕被侯爵搶走小孩，所以一懷孕就離開了侯爵宅邸。」

「真是怪了。如果蕾妮留在侯爵宅邸，會成為侯爵的女兒，那麼蕾妮的未來應該會很不錯，不是嗎？而且不只是她，那個女人也會……」

「不。你想錯了。侯爵要的是擁有自己血統的孩子，並不是妻子，因為他已經有妻子了。所以，情況應該是孩子會被搶走，而那個可憐的女人會被趕出去吧。你想想看，不是由正式夫人而是由女侍生了孩子，這要是傳了開來，侯爵家的名譽會如何？還有，龍魂使的名譽會變成什麼樣子？」

「真是可——惡——」

「所以她應該是隱藏懷孕事實，離開了侯爵家。然而，那個女子並沒有那麼堅強，所以她終究還是把蕾妮丟在侯爵宅邸前面。」

「原來是這樣啊？」

「是啊。我在侯爵宅邸前面撿到了蕾妮。我於心不忍，就帶她走了。我遊走到了戴哈帕，可是當時突然有急事需要南下。當然是因為希歐娜的關係，我掌握到了她的消息。所以，我把蕾妮交給戴哈帕的那間酒館，就搭船南下了。」

「哼嗯。現在我知道是怎麼一回事了。」

「所以說，如果要我去猜蕾妮做了什麼選擇，這會是很可笑的話。」

「是。可是，您為何要創造出龍魂使呢？」

亨德列克閉嘴不回答。我看著那個被火光照得像戒指般發亮的酒瓶口，說道：

「亨德列克創造了龍魂使……我到處遊走大陸所聽到最為震驚的話，就是這一句了。這所有的事件，就是因為龍魂使所引發的，可是沒想到，正是亨德列克創造了龍魂使。曾是拜索斯恩人的亨德列克，居然是孕育拜索斯悲劇種子的人。」

「你這傢伙。不要把在你眼前的人講成第三人稱。你這趟旅行好像只學到了不好的習慣！」

「啊，對不起。我抱著無限混亂的頭腦，費力忍到賀坦特領地，現在還沒恢復正常，才會這個樣子。而且因為我又忍了兩天，所以現在我的腦子簡直就快爆炸了。那麼，到底是怎麼一回事呢？如果說您創造出了龍魂使，您就是哈修泰爾家復興的原因，而且是克拉德美索悲劇的原因，是龍魂使們悲哀的原因……可惡！」

砰！我用拳頭重擊了一下桌子，結果桌子就在瞬息之間被打壞了。然而，亨德列克卻紋風不動。我把被打壞掉的桌子碎片，一個個塞進壁爐裡面。

「請您解釋一下！為何要創造龍魂使呢？」

「你有何根據？看你這樣生氣，我想你一定有根據。」

「我當然有根據。」

「你說說看。」

桌子沒了，所以沒有地方可以放酒瓶。我把拿著酒瓶的手垂到椅子旁邊，用一副無力的模樣坐著。然而，亨德列克的坐姿從剛才到現在，都絲毫沒有動過。我簡直就像個酒鬼。連我的模樣，還有從嘴裡說出的話也很像酒鬼。

「星星有幾顆呢？」

「當然是八顆。」

「是的。是八星。龍、人類、精靈、矮人、半身人、妖精、半獸人。剩下的一顆，我不知道。不管怎麼樣，只剩下龍之星。可是，真的只剩下龍之星嗎？」

「什麼意思？」

「最後一顆不為人知的星星……那顆星還在不在呢？」

亨德列克並沒有回答。我現在發現到，自己已經陷進亨德列克的話術裡了。他從剛才就一直叫我講，他卻只回答願意回答的部分。啊，隨便他了。因為，我有話就一定要講下去。

「很好。姑且先說為人所知的種族星星之中，只剩下龍之星。而如果我聽到的事是真的，那麼失去星星的種族就得永遠保有其不完整性。所以，必須有龍魂使，來和比較完整的龍族溝通。」

我提起酒瓶，又再喝一口。不過，喉嚨卻是乾的。我說道：

「真是可笑的事，是吧。」

「可笑？」

「那只是條件，並不是理由。」

「你解釋一下這句話。」

「條件和理由當然是不同的。龍是接近完整，處於我們的相反極端上，我們如果想和龍溝通，必須有龍魂使。這是條件。然而，和龍溝通的必要是什麼呢？行為並不是從條件裡引發出來的，應該是從理由引發出來的。並不是因為餐桌上擺設好吃的菜，我們才吃飯的，而是因為肚子餓才吃飯的。我們和龍溝通的條件是因為具備有龍魂使，可是，溝通的必要性是什麼呢？」

我又再喝一口。敬偉大的克拉德美索。

「我見到了克拉德美索。」

亨德列克的白色眼睛一直看著柴火，於是，他的眼睛現在看起來是紅色的。我突然覺得吸血鬼這個名稱對亨德列克而言，很是適合。

「克拉德美索顧忌締結龍魂使的契約。我是在那個時候領悟到的。克拉德美索牠這樣說過：『互相不同的兩個個體接觸，一定會產生變化。嚮往大海、朝大海奔騰的河水終究會變成大海。』人類對牠而言，太過充滿變化性，有了龍魂使之後，牠就走上了完全不同的路。」

酒都喝完了嗎？可是我的意識還很清楚，喉嚨卻好乾渴。我倒拿著酒瓶，搖了好一陣子之後，把最後幾滴酒滴到嘴裡。嘴唇簡直就快乾裂了。我說道：

「人類透過龍魂使，可以改變龍。」

沒錯。就是這句話！龍被龍之星保護著，但是人類透過龍魂使，得以接近龍。然後，人類對世上所有東西所行之事，也可以對龍施行。

「很簡單，這實在是太簡單的道理。人類可以改變世上其他所有事物，但是對於那偉大的種族，自始至終都保有自己星星的種族龍族，人類卻不容易改變牠們。然而，有了龍魂使，人類連龍也能夠改變。」

我看著空空的酒瓶，低沉地說：

「路坦尼歐大王萬歲！」

亨德列克一言不發。我說道：

「喂。既然我帶頭喊了，您也跟著喊吧。路坦尼歐大王萬歲！最後終於連龍也奉獻到人類的神殿了！人類的腳步走過，會在森林中造出小徑；而人類的眼光所及，會在夜空中造出星座。人類如果嘲諷，精靈會自取滅亡；人類如果輕視，矮人會退化。擁有自己星星的龍，原本相信已經逃過人類的破壞，然而有了龍魂使，最後終究連那顆星星的保護也褪色了。用雙腳立地凝視天空的人類，最後藉由龍魂使而破壞了星星的保護，連龍也屈服了。人類萬歲，路坦尼歐大王萬歲！哈哈哈哈！」

呼嗚嗚！外面的風像在呼應我的笑聲似的，猛烈吹襲著。從煙囪上方似乎有煙逆流下來，所以壁爐的火焰奇異地晃動著。而隨著火焰的晃動，浮現在牆上的亨德列克影子和我的影子，也跟著奇異地舞動著。

「你怎麼會這樣想？」

亨德列克的聲音還是和剛才一模一樣。從我一開始進來屋子裡面，直到現在，亨德列克的聲音沒有絲毫變化。

「……啊呃呃呃啊！」

我無可奈何地用雙手掩住臉孔。我把頭埋在胸前，長長地呼出一口氣。

「呃呼呼呼……呼嗚嗚……」

我就這麼垂著頭，看著腳尖，無力地說：

「這是一個叫做伊露莉的精靈說的。」

往腳邊伸出去的長影子隨著火焰的晃盪，也跟著搖動著。而我雙腿的明暗也繼續一直變化著。所以看起來就像是我的腿在動，但實際上，我的腿根本沒有移動。我說道：

「呼，如果要達到和諧，就必須彼此有所不同。精靈們因為這道理而一直苦悶著。當時，我才覺悟到您的計畫、您的野心根本就是行不通的。或許可以說，我發覺到這和我所想像的完全不一樣。」

「怎麼不一樣？」

「您想要所有種族達到完整，超越他們的不協調，引導他們走向神。這是個浪漫而且野心勃勃的計畫。然而，這在理論上卻是行不通的。因為，完整性只有在面對不完整性時，才能掌握其相對含義。」

我把雙手慢慢舉起，然後做出像是手中拿著東西似的動作。

「有兩顆一模一樣的小石子。重量、顏色、質感都相同。那麼，對於它們來說，就無法用輕、重來形容了。當兩顆小石子的重量互不相同時，才能說一個比較重，另一個比較輕。」

我把手放了下來。反正亨德列克又看不到。這只是為了說服我自己而做的動作。

「完整性也是一樣。只有在彼此有不同之處時，才能說一個是完整的，另一個是不完整的。如果有人一出世就沒看過蠟燭，那他會無法知道沒有燭芯的蠟燭是完整的，還是不完整的。不對，應該說，如果世上被稱作蠟燭的蠟燭，原本就都沒有芯，那麼人們應該會相信沒有芯的蠟燭是完整的蠟燭吧？這是因為沒有可以拿來比較的對象。」

所謂的完整，終究只是存在的東西之間組合。那麼說來，這有些令人不安。難道無意義的東西，有可能要直到有意義為止，才有可能聚集在一起嗎？是不是無意義的東西聚集一起，才會產生意義嗎？沒這回事。存在的所有東西都是不完整的，它們不論如何聚集，還是無法變得完整。因為完整是唯一一個的含義，這同時也是法則。

「您想讓八個種族全都變成完整的種族。依照您的計畫，那麼意思就是，八個種族會變成一模一樣。那麼，他們就再沒有完整了。在我們這世界上，連神也會為了顯現自己而彼此不同，像優比涅與賀加涅斯就是如此！」

優比涅與賀加涅斯。總是以複數出現。沒有單數。沒有所謂的唯一一個。

「優比涅如果沒有賀加涅斯，就無法存在；而賀加涅斯如果沒有優比涅，就會無法存在！因為優比涅是協調，無法具有混亂性，所以是不完整的；而賀加涅斯是混亂，無法具有協調性，所以是不完整的。因此，您的計畫根本荒謬不實。或許當初是因為您自己誤解了完整的含義。如果您一定硬要實現這個計畫，您就得創造出超越優比涅與賀加涅斯的種族。」

亨德列克的頭非常緩慢地動了。可是，我覺得這樣還不夠。我又再問他：

「存在即是分別，而分別是在有相異點的時候，才有可能達成！然而，如果有相異點，那就已經無法完整了！不管這是優點還是缺點，都一樣那麼不完整。如果某個東西和某個東西不同，那麼意思就是說，它們已經是不完整的。所以，您永遠都無法引領八個種族到完整的境界。即使那些星星都放在您手中，也不可能做得到！我說得對嗎？」

「對。」

「難道您是喜歡反覆咀嚼自己的失敗，喜歡一直悶悶不樂嗎？」

「不是。」

「很好。那麼現在，我不想讓談話陷於一時的情緒之中。所以，您可以告訴我事實是怎麼一回事嗎？您創造出龍魂使，這代表您放棄理想，宣誓自己要站在人類這一邊嗎？這是一種對大王回心轉意的態度嗎？」

亨德列克慢慢地抬頭。他開始一直盯著根本看不到的天花板。習慣真是種可怕的東西！

「這是我對人類的錯誤判斷。可能因為我是人類的關係吧，所以不知道那種絕對無法估算到的陷阱之類的東西。你來判斷一下，我說得對不對。」

「請您說吧。」

亨德列克先是閉上嘴巴不說話。大約過了一分鐘左右，亨德列克一動也不動。或許他現在是在腦海裡追溯三百年前的事吧。亨德列克突然開口說道：

「如果要講到創造龍魂使的事，首先應該先從我去找神龍王的事開始講起。你應該知道那件事吧？」

「是的……在路坦尼歐大王破壞了那些星星的時候。」

我差一點就說……是被妖精女王破壞的。然而，有說跟沒有說是一樣的。因為，亨德列克的臉上浮現出了微笑。我乾咳了幾聲之後，等亨德列克繼續說下去。

「是啊。當時星星被破壞之後，我為了要把唯一剩下的龍之星拿到手，所以去找神龍王。當然啦，直到那個時候，我都還不知道你剛才說的『完整是不合理的』之事。我希望能把唯一剩下的龍族都引領到完整，於是只好去找我最強的敵人。然而，如果你聽到的故事是正確的，那你應該知道當時我並不是一個人去找牠。」

「啊？您不是一個人去找牠嗎？」

「當然不是。我不會一個人去見神龍王的。」

什麼意思啊？亨德列克明明是離開拜索斯恩佩，隻身去找大迷宮的。去找尋哈修泰爾大人所守護的北方的大迷宮……

「……哈修泰爾大人！」

「你說對了。」

「原來如此。您並不是獨自一個人去見神龍王。您是在哈修泰爾大人的引導之下，進入了大迷宮。就好像……就好像人類透過龍魂使來和龍談話那般！」

「是啊。以前的事我還記憶猶新呢。說起來，哈修泰爾大人算是龍魂使家族的始祖，同時是第一代龍魂使。是他幫忙連結了人類亨德列克和神龍王。」

「這地方真是宏偉啊，哈修泰爾大人。」

既寬又高的通道，簡直令人難以相信是在地底下。亨德列克一面看著通道，一面愉悅地說道。然而，走在前方拿著火把的哈修泰爾肩膀卻一動也不動。隨著火把的火光接近，影子就跟著往後退，在影子之中，偶爾會有一些可怕的目光閃閃發亮。而且在遠方通道或旁邊的岔路上，有時還會傳出鳴叫聲或咆哮聲。那些應該是居住在大迷宮裡的半獸人，要不然就是其他的怪物吧。不過，亨德列克卻很平穩地走去。他說道：

「矮人所造的東西確實都是最為優良的。」

亨德列克在腦海裡浮現出路坦尼歐大王和達蘭妮安破壞星星時的那座地下祭壇，所以才說出這番話。然而，哈修泰爾大人不可能知道這事，因此他對此沒有回答什麼。亨德列克說道：

「請問還要走很久嗎？」

「現在只是剛開始而已。」

「哇哈！真不愧是矮人建造的地方。事實上，我一直以為已經快到了。」

「是嗎？」

哈修泰爾大人用很冷漠的語氣說話，並且不停地往前走去。亨德列克則是嘻嘻笑了一聲之後，默默地跟在他後面。

大約又走了十分鐘左右。亨德列克聽到像是石像怪的尖銳咆哮聲，隨口說道：

「萬一沒有你，我一個人進到這裡，會變成什麼樣子啊？」

火把突然停住不動。哈修泰爾大人停下腳步，但頭也不回地說：

「就算是你，也會喪生於此。這是一定的。」

「你這麼確信嗎？」

「我一直以來都這麼確信。我現在感覺到自己是在引領一具屍體。你以為你到了神龍王面前，不會死嗎？」

哈修泰爾大人仍然還是背對著他說話。他是不是把亨德列克當成是已經死掉的人啊？但是，亨德列克嘻嘻笑著說：

「這很難講。」

哈修泰爾大人又再開始前進。

走了好一陣子之後，他們便走下一條階梯。不過，可能是因為有哈修泰爾大人直接帶路，所以途中都沒有妨礙者跑出來。偶爾會看到像是在站崗守衛的石像怪或巨魔，但牠們都只是默默地看著哈修泰爾大人和亨德列克經過，並沒有做出任何行動。

過了一會兒之後，到了中央瀑布。哈修泰爾大人和亨德列克從瀑布後面的通道走了出來。然後，他們從瀑布後面朝著中央湖泊方向前進時，亨德列克不禁深吸了一口氣。

神龍王的巨大身軀，整個沉浸在中央湖泊的清澈湖水之中。

神龍王看起來就像是睡著般。牠的雙翼收攏著，尾巴牢牢地捲曲在牠巨大的身軀，整個身軀完全浸在湖裡。圍繞湖泊周圍的巨大圓形通道處處都燃有火把，天花板浮現一些奇異的光暈，這些火把和光暈讓中央湖泊像白天般明亮。於是，哈修泰爾大人把手中拿的火把丟到一旁。他低聲對亨德列克說：

「請你先站在這裡吧。我是指瀑布後面。我不希望突然讓牠看到你，而震怒了牠。」

亨德列克原本想要說些什麼，但是哈修泰爾搖了搖頭。隨即，亨德列克就把雙手交叉在胸前，點了點頭。

哈修泰爾大人往前走去。他站在靠近湖泊邊緣處，跪下一邊膝蓋，說道：

「神龍王啊，您的侍從哈修泰爾請求謁見您。」

過了一會兒，神龍王的身軀緩慢移動了起來。亨德列克在不知不覺間發出了「呵呃」一聲的讚嘆詞，並且張大了嘴巴。

神龍王肩上的長頸緩緩地開始上升。而在此同時，整座中央湖泊出現了巨大的波浪。唰啊啊啊。神龍王的長頸要完全浮上水面，似乎也花了很多時間。牠緩慢移動著，但湖水還是顫動激蕩不已。因為牠的身軀實在太大了。

最後，神龍王的頭完全浮出了水面。雖然牠的頸子絕大部分浸在水中，但浮出水面的頭部還是高高在上，簡直令亨德列克仰望時快要折斷了脖子。

神龍王的眼睛慢慢地打開。牠環視周圍，發現到哈修泰爾大人，然後牠稍微降低頭部，說道：

「是哈修泰爾啊。」

「您平安無恙嗎？」

「真是愚蠢的問題啊，哈修泰爾。你難道不知道那個奸詐的路坦尼歐的腳爪，在我身上留下了傷口？」

「對不起。」

神龍王稍微搖了搖頭。雖然這是意味否定的小動作，但是藏身偷看的亨德列克卻覺得大迷宮簡直快塌了下來。

「不。我比喻錯了。路坦尼歐自己才是亨德列克的腳爪吧。哈哈哈。那麼，我應該說是亨德列克的腳爪才對。」

此時，亨德列克的聲音清楚地響起：

「這個嘛。我不知道是不是我的腳爪，不過，那腳爪也抓傷了我啊。神龍王。」

哈修泰爾大人嚇得趕緊站起來。

「亨德列克！我不是請你不要出來……！」

亨德列克從瀑布後方走出來，抬頭看神龍王，而神龍王則是挺著牠那巨大的頸子，低頭看亨德列克。站在中間的哈修泰爾大人左顧右盼，一副不知所措的樣子。過了一會兒，響起了神龍王的說話聲：

「你為何叫哈修泰爾先出來？莫非你以為這樣我會比較不震怒？」

「這是他的想法。」

「我看也是。你能夠偷偷進得了這龍穴，這應該連你自己也不相信吧。」

「您會這樣想是當然的。因為，就算路坦尼歐的劍再怎麼銳利，也不會威脅到您的力量。」

神龍王的頭部角度稍微變換了一些。

「你剛才是說，路坦尼歐的劍？你和他之間發生了什麼事？」

哈修泰爾大人整個人都呆住了。因為，亨德列克、神龍王全都冷靜萬分，一副像是從很早以前就已經預備要和彼此見面的樣子。照亨德列克的話看來，神龍王至少從亨德列克進入大迷宮開始，就已經做好要和他見面的準備。所以神龍王才會如此沉著，是嗎？

亨德列克表情平靜地說：

「為了好好談下去，請您暫且不談我和您一直敵對的事。我也暫且不管您對妖精女王達蘭妮安所做的事。」

神龍王的眼形急遽移動。神龍王氣到幾乎整個臉像是快痙攣似的，牠生氣地說：

「你這個放肆的傢伙……！那麼你的意思是，你想要用那小小妖精的事來責難我嗎？」

「當然。萬一達蘭妮安死了，這座大迷宮就會從這世上消失。」

04

我一直凝視著亨德列克，而亨德列克則像是感受到那目光似的，乾咳了幾聲，說道：

「那是我血氣方剛的時代……你這小子！那是什麼眼神啊？你這小鬼真的不像你這年紀的人。普通的小鬼聽到這種故事，應該會興奮地尖叫，那樣才正常啊，可是你怎麼會是這種眼神？」

「請不要說得好像看得到我的眼神。而且，我和那些會礙手礙腳的小伙子不一樣。我可是修奇・尼德法啊。在這世上，修奇・尼德法只有我這麼一個。」

「可是你這種幼稚的自滿，和你同年齡的人又很像。卡爾好像把你教育得很怪！」

「不管怎麼樣，神龍王聽到這番令人害臊的話之後，恐怕一定有哈哈大笑吧？」

「你這小子！我和那些會礙手礙腳的巫師不一樣。我可是亨德列克啊。在這世上，亨德列克只有我這麼一個。」

「呃，您這句回得可真好，我差點就忘記您曾經是個大法師了。」

大法師說的話雖然語氣平靜，但話語本身卻存有相當可能實現的脅迫力。因此，連哈修泰爾大人都嚇壞了，而神龍王則是非常震怒地說：

「你敢！」

可是，亨德列克很快地說：

「我來訪的目的並不是打鬥。萬一您真的想要打鬥，我會奉陪，但是正如同我剛才所說的，我請您暫時撇開我們以前的事不談，今天好好地談一談吧。」

神龍王一言不發地低頭看亨德列克。哈修泰爾大人則是緊咬著下嘴唇，盯著亨德列克，但亨德列克只是抬頭看神龍王。

「你說說看吧。」

神龍王的許可一下達，可以感覺到哈修泰爾大人變得比亨德列克還要安心許多。亨德列克看到哈修泰爾大人的臉孔稍微變得高興一點，不禁露出微笑。

「路坦尼歐已經破壞了從您身邊收回的那些星星。」

「我知道。」

「您知道這事？嗯。您曾經是那些星星的持有人，所以您可能有什麼方法可以得知吧。我因此事和路坦尼歐決裂了。」

神龍王用訝異的語氣說道：

「真是奇怪，你和他的目的難道不相同嗎？」

「是的。路坦尼歐的目的是您的敗退，而我的目的則是從您身邊收回八星。」

「所以你們才互相攜手合作？」

「是的。」

「你為何要八星？我看你的目的並不是要統治這個世界吧？」

亨德列克慢慢地搖頭。此時，哈修泰爾大人開口說道：

「神龍王，可否容我向您解釋一下？」

「……你說吧。」

「這個人要的，是透過星星達成種族的完成。」

神龍王過了一會兒之後才說：

「種族的……完成？」

「是的。八星可以決定種族的創生滅絕，不是嗎？所以亨德列克希望把八星拿到手，讓大陸的所有種族能夠脫離他們各自不得不具有的不合理性。」

「原來您已經先說服了哈修泰爾大人！」

「是啊。所以哈修泰爾大人才會幫我帶路進入大迷宮。如果沒有解釋給他聽，他怎麼可能會決心帶我到那裡面去？說不定他會以為我是要去暗殺神龍王的。」

嗯。這話確實很有道理。我一邊撫摸下巴，一邊說道：

「所以說，您其實是透過哈修泰爾大人，才向神龍王傳達了您的意思。」

「也可以這麼說。雖然這樣說像是有些跳躍式的說法……不過，不管怎麼樣，如果是我說的話，神龍王沒有理由都去聽。然而，如果是哈修泰爾大人說的話，牠就有可能會聽。」

「他是歷史上第一位龍魂使嘍？哈哈。然後呢？」

「神龍王嘲笑了我。」

亨德列克帶著十分不滿的語氣，如此說道。我差點就因此爆笑了出來。他帶有像是十分惋嘆似的耍賴語氣，說道：

「是啊。真是的。牠笑到簡直快把大迷宮給弄塌。而牠的笑聲裡面，當然也有給我的禮物。我透過這笑聲，才得以領悟到一件事。」

「您領悟到什麼事呢？」

亨德列克用筋疲力盡的聲音說：

「你這個世上獨一無二的小鬼都能簡簡單單就領悟到的道理，然而，卻是我以前一直無法領悟到的：在這世上的完整性，並沒有絕對性的含義。」

「哼嗯。您講得太精簡了，我實在不懂。」

「呃，這是很簡單的道理。在我和路坦尼歐拿取之前，八星是誰的東西啊？」

「當然是神龍王的東西嘍！」

「是啊。那麼，像神龍王這樣一位智者……」

「原來如此！」

我差點就從椅子站了起來。我驚訝得胡亂揮搖著手，好不容易才說出話來。

「原來如此！萬一神龍王希望這樣……神龍王如果和您有一樣的願望，牠早就做了！」

「是啊。不過慚愧的是，當時我並不瞭解這些。」

「哈哈哈哈！亨德列克啊，亨德列克！」

亨德列克感覺到自己簡直屈膝跪了下來，身體壓到了搖晃的雙腿，簡直就是經歷到比他經歷過的任何魔力修練還要更加困難的事。他感受到一陣頭暈目眩，錯覺到大迷宮好像快要全部塌在他肩上，他抬頭看上方，可是卻什麼東西都沒變動。

「如果照你所願，可以做到那樣的事，那我為何不把八個種族引領成為神？你以為我寧可希望這個世界一直是不合理的萬神殿嗎？哈哈哈哈哈！」

「神、神、神龍王啊……」

神龍王現在用低沉的聲音，說道：

「你可真像塊木頭啊，亨德列克！如果事情真的是那樣，那又會怎麼樣？意思就是說，我這個統治者喜歡看到受我支配的種族永遠自我矛盾，是嗎？這對你們人類而言，不是最適合的嗎？而且，我想到我收集的書籍裡有這麼幾個字，是叫做愚民政策吧。哈哈哈。你也實在太過分了！就連養的狗，也希望牠們聰明伶俐一點，這是當然之事，可是我為何要背道而馳？」

亨德列克再也無法講出什麼話來。過了一會兒之後，神龍王用比較沉著的語氣說道：

「你即使很有智慧，但你的視野還是沒能脫離你們種族的那種視野。不對，你為了要變得有智慧，不斷地接受你們種族的視野見解，而這視野見解可能牽引著你也說不一定。不管怎麼樣，你從你們種族的視野之中看我，已經犯了那種愚妄了。可能……你也已經把我當成是那種生命體了。你以為我把能夠引領所有種族成為神的星星，拿來滿足自己的支配欲望。你是不是這樣想的啊？」

「我不……否認。」

「我能理解。你們只不過是想要理解他人，卻做不到透視自己的那種簡單行為。你只不過是想要理解我，亨德列克。你要是有看清自己，應該就不會出現這種滑稽鬧劇了。這對你們種族而言，似乎一向是很難的事。你們種族只會一直努力想透視他人。你們以為把萬物變化得像自己那般，就可以容易理解這個世界。實際上，你們卻連對自己都不夠瞭解。」

亨德列克情緒激動地說：

「真不愧是……」

「你的意思是，你不否認我說的話嗎？哈哈哈。」

啪的一聲。亨德列克跪了下來。神龍王像是很訝異似的歪著頭，俯視亨德列克之後說道：

「真是抱歉。」

亨德列克用雙手撐著地面，再也說不出話來。神龍王則是一副現在不再有任何憎恨的語氣，說道：

「你因為路坦尼歐的背信，失去了寄託希望的機會。然而，這希望至今一直支撐著你。不過，如今你覺悟到那希望本身是假的。是不可行之事。」

「您這是華麗的……報仇啊。神龍王。」

「確實可以這麼說。這可以說是某種程度的報仇。因為我稍微理解了你們種族。」

「是……您已經否定我整個人了，您……使我接受了這個事實。」

神龍王、哈修泰爾大人還有亨德列克全都閉嘴不說話了。大迷宮陷於一片沉重的寂靜之中。而在這之中，有著一個男人的切身挫折，有著一頭龍所不願卻完成了的報復，還有另一個男人的旁觀。

「原來如此……」

我像是要抓住搖晃的腦袋瓜似的，緊抓住額頭兩邊。原本靜坐著的亨德列克突然伸出手來。他的手稍微摸索一下，便握到了撥火棍。

他翻動壁爐火焰，撥動了裡頭的柴薪。火花胡亂飛揚，但是他置之不理。他把撥火棍放回壁爐旁邊，沉著地說：

「就連神龍王也一直無法引發出八星的更多力量。牠只能把八星拿來當作是自己支配用的東西。這雖然不是八星的界限，但是使用這力量者的能力，無法夢想出無視於我們世界的完整，所以怎麼可能用那些星星引領出走向神的道路呢？」

「是。原來是這麼一回事。所以您才會想要創造第十級數的魔法……」

亨德列克的臉忽地僵住了。所以我無法把話講完，只能任由話語消失在上顎間。亨德列克深深地嘆了一口氣，說道：

「是啊……這個世界的整個面貌阻擋了我們成為神的路。所以我想過要創造另一個世界，看看是不是能夠拓展我的理解幅度。那其實是一個極為宏偉的夢想。」

「……您是不是失敗了？」

「我是失敗了。是達蘭妮安跟你說的嗎？」

「是的。」

「那和挑戰完整性一樣，都是不可能的事。很快地，我就發現到那是不可能的事。是希歐娜讓我覺悟到這個事實。」

「希歐娜？」

亨德列克的臉上浮現了一股痛楚。他說到希歐娜的名字時，同時響起了透過三百年歲月所傳來的迴響。他說道：

「是啊。我有兩次之多，犯了無法理解其他種族的愚昧行為。就連我帶在身邊看著她長大、看著她的智力發展的希歐娜，到頭來就連她的欲望……我也無法理解。所以只能變成那副模樣，然後，我領悟到第十級的魔法只是荒誕不經的言論。創造世界？只不過是瘋人瘋語罷了！不知反觀自己，卻把別人錯認為自己！這個世界都沒能好好瞭解，居然還夢想另一個世界，真是個自我陶醉的夢想家啊！」

三百年來的鬱悶，三百年來的挫折全都一一被攤展開來。所以我什麼話也說不出口，只能看著亨德列克。而亨德列克則是長嘆了一口氣，垂下雙肩。我問道：

「……那麼龍魂使是怎麼一回事呢？」

亨德列克提起勁來，笑著說道：

「其實，那和你所做的那種陰險猜測全然不同。我是在另一個意圖之下，創造出龍魂使的。我原本的意圖就是你們所知道的那個目的。」

「您是指，人類和龍的溝通？」

「是啊。我從自己的錯誤之中學習。我相信賢明的龍族可以作為我們的鏡子，而龍族也可以把我們當成是牠們的鏡子。那……只不過就是要讓無依靠的孤兒們互相扶持。」

「您是說，讓無法成為神的龍和無法成為神的人類，讓大地上面的種族之間互相借鏡？」

這世上並沒有龍的神。而人類是受到優比涅與賀加涅斯兩者的庇護。龍與人類是兩個極端上的相反存在。這樣遠的距離所造成的情感連結了我們，使我們互相呼喚彼此。亨德列克一面咬牙切齒，一面承認這個事實。

「差不多就是那樣。我和神龍王切身感受到我們兩個種族的痛苦，所以才得以構築出對於彼此的真正體認。我們兩者都無法成為神。你知道十二人之橋嗎？」

「……是您造出來的吧？」

「是啊。龍魂使和那座橋很相似。我們和龍之間被強行造出了一條溝通渠道。而為了創造龍魂使，還動員到了龍之星。」

「啊，所以……」

「克拉德美索和涅克斯締結契約的過程裡，你應該有看到吧？」

「是的。」

「神龍王和我注視到了哈修泰爾大人的位置，所以才會創造出龍魂使。利用龍之星，讓所有的龍的命運事先註定。牠們透過龍魂使，一定會陷入與人類溝通交流的命運。」

亭德列克點了點頭，繼續說道：

「事情就是這麼一回事。之後，我改名換姓，並且努力想讓所有種族互相扶持。人類雖然無法成為神，可是應該可以過得更好。至少應該要變得懂得照顧其他種族。」

「因為您曾經沒有站在神龍王的立場，而誤會了牠……」

「你說對了。我不希望其他人類再犯這種錯誤。我化名為海希克，哈哈，我可是理想很高的追求者。建造十二人之橋、接受希歐娜、幫助克拉德美索和卡穆締結契約，這些都是我做的。此外我還做了很多你不知道的事。除此之外，我為了理解他人，做了各式各樣的事。然而，正如同我剛才已經說的，我連自己身邊的希歐娜也無法理解。」

花費一生之後只有挫折，而且是活了別人幾倍時間的一生，結果只歷經到挫折的大法師，在我面前低頭坐著。無法抑制的淚水從我眼中流了下來。修利哲家族為何都是這副模樣呢？連他們的遠祖亭德列克・修利哲，還有卡穆・修利哲、羅內・修利哲、涅克斯・修利哲，也都是這樣。而亭德列克，還沒有聽到他的最後一樣挫折呢。亭德列克說道：

「所以……對於艾德琳，我當時是很戒慎恐懼的。我讓她會說人話之後，立刻把她交付給大暴風神殿。那孩子反而走向追求神的路了。不對，應該可以說，我懇切希望她能這麼做。就像父親透過孩子來感受到他沒能感受到的滿足。希歐娜……在不知敬畏神的父親身邊長大的她，其實讓我很擔心。她的行為反而可以說是比較接近人類的方式。那孩子沒有必要努力去理解他人。因為，對她而言，她有權能可以把別人變成為自己。希歐娜，那孩子不想去理解身為人類的亨德列克，而想把我變成吸血鬼。哈哈哈。」

「亨德列克……」

「我的人生真是徹頭徹尾地失敗了。哈……哈哈……而且連龍魂使也……」

連龍魂使也失敗了！我緊閉著嘴巴。連龍魂使也沒有按照他的想法。他所希望的只是樸實的相互理解與相互發展。如果和引領所有種族成為神比較起來，這是多麼樸實的願望啊！然而，人類把龍魂使變質成為支配龍的工具了。不對，只要是人類，就無法避免這種宿命吧。就像希歐娜那樣，會把所有東西自我化的人類，自然會將龍也人類化，是吧？

「克拉德美索當時已經變成什麼樣子了？」

亨德列克如今用滿是懇切感的語氣說道。我只是閉著嘴巴，對視著他的臉。

「其實我早就料到了，修奇。我引領卡穆•修利哲，去和克拉德美索強行締結龍魂使的契約。克拉德美索這頭龍啊，不管是現在還是當時，一直都是希望自由自在的龍。然而，我貪圖牠的中庸、平衡，以及牠的自我節制。所以，所以我希望人類可以從牠的中庸、平衡和自我節制精神裡，學習到牠的善良。於是，我跑去找深赤龍——保持善惡平衡的深赤龍，強行讓牠和卡穆締結契約。你跟我說，深赤龍克拉德美索如今變成什麼樣子了？」

我呆愣地流下來的眼淚，如今順著臉頰流下。我感覺到從下巴不斷滴下眼淚，然後我吞了一口口水，讓口水流進哽咽的喉嚨裡。

「克拉德美索……」

蕾妮開口說道：

「我……」

可是蕾妮的嘴巴卻停住了。她無法再接著說話，只是呆愣地看著傑倫特。傑倫特一副毫不焦急的表情，迎視她的目光，但是周圍其他人卻都焦躁萬分。

「我如果選擇了基果雷德……克拉德美索一定會死，是吧？」

基果雷德用憂鬱的表情點了點頭。這個簡單的動作，對牠來說看起來像是太過吃力的事。隨即，蕾妮跟著基果雷德點了點頭，說道：

「這是克拉德美索所希望的事。」

什麼？這是克拉德美索希望的事？這是什麼意思啊？不過，蕾妮沒有給我們問問題的時間。她正眼直視著基果雷德，說道：

「我願意成為你的龍魂使。」

「好。」

又是一陣無限黑暗和空間喪失感，然後一陣奇特的光之混亂，在這之後，我一回過神來，基果雷德就已經變身為龍的模樣，飛向盆地去了，而蕾妮則是一副極度慘白的臉孔，茫然地站在那裡望著牠的背影。

傑倫特一個深呼吸之後，就朝向飛翔著的基果雷德喊出祈禱文。從傑倫特手中所散發出的光芒，整個映照了在飛翔的基果雷德。真的好壯觀啊！傑倫特小小的身子所發出的光芒，像是快把整個盆地覆蓋住似的，追著飛翔著的巨大的基果雷德。傑倫特的身體如今不斷劇烈痙攣著，在他的太陽穴上則是冒出粗大的血管。

「呀呀呀呀呀呀呀！」

沒有任何人膽敢接近他。傑倫特看起來就像是用空手就能擋住要倒塌的高塔。亞夫奈德用難以置信的語氣，說道：

「魔力會拒絕神力，看來這句話似乎是個謬論！龍，牠們能夠使出魔法的極限，怎麼會讓祭司……」

咦？我仔細一想，是哦？龍明明是使用瑪那的生命體，應該會對神力產生拒絕反應，不是嗎？此時，一直在傑倫特旁邊看著他的艾德琳慢慢轉過頭來，對亞夫奈德搖了搖頭，說道：

「事實並非如此。請看看我的例子。」

「咦？」

「我是因為魔法而會講人話的巨魔，而我現在一直在做神的權杖所做的事。」

哎呀，天啊！

我仔細一想，艾德琳身上一直都具有魔力與神力！我們全都用難以置信的表情看著艾德琳，亞夫奈德費力地問道：

「那麼，魔力不會拒絕神力嗎？」

「不。應該說，在身為人類的情況下……無法將這兩者聚於一體。應該是這樣。」

「咦？」

「因為神力是高高升起而歸依，魔力則是廣泛伸展而支配。」

亞夫奈德聽到艾德琳這番模糊的答案，一直不斷搖頭。他表情焦急地正想要問問題，但此時卻傳來了基果雷德的咆哮聲。

「嘎啊啊啊啊！」

而此時，克拉德美索則是正在撕咬著最後一個幻影。克拉德美索仍然還是很沉著，牠把咬著的幻影整個丟向正要飛向牠的基果雷德。像山一般大小的幻影在半空中化為水珠，飛散而去，基果雷德瞬間失去平衡，漏失掉攻擊的目標。克拉德美索則是趁著這短暫的空檔，飛升上去。

「呱啊啊啊啊！」

克拉德美索的飛翔與其說是飛上去，倒不如說像是用力發射上去。我的天啊，牠這樣飛，翅膀不會斷裂嗎？克拉德美索直接穿越那些水珠，並且朝向基果雷德躍身上去。不過，基果雷德輕巧地避開克拉德美索的攻擊，而且開始往上飛得更高。最後，連接基果雷德和傑倫特的那道光芒江河終於斷絕，傑倫特則像是被馬踢了一腳的人那般往後跌倒。

「呃哦嗚嗚嗚！」

「傑倫特！」

我們尖叫著跑向傑倫特，可是在聽到他喊叫聲的那一刻，我們全都很有默契地決定完全不要管他了。

「哇啊，各位是我的證人！一定要幫我宣揚一下！說我曾經治療過龍！」

克拉德美索在半空中沒有攻擊到基果雷德，踉蹌了一下。牠直接輕巧掠過盆地周邊的峰巒，並且往上騰升。隨即，基果雷德和克拉德美索又再度消失在雲層之上了。一直看著這一幕的杉森，一會兒握住手，一會兒放開手，說道：

「牠的力量真的變弱了！牠因為和那些幻影打鬥的關係，變得相當疲累！」

「是嗎？真的嗎？」

「是的，卡爾。牠的動作確實變得不大一樣！現在只要順利……修奇！接住吉西恩的標槍！」

「什麼？哦，天啊，拜託別叫我這麼做！」

在我的大叫聲的餘音都還沒消失之前，吉西恩就把背在背上的那捆標槍解開，丟到我面前。他的臉色蒼白，可是當我看到他的眼色，我點了點頭，接住那些標槍。杉森則是早已經解開了自己帶著的那些標槍，並且喃喃地說：

「我真的不想要有這種行為，可是，我們實在是不得已的。快去幫助基果雷德！知道了吧，修奇？」

我火冒三丈地喊著：

「各位是我的證人！一定要幫我宣揚一下！說我曾經對龍丟過標槍！哦，天啊。我可不希望別人因此發現到我已經瘋了！」

「這小子，那你的意思豈不就是我也瘋了？」

溫柴噗哧笑著舉起標槍。周圍的人全都往旁邊退的時候，我、杉森和溫柴開始把標槍插在地上。然後，我們就各拿著一根標槍，瞄準雲層。

三個人全都並肩把拿著標槍的右手臂往後拉，把左臂往前舉，以維持平衡，我們這樣的站姿形成了一股可怕的協調。而在我們旁邊，則是伊露莉和亞夫奈德正要開始施法。我轉頭瞄了一眼，隨即看到杉森緊閉嘴唇、正在瞪視著空中的那副僵硬臉孔。正當他額頭上凝結的汗珠吸引住我的目光時，溫柴喊著：

「牠下來了！方向是右邊！跟著我射出去！」

「呀啊啊啊！」

「喝啊啊啊啊！」

我和杉森的標槍跟隨在溫柴射出的標槍之後，接著，可怕的咒語跟著出現。在右邊天空，克拉德美索突然穿過雲層現出身影，牠受到無數的攻擊，停在半空中踉蹌了一下。至於已經射出標槍的我們，則是連確認是否命中的空檔也沒有，很快就拔起插在周圍地上的其他標槍，不管三七二十一地射了出去。而在這其中，伊露莉和亞夫奈德依舊不斷使出法術。飄浮在半空中的克拉德美索彷彿像是隨風飄揚、快被風撕裂般的旗幟，正當我有這種感受的那一瞬間，基果雷德穿越雲層，覆蓋住牠的上方。

「嘎啊啊啊啊！」

剎那間，我看到了克拉德美索的眼睛。在牠眼裡，一點也感受不到狂暴之氣。就連基果雷德咬住克拉德美索的頸子時，就連杉森的奇怪喊叫聲響起時，甚至就連蕾妮用嘶喊的聲音發出尖叫時，我也還是無法把目光從牠眼裡轉移到別處。

「克拉德美索——！」

我低著頭，嗚咽著：

「……牠死了。是自殺而死的。」

「自……殺？」

「是的，卡爾……還有其他人，好像都不這麼認為……可是在我看來，那是自殺。咳，咳，咳。雖然，可能對牠而言……確實是連牠自己也感覺不到是在自殺……」

「呃……呃呵呵呵！」

亨德列克發出一陣如同死亡般的呻吟聲。他就這麼把頭埋在膝蓋，喊出從心裡深處傳出的叫喊聲。

「呃啊啊啊啊啊！呃啊啊啊啊啊！」

在亨德列克的喊叫聲傳來的同時，屋外的風聲變得更加猛烈。我繼續嗚咽地說：

「我……並不是單數……是，是的……所以我們……雖然永遠不滅，雖然可以接受……另一個我的死亡……連至親的死，連愛人的死……都能接受。龍……龍就沒有辦法做到。牠把涅克斯……那個已經被破壞的涅克斯，作為自己的龍魂使……自己的……龍魂……使。」

我用力把眼淚擦拭掉，平息呼吸平息了好一陣子，才得以把還沒講完的話全都講出來。我說道：

「牠讓曾經歷三次死亡的涅克斯，成為牠自己的龍魂使，從那時候開始，克拉德美索的死亡就已是既定的事了。透過卡穆和涅克斯的死，死過兩次的克拉德美索，不對，牠既然接受了曾經在永恆森林死過三次的涅克斯，那麼克拉德美索應該就是死過五次之多吧。結果牠終究只能變成這樣。龍無法忍受這樣的打擊。」

「克拉德……美索！呃！」

亨德列克用雙手抱住頭，嗚咽地說道。我看到他那樣，但還是無法感受到任何同情心。我太過用力揉眼睛了，揉得眼眶都在熱痛著。從壁爐裡散發出來的熱氣，弄得我熱燙的臉孔更加灼燙。我咬緊牙關，說道：

「我並不是單數。對。是的。但龍並不是這樣啊！牠們是單數。對牠們來說，締結龍魂使，結果終究是在破壞牠們的單獨性！我們連對龍，都想把我們自己投射上去！學習？我們會向龍學習嗎？哈哈哈！是啊。龍可能會當我們的老師吧。然而，我們卻不可能會做龍的學生！」

「克拉德美索……克拉德美索！呃呵呵呵！」

亨德列克嗚咽著。這位無法將人類引領成為神，無法將人類引領到世界的大法師，他的嗚咽像尖銳的鐵片暴風般捲起。壁爐的柴棍因強烈的火勢而倒了下去。而亨德列克的肩膀，則是因為人類的這股火勢給襲倒了。

我覺得腦袋瓜像要碎裂開來那般疼痛。可是，是誰在我眼前點了蠟燭啊？不對，原來是白天的亮光。我皺著眼睛，坐了起來。

真是的。我竟然躺在地上。哎喲，全身骨頭痠痛。我想起身坐好，卻突然感到有些奇怪。這裡是哪裡啊？哎呀，這天花板我好像很熟悉？而且周圍的家具也總覺得很熟悉？我以為這裡是哪個旅館……呃，原來是我家。

哎喲，頭好痛。可是，亨德列克呢？我坐在地上轉身過去，結果整個人都僵住了。

亨德列克懸腿坐在床邊，他的頭低垂著。透過窗戶射進來的冬日陽光，照耀著他的銀色頭髮，看起來像是在他周圍泛出一整圈的光芒。但是亨德列克的臉卻籠罩著陰影，顯得有些暗沉。

難道他一整夜都是這副姿勢嗎？

我費力地移動不太能動的雙腿，站了起來。在站直身子的那一瞬間，我感到頭暈目眩，不禁搖晃了一下。此時，亨德列克說道：

「你起來了啊？」

亨德列克連頭也沒轉，如此說道。我勉強拄著椅子，站直身子。

「呃，我還以為您在睡覺呢。難道您一整晚都這樣坐在那裡嗎？」

亨德列克並沒有回答我的問題，只是把手往旁邊移動。彷彿像是只有手還活著的樣子。過了一會兒，他握住木杖，起身並且說道：

「我們到村子裡去看看吧，修奇。我一向都是在散特雷拉之歌吃早餐的。和我一起去吃吧。」

「啊，是。我先梳洗一下……」

「快去吧。」

在我盥洗到穿衣服的這段時間，亨德列克站在庭院裡，一動也不動。要是有人看到，一定會以為我家庭院裡長了一棵人形的樹木。

我翻找衣櫃，想要換穿衣服，突然間，我想起很久以前的一件事。可是再仔細一想，其實這只是幾個月前的事。

那是老爸要離開的幾天前的一個夜裡吧。老爸不知寫了什麼東西，然後就把它放到衣櫃上面了！我摸索了一下衣櫃上面。過了一會兒，我就在衣櫃上面發現到一張蒙了灰塵的紙張。

給修奇：

你發現到的這封信裡寫的是我的遺言。雖然我說這是遺言，其實也沒有什麼話要說。你就原諒我吧，沒有好好照顧你長大成人就這樣離開了你。如果你這小子不原諒我，又能怎麼樣呢？反正我也已經死了。

眼前一片茫然，一定會覺得無可奈何，但是死亡其實並不是什麼了不起的事，其實沒有特別不同的地方。只是想看我的時候，看不到我，想和我講話時，無法和我講話，可是我愛你的心依舊不變（你這小子，死人會有特別改變心意的事嗎？哈哈哈）。

不過，我拜託你，趕快把我忘了吧。

我不希望被留在你心裡。我覺得死掉的人干涉活著的人太多，並不是件好事。而且活著的人不讓死掉的人死，這也不是件好事。你就讓我靜靜地被遺忘吧。要是緊抓著有我的記憶不放，只會使你情緒很累。反正我都已經死了，你就靜靜地接受這個事實吧。最好你還能笑著嫉妒我好了。因為，你老爸我現在啊，已經從痛苦和煩悶中永遠跳脫出來了。哈哈哈。

你快樂，我就會快樂。這個事實是我死了也應該不會改變的事。所以，你就快樂地活著吧。因為這樣一來，我就算死了也會高興。

再見。

哎喲，老爸……我緊抓著老爸的遺書，開始咯咯笑了起來。但是過了一會兒，我手上的遺書卻開始看起來好朦朧。

我大致準備好之後，走近亨德列克的身旁。可是，我都還來不及講話，他就已經邁步走出去了。結果我什麼話都沒講，只能跟在他後面走。

他在樹林裡走路的步伐，甚至像是比我還要熟悉那條路般地快速。走了一段路之後，亨德列克突然開口說道：

「你幹嘛全副武裝啊？」

「咦？」

「你那身甲衣的聲音加上劍的噹啷聲，實在很大聲。都已經回來故鄉了，你現在不是只要去吃飯嗎？」

呃。我這才發現到，自己把之前在冒險時所穿的硬皮甲，甚至還有巨劍都穿戴出來了。而且我手上還戴了ＯＰＧ。我用尷尬的語氣說：

「啊，對哦。我習慣了，才會這樣子。在旅行的那段期間裡，我大概都沒有卸下武器裝備。現在我才發現，如果沒有這樣，我會覺得很空虛。」

亨德列克微笑了一下。這笑容代表什麼意思呢？他說道：

「愛情是種束縛嗎？」

「有頭有尾才能知道是牛還是豬吧。」

「真是沒話可說了。我們趕快走吧。」

真的是。他說沒話可說，結果我卻更加在腦海裡有話揮之不去。亨德列克只是對我笑，並沒有要再說其他話的臉色。那麼一來，這就像是丟給我一個課題了。

他再怎麼看都不像是昨天的亨德列克。那麼，我最好是叫他泰班。三百年的挫折痛苦已經被亨德列克帶走，如今在我眼前走著的只是泰班嗎？

這算是件稀罕的事吧。

在「散特雷拉之歌」裡，正在進行醉客的處理作業。海娜阿姨用熟練的動作扶起醉客，用水潑，還用更烈的酒給他們喝，就這樣，她盡量讓大廳那一大堆醉鬼嚐到了冬季早晨的美好。在這番忙碌的作業之中，海娜阿姨還是對於走進大廳的我和泰班，快活地打了招呼。

「歡迎光臨！啊，今天修奇也要一起來吃早餐啊？」

泰班面帶微笑，說道：

「妳好像很忙，就先別管我們，慢慢準備吧，反正現在時候還早。」

泰班在大廳角落選了一個位子，我則是幫忙海娜阿姨進行醉客處理作業。我一邊避開昨晚的那個狂亂宴會的殘留物，一邊扶起那些醉客。而在這段期間裡，我還不時一有空就觀察泰班的臉色。

不過，泰班只是一副很平凡的表情。真的是一副在酒店角落靜靜等待早餐的老人表情，也就是說，我只能感受到他流露出，對一輩子當中一直會來臨的早餐覺得有些厭煩的那種平靜幸福感。泰班坐著的那一桌，有冬季早晨的低矮陽光照耀著，所以在那周圍飄浮的金色灰塵，使他那副平靜的模樣更顯得微弱且溫馨。

這是怎麼一回事啊？我雖然想像過，他聽完我說的話之後會有什麼樣的反應，但是沒想到竟然會是沒有反應。所以我一邊感到些許的失落感，一邊看著他平靜的模樣。到底這是怎麼一回事啊？

在「散特雷拉之歌」吃完早餐之後，我和泰班又再進到城堡裡去。城堡裡已經開始在忙碌了。因為要給阿姆塔特的寶石已經備齊，所以必須盡快出發前往無盡溪谷。奔走於城堡裡的警備隊員的模樣，以及在大喊大叫的哈梅爾執事的模樣，全都看起來很有朝氣。馬車車輪的滾動聲音，還有因為冬天的關係而被移到馬廄，剛剛才牽出來的馬兒們的精力旺盛模樣，全都看起來令人興奮。

泰班好不容易才抓住機會，和那位到處奔走的哈梅爾執事說話。

「啊，執事大人。都準備得很順利嗎？」

「啊，是。警備隊員的出動事宜已經準備好了，不在城裡時的業務也都整理好了。還好現在是冬天，沒有什麼事務。哈哈。那些要出隊的警備隊員，主要是以曾參與阿姆塔特征討軍的人員為主力而編制的。因為經驗豐富的人……」

哈梅爾執事興奮地不斷想要說話。泰班微笑著聽他說明，我則是在稍遠的地方和來來往往的人打招呼，並且看著城堡內院，也就是練兵場。

這城堡以前就看起來這麼荒涼嗎？呵，真是的。我的眼光好像變高了。到處遊走各地時，我看盡各式各樣令人新奇的東西，所以現在我們的城堡才會看起來好荒涼。賀坦特城堡的模樣給人一股窮酸感，而且那是光用帶有熟悉感的親近，也無法掩飾的窮酸感。說得也是，城堡沒有領主在，怎麼可能好到哪裡去呢？

嗯？

咦，我感覺怪怪的。怎麼覺得好像領悟到了一件重要的事？可是，那是什麼事？我呆滯地睜著眼睛，又再看看城堡四處。然而，突然掠過的那個想法已經不再浮現到腦海裡了。這可真傷腦筋！

唉，算了，如果是重要的事，一定還會再次想起吧。我放棄之後，便跑去幫忙警備隊員打包行李。阿姆塔特一定不會連俘虜的方便也設想到，所以如果要把俘虜們帶回來這裡，一定要準備周詳才行。

「我說我也要去——！」

「不行。」

「你看著我的眼睛對我說！」

「不行。」

「哇，嗚哇，呼啊。沒想到你真的看著我眼睛說了……」

傑米妮按住她上下起伏的胸口，驚訝地張著嘴巴。可是傑米妮如果這樣就放棄，我可能會更加驚訝吧。傑米妮咬住嘴唇，說道：

「不管你是去冒險還是去幹嘛，你連耳朵都被割了下來！誰知道，說不定這一次搞不好連脖子都會被割了下來！不行，不行！我絕對不能讓你一個人走！」

她說我的脖子會怎麼樣？這丫頭簡直是在詛咒嘛！我連聽都不聽，轉過身去，開始將御雷者勒上馬嚼子。這傢伙可真是的，未免也太高了吧。快把頭低下來，可惡！因為御雷者的肩膀很高，所以不只勒上馬嚼子很費力，就連放馬鞍也不是件易事。這真是令人傷腦筋。不過，綁牠的肚帶時倒是滿方便的。可惡。你要是會像駱駝那樣跪下，該有多方便啊。哈哈哈……哈……

……我感到很不安！

怎麼會這麼安靜呢？我努力試著緊閉嘴巴，並且不要回頭看。然而，我實在覺得太不對勁了。我只聽到御雷者的噗嚕嚕聲音。不知為何，連那聲音都聽起來很怪異！我試著閉眼堅持下去，可是周圍突然襲來的恐懼感實在是太非比尋常了。結果，我終究無法再忍下去，接著慢慢地回頭。

「傑米……」

「咿呀啊啊啊！」

「哇啊啊啊啊！」

我聽到一陣奇怪無比的「咆哮聲」，接著，眼前傑米妮嚇人的臉孔便突襲而來。在那一瞬間，我下意識地低下身體。隨即，我感覺有樣東西拄著我的肩膀，跳了上去。我驚慌地站直身體時，傑米妮已經騎上御雷者，而御雷者則是嚇得抬起前腿，奔馳而去。

「咿嘻嘻嘻！」

「我的媽呀——！」

傑米妮嚇得喊出刺耳的尖叫聲，吊在御雷者的頸子上，但這只是讓御雷者更加驚慌不已。御雷者亂蹬著腳，並且開始驚慌失措地東奔西跑，我跟在牠後面一面跑，一面喊著：

「下來！傑米妮，快下來！真是的，啊，不對！停住！不要下來，停住馬匹！呃啊啊，不要抬高妳的屁股！」

「救命啊！修奇，救命啊！呃啊啊啊！」

「馬韁！抓住馬韁！我叫妳抓住馬韁！這個笨蛋丫頭，那是馬鬃！那是耳朵！我是說馬韁，馬韁！他媽的，隨便抓住一樣好了！御雷者你這傢伙！要是把傑米妮摔下來，我就把你做成馬肉排——！」

「咿嘻嘻嘻嘻！」

然後，阿姆塔特交涉團裡，就這樣加入了賀坦特領地的守林者之女傑米妮·史麥塔格小姐。

阿姆塔特交涉團是在十二月二十日，一個溫煦的冬季早晨裡出發的。預計十天後到達無盡溪谷。我如果騎御雷者奔馳，會更快到達，但是我一個人根本無法引領那些眾多的俘虜，因此，才有許多人員一起出發前往。這樣一來就很難縮短行程了。時間其實很緊迫。希望阿姆塔特能有雅量等我們兩、三天。不對，阿姆塔特要是有耐心肯等到最後期限，那我們難道應該要感激不盡嗎？真是可惡！

對我而言，除了擔心時間之外，我還擔心另一件事。

「啊，有一隻麻雀！」

「什麼？好！接招，一字無識！」

那隻無意中飛到我們一行人前方的麻雀，一聽到我的大喊聲，嚇得趕緊拍動翅膀飛了上去。

我拿著巨劍呵呵大笑，泰班則是帶著覺得莫名其妙的語氣，對我說：

「我以前都不知道麻雀是這麼危險的生物。」

「難、難道這不是食人麻雀嗎？」

「……修奇，拜託鎮定一點。傑米妮都這麼鎮靜了，你怎麼這樣緊張啊？」

「嘻嘻嘻嘻！」

我一面聽著透納的怪異笑聲，一面又再把巨劍收回劍鞘。傑米妮看到我這副模樣，竟也無情地咯咯大笑。呃呃。我是因為誰，才做這種笨蛋行為的啊。說得也是……沒錯，泰班說得對。雖說傑米妮也在我們一行人之中，但我幹嘛像個笨蛋那般緊張呢？根本沒有必要嘛。因為有泰班在，還有透納領隊的那些警備隊員在，應該是不會有那種危險狀況的。

「啊，有一隻兔子。」

「哇啊啊啊！傑米妮，躲到我後面！攪拌蠟油！」

那些警備隊員們這下都一副快要跌倒的模樣，透納則是笑得都快喘不過氣來了。透納可能是因為笑得太厲害了，覺得頭暈想吐，所以他跳上馬車，躺在行李堆上面。他對我說：

「咯咯咯咯！那麼這隻就是食人兔了嘍？」

我無力地把巨劍收回劍鞘，望著那隻逃跑掉的兔子背影。馬車上的傑米妮一邊咯咯笑，一邊看著兔子逃走，說道：

「是隻白色的兔子耶。現在是冬天，所以牠好像已經完成換毛了。好漂亮啊！」

啊，是哦。現在是兔子和小鳥完成換毛的時期。可是，因為還沒有下雪，所以兔子在褐色土地上奔跑的模樣，看起來顯得很清楚。哈梅爾執事點了點頭，說道：

「我現在才發現到，今年的初雪來得比較晚。」

「幸好。因為這樣一來，我們帶那些被滯留的人回來時，就會比較輕鬆一點。」

「嗯。確實，這樣真的很幸運。我原本還在擔心冬季氣候太暖和，會影響明年耕種。哈哈哈。」

哈梅爾執事點了點頭，擦拭額頭上的汗水，說道：

「真的，真的是無限感慨啊。」

「咦？」

哈梅爾執事一邊看著周圍的山群和田野，一邊滿懷激動地說：

「修奇，我一輩子都只在這塊領地裡生活，從懂事以來，就幫父親管理城堡的事。我父親去世後，不僅是管城堡的事，我還要掌管領地的所有事務，所以忙得不可開交。哈哈。在你看來可能覺得可笑，可是對我來說，這可以稱得上是我這輩子的一大冒險。我感覺這似乎像在度過一個緊湊的假期。當然啦，這個假期卻不是那種內容很不錯的旅程。」

「啊哈，是。」

嗯，說得也是。沒錯，我是很特別。我這種年紀的小鬼，竟然已經歷這麼多的冒險。這和別人比起來……我環視了一下後面。

後面是透納所指揮的三十多名警備隊員，然後就是一大堆馬和騾子。牠們是要讓俘虜之後騎的動物。而再後面，是十輛馬車。那些馬車全都是載運補給品的馬車，為了那些被阿姆塔特關起來的俘虜，而滿載了補給物資。回程的時候，馬車應該會開始清空，到時候也可以用來載俘虜。在第一輛馬車的行李堆上，泰班和傑米妮懸腿坐著，在他們旁邊，則是笑到疲累的透納躺在那裡。我們是人數不多的一行人。不過，我們已經找不出更多人員出隊，這其實也是因為我們領地目前的情況。

前往無盡溪谷的這段期間，泰班是我主要的關心對象。

不對，應該說，除了關心傑米妮之外，他是我主要的關心對象，這樣說才正確吧。不管怎麼樣，在我確定傑米妮很安全之後，我會靜靜觀察泰班。而泰班可能有感受到我的那種目光，也好像沒有感受到，總之，他是那種無法分辨出來的模糊態度。

泰班有時望著飄浮的雲朵在喃喃自語，有時和經過他身旁的警備隊員互相開玩笑，完全找不出他有異常的地方。如果說他是要去找黑龍一行人之中的成員，他看起來太過泰然自若了，這一點令人覺得有些奇怪。但是如果知道他是三百年來累積出誰都無法觸犯之威名的巫師，憑這一點，我就不會覺得他很奇怪了。其他警備隊員，還有哈梅爾執事以及傑米妮，則像是尊重他的從容態度似的，去瞭解他的泰然自若。

然而，夕陽西下的時候，或者早晨起床在濃霧中行走時，泰班的樣子令我感到一股奇怪的感覺。

因為是朝向西方前進，所以泰班正面會被一向如火般燃燒的夕陽給照射到，他那時的臉孔就會看起來像是破舊的建築物，那種連蜘蛛網也神氣纏繞著的破舊神殿的悲哀景象，使我不禁覺得很難過。而且在只有馬車啪嗒車輪聲響著的夢幻晨霧之中，我看著看起來朦朦朧朧的泰班時，會感受到一股無法抵擋的不安感，因此只好撇開頭，不去看他的臉。

雖然泰班看著他自己，而我看著他，但我們之間還是沒有說什麼話，會講的只是日常生活方面的事。每次大家點了營火聚在一起時，不是泰班先睡，就是我先睡，我們兩個很少能夠聚在一起。

「泰班先生呢？」

「他已經睡了。」

「啊，是嗎。」

然而，一行人之中最年長者和最年少者之間，形成的這股奇特沉默，如果讓別人知道了，這也只算是很淡薄的色彩。因為，周圍全都是暗沉的顏色。雖然大家又笑又鬧，但是慢慢觀察就會感受到存在一股不安感，還有因越來越深沉的冬季氣息而更顯荒涼的周圍情景，全都是暗沉的色彩。當然啦，這之中籠罩我們最暗沉的顏色，即是阿姆塔特之恐懼。

「阿姆塔特的綽號之中，有一個是叫做『夕陽的監視者』。」

「這是什麼意思呢？」

泰班聽到哈梅爾執事的問話，像是隨口回答似的說：

「應該是指牠能證明所有萬物皆有滅亡。甚至連公正、親切、愛、關心，全都有令人沮喪之時。然而，不均衡、不平等、憎惡、誤會也是……都有終了之時，不是嗎？在阿姆塔特的名字之前，誰也不敢發誓會有永遠。沒有永遠的愛、永遠的忠誠……如果要說誰有資格說萬物是多餘無益的，那就是阿姆塔特。」

「真是令人聽了鬱悶啊。」

每到一個新的早晨，就變得更加猛烈的冬季寒氣，使得一行人都變得意氣消沉了下去。然而，哈梅爾執事高興得簡直都快忘記他在城堡時的面貌，這一點，連傑米妮也和他一樣。這兩個人……年紀相差那麼多，思考方式也差那麼多，卻竟然有共通點。他們的相同點就是，無法好好看出這趟旅程的不安。哈梅爾執事是因為能去救領主大人，反而高興不已，還有因為生平第一次走出領地外面而興奮，所以他還沒有感受到不安。至於傑米妮，則是對於旅行的危險，或者領地外面的恐怖等等，只有模糊的概念。而且在她身旁的那些警備隊員還有我，好像給她的不是模糊的恐懼感，而是更強烈的熟悉感，還有安心感。所以傑米妮也不知道要不安。

「啊啊啊！走開！走開！」

「什、什麼？真是的！傑米妮？啊，我會趕快走開的。」

我紅著臉，一邊嘀咕一邊後退，隨即，在樹林裡換衣服的傑米妮就用更尖銳的聲音說：

「不行！你不要走！因為我好怕啊！」

接著，就傳來了警備隊員們的大笑聲。她這不是不安，而是在耍賴嘛。呃呃呃。

不管怎麼樣，我們一行人之中看來有兩個人很快樂，這使得所有人的步伐變得輕快了些。這趟冬季旅行，我們沒有遇到任何一個怪物或者旅人，就這樣直到第九天也過去了。然而，阿姆塔特直到那個時候，也都沒有傳來任何動靜或任何消息。一行人的緊張已經達到最高峰，可是因為九天來一直很平靜無事，所以這股緊張感並無法變得那麼強烈。我們因為終於到達而覺得心安，反而高興地進行了第九天的露宿。

明天終於要進入無盡溪谷了。

05

「你說那是墳墓？」

「是啊。我再怎麼看都像是墳墓，真是怪事。」

透納歪著頭，疑惑地說道。是啊。這真的滿怪的！

「這個地方距離人類村莊非常非常遠……會是誰造的墳墓呢？即使是冒險家們，也不太會來這附近啊。」

「所以我才說很奇怪啊！沒想到會在無盡溪谷看到墳墓。如果是骨頭我還能理解，可是怎麼會有墳墓呢？」

我、透納以及幾名警備隊員，我們這隊偵察組，已經先跑到一行人前方偵察。我們在距離很遠的地方觀察無盡溪谷的入口，結果發現到一個造在一眼就能看到位置的墳墓。可是，這真的是墳墓嗎？實在太遠了，根本無法分辨清楚是什麼。而且因為現在是早晨，到處瀰漫的霧氣使我們更難專注觀察。

此時，另外一個警備隊員說道：

「啊，透納，你看那邊。」

我和透納轉移視線。隨即，就看到在溪谷內的濃霧之中，有個長得像人的東西正朝這邊走來。雖然是在很遠的距離，不過，因為現在是所有樹木凋零的季節，所以可以看出那東西的形體。雖是這麼說，但可能是濃霧密布的關係，所以很難分辨出是人類還是半獸人。透納帶著緊張的語氣，說道：

「怎麼可能是人類？無盡溪谷裡會有什麼人類啊？」

然而過了一會兒，卻出現令他更加覺得怪異的景象。

「啊？他是想要去拜那個墳墓？看來他真的是人類！」

那個看起來像人類的黑點，用很堅定的步伐正在走向墳墓。他的步伐並不是很快，看起來可說是緩慢行走……

「啊？」

「你怎麼了，修奇？」

「這人走路的樣子，我總覺得好熟悉。」

透納表情糊裡糊塗地看了我一眼，又再看了看那個人，並說道：

「我也覺得好熟悉！他確實是把左腳往前跨一步之後，就會接著把右腳跨出去。他沒有左腳連跨兩次，由此可知，他的步伐確實令人覺得熟悉。」

「下一次我要開玩笑的時候，會先說『從現在開始，我要講笑話』。但是，現在我並不是在跟你開玩笑。」

「是嗎？可是，他走路的樣子好像沒有特別奇怪的地方啊……」

「呃呃呃！」

在下一瞬間，我已經從我們藏身的那堆岩石後面忽地站了起來。警備隊員們驚嚇得想要阻止我，可是我已經往前衝出去了。隨即，乳白色的霧氣就已完全纏繞住我。

到墳墓的距離在瞬息間就縮短了，站在墳墓前面的那個人的模樣也在瞬息間變大。而且那個人的眼睛也在瞬息間變大。他面帶難以置信的表情，說道：

「請問你是不是……」

我停在原地，墳墓位在我和他之間，然後我詫異地看著他。他也詫異地對視著我，繼續說道：

「請問你是不是，那個世界上唯一會叫我父親的人？」

「那請問閣下是不是生了一個像我一樣英俊帥氣的男孩子，拯救整個大陸的……啊！幹嘛打我？」

「拯救大陸？我看你是救父親吧。光是這樣就已經是很了不起的事，所以你別傷心啊，兒子。」

「爸爸您的意思是，應該把您救出去，是吧？可是，您現在的模樣讓人感覺不出有任何急迫的危機感，這您不知道嗎？我為了救爸爸，費盡千辛萬苦，可是我現在卻覺得這樣的我像個笨蛋。」

「哦哦，我更加以你為榮了！因為很少會有人願意這樣承認啊。」

「承認什麼？」

「承認自己是笨蛋。」

「爸——！」

就在我和爸爸展開如此感人的古怪重逢場面時，透納和其他的警備隊員們也都穿越過濃霧，走近我們。這時我和爸爸正在互相手牽著手，跳著世上難得一見的珍貴舞姿。透納看到我們那副模樣，好不容易才忍住不笑，並且費力地說道：

「你、你、您好，尼德法先生。」

正在墳墓前面構思複雜舞步的我和爸爸，這時才分了開來。

「哦哦。你也來了啊，透納？」

爸爸帶著一副真的很沒品味的態度說道。即使他的穿著還是當時離家時穿的那一套，和抹布沒什麼兩樣，而他那張有些消瘦的臉孔，可能因為一直沒有洗臉，看起來邋邋遢遢的，但是也不該這樣啊。透納點了點頭，說道：

「是、是，我們是來向阿姆塔特要回被滯留的俘虜。」

「啊，是嗎？可是，幹嘛也把這傢伙給帶來了？」

「咦？啊，這個嘛，正確地說來，我們是跟在修奇後面來的。因為是修奇到領地外面籌到了要給阿姆塔特的寶石，然後帶我們來到這裡的。」

爸爸面帶著啼笑皆非的表情看了看我。然後突然間，他用雙手抓住我的臉頰，往前猛拉。他把我的臉左右搖晃，隨即咋舌說道：

「你幹嘛叫透納說謊啊？」

「爸爸，『那番話是不是真的都不知道』的想法，在你心裡根本小到沒有眼屎那樣大！」

「看來是真的嘍！」

爸爸確實是很機靈。我畢竟是誰的兒子嘛！爸爸用力搖頭，說道：

「原來阿姆塔特說的那個令人難以置信的客人，就是你啊。真是令人難以置信啊。」

「咦？」

爸爸用感嘆的語氣說道：

「所以牠才會挑上我。真是的。太令人難以置信了。」

「那請您也讓我們一起覺得難以置信吧，爸爸。」

其他警備隊員們也全都排站在我們周圍，等我爸說話。爸爸大力點頭，說道：

「嗯，事情是這樣的，阿姆塔特派我來迎接各位。在來這裡的路上，我還是一直覺得奇怪，為什麼會挑我來呢？可是我現在知道了！」

「是因為我……的關係嗎？」

「好像是這樣。因為我想不出其他的理由。」

天啊！那麼，也就是說，阿姆塔特早就知道我們正要前往這裡，也知道我們一行人是什麼樣的人嘍？這是怎麼一回事？是魔法的關係嗎？

過了一會兒，走在我們後面的一行人也跟著全到了，爸爸看到我們的人數，大大地感嘆了一聲。而傑米妮一看到我爸就跑了過來，跑到一半甚至還跌倒在地上。可是，傑米妮不管膝蓋的痛楚，扶著一邊的腿，就一蹦一跳地跑來了。

「伯父！」

「哎喲，我的天啊！這是誰啊！妳不是傑米妮嗎？怎麼連妳也來了？」

爸爸的雙手在褲子上擦拭了一下，想要握傑米妮的手，可是傑米妮噙著眼淚，猛然抱住爸爸。

「哇啊啊！好高興哦。看到您平安無事，真是太高興了！」

爸爸露出有些為難的表情，拍了拍傑米妮的肩膀。

「呵呵，是啊。謝謝妳了。修奇這段期間有沒有常常惹是生非啊？」

然後過了一會兒之後，傑米妮一放開爸爸，哈梅爾執事立刻跑向爸爸。

「尼德法先生！是尼德法先生！太好了。您還活著！」

「是。雖然被抓起來當俘虜……」

爸爸被哈梅爾執事抓著搖晃，好不容易才說出話來。哈梅爾執事放開爸爸之後，用不安的眼神說道：

「對了，領主大人怎麼樣？他平安無事嗎？該不會這個墳墓是領主大人的……」

哈梅爾執事面帶著不安的眼神，瞄了一眼墳墓。然而爸爸笑著搖了搖頭，說道：

「不。領主大人他非常平安，而且司令官修利哲伯爵也很平安無恙。嗯，被地精抓起來關著的生活，雖然還不至於很快樂，但是牠們並沒有折磨我們的肉體。」

「啊啊，真是太好了！太好了！啊……那麼，這墳墓是什麼呢？而且尼德法先生您在這裡做什麼呢？」

「這墳墓是……」

爸爸回頭看了一眼墳墓。我現在走近一看，雖然這是個很小又不起眼的墳墓，但確實是墳墓沒有錯。爸爸靜靜地說道：

「這是那個已經死掉的卡賽普萊——那頭白龍的龍魂使少年的墳墓。」

爸爸一說完話，立刻用訝異的眼神看我。因為，我已經發出快要喘不過氣的聲音，看著墳墓，說道：

「迪特……律希！迪特律希・哈修泰爾！」

「咦？你怎麼會知道那個少年的名字？」

爸爸表情訝異地說道。我用錯愕的表情低頭看了一眼墳墓之後，轉過頭去。在那裡，泰班面無表情地站著。我越來越無法猜中泰班的心裡想法了。我轉回頭去，說道：

「如果爸爸您要一次聽完事情始末，鐵定會很辛苦。可是，您說這是……那個迪特律希的墳墓？」

「是啊。」

「那麼……是那時候阿姆塔特和卡賽普萊打鬥時死的嗎？」

爸爸搖了搖頭。

「不，當時那孩子也和我們一起被俘了。可是，他一直很憂愁，憂愁到最後就變成這樣了。」

「啊。是因為龍死掉的關係……？所以他應該是因為無法承受打擊而死的。」

爸爸現在則是用滿是驚愕的眼神看我。

「啊，對不起。你和我兒子實在太像了，我才會……」

「我是修奇沒有錯，請您別再說了啦。」

「我放在衣櫃上面的東西是什麼？」

「您的遺書寫得可真好。」

「是嗎？這真是令人驚訝了。雖然不知道你是怎麼猜到的，但你說得沒錯。我聽說，龍和龍魂使之間要是有一方死了，還活著的另一方就會受到深刻的打擊。」

爸爸的眼裡突然掠過了一絲同情。沒錯。這對人類而言，也是一樣的。爸爸擔心父親的死會帶給我打擊，而留了遺書，而這件事是看了那遺書就能理解的事。

「可是，爸爸您是怎麼知道的呢？」

「司令官大人跟我們說的。他說如果是龍，會瘋掉；如果是人類，會無法忍受而死去。所以迪特律希無法承受打擊很久，於是就死了。我和其他幾個人合力把他埋在這裡。」

「啊。原來如此。」

啊，司令官……就是卡穆・修利哲的兄長，也就是涅克斯的養父羅內・修利哲伯爵。糟糕！我現在才發現到，我一直沒有想到該如何把涅克斯・修利哲的死亡消息轉告給他的父親。這該如何是好？要不要就交給卡爾來說呢？

此時，在我和爸爸講話時一直不安地一下子握緊手心，一下子放開手心，同時壓抑著自己的哈梅爾執事，他終於大聲說道：

「可是，尼德法先生！請問您剛才是在這裡做什麼呢？」

「咦？咦？啊，是。哈哈哈。我是接到阿姆塔特的命令來迎接各位的。我會帶領各位到這裡的內部。」

「去見阿姆塔特嗎？」

我的這句問話使爸爸大笑了起來。真是的。再怎麼看，都看不出他是這幾個月來被抓起來當龍的俘虜的人！連他的氣色也沒有什麼變差，而且最重要的是，我感覺爸爸精神方面挺閒逸的。他面帶微笑對我說話的模樣，確實是那個樣子。

「兒子啊。就連狸貓都會隱藏自己洞窟的位置，你以為龍會隨便公開自己的龍穴嗎？我要帶你們去的，是地精關我們的地方，不是阿姆塔特的巢穴。」

「啊，是。那我們趕快上去吧。」

從爸爸身上感受到的那股安然態度，具有鎮定我們每個人的效果。於是我們的心情就如同在危險場合遇到令人高興見到的帶路人，不對，應該說是令人覺得可靠的帶路人，就這樣願意跟著我爸走。哼嗯。雖然他是十七年來在同一間屋裡和我一起生活的人，但我還是發現到我把爸爸看成像是某個傳說裡的帶路人、先導者。這可真是奇特。此時，傑米妮突然在我耳邊耳語，使我嚇了一大跳。

「那個，修奇？」

「呃！哎喲，嚇了我一跳。幹嘛？」

「你爸爸，好像有些奇怪？」

傑米妮用下巴指了指正在和別人講話的爸爸。哼嗯。不是他兒子的其他人也感受到了，這樣確實可以說是真的奇怪了吧？我帶著一股期待感，看了一眼傑米妮，說道：

「有什麼奇怪的？」

「我總覺得他看起來充滿自信……嗯。雖然你爸爸原本就這樣。嗯，可是他怎麼都沒有要我們小心，或者說『我來帶路，你們不要擔心』這類的話呢？他的舉止看起來，就像這裡是沒有任何危險的地方。可是，這裡可以說就是阿姆塔特的家啊。」

我先是用充滿驚訝的眼神看著傑米妮，於是，傑米妮就想用腳踢我，結果差點就讓裙子完全翻起來，使她嚇了一跳。她說道：

「你那是什麼眼神啊！啊，啊，媽呀！」

幸好傑米妮趕緊蓋住裙子，才沒有發生走光的丟臉事。

我對傑米妮笑了幾聲之後，又再看著走在前面的爸爸的背。剎那間，我感到一股頭暈目眩的感覺。

吉西恩？

雖然常有人在我前方，讓我看到他的背，但是現在我卻可以從爸爸的背影看到吉西恩的模樣。難道爸爸他……不可能的。爸爸，嗯，當然對我來說是很重要的人，但坦白說，我和他一起生活了十七年，他對我而言，並不是會讓我看到偉大感的人。這是怎麼回事啊？

算了。可能只是因為好久不見才會這樣吧。我搖了搖頭之後，抓住御雷者的馬轠拉了過來。

爸爸看到御雷者，則是非常驚訝地說：

「呵。這匹馬真是高大！」

我笑著騎上御雷者之後，往下面伸出手來。

「請坐在我後面吧。」

「難道……這馬是你的？」

「是的。這馬是別人送我的。」

爸爸搖了搖頭，哈哈大笑地說：

「這實在太難以置信了。我真不知道這到底是怎麼一回事，到底是誰送給你這樣的馬啊？看來我要聽你講的故事應該不少。嗯。你以後再慢慢講給我聽吧。」

爸爸用搖搖晃晃的動作坐上了御雷者，然後，就立刻愉快地說：

「好，我們上去吧。」

爸爸這句朝氣蓬勃的話，像是一句理所當然的命令句，引導了一行人的腳步。傑米妮和泰班又再坐上馬車，而哈梅爾執事與那些警備隊員則是騎上馬。馬車車輪一轉動，馬和騾子們就開始移動了步伐。爸爸現在是阿姆塔特的代理人，而且是我們的保護者。然而光是這樣說，就能解釋爸爸的這種怪異的自信感，不對，應該說是安全感嗎？真是怪了！

在無盡溪谷裡，也有著類似道路的東西。我想這可能是地精或半獸人在使用的路。不管怎麼樣，爸爸用熟悉的步伐沿著那條路走了上去。晨霧已經慢慢地散去，所以可以清楚看到兩邊有很高的溪谷一直延伸過去。

無盡溪谷像是有人下了很大的決心要把灰色山脈整個截斷，中途卻失敗了的模樣。橫亙西部林地的灰色山脈一到無盡溪谷，就幾乎差點斷掉，然後好不容易才在溪谷另一頭又再接了起來。不僅如此，無盡溪谷還被深深地陷到地面以下，所以左右邊綿延的峭壁都非常地高聳。

「哎呀！這是怎麼一回事啊？」

當我正在望著峭壁的時候，突然從背後傳來了爸爸的大喊聲，害我嚇了一大跳。我都還來不及回頭，爸爸粗魯的手就已經抓住我的頭。

「我是指耳朵！你這小子，耳朵怎麼會變成這樣？」

老爸，您的眼睛未免也太利了吧！您居然坐到兒子背後才發現到這件事！我想要甩開爸爸的手，吃力地答道：

「這是和半獸人打鬥時被砍的。」

「什麼？半獸人？」

「是啊。是在籌措寶石的冒險途中……拜託您不要搖晃了！我都快頭暈了！」

「哎呀。啊，我知道了。真是難以相信……」

爸爸雖然這麼說，但還是抓著我的頭端詳了好一陣子。所以我必須頭部往旁邊傾斜，用這種姿勢觀賞無盡溪谷的景致。

「我不在家的這段期間，你到底做了什麼事啊？」

「簡單地說，就是我為了籌措要給阿姆塔特的寶石，到處奔走，在旅行途中和半獸人打了起來。」

「是嗎？哎呀……真是幸好！只有耳朵被砍到。」

「您如果再多搖一會兒，就可能會發生了。」

「可能會發生？」

「發生你兒子掉落山谷的事。」

「啊，好，我知道了啦。」

爸爸這才放開了我的頭。可是他還是一直唉聲嘆氣嘆了好一陣子。真是的。我好像應該來轉移一下話題。我環視周圍，用讚嘆的語氣說道：

「哇啊。這裡真的好高。」

「啊……是啊！這裡就像是真的應該要有一頭龍住著才對的地方，不是嗎？」

「哼嗯。真的是哦。可是爸爸，這段時間您一定過得不好吧？」

過了一會兒之後，背後才傳來了爸爸的回答。

「過得不好……這個嘛，我是不知道其他人的想法，可是我覺得過得不好並沒有什麼關係。更重要的是，因為興奮感更加強烈，所以就比較不會去管什麼過得不好的事了。」

「是嗎？哼嗯。為什麼會興奮啊？」

「當然是我們在龍的保護之下的緣故。這是很稀罕的經驗，不是嗎？」

我先是閉上了嘴巴，反覆思索爸爸的這番話。御雷者用雄赳赳的動作沿著溪谷之間的路往上走著。道路旁邊雖然有河流沿著溪谷流下的痕跡，但可能是冬季的關係，河水都乾涸了。我看了一下河床的岩石，還有在岩石之間看到的一些乾枯楓葉，然後又再開口說：

「……爸爸，我從剛才就一直感覺到一件事。」

「什麼事？你想說什麼？」

「您把阿姆塔特說得好像很熟識。不對，與其說是很熟識……那個，這個嘛。應該說，您對阿姆塔特的憎恨確實都已經消失不見了，是吧？」

「是嗎？」

「是啊。」

「這是當然的事。你或許不知道吧，你爸可是在龍身邊待過的人呢。」

哎喲，老爸。你兒子還曾經和神龍王講過話，擋過基果雷德的前腳，甚至對克拉德美索射過標槍呢。我在內心裡笑著，然後對爸爸說：

「您在龍身邊待過……又怎麼樣呢？」

「這使我感受到，我的報復心是很虛無的東西。」

「咦？」

爸爸又再沉默不語了。我焦躁得忍不住又要再開口時，爸爸好不容易才說道：

「修奇，萬一我從懸崖摔下去死掉，你會恨懸崖嗎？」

「咦？」

「喂，我如果因為洪水而流到河裡死掉，你會不會想對洪水或河水報仇？」

「呃，應該是不會吧。」

「是啊，我也領悟到了這個道理。我在賀坦特領地的時候，也就是說，我和阿姆塔特距離很遠的時候，我痛恨阿姆塔特，恨不得真的把牠打死啊，修奇。可是，我越來越沒有辦法把你媽的死和阿姆塔特連結在一起。」

「您覺得阿姆塔特像是懸崖或者洪水嗎？」

「好像是吧。阿姆塔特很難適用於人類的那種報仇心。阿姆塔特……這個嘛，牠和我這種有愛有恨的人類，似乎沒有任何關係。在你聽來應該會覺得相當奇怪，可是我卻這樣認為。」

突然間，我很想轉頭去看爸爸的表情。然而，我並沒有轉頭，只是望著眼前的路，沉於思索之中。爸爸的這種感覺是因為……？

我心裡浮現出一個簡單的答案。

因為阿姆塔特沒有龍魂使，所以才會這樣。沒有龍魂使的阿姆塔特，不可能和人類交流溝通。如果所謂的溝通，並不單純是對話上的意義，而是連感情的傳達也包含在內的形而上層面的東西，那麼……爸爸所說的例子就有助於解釋了。我們當然無法傳達感情給懸崖或者洪水這類的東西嘍。我們是不可能和懸崖或洪水交流溝通的。

然而……不對啊。這很奇怪。亨德列克和神龍王，還有我們和克拉德美索，全都是在沒有龍魂使的狀態下，互相充分交流彼此的情緒。

呃？不對。

原來如此。因為那些龍全都和人類長久以來有交往。因此，這些龍身上都投射著人類的許多面相。可是，阿姆塔特到目前為止，都還沒有好好實行過和人類的交流。

那麼說來……？

「嘎勒勒勒勒！」

嘎勒勒勒勒勒，嘎勒勒勒勒！我因為這突然傳來的聲音，差點就摔下馬匹。這聲音是從溪谷裡的某個地方傳來的，但是回音實在響得太嚴重了，以至於無法分辨出是從哪裡傳來的聲音。從我身後傳來警備隊員們短暫的尖叫聲，這時，也傳來了泰班有力的喊叫聲：

「大家全都鎮靜！不要動。」

「嘎勒勒勒勒！」

一陣怪異的喊叫聲，像是在回答泰班這句喊叫聲似的響了起來。這一回，我可以聽出大致位置了。是在相當近的地方！

第二次的喊叫聲都還沒有傳來回音，就有第三次的喊叫聲隨之出現。
「嘎勒勒勒勒！」
「嘎勒勒勒勒！」
溪谷充斥著這喊叫聲。透納和幾名警備隊員往前跑到我旁邊，排成一排。在透納快速的指揮之下，他們全都把斬矛往旁邊舉起，形成準備衝進敵陣的姿勢。嘎勒勒勒勒！嘎勒勒勒勒！透納把斬矛垂到馬鞍旁邊，一面看著前方，一面皺眉頭說道：
「這地形真是糟透了，可惡。不過，這聲音是種口號嗎？」
「好像是吧。聽起來像是在傳遞信號。」
回答我這番揣測的，不是透納，而是從我背後飛來的聲音。啪！
「哇！你可真厲害。你是怎麼知道的啊？」
我頭也不回地快速說道：
「爸爸，現在您犯了一個世上所有父親常會犯的錯誤。就是您想要按照您過去的時代去瞭解您的孩子。您以為，您兒子連那種小小的暗號也不懂嗎？」
「你這麼說，就犯了這世上所有兒子常會犯的錯誤了。就是你以為自己生來聰明，父親以過時的思想是不可能會瞭解兒子的。哈哈哈。沒錯。這是地精們的口號。靜靜地等，不要輕舉妄動。」
對於爸爸的這番話，我並沒有反駁，而是開始觀察兩邊峭壁。嘎勒勒勒勒！嘎勒勒勒勒！在一陣震耳欲聾的騷動聲之中，終於露出了地精們的身影。
灰色和黑色摻雜的兩邊峭壁，岩石堆層層積疊著。而這片如同灰色窗簾的峭壁，到處都已經出現了地精們的灰色身影。嘎勒勒勒勒！嘎勒勒勒勒！並不是只有一、兩隻。剎那間，從峭壁兩邊的陡峭地形所出現的地精們，少說也有超過一百隻。真是可惡！牠們佔據的位置未免也太好了！地精們出現的地方，全都是在高聳峭壁的隙縫或看起來像船帆的岩石上面。位在溪谷底的我們無法匍匐爬上峭壁，更別說攻擊了。嘎勒勒勒勒！嘎勒勒勒勒！

透納緊閉著嘴唇，同時垂下了斬矛。他又不是飛馬，怎麼可能突擊到那上面去呢？他表情僵硬地說：

「沒辦法了。傳話到後面去，全都在原地待命。不要輕舉妄動。」

「嘎勒勒勒勒！」

在這叫喊聲迴盪整個溪谷時，我們都露出僵硬的表情，站在原地不動。嘎勒勒勒勒！我覺得一陣毛骨悚然。雖然我很想看傑米妮的情形，但是卻無法轉過頭去。

突然間，叫喊聲停了。

是不是從某處下了什麼信號啊？我的眼睛環視著周圍，在往左邊峭壁投視的時候，看到一根像是要刺穿天空般矗立著的長矛。原來是一隻地精直豎著一根長矛，站在左邊峭壁頂端。那裡地勢太高了，只能勉強辨識出是隻地精的模樣。難道那傢伙是指揮嗎？地精們原本喊叫出簡直快讓溪谷倒塌的叫喊聲，這會兒全都閉上嘴巴，高高地站在原地。

站在左邊峭壁頂端的那頭地精，把手中所持的長矛指向我們。

「嘎啦，嘎勒！寶石帶來了沒？」

地精的聲音嗡嗡地響徹了無盡溪谷。透納張大嘴巴，我則是搖頭說道：

「哎呀？這傢伙滿會講人話的嘛！爸爸？」

「嗯？啊，是啊。可能阿姆塔特有施了法術吧。聽說阿姆塔特會各種特別的法術。」

「啊，是嗎？嗯……透納？」

透納點了點頭，隨即把頭轉向後面。哈梅爾執事在後面臉色發青地看著峭壁上一大堆的地精。透納閉著嘴巴，用手勢叫了哈梅爾執事好幾次，結果透納放棄了。他說道：

「哈梅爾執事大人？」

「嗯？呃，嗯。我知道了……由你來吧。」

「咦？是，我知道了。」

透納把斬矛交給站在他旁邊的警備隊員，然後跳下馬。

在我們所有人以及峭壁上一大堆地精的注視之下，透納拔出長劍，走到我們前方。雖然他拔出劍了，但是上面地精如果展開攻擊，他一定必死無疑。我悄悄地轉頭看泰班。泰班默默無言地坐在馬車上，在他旁邊，傑米妮則是臉色發白地靠在泰班耳邊，不知在耳語著什麼。嗯。傑米妮可能是在跟泰班說明狀況吧！

此時，站到我們前方的透納大喊著：

「是的！我們帶來了阿姆塔特要求的寶石。所以，把俘虜放了吧！」

「嘎啦，嘎，嘎！呼嗚！」

那個地精指揮一面喊出奇怪的叫喊聲，一面揮舞手中持著的長矛。這可能是某種信號吧，突然間，從兩邊峭壁開始跳下幾隻地精。這些地精用敏捷的動作下到溪谷底部，隨即舉著長矛，往我們慢慢走來。

透納突然把長劍往上舉起。這是什麼意思啊？我當然是不可能知道了，只能靜靜站著不動，然而，其他警備隊員卻很快地反應。警備隊員們全都往左跨了幾步，在透納後面排成了一排。隨即，原本正在接近我們的地精們就停下腳步。

透納對上方高喊著：

「這是什麼意思啊！」

峭壁上面的那個地精指揮用很生氣的語氣，喊著：

「嘎，嘎！笨蛋傢伙！嗚嘎勒，快把寶石交給牠們！」

「不要搞這種可笑的花招。先交出俘虜！如果沒看到俘虜，我們不能交出寶石！」

「混帳東西！嘎勒勒！把你們全殺死，嘎勒，嘎！那我們也可以得到寶石！」

「你以為可能嗎？我先把話說在前頭，萬一你們攻擊我們，阿姆塔特就會連欣賞寶石也欣賞不到。那麼，阿姆塔特會放過你們嗎？」

透納真的厚臉皮地說了這樣一個謊言。嗯，雖然那些寶石全都在我這邊，可是地精們如果開始攻擊，即使是騎著御雷者的我，也很難逃離這裡。然而，那個地精指揮卻猶豫了一下，並且低頭看我們，說道：

「嘎啦，嘎！你們的意思是，沒有帶寶石來？」

「我們帶來了。可是如果殺死我們，寶石就會消失不見！」

「怎麼會這樣！」

透納先是一副說不出話的樣子。突然編造的謊言就是有這個缺點。沒辦法了。我很快地跳下馬。

「咦，修奇？」

「爸爸，您在上面不要動。抓住這個，可是絕對不要移動轡繩，否則會有可怕的事情發生。」

爸爸驚慌地抓住我交給他的轡繩。我要爸爸不要亂動之後，往前走了出去。雖然透納轉頭看我，但我只是對他微笑，就走到警備隊員們的前面。

在我眼前，雖然是一片荒涼的溪谷模樣，但我幾乎都看不到了。因為擠滿了左右峭壁的那些地精們，個個都用凶惡的表情看著我走過去，所以我怎麼可能還去看周圍景致啊！我站在地精們可以清楚看得到我的位置，然後大喊：

「喂！看到這個沒？」

我一面指著眼前的一顆岩石，一面喊道。地精們沒有任何回答，我則是聳了聳肩之後，慢慢地把右手往後舉起。然後立刻猛擊那顆岩石。

「嘎勒！嘎勒勒勒！」

嘎勒勒勒勒！嘎勒勒勒勒！溪谷到處迸出了地精們的嗚叫聲，隨即，就有像要山崩的回音隨之響起。哇啊，簡直就快耳聾了。岩石當然是變成碎塊了，而我則是盡量露出泰然的表情，拍了拍手上的灰塵。呃呃。其實我的手很痛。我為了不讓人發現到自己的臉因痛苦而緊皺，所以把臉更加皺起，陰森森地說道：

「你們如果攻擊我們，那些寶石就會全都這樣碎掉……」

「修奇！你的手要不要緊？」

「啊啊啊！修奇！手，手！」

「……會這樣碎掉！我不是在開玩笑。你們都看到碎成碎塊的岩石了吧……」

「這傢伙！韁繩可以放掉吧？可惡，我問你，你手沒事吧？」

「執事大人！哈梅爾執事大人！繃帶，繃帶還有藥，放在哪裡呢？啊？」

「……所以說，像這顆碎掉的岩石那樣，我的手沒事，拜託不要這樣，寶石也會碎掉，但是我的手沒有碎掉！呃呃啊！我的頭簡直快裂開了！」

這麼一來，我很懷疑是不是還能讓地精們覺得可怕。透納可能因為我抱頭痛苦的模樣，令人看了覺得很可憐，要不然，他可能是因為怕地精們完全聽不懂我在喊什麼，所以他代替我，喊道：

「沒錯！如果攻擊我們，寶石全部會被破壞！那麼阿姆塔特會放過你們嗎？門兒都沒有！所以，乖乖地先放了俘虜吧！那麼我們就會交出寶石！」

已經下到溪谷底部的那些地精們，開始用驚慌的動作看著峭壁上方。不僅如此，站在峭壁各處的地精們也全都望著位在峭壁上方的那隻地精。地精指揮好像真的火冒三丈了，牠用雙手舉著長矛，開始一面在原地跳腳，一面大聲喊著：

「吱咿咿咿咿！嘎，嘎勒！嘎勒勒！吱咿咿咿咿！」

那個地精指揮的激動立刻傳染了其他地精們。其他地精們也都可怕地皺起臉孔，用力揮舞著長矛。這些傢伙用激烈的動作，對我們大吼大叫，像是要把長矛丟出似的揮搖著長矛，甚至還互相咆哮著。

「嘎勒勒，吱，吱，喀喀！」

「嘎勒勒勒勒！嘎勒勒勒勒！」

在這種場面下，如果現在有一個傢伙太過激動地丟出長矛，一定會立刻引發所有地精們展開攻擊。所以，那些地精們的每聲怪叫都令我覺得毛骨悚然。我往後一看，傑米妮現在想要匍匐爬進泰班的袍子裡，使泰班驚慌了一下。泰班好不容易推開傑米妮，並且小心地下了馬車。他說道：

「周圍實在是太吵了！」

泰班如此說著，把木杖往前伸，小心翼翼地向前走來。我很快走近泰班，扶住他的手臂。

「謝了。」

泰班瞇了一下他根本看不到東西的眼睛。我忍不住想微笑，於是便笑了出來。哼嗯。他應該是看不到我這微笑吧。泰班停下腳步，放開我的手臂，抓住自己的袍子衣角。

泰班用緩慢的動作，把袍子前面衣角拉到腰後，紮進腰帶。然後他把寬鬆的袍子袖口捲到肩膀，隨即，就清楚露出了刻滿雙臂的紋身。泰班把手臂甩了幾下，用嘹亮的聲音喊著：

「喂，各位臉色很差的朋友們。」

好！現在你們要很忙碌了。哈哈哈。我對那些地精們露出一個微笑。你們不知道吧，現在走到你們面前的人物，正是大法師亨德列克。這是你們想都沒想過的事吧？

那個地精指揮本來在原地亂跳腳，像是快把自己手臂甩掉般地慌亂著，此時牠猛然轉頭去瞪泰班。泰班則是把頭轉來轉去，繼續說道：

「稍微安靜一點吧！如果我講話時你們還這麼吵，你們會聽不到我說的話，不是嗎？」

泰班的沉著語氣既非命令，也非勸阻，只是淡淡地陳述事實。如果是在人們聚集喧鬧的地方，例如那種已經展開激烈討論的會議議場，或者市場上，或者傑米妮號啕大哭的地方，這種話語一定會在說完之後就被靜靜地掩蓋過去。

然而，地精們卻變得安靜下來。

我們一行人驚慌地環視四方的峭壁。令人驚訝地，站在峭壁上的地精們像是停止呼吸似的站著。所以，灰色峭壁上的一大堆地精們，看起來簡直就像是無數多的雕像。比起那些地精們，我反而更能感受到猛烈吹襲的溪谷強風是活著的東西。我把刺到眼睛的頭髮撥上去，又再看了一眼泰班。

泰班點了點頭。

「謝謝。你們只要這樣安靜一下子，我就可以好好說話了。而你們也可以好好聽我說。」

泰班面無表情地如此說道。到底是怎麼一回事啊？

「各位，你們不太需要俘虜，不是嗎？而且我們來這裡就是決心要給寶石的，沒有必要互相漲紅著臉孔生氣。是先交出來，還是等一下交出來，並不是什麼重要的事，不是嗎？重要的是，所有事情結束時，你們一定會有寶石，而我們會接到俘虜。那麼，你們就可以高高興興地把寶石交給阿姆塔特，我們就可以高高興興地帶家人回故鄉了。」

「不是這樣嗎？」我以為泰班會在那番話後面接上這句。然而，泰班並沒有這樣說。他現在稍微低頭，說道：

「你們數量比我們還要多很多，而且比我們還要強而有力。也就是說，我們不可能會違背約定，因為你們不會隨便放過我們，是吧？然而，你們如果違背約定，我們也拿你們沒有辦法。因為你們實在是太強了。」

「嘎！」

那個地精指揮喊出一聲像是鄙夷的大叫聲。然而，其他地精們完全都沒有動。地精指揮把頭往左右搖晃之後，對泰班大喊：

「嘎勒勒，吱嘎！嗯，我們比較強，這是事實！吱吱，吱！」

「是啊，所以說，你們先放了俘虜們會比較好。我們不能違背約定，所以會遵守約定。可是，你們能夠違背約定，但你們還是會遵守約定，請你們做給我們看吧。」

「我們！嘎勒，嘎勒嘎勒！會遵守約定。」

「這不僅是你們的光榮，而且也有助於提升阿姆塔特的名譽。拜託你們了！」

地精指揮沒有回答，而是又再舉起長矛，上下晃動了一下。隨即，在溪谷底部的那些地精們用快速的動作，又再往左右兩側走上去。在牠們上去的時候，我觀察著是不是有什麼路，但是地精們的動作實在太快了，而且偽裝得很好，所以我看不出牠們是從什麼路走上峭壁的。

雖然如此，有一件事令我一直搞不懂。其他人雖然不知道，但我很清楚知道，泰班就是亨德列克，也就是魔法第九級的高手，是魔法修練了三百年以上的大法師。可是泰班卻沒有殲滅地精，也沒有用可怕的魔法來威脅，而是悄然地一面吹捧牠們，一面協商。

這……我真是搞不懂。

因為想得太多，我皺起眉頭望了一下泰班的背。然而，就算亨德列克的眼睛看得到，也應該不會發現到我在他背後凝望的目光吧。不要再做傻事了。

地精們一爬上峭壁，地精指揮就一面舉著長矛，一面喊：

「嘎勒，嘎勒，嘎勒嘎，嘎！」

警備隊員們進入完全緊張狀態，凝視周圍。會發生什麼事呢？起初，什麼事也沒發生。可是突然間，從後面傳來了爸爸的聲音。

「修奇，注意看右邊那顆三角形的大岩石。」

在右邊峭壁，有一顆岩石朝向溪谷，巨大地突了出來。正如爸爸所說，這是一顆越往上就變得越尖的三角形岩石，這顆巨大岩石的高度大約有七、八十肘之高。可是，這岩石怎麼了？

從岩石後面開始有人走出來。

「領主大人！」

哈梅爾執事立刻像是一隻山羊般，在溪谷的亂石上奔跑。透納趕緊喊道：

「執事大人，請快點停下來！隨便亂動可能會讓地精們激動起來！」

在溪谷奔跑的山羊現在變成刺蝟了。呃呃。哈梅爾執事完全一副刺蝟的姿態，整個人蜷縮在岩石上。其實也不能怪他不顧顏面，因為，原本在峭壁上像石塊般僵住的地精們，立刻紛紛開始發出凶惡的聲音。

從岩石後面走出來的人們，全都像爸爸一樣衣衫襤褸，而且滿身汙垢，鬍鬚和頭髮都亂七八糟的。在他們之中，有幾個人的頭髮和鬍鬚留得很長，可以看出其中一人是領主大人。

領主大人表情高興地走了過來。一直趴在岩石上的哈梅爾執事只把頭稍微抬起，對領主大人說：

「啊，領主大人！」

「哈梅爾，是哈梅爾嗎？謝天謝地，真高興看到你！……可是，你在流什麼啊？」

「領主大人！」

哈梅爾執事像是很受屈辱似的大喊了一聲。領主大人一面笑著，一面走近哈梅爾執事，伸出他的手。領主大人扶起哈梅爾執事之後，立刻擁抱他。哈梅爾執事說道：

「啊，哈哈哈。因為我太高興了才會這樣。我太高興了。真的謝天謝地。」

領主大人的白髮散亂。所以服裝端整的哈梅爾執事和骯骯髒髒的領主大人，兩人真的看起來像是流浪的國王和等待他的忠臣模樣。跟在他後面的其他俘虜們也都笑著走來。

「哎呀！這是誰啊！你不是透納嗎？」

「賽羅！你還活著，賽羅！」

「是啊，小子。我不會讓你妹妹還沒嫁就當寡婦的……」

「去死吧！」

俘虜們和我們一行人的重逢雖是各式各樣，但其中最具代表性的，應該就屬賽羅和透納的重逢了。和他們亂七八糟的外表不同的是，俘虜們看起來都很心情輕鬆。令人意外的是，俘虜們甚至還有心情去訝異我和傑米妮。

「咦？這是誰啊！你是蠟燭匠尼德法先生的兒子……」

「是的。我是修奇・尼德法。」

「你怎麼會來這裡啊？咦？這又是誰啊！妳不是守林者之女嗎？」

「傑蜜？妳是傑蜜！奇怪，妳怎麼會來這裡啊？」

「我來監視修奇的。」

「妳怕修奇被地精美女勾引？」

「這個嘛，這也是有可能的吧？」

在傑米妮這樣狡猾地粉碎我人格的這段時間，我環視了周圍。過了一會兒，我才看到在稍遠的地方有一群人聚集著，中央站著一個高大的男子。

這群人是從首都來的士兵們，還有羅內・修利哲伯爵。他們用溫馨的眼神，看著我們村人的重逢場面，並且感受著自己被孤立的位置。而站在他們中間的羅內・修利哲伯爵則是一直看著站在峭壁上的那一大堆地精們。

當俘虜和領地裡的人還在熱鬧地高興著彼此的重逢時，我從他們之中走出來，朝羅內伯爵走去。

從首都來的士兵們眼神訝異地看我，但是並沒有阻擋我的路。

我閃過他們，朝羅內伯爵走過去。羅內伯爵看到一個頭髮蓬亂的小鬼走近，輕輕地露出微笑，說道：

「你找我有什麼事嗎，少年？」

我先是觀察了一下伯爵的臉孔。我仔細一想，原來這是我第一次這麼近看他。我本想看看他和涅克斯相似的地方，但還是作罷，然後低聲對他說：

「我有話要跟您一個人說。」

羅內伯爵歪著頭，疑惑地把耳朵靠過來。周圍的士兵們現在都用充滿好奇的眼神，不停看著我和羅內伯爵。

我靠近羅內伯爵的耳邊，說道：

「我現在開始所說的話，或許聽來像是在開玩笑，可是請您安靜聽我說完。我從首都帶話要轉告您。」

羅內伯爵的臉突然僵住了。然而，他並沒有勃然大怒地叫我不要胡說八道。

「我怕您要我拿出證據，所以跟您說，我知道有關涅克斯・修利哲和您，還有卡穆・修利哲和亞曼嘉・修利哲夫人的事。我希望您不要驚訝。伯爵您被滯留為俘虜的這段期間，您的兒子涅克斯・修利哲引發了叛亂事件。」

「咳嗯！」

羅內伯爵突然咳嗽了一聲。他是想要掩飾住驚訝的表情嗎？他對周圍的士兵們做了一個手勢。

「你們都退到一邊去。我跟這個少年有重要的話要談。」

士兵們一言不發，用整齊的動作退到一邊去。我瞄了一眼我們一行人，他們還在享受著重逢的喜悅。太好了。羅內伯爵雖然外表骯髒，但頭髮還是有整理，他把頭髮往後撥，泰然自若地說：

「涅克斯呢？」

他很疼愛涅克斯嗎？涅克斯說過，伯爵因為對弟弟存有愧疚，所以非常照顧涅克斯。而現在他第一個問的，就是有關涅克斯的事。我稍微低頭，告訴他一個我不願告訴他的消息。

「他死了。」

羅內・修利哲伯爵的臉突然變得蒼白。

「涅克斯・修利哲並不是因為叛亂罪被處刑而死的。說來話長，可是沒有時間完整講述了。簡單地說，他為了要叛亂，想和他叔叔的龍締結龍魂使契約，結果意外被殺害了。」

「是……嗎？」

「現在我要說有關您的事。您不可以回去首都，但是，您能夠活命的路只有在首都。您懂我說的話嗎？我的意思是，您不可以用您的面貌和名字回去首都。」

伯爵點了點頭。

「不管用什麼手段和方法，請您偷偷地進入首都。即使您有好友，也最好不要請他們幫忙。雖然您可能不相信，但在首都可以幫您的只有一個人。請您去找卡爾・賀坦特先生吧。」

「卡爾・賀坦特？」

「您一定不知道這個名字，可是，您一定要去見他。卡爾・賀坦特先生會告訴您詳細的事情經過，並且會幫助您的。請您到大暴風神殿要求高階祭司協助。那麼高階祭司會幫您引見卡爾・賀坦特先生。或許您聽來會覺得無情，但您最好連賀坦特領地也不要去。因為這會讓事情變得複雜。」

伯爵又再點了點頭。我很快地把手伸到上衣裡，把裝有寶石和金幣的袋子，從我手上移到他手上，這應該沒有人會看出來吧。伯爵用眼睛傳送出感謝的意思。

「請您聽好：『妮莉亞害怕的是打雷，半獸人害怕的是怪物蠟燭匠』。如果有人問暗號，您這樣回答就行了。」

伯爵想笑出來，可是我的表情很嚴肅。所以他用認真的表情答道：

「妮莉亞害怕的是蠟燭匠，怪物害怕的是打雷半獸人？」
「……您弄顛倒了。妮莉亞害怕的是打雷，半獸人害怕的是怪物蠟燭匠。」
「……暗號怎麼不挑簡單一點的啊。嗯。我記得了。」
「太好了。那麼，我要說的話都說完了。」
「謝謝你。」
「不客氣。很抱歉我沒有告訴您好的消息。那麼再見……」
我向伯爵低頭示意。此時，伯爵很快地說：
「可是，你為何要幫我呢？」
我低著頭對他說話。因為我不想看到伯爵的眼睛。我說道：
「因為，我認為修利哲家族的悲劇如今是時候該結束了。」
我直接挺身，一面看著伯爵的額頭，一面說道。當然啦，我還大聲說了讓周圍其他人也聽得到的話：
「我一直很好奇幫助我們領地的是位什麼樣的人。謝謝您跟我說這麼多。我長大成人之後，也希望當一個像伯爵大人這樣優秀的武人。不過，我應該是門兒都沒有吧？」
伯爵不自然地笑了出來。可是，他的臉孔很快就僵住了。他費力地把笑容掛在僵硬的臉上，說道：
「世上有些事是努力也沒用的啊。人們不想要的悲劇，總是在它來到枕邊時才會發現到它。但是，你應該是不需要我的忠告了。對你而言，你有兩條腿可以走出你的道路，對你來說，你有兩隻手臂可以拿著禦敵的劍，還有送給仕女的花。戰士最需要的東西，你都已經有了。所以，你不用擔心。」

我笑著轉過身子。

賀坦特領地的居民們還是不在意周圍的地精們，一直沉浸於重逢的喜悅。我看了一眼峭壁上的那個地精指揮，但牠一動也不動，只是握著長矛站在那裡。我突然覺得克頓山的巨人看著路坦尼歐大王時，應該和現在這一幕很像吧。據說，克頓山的巨人是一個曾被烏塔克和查奈爾騙過的愚蠢傢伙。然而，當巨人站在克頓山頂低頭看路坦尼歐大王，大王看到這巨人時，難道一點也不會發抖嗎？在他望著因為被騙而狂怒的巨人時，他不會發抖嗎？

算了，別胡思亂想了。

哈梅爾執事吵鬧了一陣子，這時他才放開領主大人。他拿出手帕，擦拭眼角的眼淚，並且對我做手勢。我對他點頭之後，看著峭壁上方說道：

「喂！寶石在我這邊。我會留在這裡，所以讓其他人先離開溪谷！」

「嘎勒，嘎！什麼意思啊？」

「我確定其他人全都安全出去之後，會交出寶石。知道了沒？」

不僅是在我附近的羅內伯爵，連領主大人也嚇了一大跳。可是，最驚訝的還是爸爸。

「啊，這，這小子！寶石在哪裡？我會留下來交給他們，所以……」

「爸爸，您比我還會騎馬嗎？」

「什麼？」

「我比您還會騎馬。萬一發生事情，我可以很容易脫身。您知道我的意思了吧？」

「這小子。但還是不能這樣啊，你把寶石交給我……」

「請不要這樣。我們再拖下去，地精們就要生氣了。您就相信兒子一次吧。這是在來這裡的路上，我和執事大人、透納及其他所有人討論過後，所下的決定。」

「沒有人比我還要瞭解我兒子！」

「有一個人吧？」

「那是誰？」

「是我。」

「……真是的。」

爸爸好像無話可說了，但他還是不停嘟囔著。被放出來的俘虜們全都停止喧譁之後，用不安的眼神看我，領主大人則是焦急地問執事大人。

「是真的嗎，哈梅爾？有決定要修奇留下嗎？」

「是的。」

哈梅爾執事用泰然的表情點頭，隨即，領主大人便困惑地歪著頭。此時，泰班朝著周圍所有方向，說道：

「我也會留在這裡。所以請不要擔心。這裡是需要巫師的地方，不是嗎？」

隨即，周圍的人的臉色都比較放心了一些。而且他們之中有幾個人甚至還點了點頭。可能這些人認為我是留下來做泰班的助手。說得也是。這樣說其實也沒錯。透納為了很快鎮定住一行人的騷動，喊著：

「好！被放出來的人請上馬車。大家盡快離開這裡吧。修奇會作為人質，請不要擔心。」

周圍的人們好像還是覺得很不安，所以沒能很快速地上馬車。我苦笑著，環視他們每個人。當我的眼睛停留在傑米妮身上時，我以為我的心臟就快停住了。

因為，傑米妮正在笑著！

06

爸爸喊著非要留到最後一個走，好不容易才被透納給拉走。爸爸，眼淚都遮住我眼前的視線了。可是話說回來，爸爸您一直在拖時間，地精們會越來越不耐煩，不是嗎？我把這些無益處的想法從心中趕走之後，看著傑米妮，深吸了一口氣。然後，我把氣吸到肚子深處之後，一口氣喊了出來。

「喂，妳這個笨丫頭！我和泰班同騎一匹馬是沒什麼大礙，可是如果連妳也一起，就無法快速奔馳了！」

傑米妮原本看著一行人往溪谷下方消失的背影，聽到我的喊叫聲之後，回過頭來。她笑著對我說：

「我很輕啊。」

「那還是增加一個人的重量啊！而且還增加一個人的屁股！妳以為在馬匹上面坐三個人很容易嗎？」

「那你抱我呢？」

「……要怎麼拉韁繩？」

「呃，不是通常都是這樣的嗎？泰班先生可以坐在後面，我……你可以把我夾在腋下，用一隻手拉韁繩不就行了？我不會抱怨的，你不必擔心。」
「誰說通常是這樣的？這是從前的故事裡出現的情節啊！」
「嗯？那麼實際上是行不通的嗎？」
傑米妮一副像是覺得很奇怪的表情，如此問道。我總覺得再這樣大聲喊叫，會看起來像傻瓜。
「喂，傑米妮，嗯，雖然可以做得到，嗯，雖然我有戴ＯＰＧ，所以妳的體重不算是什麼負擔，但是用一隻手操控馬並不是件容易的事！」
其實我這是在說謊。呃呃。因為，在馬匹上面打鬥就是用一隻手拉著馬韁，另一隻手握劍。傑米妮皺起眉頭，對我投射出像是在問「真的是這樣？」的目光。拜託，不要用那種眼神看我啦。我皺著一張臉，轉過頭去。
「沒辦法了，真是的。覆水難收，拿妳沒辦法。」
「嘿，那就拜託你嘍？」
「不要再說了。」
我們在這樣爭吵時，泰班則是安穩地坐在岩石上。在那些地精們看來，一定會是牠們快要看不下去的場面。展開爭吵的少年和少女，還有一旁坐著休息的瞎子老人，牠們可以想像得到我們其實是人質嗎？
那個地精指揮大喊著：
「嘎，嘎勒！寶石在哪裡？萬一你說謊，嘎勒勒勒！我跟你說，我們現在當場就可以追到他們那些人！嘎，嘎，嘎勒！而且阿姆塔特也不會放過你們的領地……」

我搖了搖手，制止那個地精指揮繼續喊下去。

「知道，我知道了。我會交給你們的。」

地精們一面嘟囔著，一面低頭看我。我努力無視於牠們從四方射下的目光，走向御雷者。御雷者，帶著這麼重的東西走到這裡，真的是辛苦你了。

我把掛在馬鞍上的寶石袋子解了下來。總共是五袋。我提著這五袋，環視了一下四周之後，走到前方的一顆大岩石旁。我把袋子放在岩石上面，隨即，地精指揮就大聲吼叫：

「嘎嘎！你騙我？」

「是誰騙誰啊！」

「那麼說來，那是寶石嗎？嘎嘎勒！寶石不可能這麼輕！」

「笨蛋。因為我力氣非常大！如果照你所說的我騙了你們，那麼，阿姆塔特有可能會放了我們嗎？哎呀，你下來確認不就行了？我會退後的！」

地精指揮看了我好一陣子。然後，牠突然舉起長矛，下達信號。就像剛才一樣，有幾隻地精們從左右兩邊跑了下來。

我往後退，站著掩護傑米妮和泰班。那些下到溪谷底部的地精們舉著長矛指向我們，並且慢慢地走過來。牠們就像威脅牛或狗那般噓噓叫個不停，並且伸出長矛。但是我雙手交叉在胸前，靜靜站著不動。

無聊的時間過去之後，地精們接近了我放下的袋子。牠們排成一排，站在袋子旁邊，其中一個首先把長矛反拿之後，去撥弄袋子。可是，袋子卻一動也不動。牠們互相望了彼此一眼，稍微更加用力戳袋子，可是那些袋子仍然不動。

原本用長矛戳袋子的那隻地精，這時才把長矛放到旁邊，走近袋子。這傢伙笨手笨腳地開始解開袋子，這時，傑米妮在我頸後深深呼出嘴裡熱氣。我說道：

「沒有被燙紅嗎？」

「什麼？」

「我是問，我頸後有沒有被燙紅。妳這樣貼近我然後大口呼氣，害我覺得好熱。」

「啊，對、對不起啦，修奇。可是我太害怕了……」

「妳既然那麼害怕，幹嘛要留下來？妳剛才應該乖乖地……啊！」

我揉了揉被傑米妮掐了一下的腰部，緊閉上眼睛。哎喲，這個可愛的ㄚ頭！（我是不是太過緊張了啊？我怎麼會這樣說呢？）

此時，突然響起一陣嘩啦啦的聲音。看來那個地精終於把一個袋子打開來了。因為這傢伙笨手笨腳的，原本在袋裡的寶石全都一股腦地被傾倒出來，並且散發出刺眼的光彩。那些地精們全都驚嚇地退開，隨即張大著嘴巴。

在整個黯淡無色彩的無盡溪谷裡，寶石確實散發出了簡直叫人眼睛發痛的光芒。除了泰班以外，所有人和地精們都糊裡糊塗地舉起手臂遮住眼睛。包圍在那些袋子周圍的地精們用呆滯的眼神看著寶石，峭壁上的地精們也變得十分安靜。

「吱……吱吱！」

「嘎嘎勒……嘎勒勒勒！」

包圍著袋子的地精們，終於還是高舉著長矛大聲叫喊了起來。隨即，峭壁上的地精們也立刻開始叫喊。而且原本在峭壁下方的地精們都開始無法站在原地，紛紛往下跑來。

「嘎勒勒勒勒！嘎勒勒勒勒！」

「嘎嘎！吱，吱吱吱嘎！」

叫喊聲簡直大到震耳欲聾。原本站在峭壁各處的地精們全都在叫著可怕嚇人的叫喊聲，奔跑下來的地精們像貪婪的餓鬼般衝向寶石。周圍實在太過動亂，我差點就沒聽到傑米妮低聲耳語的聲音。

「那些地精們幹嘛這麼高興？那是阿姆塔特的，不是嗎？」

「這證明那些地精們太單純了。現在就讓牠們盡量高興吧，不要突然澆牠們冷水。」

此時，從峭壁上方突然響起一陣壓制住所有叫喊聲的怪聲。

「嘎勒勒勒勒！不要碰！」

原來是那個地精指揮。牠為了鎮定住其他地精們，必須再喊好幾次。

「嘎勒勒勒勒！嘎勒勒勒勒！不要碰！萬一有哪個傢伙私吞，就剖開牠的肚子！嘎嘎嘎嘎！只要稍有減少，你們全都會被剖腹！」

這種脅迫真是可笑。彷彿牠知道那些寶石總共有幾個似的。可是，這脅迫卻足以讓那些拿著寶石歡蹦亂跳的地精們停下動作，而且也足以讓傑米妮嚇個半死。

「修奇，修奇！現在走吧。寶石不是都已經給了嗎？地精們不是應該會知道該怎麼做嗎？」

傑米妮拉著我的手臂，一直鬧著要走。而此時，泰班也從岩石站了起來。

「是啊，修奇，我們離開這裡吧。有財物的地方必會有災難。所以，最好是逃離財物附近。」

會有災難？果然，有幾隻地精們開始發出了不滿的咆哮聲。牠們像是要反抗地精指揮說的話，用力揮舞長矛。排排站在峭壁的地精們也是一樣，牠們開始互相交換可疑的眼色。隨即，地精指揮就火冒三丈地喊著：

「你們這些瘋子！嘎啦！全都不准動！你們以為阿姆塔特會放過你們嗎？牠要是知道你們動

寶石的歪腦筋，嘎勒勒勒勒！阿姆塔特會剝了你們的頭皮！吱，噓，嘎吱勒！喂，阿姆塔特光是用目光就能叫你們自行剖腹，交出寶石！」

「我對這句話完完全全贊同。」

是泰班在喃喃自語。泰班已經在傑米妮的攙扶之下，坐上了御雷者。我回頭看了他們一眼之後，又再環視周圍的峭壁。藉阿姆塔特之名的脅迫可能確實有嚇阻作用，所以，地精們如今不再做出可疑的動作了。雖然那個地精指揮似乎不是很高興，但牠還是成功地控制了那些地精們。

那麼，現在可以開始說出我要辦的事了。他媽的。因為這件事，我原本希望自己一人單獨留下。不僅是傑米妮，我也希望泰班不要在場比較好。我在內心裡嘀咕了一下之後，朝著變得安靜的溪谷大喊：

「喂！我按約定交出寶石了！」

「很好！嘎勒，嘎！快滾蛋！在我的部下想起人類肉味之前，所剩時間可不多！」

「嘿。真是可怕的一句話！可是啊，我有另一件事要辦！」

「吱吱吱勒！有事要辦？」

「沒錯！我想見阿姆塔特！」

充斥在溪谷的不祥沉默，被傑米妮的哭喊聲給打破了寂靜。

「嗚哇啊！泰班先生！請您制止一下這個傢伙！您有聽到他剛才說的話了吧？」

「啊，好、好。傑米妮。不過妳不要搖晃，好嗎？我是個瞎子啊，拜託不要這樣搖晃一個坐在馬匹上面的瞎子。」

「啊，對不起。可是、可是，請你想想辦法制止這個精神失常的傢伙！拜託你啦！」

精神失常的傢伙？我到底為什麼會迷戀傑米妮啊？在我心深處，似乎有人對我說：「喂，修奇・尼德法。你真的是很命苦。雖然傑米妮是擔心你才這樣說的，可是，她那樣說，哪裡看得出來她是在擔心啊？這種丫頭你就把她甩了吧。」你說什麼？給我閉嘴！不要說她壞話！你再這樣說話，我就把你……天啊，傑米妮。妳說得對。我好像真的精神失常了。

而且這件事實也確實被印證在那些地精們的態度上。因為，地精們像是在看一個瘋子似的看著我。

「你，嘎勒勒，你說什麼？」

「我說我想見阿姆塔特！」

「誰想見？」

「我！」

「見誰？」

「阿姆塔特！如果你還要問『要幹嘛』，我剛才已經回答過了。我要見牠！」

「為什麼？」

我敢說，這隻地精一定是相當於牠們地精族裡的天才。與其承認我是相當於人類種族裡的笨蛋，倒不如承認這傢伙是天才吧。

「我要講的話又不是要講給你們聽的！我是有事要找阿姆塔特，又不是要找你們。阿姆塔特對於手下搶奪應該要交給牠的東西，會很寬宏大量嗎？」

地精指揮先是一言不發地站在那裡。泰班趁著這空檔，對我說：

「修奇，等一下。你有什麼事要找阿姆塔特啊？」

我慢慢地轉身。許多地精們手持武器俯視著我們，所以我連移動一根手指頭都得小心翼翼的。我看到了泰班的臉孔。

他的眼睛是白色的，臉上泛著歷盡風霜的黯淡臉色，脖子上的斑黑紋身更顯出他臉色的暗沉。但是，在他臉上微微發亮的眼睛卻令人不禁打寒顫。我費力地吞了一口口水之後，說道：

「對不起，對你也不能說。因為我是要找阿姆塔特有事要辦。」

泰班在額頭上擠出了皺紋，可是卻沉著地說：

「我不知道你有什麼事要找牠，所以我不討論其重要性。但是，你有沒有想到你現在很危險？」

「我有想過。而且我的想法，並不是一個只知道龍這個字怎麼拼的少年想法，而是一個親眼見過許多龍的少年的想法。」

傑米妮現在不再纏著泰班了，她跑向我，抓住我的手臂，拉著我的手臂。

「修奇、修奇！不要這樣子。你到底是想說什麼話？你怎麼了？見到阿姆塔特之後你要幹嘛？」

「傑米妮，妳可不可以相信我啊？」

「我認為相信你，我的鼻子會變長！」

「嗯？這個嘛，可是妳的鼻子沒有變短啊？不，我覺得這樣剛剛好。」

「謝謝……啊，哎呀！不管怎麼樣，我絕對不相信你！趕快走吧，嗯！拜託你不要這樣！不要一直對我嬉皮笑臉，說話回答我啊！我要你趕緊放棄快走吧！」

但我還是無法做出其他的回答，只能嘻嘻笑著。我這樣做可以說服傑米妮，讓她知道我的意志堅定，讓她知道我去見阿姆塔特是有重要事情要辦嗎？啊，我想到了一個好方法。我把雙手放到傑米妮肩上，用認真的表情看著傑米妮，對她說：

「傑米妮。我要怎麼做才能說服妳，我的意志堅定？我去見阿姆塔特是有重要的事啊！」

「我不要聽！」

……看來這個方法不怎麼好。真是的！

「喂！妳！妳這個固執的丫頭！就算天空裂成兩半，我也要見到阿姆塔特之後才要回去。不要這樣！不要裝出一副要哭的樣子！笑一個！妳就算哭了我也不會回心轉意。那只會讓妳難過、讓我難過，不會對事情有幫助，所以妳別哭。知道了沒？」

傑米妮張大嘴巴看著我。喲，這丫頭。她圓睜著眼睛看我，害我都意志動搖了。傑米妮的嘴唇動了好幾下，好不容易才擠出話來。她說道：

「可以哭嗎？」

「當——然——！」

「真的？」

「真——的——！」

「嗚哇啊啊啊！」

「呃啊！傑米妮，我錯了，請原諒我！」

傑米妮就這樣一屁股坐在地上，放聲大哭了起來，所以我只好在她面前做出各種安慰的動作。泰班默默無言地，像是已經被排除在外地站在那裡，但是那個地精指揮卻很不耐煩地大喊著：

「嘎勒！嘎勒！你這傢伙！到底想說什麼話啊！吱吱吱吱！」

我好不容易讓傑米妮鎮定下來（在這段時間裡，我表面上對傑米妮說了很多謊言，在內心裡則是一直詛咒卡蘭貝勒）之後，擦了一下額頭上的汗水，對峭壁上方說道：

「啊，對不起，我們自己人有點意見不合。可是，我要說的話已經都說了！如果可以的話，請你現在馬上去轉告阿姆塔特。」

「嘎？轉告？」

「是的。請轉告一聲，修奇・尼德法想要見阿姆塔特。阿姆塔特應該對我很清楚，所以你不用擔心牠不知道我是誰。」

阿姆塔特一定對所有事都瞭若指掌。牠知道我，還派爸爸去接我們，可見牠一定都瞭若指掌吧。也就是說，牠知道我是誰，而且知道我經歷過什麼事才來到這裡。

不，就算牠不知道我是誰也沒關係。因為我有話要跟牠說。可是牠沒有龍魂使啊？即使牠沒有龍魂使也沒關係！

就在這個時候——

「咿吱呼！」

峭壁上方的那個地精指揮大聲喊出帶有回音的喊叫聲。牠一面叫，同時用力揮舞長矛。隨即，對面峭壁就有另一隻地精像在回答似的喊著：

「咿吱呼！」

「咿吱呼！」

地精們跟著又回答了幾聲之後，便開始移動了。

地精們和出現時一樣，快速地消失了。原本在峭壁上方的地精們往峭壁後面走掉了，原本站在峭壁的空隙之間的地精們，則是快速往上或往下移動之後，跑進溪谷內部。牠們的動作滿俐落的。幾乎近於垂直的峭壁，牠們卻像在走平地般奔跑而去。

過了一會兒，那些來拿寶石的最後一批地精走掉之後，原本滿山滿谷的地精就像是不曾出現般消失不見了。這是怎麼一回事？難道牠們乾脆就避不見面了嗎？可是我不會這麼想。因為，那個地精指揮還站在原地看我。

這傢伙開始走下峭壁。

牠的速度幾乎和直接掉落差不多。這傢伙每踩一下峭壁，就有數顆小石子掉下來，而且有小岩石隨之搖晃，但是這傢伙卻沒有搖晃。用這種方式，這傢伙不到數十秒就已經走下峭壁。要是我，大概得花一個小時才下得來吧。然後，這傢伙把手裡的長矛垂了下來，就這樣慢慢地朝我這邊走來。

牠並沒有發出腳步聲。這傢伙的動作很輕柔，牠的步履看似在搖擺著，但其實很穩健。這傢伙如此輕快地跳著走過溪谷底的亂石，朝我走來。傑米妮原本坐在地上，她像是這時才看到這隻地精似的，連忙站了起來。

這個地精指揮停在距離我們大約十五肘的地方。

由牠走下來的動作看來，確實是有指揮的架式。這傢伙甚至比一般的半獸人塊頭還要更大，從牠身上可以感受到的反應力與剛毅性都是非比尋常的。牠的身體也看起來非常結實。

「咳嘎！」

這隻地精突如其來地大喊一聲，傑米妮嚇得抱住我的手臂。可是，這傢伙只是把手持的長矛插到旁邊的地上，然後，牠就把兩隻手臂交疊在胸前。這是什麼意思呢？啊，是要我解除武裝嗎？我慢慢地把巨劍收回到劍鞘，同樣也把雙手交叉在胸前。幸好，傑米妮已經放開我的手，開始一副忐忑不安的樣子。泰班從後面走來，緊抓住傑米妮的肩膀。傑米妮嚇得身體一震，但是泰班溫和地對她說：

「在這裡靜靜等著吧，傑米妮。有我在，沒關係。」

地精指揮像是很滿意地點了點頭，然後，這傢伙突然閉起眼睛，稍微抬起下巴。嗯，我不知道那個部位是不是可以稱之為下巴。

嗯？

這傢伙的身體開始微微顫抖。四周並沒有任何風，可是這傢伙卻好像被風吹得飄搖的樹葉那般搖晃著。等等。我發現到沒有風在吹了！四周怎麼如此寂靜呢？

這隻地精的顫抖如同剛才開始時那般，突然就停了下來。這傢伙的眼睛再度張開時，我不禁想到了溫柴。那種眼神像是會刺人般地銳利。地精開口說道：

「真是有趣。你是說，你要見我？」

這是一個會深沉迴盪的聲音。這深厚有力的聲音，簡直令人難以相信是從地精這樣矮小的身軀所發出來的。所以，我差點就因此放下我交叉在胸前的手臂，最後仍勉強用手指頭緊抓住兩邊手臂，所以才不致發生這種事。哎喲，手臂好痛！傑米妮用手捂住嘴巴，用難以置信的語氣說道：

「啊啊？聲音怎麼變了？」

我說道：

「噓，傑米妮。牠是阿姆塔特啊。」

傑米妮用力眨了眨眼睛，一副覺得不可思議的語氣，說道：

「……原來阿姆塔特是一隻地精？」

泰班發出怪異的咳嗽聲，並且撇過頭去，我則是把頭垂得低低的。而那個地精則是爆笑了出來。

「哈哈哈哈！」

傑米妮一聽到地精的笑聲，露出更是驚訝的表情。泰班好不容易停下他那怪異的咳嗽聲之後，對傑米妮解釋著：

「這是魔法啊，傑米妮。阿姆塔特使用魔法，透過這個地精來說話。」

「是嗎？」

傑米妮這時才點了點頭。我費力地抬頭，向地精點頭打招呼。

「幸會了，偉大的龍阿姆塔特。你這該死的傢伙，你是我母親的仇人！」

傑米妮發出模糊的呻吟聲，緊接著就昏了過去，但是泰班很厲害地把她扶住了。這時我一直無法轉頭，將目光從地精的眼睛轉移開來。因為，這是阿姆塔特的眼睛。在沉默很久之後地精再度開口時，我差點就雙腿沒力地癱坐在地上。

「這就是你要跟我講的話？」

我有好一陣子都忙著平息呼吸，無法答話。對於這沉著而且嚴峻的聲音，我的自尊心可不容許自己用激動愚蠢的聲音回答。過了一會兒之後，我才得以用連我自己都很滿意的沉著聲音，回答道：

「不，這不是我要跟您說的話，而是我對自己說的話。雖然是件小事，但對我而言，是實現了一個深具含義的宿願。雖然我不能要求您能在我母親靈前謝罪，但是我一直希望親口直接對您說：『你是我母親的仇人。』」

「是這樣嗎？看來那確實只是你要對你自己說的話。」

牠並沒有任何反應。牠確實是沒反應。我的嘴角浮出笑容，低下頭來說道：

「是的，請原諒我。那麼我要對您講的是……」

「回去吧。」

「咦？」

我驚訝地抬頭之後，整個人都僵住了。因為，從地精眼裡顯現出的阿姆塔特的眼睛，正在凶悍地瞪著我。

「你不必多費唇舌了。我對你要講的話毫無興趣。現在馬上回去。我讓你閉嘴的方法有兩種。一種就是你自己調轉腳步，另一種就是我殺死你。用兩者之中的哪一種，對我而言都沒有差別，但是對你而言，似乎就有很大的關係了。」

從地精身上響起的阿姆塔特命令非常嚴峻。我努力想要皺眉頭，卻做不到。我想要移動手臂，卻動不了。這簡直可以說是被鬼壓身那樣，我只能轉動眼珠子，一直看著地精。

接著，泰班的一句話使我得以勉強從這可怕的僵硬之中解脫出來。他說：

「阿姆塔特。」

我理解到一個明確的事實。就是颱風吹襲，樹木會倒。可是，如果是同樣程度的颱風從兩邊同時吹襲，樹木會直立不動。我從泰班的話裡，可以感受到和借用地精身體的阿姆塔特幾乎相同的力量，所以，我才得以沒有倒下。

「您連聽都不聽聽看這少年要講的是什麼，就如此薄情拒絕，不會太過急躁了嗎？」

地精用陰沉的眼神看著泰班。泰班一手拄著木杖，另一隻手抱著傑米妮，用這姿勢昂然地面對著地精站在那裡。我仔細一看，地精繃緊身體的程度，根本和剛才與我對話時的態度截然不同。

阿姆塔特說道：

「您把急躁這個詞用在龍身上，令我覺得這才是急躁之行為啊。」

牠對泰班說「您」？看來牠知道，真不愧是阿姆塔特！阿姆塔特知道泰班是亨德列克。

「可能是吧。但誰是誰非尚難以斷定啊。因此，我認為您最好是撤回您的主張，會比較好。」

「我不習慣被強行要求。」

「太好了，我也同樣不習慣被強行要求。不過，生活之中往往會發生不得已的情況。」

哼嗯。泰班正在脅迫牠。我緊張到覺得脖子快被往後折斷，在這緊張之中，我還是看著地精和泰班，並且看著他們後面的阿姆塔特和亨德列克。剎那間，我心裡浮現出一個可怕的想法，於是我凝視著泰班。不安的感覺簡直就像脖子上的骨刺一樣。

會不會亨德列克錯把這地方當成別的地方，錯把在場的人和龍當成其他人和其他龍了？褐色山脈的卡穆和克拉德美索。然後是灰色山脈的修奇和阿姆塔特。哼。泰班的這錯覺一點也不好笑。亨德列克，您到現在都還想要緊抓住龍不放嗎？說不定阿姆塔特也會變得像克拉德美索那樣。

可是，我並沒有阻止泰班。因為我沒有足夠力量讓阿姆塔特聽我講話，所以只好交給泰班了。雖然這樣對他很抱歉。

現在，用我的眼睛也能感受到兩者的懸殊差異了。泰班看起來像是坐在散特雷拉之歌時那般閒逸，但是地精的表情卻出現了非常強烈的不安和憎惡。牠看起來幾乎就像是人類了。此時，地精開口響起了阿姆塔特的聲音。

「您應該有聽過吧……」

地精暫時先喘息了一下。真的滿像人類的。

「我有一個名字，叫做夕陽的監視者。」

「這我知道。」

地精開始慢慢地往後走。泰班可能是因為有聽到這細微的腳步聲，所以他開始歪著頭。地精一面往後退，一面緩慢但確切地說：

「我監視夕陽，並且在夕陽監視。在我眼前，萬物會終結，同時我在萬物的盡頭等著他們。我是優比涅與賀加涅斯的女兒——時間的忠實之鐘啊。」

「……所以呢？」

地精往後移動之後，就忽地跳到岩石上面站著。泰班因為地精站在岩石上面時所傳來的低沉聲音，退縮了一下，但他並沒有機會說些什麼話。地精用不太快但確切的聲音說：

「我的等待已經夠久了，您的黃昏未免也太長了。」

泰班的臉在瞬間被嚇得發青。

在他臉孔僵硬的同時，他的手微微顫抖了起來。他甚至像瞎子那樣，一副徬徨失措的模樣。當然他是真的瞎了，但是從以前到現在，他的動作完全不像瞎子啊！我趕緊走近他，接過傑米妮。我一接住傑米妮，泰班就用雙手握住木杖，看起來像是為了不要倒下而倚著木杖的樣子。阿姆塔特站在岩石上面俯視他，沉著地說：

「為何您還沒有履行您跟上天約定好的休息？」

「我、我……」

在三百年前的神龍王之後，不論是面對人類還是龍，或者其他事物，又有誰能讓亨德列克的腿如此搖晃？看起來，阿姆塔特確實是三百年來頭一次成功者。我驚慌地看著他們，差點就不小心鬆手放開了傑米妮。我牢牢地抱住傑米妮的腰之後，又再看著地精。阿姆塔特說道：

「人類對其充實的一生的報答，即是與上天約定好的休息。這是賜予人類的禮物。你們會死，而且不知何時會死。就連龍也沒有這樣的禮物啊。」

神龍王說過：「我一直都無法收到上天賜予人類的那種禮物。」閃現在地精臉上的阿姆塔特的眼神，如今像是要看穿泰班似的直盯著他。

「您說過：『我們並不是單數。』你們可以經由死亡和遺忘來維持這複數特性所形成的不滅特性。我這個時間之鐘當然非常清楚這一點。無視於死亡者是人類嗎？您是一個個體卻能夠不滅，您還可以稱自己是人類嗎？」

「不。」

如果是以一個費力地倚在搖晃得快要折斷似的木杖的瞎子老人而言……這是一個非常沉著的回答。泰班發出完全不符合他那不安模樣的沉著聲音，用這種聽起來似乎是很單調的嗓音，繼續說道：

「我並不是人類，是吸血鬼。不對，應該也不能說是吸血鬼。我是已經死亡的活人。」

泰班的眼皮在不斷一眨一眨的。他舉起手來，緊按著自己的眼睛，並說道：

「我的眼睛無法看夕陽。所以，我是在夜晚之中過著黃昏。」

阿姆塔特抬起頭來。

牠的眼睛朝向伸展在無盡溪谷之間的那片天空。天空看起來就像是覆蓋無盡溪谷的天花板。我發現到這個地方真的像是個洞穴。

就在這個時候——

突然間，太陽從溪谷的一邊升了上來。雖然早已經天亮了，可是因為這裡是個很深的溪谷，所以現在才有太陽出現在天空中。峭壁上方在剎那間如同金絲般閃爍著，原本在看天空的我不得不撇過頭去。溪谷變亮了，就連站在岩石上面的地精也被照得更加亮了一些。

這隻地精即使太陽升上來，牠也還是沒有撇過頭去，仍然一直望著天空。為什麼呢？是因為現在地精的眼睛是阿姆塔特的眼睛嗎？公平對待萬物的太陽，就連對待三百歲的巫師，也同樣射下了它美麗的光芒。然而，眼睛看不到東西的泰班卻無法感受到這光芒。所以，地精、泰班還有傑米妮，都有難得見到的共通點。原本藏在高聳峭壁的太陽現在才升起，但是真正感受到並且因為刺眼而撇過頭去的人，只有我一人而已。

可是，我這樣的獨特位置並無法維持很久。過了一會兒，跟隨著太陽而出現的雲朵便掩住了太陽。溪谷又再變成一個隱含著昏暗陰沉又神祕的洞穴。而此時，阿姆塔特說道：

「您的眼睛如果看到夜晚，請來找我吧。現在並非是您和我共處的時間啊。還有……」

站在岩石上面的地精並沒有低下頭來，牠就這麼對我說：

「修奇・尼德法，這也不是你和我共處的時間。回去吧。你不必對這地精多花心力，時候到了，自然會發生的。」

地精突然張大嘴巴。

「嘎啊……」

過了一會兒，地精的身體突然倒了下去。砰。我揉了揉變得熱燙的眼睛周圍，然後看著岩石上面的地精。地精倒在岩石上面，只是從嘴裡流出長長的口水，一動也不動了。牠看起來就像是已經死了。

我的嘴巴很艱辛地開啟。

「阿姆塔特？」

阿姆塔特不見了。

「阿姆塔特！」

阿姆塔特不見了，只剩下躺在岩石上面的地精。阿姆塔特拒絕我，關上門了。但是……但是我還沒有說啊。可是我已經無法說了。

「呃……嗯。」

被抱在我懷裡的傑米妮，在發出微弱呻吟聲的那一瞬間，我緊緊摟住了她。我把頭埋在她的頸子，我聞著從頸子裡散發出有點腥而且有點鹹的味道，而且勉強壓抑住想要大喊的念頭。我像要把肩膀抖碎似的顫抖著。

有人摸了我的背。

我抬頭一看，傑米妮的眼睛正在直視著我。她在漲紅的臉上露出顫抖的微笑，一直凝視著我。然後她的手在我背後，小心地撫摸我不停顫抖的肩膀。

她紅潤嘟著的嘴唇像顫抖般張開。

「修奇……」

「傑米妮，我……」

「你沒事吧？你是不是沒事了？」

「我、我無法說了。我一定要對阿姆塔特講的話，我有話要講……可是，阿姆塔特連聽都不聽，就走了。」

傑米妮突然嘻嘻笑了出來。她頑皮地點頭，隨即，她的頭就碰撞到我的下巴。她像是在責備我似的，用額頭敲我的下巴，然後又再抬頭對我說：

「笨蛋修奇，你不要擔心，都沒事了。阿姆塔特應該知道你要講什麼。」

「阿姆塔特知道？」

「是啊，牠應該會知道的，所以你別傷心了。嘿，這樣一點都不像你！」

「哼，妳怎麼知道？阿姆塔特怎麼會猜得出我要講的話？」

「也沒有證據說牠猜不到啊。不是嗎？」

「妳如果要這樣說，我就無話可說了。」

「可是，我還有話要說。」

「什麼話？」

「我現在快窒息……這個笨蛋！快放手啦！」

傑米妮踢了我的小腿脛骨，我才從「修奇・尼德法先生正在緊抱住傑米妮・史麥塔格小姐的情況」之中，領悟到我所扮演著的重要角色。

「哎呀呀呀呀！」

我幾乎像扔擲般放開了傑米妮。傑米妮快速往後走了幾步，結果她的肩膀太過用力，把衣服都撐開了。如此一來，衣服一定會被撕破。我低著頭，所以看不到傑米妮的表情。而泰班是瞎子，所以他終究什麼都看不到。一定是看不到的。哎喲，得救了。

「現在是不是可以轉頭看你們了？已經結束擁抱了沒？」

「……請不要說得一副好像看得到我們的樣子。」

把衣服撐到快破掉的傑米妮，斜眼瞪了泰班一眼。儘管她是這種表情，但對於眼睛看不到的泰班而言，實在無法給予任何效果，而眼睛看得到的我，則是因此笑了出來。

「呃哈！傑米妮，妳這表情，妳這表情！」

「什麼嘛！你幹嘛笑，不要笑！」

「不，不。咿嘻嘻嘻嘻！這不是在笑，呃嘿嘿嘿！我不笑了，咯咯咯咯！」

過了一會兒，一直用深沉表情裝作是在欣賞我被傑米妮無情毆打的泰班，說道：

「回去吧。如果主人趕人，有禮貌的客人應該要走才對。」

我讓泰班和傑米妮騎在御雷者上面之後，開始慢慢地走出去。如果在這種道路上，我們三人全都騎在御雷者上，那麼御雷者可能十年後會得關節炎也說不一定。

無盡溪谷很長，籠罩在它上頭的雲層漸漸越來越厚了，令我懷疑剛才看到的是否真的是太陽。可是，我越往盡頭走去，溪谷變得越寬，於是原本看起來像陰沉洞穴的無盡溪谷，如今則是有種平凡事物的感覺。而且傑米妮因為可以回家而高興不已，一直不停喧嚷著，使我分辨不出自己現在是走在阿姆塔特的無盡溪谷，還是走在我們村裡的大路上。

「對了，修奇，你爸爸回來了，你要煮什麼菜啊？我也會幫你。我們一起來煮一餐美味的食物吧，好不好？你爸爸這幾個月來都沒吃到人類吃的東西，不是嗎？你爸爸最喜歡吃的是什麼啊？」

「我爸爸？水。」

「啊啊啊！我是指用火煮的東西！嗯，雖然也有不用火煮的，但現在是冬天……」

「開水。」

「你想挨幾拳啊？」

「……可不可以就打兩拳啊？」

「不，三拳！」

傑米妮繼續一直喋喋不休的，但是相反地，泰班則是緊閉嘴巴不說話。我主要都只是回答傑米妮的話，同時觀察泰班，結果害我有好幾次被絆到腳。泰班這時才用帶有一點快樂的語氣，說道：

「我並不孤單。因為在我身旁就有另一個瞎子陪我。」

傑米妮咯咯笑了出來，我則是嘟囔著。

就這樣，我們比上來的時候還要快速地到達了溪谷盡頭，此時，我又再回頭看後面。然而，溪谷仍然只是溪谷。有夕陽監視者阿姆塔特在的可怕地名，並不適合眼前這一片景致。它只是冬季的溪谷而已。

冬季的……

我皺了一下眉頭。這是什麼啊？這東西，嗯，明明是我知道的東西，這個是？

「天啊！是雪？」

傑米妮確實比我還要會認人。不只是人，連其他東西也很會認。嗯。她說對了。這東西的名字是雪。然而我還是搖了搖頭。因為單純只用雪來形容是不夠的。也就是說，必須有其他字……傑米妮又再幫了我一次。

「哇！是初雪！」

傑米妮！妳真是太厲害了！妳又說對了。是初雪。天空開始有白色的雪花降了下來。泰班聽到傑米妮的喊叫聲，用他根本看不到東西的眼睛抬頭望著天空，然後慢慢地伸出手來。隨即，我和傑米妮都同時閉嘴安靜地等待有雪花掉到泰班的手上。說不定連御雷者也在等待吧？

可能雪花有聽到我們的願望吧，所以有一片輕輕降下的雪花，緩慢地落向泰班的手。傑米妮抿著嘴唇，圓睜著眼睛，而我則是緊張地開始握緊拳頭，又再放開拳頭，如此反覆著。快掉下去！直接掉下去！啊，真是的，不要晃動！稍微往左一點，哇啊，我要不要跑到旁邊去吹一下啊？對！行了！直接掉下去吧！現在不要有風吹！

終於，一片白色雪花落到了泰班瘦削的手上，泰班的手指尖動了一下，然後我和傑米妮同時長長地呼出了一口氣。我真想喊一聲萬歲呢。雪花一碰觸到泰班的手，便很快地融化了。泰班慢慢地把手拿到嘴邊，將手心靠在嘴唇上。

他的嘴角輕輕地上揚了。

「是啊。雪仙子來了。」

泰班的話像是一聲允許似的，雪花開始更加欣喜地降下了。我抬頭看天空。雪花以天空裡某個無法正確指出位置的一點為中心，向四方散播著。沾到我臉上的雪花使我臉頰變得很涼爽。我低下頭來，又再看了一眼無盡溪谷。隨即，就看到雪花彷彿像窗簾般遮蔽住無盡溪谷。我轉過頭去，這一次，我看著傑米妮。

傑米妮坐在馬上，把雙手往前伸去。她把手掌併攏弄成像碗的形狀，想要收集雪花。終於有幾片雪花落到她併攏的手掌裡，在這一瞬間，她很快地把手拉到面前。她睜大眼睛低頭看手掌，可是在這短暫的瞬間，手掌的雪花似乎都融化了。她皺眉頭，用手掌撫摸兩頰。

「啊，好冰！」

不然雪融化的水是燙的嗎？真是的，這丫頭。連傑米妮也因自己的話而笑了出來，然後她開始環視四周。

「哇啊，好漂亮。修奇，這像是在慶祝你爸爸回來，不是嗎？」

「回來……是啊。現在是該回家的時候了。」

傑米妮歪著頭，答道：

「嗯？啊，對啊。你是迎著初雪回去的。」

迎著初雪，是啊。要回家了。

我是迎著飄落的楓葉離家的。我曾在黑暗的森林裡，聽到每個腳步傳來的落葉碎裂沙沙響聲，曾在山裡、田野裡，靜靜站在原地不動，但是不管通往何處，我都只是徘徊在道路上。我曾經在明亮又寒冷的秋季夜空之下，燃起營火，聯想起指向我們故鄉的星座！而現在降下初雪了！

是啊。現在都結束了。是該回家的時候了。

「哦哦咿！」

傳來了透納的大喊聲。剛才先離開的其他人都聚集在溪谷外面。傑米妮合上雙手，做成像喇叭的形狀，對喊了回去：

「哦哦咿！」

在飄落的雪絲之間，傳來了喧譁的笑聲。接著，我可以看到有個人從站在溪谷外的人群裡，向我們這邊跑過來。那是爸爸。我向奔跑過來的爸爸露出了微笑，同時向我那已經離去的時節露出了微笑。

我的魔法之秋已經結束了。

07

「那麼，你現在是尼德法伯爵嘍。」

「是的。而且我只跟領主大人您說過這件事。」

「您還沒有跟任何人說過嗎？」

「哎喲，領主大人，拜託請不要這樣。請不要這麼尊敬我。」

坐在椅子上的領主大人哈哈大笑了出來。可是，笑聲結束之後，咳嗽緊跟著而來，令我看了很是擔心。在那段監禁的日子裡，領主大人的身體變得很憔悴，現在還是沒有增重的跡象，這讓哈梅爾執事覺得很難過。

「咳，咳咳。嗯……是嗎，你都沒有跟任何人說過嗎？」

「是的，我不想讓別人知道。往後也想繼續隱瞞下去。」

「往後也想繼續隱瞞下去？」

「是的。雖然我這樣比喻有些怪，可是，我想要像卡爾以前那樣，隱藏自己的身分。」

「為什麼呢？你既然已經當上了伯爵，就應該可以帶你父親到你的領地去，過著更舒適的生活才對啊。對了，你打算怎麼負起你對國王所賜領地的責任？」

「那個領地……我正以我所能想到最為了不起的方法在照顧他們。」

我對領主大人說明有關費雷爾和寇達修先生的事。領主大人輕鬆地倚靠在椅子上，表情高興地聽完我講的故事之後，點了點頭。我說道：

「萬一是我治理的話，恐怕一定無法對國王陛下和我領地的居民們善盡責任吧。一個十七歲而且原本是蠟燭匠的領主，這豈不是很可笑嗎？雖說要是我成了領主，是可以供應居民晚上要用的蠟燭啦。」

領主大人微微笑著說：

「那一定會是很優秀的領主哦。你很清楚自己的才能界限，而且企圖想要活用自己的才能，為民著想。」

「您這是過獎了。」

「可是，你打算也對你父親隱瞞嗎？」

「我爸爸已經年紀大了，我希望一直到他需要人照顧的時候……這雖然好像是我自己的想法，可是，我希望看到爸爸努力工作的模樣。而且他在最優秀的領主治理下的領地上生活，會比較好吧。」

領主大人慢慢地敲了幾下桌子之後，轉過頭去看著窗外。窗外正在盡情地下著雪。這間領主辦公室原本雖然無比冷清，但是在哈梅爾執事的努力之下，已經變成非常具有舒適溫馨的氣氛。有好一陣子，都只聽到從壁爐裡傳來的柴火聲音。

在這片寂靜之中，似乎只要仔細傾聽就能聽到雪在堆積的聲音，這片寂靜結束時，領主大人一面拉高蓋在膝蓋的毛毯，一面用疲憊的聲音說：

「這個嘛，我不知道你這樣做到底對不對，所以，我似乎只能給你『歲月能給你答案』的一般論調了。我就姑且先幫你吧。你真正希望我做的是什麼呢？」

「像以往那樣……我會當領主您的居民。還有，對於我的身分所附帶之各種義務或權利，希望領主能幫我這些相關的事。」

「你是我們領地的恩人，同時也是我的恩人，所以我當然會幫你。但是代替你去執行領主的義務，這可能會有一些問題。雖然你已經把治理領地的責任交給那兩位優秀的年輕人，那部份已經不成問題，但是你需要履行對首都及國王的相關責任，這你打算怎麼辦？就先說這個快要來臨的新年拜會這類的事吧。你應該到御前向國王請安的，不是嗎？雖然這是小事，但也可說是一定要做的事吧。」

「是，我聽說有這些事。就是因為這些事，我想拜託您，嗯……到時候領主大人您會去首都吧？」

「是啊。」

「嗯，到時您可不可以讓我當隨行人員呢？」

領主大人露出了微笑。在他過著監禁生活的這段期間裡，變得更加深厚的眼角皺紋，此時粗大地顯現出來。

「我知道你的意思了。每次你在公務上需要去首都時，我必須幫忙你偽裝，是這個意思吧？」

「是的。這是個對您很抱歉的請求……」

「不，沒關係。反正領主不用常常到首都去。」

「那麼，您願意幫我嗎？」

「當然啦。如果這樣算是報答你的恩惠，不管多少次我都可以幫忙。」

「謝謝您。」

領主大人微微地笑了，他又再把毛毯拉高，我則是從座位上站了起來，走近壁爐。我翻動壁爐的柴薪、加旺火焰的時候，從背後傳來了領主大人的聲音。

「可是，我實在很好奇是什麼理由。你為何不想當伯爵呢？」

我轉頭過去，看到領主大人正在望著下雪的窗外景致。領主大人一面看著積在樹枝上的雪，一面說道：

「咳、咳咳，呃呃嗯……我很難相信你是怕無法善盡對領地的責任，而不願當領主。既然有那兩個優秀的年輕人，請他們做你的家臣不就行了？那麼一來，就應該可以和他們合力治理你的領地了啊。」

「不，沒關係，並沒有什麼風。我喜歡看寧靜的雪景。」

「您說得是沒有錯。那個，我要不要關窗戶呢？」

「你害怕的好像不是領主的責任，而是領主這個地位，對吧？」

「是……」

我看著領主的白髮，說道：

「也可以這麼說吧。正確地來說，我是討厭當上領主後自己會改變。」

「你為什麼不要改變？是因為你喜歡現在的你嗎？」

「我當然喜歡現在的自己。可是，萬一我當上領主，到時身為領主的我說不定會更喜歡自己吧。我是比較樂觀的人，不管是什麼樣的情況，我大概都會喜歡。」

「你是說，即使當上領主，你也不會討厭那種情況？」

「是的。」

領主大人慢慢地轉過頭來。他把額角靠在椅背，歪斜地抬頭看我。

「那麼說來，你不想要當領主的理由就越來越難捉摸了。如果說處在任何情況下，你都不會特別擔心，而且不會顧忌，那麼，你不想當領主的理由究竟是什麼？」

我慢慢走去和領主再度面對面坐著。然而，我稍微斜坐著，沒有看領主而是看著窗外。我一面看著那些夢幻般落下的白色雪花，一面問領主：

「領主大人，首先我想問您一個問題。請容我問您：領主大人您討伐阿姆塔特失敗了，現在您在計畫第十次征討阿姆塔特嗎？」

領主大人並沒有立刻回答。因為我沒有看著領主大人的臉，所以這段寂靜的時間顯得很漫長。過了一會兒之後，領主大人才說：

「不。現在我沒有那種打算。」

「可以問您為什麼嗎？」

「如果又再一次計畫討伐阿姆塔特，等於是讓領地陷於水深火熱之中啊！我向國王奏請之後派來的卡賽普萊也沒辦法成功，所以，如果想要成功，一定需要比卡賽普萊還要強大的準備。我們可能做得到這樣的準備嗎？」

「只是這樣嗎？」

「你有話就直說吧。」

我轉過頭來，迎視領主大人的眼睛。即使他的眼睛周遭都凹陷了，但是目光依舊明澈。他是卡爾的兄長。是啊，即使是同父異母的兄弟，但是領主大人畢竟是卡爾的兄長。不，就算不是，領主大人也是一位畢生都在治理領地的人啊。

「我爸爸以前也對阿姆塔特懷有強烈的報復心，但是他現在已經放棄報仇了。而且連我也是。我以前憎恨阿姆塔特，但是現在不恨了。所以……我猜想領主大人您現在也不再憎恨阿姆塔特了。」

領主大人露出了一絲笑容。

「你說得很正確。」

「是嗎？」

「雖然不知道這樣說你會怎麼想，但是，我覺得自己以前是個利己主義者。外表上，我宣稱除掉威脅這個領地的阿姆塔特，是為這個領地著想。這騙了其他人還有我自己，但是……我現在已經明白了。我想要的，與其說是消滅阿姆塔特，倒不如說是表現我的報復心吧。只要表現出了我的報復心，對我而言，阿姆塔特有死或沒死似乎都沒什麼關係。所以我以前才會對牠舉槍突擊。而現在，我感覺滿足了。看來我真的是老了。」

「不。連我爸爸，甚至連我也是一樣。我爸爸說過阿姆塔特就像是懸崖或洪水，而我則是在阿姆塔特面前指責過牠，大喊牠是我母親的仇人，可是，牠並沒有改變。」

「改變？」

我深吸了一口氣。我看到壁爐裡熊熊的火花，隨即眼睛感覺一陣疲倦。

「在我的旅行同伴裡，有一個名叫傑倫特的祭司。他跟我說過一副對句：『世界上最悲哀的戀愛是單戀，最可怕的病是單相思病。』他說，這是因為這兩種都無法使對方改變。」

「我大概知道你的意思。」

「我認為戀愛是使對方改變，而報仇也是一樣。報仇雖然像是想讓對方毀滅，但事實上，是想要改變對方。報仇是希望對方知道自己的報復心之後，對方能從目前的狀態變成毀滅的狀態。因此，這就是為什麼所有報仇者在殺死報仇對象之前，都會痛苦解釋自己報仇的理由。」

「哈哈……是啊。故事裡一向都是這種情節。」

「是的。要報仇的人通常會說『我一定要親手做了斷』，或者『我一定要親眼看你滅亡』。而且報仇者不要其他人殺死對方或讓對方老死。通常都是這樣的情節。報仇者是希望由自己來改變對方。」

「是啊。確實是可以這麼說。」

「是的。然而，阿姆塔特是不會改變的生命體。」

「不會改變？」

「阿姆塔特如同我爸爸說的懸崖或洪水那般，人類是無法改變牠的。我在牠面前對牠說過『你是殺人者』這類的話，可是沒有用。萬一是人類面對人類時，如果跟他說『你是殺人者』，他應該會有『我為什麼會是殺人者？』的這類反應。雖然可能會說他是不得已的，或者可能會有厚顏無恥的反應，但不管怎樣，對方內心都是有反應的。然而，阿姆塔特卻只說了『是啊』。彷彿就像是我在說『天空是藍的』，而牠回答『是啊』。如此一來，這就和單戀或單相思病沒有什麼兩樣了。如果對方不改變，報仇就不成立。這就好像在對幾百年前死掉的人報仇，是差不多的情況。因為不管你做什麼，根本就無法對幾百年前死掉的人做任何改變。」

領主大人微笑著說道：

「我真懷疑自己是在跟我領地的十七歲小鬼談話。哈哈哈。你的想法好像是對的。」

「是嗎？謝謝您。我想起了卡爾常講的一句話。」

「什麼話呢？」

「他說，我們賀坦特領地的居民們，已經和阿姆塔特達到協調。」

「是啊，我也聽他講過這句話。主要是在他想要阻止我報仇時，常會說這句話。」

「原來如此。不管怎麼樣……請容我說，這句是很傲慢的話。」

「很傲慢？」

「事實上，那並不是協調。河水在流的時候，如果遇到土堆或石頭，會毀壞土堆或石頭之後流過去。然而，如果是根本無法毀壞的巨岩或山脈在擋路呢？河水只好轉彎流過去。如果這河水有自尊心，應該會說：『我和山達到了協調。』然而，其實這座山什麼也沒有改變。」

「哈哈哈……」

我看著在火焰裡倒下的木塊，說道：

「是的。卡爾要說的就是這個：阿姆塔特不會改變。所以我們改變了。」

在盡情降下的雪花之間，大聲地傳來了哈梅爾執事的喊叫聲。他和警備隊員們好像正在傷腦筋要如何清掉堆積在內院的雪。然而，在下雪的日子所聽到的聲音似乎都是這樣柔和，哈梅爾執事雖然是在大叫，但還是聽來很柔和。

「你是說，我們改變了？」

「是的。而這是前所未聞的事。至少是人類會站立在大地以後。」

「什麼意思？」

我回頭看領主大人，結果發現領主大人的毛毯幾乎快要掉到膝蓋下。我先站起來，幫忙把領主大人的毛毯拉回去之後，說道：

「不知您是否聽過這句話：『人類看到星星會造出星座，人類走過森林會造出小徑。』」

「是啊，我聽過這句話。」

「沒錯。我們讓事物改變，就連龍也改變了。我認識一頭名叫克拉德美索的龍，牠因為人類而改變了。牠愛上了人類，而且已經被人類化。牠搞不好就是因為這個緣故而遭遇悲劇。然而，我卻領悟到了一個奇怪的道理。」

「你要說的是？」

「人類並沒有改變。人類使周遭的所有事物改變，但是人類本身並沒有改變。」

「並沒有改變？」

「路坦尼歐大王擊退神龍王之後，有改變的是什麼？在這之前是神龍王統治人類，現在則是人類統治人類。然而，那時的人類是人類，而現在，人類也還是人類。人類本身沒有任何改變的地方。您可能會說變得具有比較高的文明，這個嘛，文明並不是變化。文明、法律、道德、社會、哲學、國家……全都只是人類的工具，是工具改變了，人類本身完全沒有改變。我們有更進步嗎？不。一個戰士拿到更加銳利的劍，這並不代表這個戰士進步了。這個戰士並沒有改變。而且，我們的工具——文明如果進步了，那並不代表我們進步。所謂的歷史……並非呈現人類的變化，而是記述人類工具的變化。」

是的。而且這是路坦尼歐大王和亨德列克的問題。路坦尼歐大王相信沒有了神龍王統治，我們就能讓萬物改變，而且我們會進步。其實，他把文明和進步搞混了。而亨德列克則是想要使所有種族進步發達。可是身為一個無法改變的人類，卻夢想去改變，結果他將這矛盾潛藏著就出發了。許多笨英雄甚至還仿效他。

「但是在大陸的西邊，在此地，人類受到了人類種族歷史上首次的可怕挑戰。這挑戰正是阿姆塔特。」

「阿姆塔特……」

「是的。阿姆塔特不會改變。牠不會人類化。所以相反地，我們賀坦特的居民們改變了。我沒有能力去正確地描述這改變的型態。因為，這是人類首次發生的改變，因此沒有其他可以比較的對象。當然，也是因為我年紀還小的關係吧。然而，看到您、我爸爸，還有我放下報仇之心時，我大致已經可以看出那種改變了。」

「是嗎？」

「阿姆塔特不會改變的理由是……這個嘛……從牠說過的話裡，似乎可以找到一點答案。牠是夕陽的監視者，也就是說，牠站在所有事物的盡頭等待著。牠在變化的終點等待，這意味著牠本身就是不再有變化可能性的最終型態。不管怎麼樣……雖然牠能理解人類所帶有的報復心，但是牠不能接受。就像是懸崖或洪水那樣。所以，我們只好放棄。而且這是像賀坦特居民選擇的方式。如果是大陸其他土地上的人民，說不定會因為報仇遭受挫折而感到難過。可是，領主大人您，會因為無法完成報仇而難過嗎？」

領主大人一直盯著我看，然後他點頭說道：

「我和你一樣。」

「是的，我也是。雖然我無法幫我母親報仇，但是我並不難過。因為，這是無意義的事！」

領主大人深深地嘆了一口氣。他嘆完氣，隨即輕咳了幾聲，然後又再看著窗外。如今連窗臺也積了雪，窗臺下方則看起來像是覆蓋了一層白棉花。砰！積雪從屋頂掉落下去，然後窗戶下面就引起了一陣小暴風。

「鐵鍬不夠用！」

「哎呀，反正還會再積雪，幹嘛要清掉啊？」

「你們這些傢伙，反正還會再肚子餓，幹嘛要吃飯啊？」

在雪花之間，傳來了哈梅爾執事的尖銳指責。接著，警備隊員們朝氣蓬勃的笑聲就緊跟著這句話傳來了。那是柔和的笑聲。領主大人點頭說道：

「原來是這樣啊，所以我才會覺得這麼平靜。謝謝你了。」

「請別這麼說。」

「原來是因為你在任何地位都是一樣的關係。所以，假使你當上國王，你依舊是修奇・尼德法；即使你是賀坦特領地的蠟燭匠，你仍然還是修奇・尼德法，是嗎？」

「是的。」

「那麼，徒然地成為你不熟悉、而且也不特別覺得高興的領主，你不當也無妨嘍。看來這對你而言，只是徒然的一陣騷動。」

領主大人講話速度逐漸變慢了。長時間的對話，會不會對領主大人而言是很累人的事啊？我露出微笑，領主大人也露出了微笑。外面到處堆積的雪所反射出的白光，使得領主大人的深沉皺紋更加地明顯。領主大人，還有我也是一樣。現在我們兩人都是處在冬天的人。我們可能會無法再迎接春天吧。

我們會變成像阿姆塔特嗎？會像牠一樣站在夕陽那邊嗎？和龍接觸過的路坦尼歐大王，該不會被改變成像龍那樣？

「像路坦尼歐大王那樣……」

我在不知不覺之中開口。

「我有話一定要跟阿姆塔特說。可是，我卻像路坦尼歐大王一樣，他在無法擊退神龍王時，看到了初雪……我現在正在看著天空送給大地最為柔和的禮物。真是鬱悶啊！」

領主大人不做任何回答。我轉頭一看，他並不是在看下雪，而是正在觀望自己的內心。

我微笑了一下，靜靜地從座位站起來，觀察壁爐的火勢之後，盡量不出聲音地走出了辦公室。領主大人，您好好休息吧。

我一走到城堡內院，就看到警備隊員們正打雪仗打得不亦樂乎，而在旁邊，則是哈梅爾執事在大喊著：

「你們這些傢伙！都幾歲了還打雪仗，呃呃！」

警備隊員賽羅丟出去的雪球，剛好飛向哈梅爾執事的臉孔。執事大人掩起臉孔，彎下腰，賽羅趕緊喊道：

「呃啊，執事大人！您沒事吧？」

「……接招！」

接著，哈梅爾執事就用可怕的速度丟出了雪球。我雖然在第三者的位置觀看，但還是感受到了哈梅爾執事的攻擊所帶有的凶狠。可是，時間似乎沒有帶走哈梅爾執事過盛的欲望，卻帶走了他手腳的許多力量，所以警備隊員們很輕鬆就躲過了執事大人的攻擊。說得也是，能夠施加攻擊，讓賀坦特警備隊員們無法順利避開的人，即使是找遍整個大陸，恐怕也沒幾個人吧。

我一面看著這溫馨的情景，一面感受寒風吹向胸口。我感覺整個身體內部都冰涼了起來，甚至連腦袋後面也變涼了。並不是因為春天一定會來臨，所以冬季美麗。並不是因為清晨會來臨，所以夜晚美麗，同樣地，並不是因為一定會當上伯爵，所以修奇・尼德法感到自豪。哈哈哈。所有事物的本身就是美麗的。欲求不滿的種族們啊，看看你們的四周吧。未來只有阿姆塔特等待著，而現在呢，就像正在朝我眼前飛來的這個雪球一樣美麗……？啪！

「哎呀？這是誰啊？啊，原來是修奇！」

……然後，我當然應該要充分表現出我現在的情緒嘍。不能為了未來而欺騙掩飾我的情緒。

「接——招——！」

可能今天的警備隊日誌裡會記錄著「賀坦特警備隊由於修奇・尼德法的攻擊，而遭受無法束山再起的全然失敗」吧。因為，我以警備隊員們為核心，做出了一個欠缺藝術性、無視於常識，並且直徑達十肘的雪球。然後，我就聽到哈梅爾執事對我說出相當感謝的話語。在那之後，我走向馬廄的腳步顯得非常輕快。

馬匹跑步的運動場也堆了厚厚一層的雪。在這裡的雪地上，有雜亂的馬蹄印。我一面在這些雜亂的馬蹄印裡添加上自己的腳印，一面走向運動場旁邊的馬廄。

馬廄裡一片昏暗。因為門窗全關上以防外面的風吹進，所以裡面昏暗到簡直都快辨認不出東西。在一片漆黑的屋裡，只有角落的火堆發出紅光，火堆旁邊則是歐尼爾坐在那裡。

「誰啊？修奇？」

「是的。您在做什麼呢？」

我走近歐尼爾身旁，把手伸向火堆烤火。歐尼爾坐在火堆旁邊，手裡拿著像是厚布料的東西，正在戳弄那塊布。我仔細一瞧，原來他是在縫製東西。

「我在做馬鞋。因為下雪了。」

「呃，是不是有誰急著要騎馬呢？」

「哈哈哈，這傢伙。馬奔馳的時候，幹嘛需要馬鞋？這是讓牠們去跑步運動的時候，給牠們穿的鞋子。而且也有馬穿的衣服。」

「在這種天氣裡讓牠們運動？」

歐尼爾用一把口袋小刀啪的一聲把線切斷，他把那個叫做馬鞋的東西拿到眼前，說道：

「馬就是馬。如果不讓牠們跑一跑，是會生病的。」

「啊，是嗎？」

「嗯……行了。讓馬穿看看吧。這是御雷者的。其他馬都有牠們自己的鞋子。」

「啊，是這樣嗎？謝謝。」
「謝什麼謝啊，別這麼客氣。」
由於我們家沒有安置御雷者的地方，所以御雷者現在被安置在城堡裡的馬廄。我和歐尼爾一起站起身走向御雷者。
御雷者一看到我的臉，就精神飽滿地叫了一聲。歐尼爾笑著說：
「御雷者，你一定很無聊吧？好，現在你也應該要出去走一圈了。」
歐尼爾讓御雷者的馬蹄舉起，想讓牠穿上那雙看起來像是襪子的鞋子。可是，御雷者一直扭動身體避開歐尼爾的手，歐尼爾的手甚至差點就被牠踩到。
最後歐尼爾歪著頭，然後像是覺得自己那樣很可笑似的嘻嘻笑了出來。他看了我一眼，對我說：
「真是的。牠還對我很陌生，才會這個樣子。你來幫忙穿吧。」
可是就算我試也是一樣。御雷者像是在拒絕般一直扭動身體，避開我的手。我很不耐煩，想要乾脆把這傢伙翻倒在地，強行讓牠穿上，當這想法以相當大的魅力接近我的時候，我好不容易才想到這傢伙的情況。
「等等，歐尼爾先生。北部大道是不是比這裡還要冷呢？」
「呃？應該是吧。」
「那麼這傢伙可能原本就很耐寒。因為牠是北方的馬。」
「是嗎？呵呵，那麼即使沒有這東西，也沒關係了。看來我白做了。」
歐尼爾噗哧笑著撫摸御雷者的頸子。
「知道了、知道了。這傢伙。那麼你就這麼出去也沒關係，是吧？」

「啊，對了，歐尼爾先生，您說要讓牠去運動是吧？那我騎著牠去繞一圈也可以嗎？」

「嗯……好啊。可是不要太過劇烈運動。牠的身體如果被雪淋濕太久，即使是北方馬，也是會感冒的，所以讓牠適量地跑一跑就可以了。」

因為只是要讓牠輕快跑步，所以連馬鞍也是那種騎馬用的輕便馬鞍。不過，我冒險時用的馬鞍是很重的那種馬鞍。我向歐尼爾借來一件斗篷之後，騎著御雷者走了出去。你這傢伙，雖然你一點都不怕冷，我可就不行了。

下著雪的賀坦特領地顯得很安靜。

即使下了好幾天的雪也不會感到厭煩的，大概就只有小孩吧。有幾個小孩怪聲歡呼著，在巷子口跑進跑出，除此之外，沒有任何人在大路上，只有滿天的雪在下著。小孩子們看到雪絲之中突然出現的高大影子，嚇了一大跳，可是他們一發現是騎著御雷者的我，都讚嘆地看我。我對那些小孩講了幾句話之後，就往領地外慢慢地走去。

眼前看得到的就只有路而已。被白雲覆蓋的天空、被白雪覆蓋的大地，還有被那些隨興飄落的雪花混亂視野而消失的地平線。偶爾會傳來孤立的樹木無法承載雪的重量，而發出樹枝斷折的聲音，除此之外，四周一片寂靜。在這個下著大雪的日子裡，慢慢走在郊外的人就只有我一個而已。

雖然有聽到從背後村裡傳來小孩子的咯咯笑聲，可是眼前只有一片白茫茫的田野，還有田野上面懶洋洋掉落的雪花。在這景致裡，似乎充滿著一股無可言喻的魔力。

我感覺到斗篷上的積雪沉甸甸地重壓著。這幾天下來一直下雪，下到最後，現在只是在飄著小雪絲。因此，我似乎是走了很久一段時間了。

不知為何，我就是無法停住腳步。我不知道有什麼明確的理由，可是，我放下了御雷者的韁繩，但御雷者還是一直走著。而且我感覺御雷者在走著正確的路，因而放心下來。

突然，我感受到一股莫名的不安，於是，轉過頭去。

在御雷者的馬蹄後面，可以看見馬蹄印直直地連到村裡。事實上，村子的模樣已經越來越看不清楚了，但是這馬蹄印的盡頭一定是在村裡。很好。這樣我就安心了。我並不是想要盲目地離開。連接村子和御雷者的馬蹄印，看起來就像是連接賀坦特領地和我的繩索。因為有這條繩索，所以我不是盲目奔馳。

我點了點頭，完全交付給御雷者之後，便開始坐著等待。我很安全。從現在開始，我來等等看冬季的白色田野——那片超絕迷人的田野，會帶給我什麼吧。後來終於在白色背景裡，突然出現了山丘。因為現在連地平線也很模糊，所以山丘的出現令人感到很突兀。我與其說是用眼睛看出來的，倒不如說是用腦袋裡的回憶好不容易才發現到眼前的山丘在哪裡。這是傑米妮等我的那座山丘。

山丘上站著一個身影。

我沒有下達任何命令，不過御雷者還是停了下來。我一面覺得有些尷尬，一面下馬。啪噠。啪噠。我一面聽著地上積雪發出深厚的嘆息聲，一面走上山丘。

而在輕飄的雪花之間，伊露莉走下了山丘。

她的肩上一如往常那樣背著一個沉重的背包。在腰際噹啷響著的穿甲劍看起來就像是繫在她腰上的鈴鐺。她的步伐像是現在才剛出發，同時又像抵達漫長旅程的終點似的，爽快且疲憊、輕盈且踏實地走來。

她的腳步一停下來之後，我才發現到我們兩個的距離已經很近了。萬一她沒有停下，我可能會繼續走到和她相撞吧。這個走下飄雪山丘的精靈，像是被捆在瞬間裡的永恆，看起來像是無法成真的幻想般。但是我們確實近到可以看見彼此嘴角掛著的微笑。她看到我連忙停住的模樣，輕輕地笑著說：

「你好。」

「妳好。」

她的頭髮和肩上只沾上一點點雪，而她的皮外衣和皮褲上則幾乎沒有雪。會不會是因為她的腳步很輕盈的關係？我才走這麼一小段距離，就已經連大腿部位也沾到了雪花。

她慢慢地伸出手來。

我也伸手握了她的手。雖然她的手指因為細長而顯得冰冷，但是手心卻很溫暖。不，會不會是因為我的手很冷，所以才會這樣感覺啊？

「妳來了！這趟旅行一路順風嗎？」

伊露莉輕輕地點頭，隨即，落在她頭上的雪就輕柔地散了開來。因為不是沾黏在頭上，而是輕落在頭上，所以雪才會散掉。

「是的。我很順利就找到這裡來了。因為修奇你留了許多蹤跡。」

「咦？啊，哈哈哈。」

「卡拉爾領地的費雷爾先生要我代他向你問候。」

「是嗎？」

「還有……我有個不好的消息。」

伊露莉帶著滿是擔憂的表情說道。是什麼消息啊？難道……？

「雷諾斯市的尤絲娜小姐要我轉告，她要殺了你。」

「啊，是，她當然會這麼說。呃呃，因為我沒有去見她就離開了。啊，尤絲娜她是在開玩笑的，請不要擔心，伊露莉。」

「她是在開玩笑嗎？啊啊，那太好了！」

我實在是笑不出來。看到伊露莉的表情又再變得高興，我像是死而復生的人，也同樣感覺到太好了。我覺得不好意思，所以拍了拍斗篷上的雪，問她：

「對了，蕾妮和傑倫特都平安到達伊斯了嗎？」

「是的。他們兩位都平安抵達了。」

「謝謝妳。原本應該是由我們來做的事……」

伊露莉歪著頭，疑惑地問我：

「我們不是朋友嗎？」

「我有妳這個朋友，覺得既感激又高興。」

伊露莉稍微睜大眼睛，又再微笑說道：

「我也是既感激又高興啊，修奇。」

我整個人的感受都變得不一樣了。因為魔法都收納到我身旁的伊露莉身上，所以冬季田野的魔力只好完全收斂了起來。於是，周圍如今不再有濃郁的魔力，而是充滿著有些過於安靜的嚴肅感。

我和伊露莉並肩走著。我們兩個都沒說話，但是不知不覺間，我們就肩並肩地走在一起了。而御雷者則是在毫無任何指示下，跟隨在我們後面。我回頭，越過肩膀看到牠的模樣，噗哧笑著說：

「哼。這種傢伙居然被稱為名馬，真是令人難以相信！」

「咦？」

「我的意思是，據我所知，如果是稍有受訓練的馬，在騎乘者下馬的狀態下，是不會隨便走動的。」

「噢……牠們是這樣被訓練的嗎？」

「是的。最大的理由可能是想要讓馬不要隨便就逃走。當然啦，也是因為要讓騎乘者找馬的時候方便一點。」

「啊啊。我懂了。」

伊露莉點了點頭，環視著四周圍，說道：

「真是美麗。西部林地通常都下這麼多雪嗎？」

「是啊，好像是因為灰色山脈的關係。」

「水精……」

「咦？」

伊露莉把右手往前伸出去。她的手很快地，但是輕柔地開始移動。她在做什麼呢？起初，那看起來只像是毫無意義的手勢，但是不久之後，我發現到她是隨著雪花的軌跡在移動她的手。接著，我就發現到有一片雪花沒有掉落到地上，而是隨著她的手勢移動了。此時，我差點就發出了聲音。

她的手緩慢移動，跟隨著小雪花。可是，雪花降到伊露莉的腰部附近時，伊露莉的手敏捷地移動，掠過那片雪花的下方，又再上移。這就像是快速舀水的動作。緊接著，雪花就隨著她的手掠過時產生的大風，又再往上竄升。

有好一陣子，這片雪花轉向，並隨著伊露莉的手飄上去。在這一瞬間，伊露莉的手速又再變慢，雪花脫離風的掌握，開始悠然地飄揚。伊露莉的手指隨即像吟遊詩人吹奏長笛的手指那般柔軟地移動，使雪花跟隨著手指移動。

可是，伊露莉的手一次也沒有碰到雪花。如果碰到了，雪花一定會融化或者碎掉。甚至，她還讓雪花飛行於她的指間。就像飛過樹木之間的小鳥般，雪花到處游移，避開手指地飄動。這不是魔法，這全是她精巧敏捷的手勢動作所造成的。

伊露莉一面像在呼吸般自然地動作著，一面說道：

「風精最為凶猛惱怒時，連火精跟地精都會屏氣凝神。然而，只有水精，能用其溫柔安撫風精。現在真是寧靜。」

沒錯。現在是沒有一點風的寧靜天氣。我要是風精，一定也會因令人憐愛的雪花而無法吹起風來。伊露莉突然把手翻過來，原本在她的手周圍飛翔的雪花，便緩緩地掉落。它徐徐地往伊露莉的中指和食指之間掉落下去。

我不知不覺地說道：

「妳是去找亨德列克學習第十級的魔法，是吧？」

「正如同你所知道的，是的，沒錯。」

「請放棄吧。」

「好，我知道。」

我內心因為突然解除緊張，差點就往後跌倒。伊露莉看到我踉蹌的模樣，似乎有些訝異，但我沒空去讓她安心。

「伊、伊露莉，嗯，我跟妳說一件事。人類在說出他自己相信是正確的話時，通常都會預想對方的拒絕反應，所以會準備對這句話做充分的解釋。」

「是嗎？」

「妳為何不問我為什麼呢？」

「問……為什麼？」

「妳應該問我，為什麼要妳放棄尋找第十級魔法吧？」

伊露莉面帶像是抱歉的表情看我，然後努力裝出好奇的表情，說道：

「是，修奇。你為何要我放棄尋找第十級魔法呢？」

「……唉，算了。既然妳不感好奇，就沒有必要故意問。倒是我有些好奇，為何妳不會想問我那個問題呢？」

品性高雅的伊露莉，並沒有用那種在看笨蛋問理所當然之事的那種眼神看我。但我卻覺得自己成了那種笨蛋。伊露莉說道：

「我和你在一起時的時間，會因為你的話而賦予它意義。」

「咦？」

「你和我在一起時的時間，不會對你有任何意義嗎？」

「呃，嗯，當然不是嘍。當然是有意義。」

「即使沒有看到我，我也是在你心裡嗎？」

「是的。」

「那麼，你似乎沒有必要解釋什麼了。我和你在一起時所看到的你，對我來說似乎就足夠了，還會需要別的東西嗎？我問你，修奇。你自己的行為需要向自己解釋嗎？」

「……是，我們是這樣的。即使是和我們一起過一輩子的父母，我們也應該要知道他們所講的話的理由。自己的話或行為也是一樣，必須要對自己解釋才行。」

「是嗎？」

「因為我們會不安……看來我問了沒有益處的話。」

「不。你給我有關瞭解你們的新方法，謝謝你。」

「太好了。呼。嗯，那麼，伊露莉，妳現在不去尋找第十級魔法了，妳有何打算呢？你們種族會繼續留在這塊土地上嗎？」

伊露莉稍微低下頭來。落在她頭髮上的雪花看起來滑溜溜的。我眨了一下眼睛。她用低頭的姿勢搖了搖頭，說道：

「我不知道。以前我曾經說過，我是地位低的精靈。我報告自己的探索失敗之後，責任便會結束。我沒有義務去審查探索的過程與結果，沒有義務去思考替代方案。」

「地位……精靈族是協調的種族，為何有地位呢？」

「世界雖然協調，但是有東西南北。修奇，你想想看……拜索斯恩佩是在東邊嗎？但是，如果是傑倫特先生，他會說拜索斯恩佩是在他的西邊吧？我想就是有這樣的差異吧。」

我點了點頭。伊露莉則是面帶冷靜的表情，說道：

「所以，我沒有任何打算。」

「我知道了。可是我好高興！我很高興讓你們不會離開這個世界。」

伊露莉微笑著說：

「我也很高興。那麼，我要走了。」

「妳要走了嗎？」

伊露莉不知在什麼時候已經停下腳步。所以當我驚慌地反問時，我和她已經距離五、六步以上了。

「不，嗯，妳再待一會兒，不要走……」

我說了這話之後，內心裡很想喊「哎呀！」。我這個笨蛋！我在說什麼啊？幸好，伊露莉搖頭說道：

「我很感謝你要招待我，可是，現在的處境並不恰當。我沒有時間可以在此滯留。」

「啊……妳好像有急事要去做。」

「是的。我必須在雷伯涅湖結冰之前，回去見妖精女王。我有事必須見她。」

「嗯？我從不知道冰塊會成問題。那個，妳只要用魔法就可以擊碎冰塊，不是嗎？」

我看到伊露莉的表情之後，簡直分不清楚我到底是會講話還是不會講話。伊露莉過了一會兒之後，用依舊相同的語調說道：

「修奇，好像沒有客人會打碎朋友家的大門之後走進去。妖精族當然是不會用你們的語氣來說『水』或者『冰塊』。」

「……對不起。我剛才不瞭解。」

伊露莉只是露出笑容。過了一陣子之後，我才發現到她在等我說話，我趕緊說道：

「那麼，嗯，伊露莉，祝妳耳畔常有陽光……」

我咬緊牙關，可以說是好不容易才講出來。我的語氣與其說是道別，倒不如說聽來像是決鬥挑戰。從剛才到現在，我們已經講很久了，不能再緊抓著她不放。我勉強振作起精神，正眼凝視著她的身影。

伊露莉的身影在搖晃著。

什麼？她是在施法術嗎？我看著她搖晃的身影，費力地擠出話來。

「陽光……耳畔常有陽光……」

原本歪著頭在困惑的伊露莉，輕輕地走向前。

她先是環視了一下周圍，然後抓了一把垂在她胸前的頭髮。她用自己的頭髮小心翼翼地擦了我的眼角。

我閉著眼睛，感受無數多的頭髮掠過眼角。我感覺到無數的細滑頭髮掃過了眼角。此刻我很想要發狂，同時又很想要冷靜下來。這樣的時間是最為短暫的永遠，也是最為漫長的瞬間。

「你會笑著道別吧？」

我緊閉了一下眼睛，把最後一滴眼淚擠出來之後，睜開眼睛。我看到伊露莉的白皙臉孔帶著微笑，還看到掠過她白皙臉孔前面，之後掉落下去的那些無數雪花。

「我、我會笑。我會笑的。」

「謝謝你。」

伊露莉如此說完之後，開始往回走。

我費力地移動自己那胡亂扭動的臉上肌肉，試著露出微笑。伊露莉慢慢地走遠，然後輕輕地舉起手來，對我說：

「祝你幸福，歸來時猶如出發，笑顏常在。」

我當然可以笑著離別，可是，恐怕無法笑著回來。我好不容易才把湧入心裡的念頭拉下來，所以要維持笑容實在不是件易事。我拚命努力地笑了，無法說出任何話。

最後，在白色雪地之中，我再也看不到伊露莉她那頭發亮的黑髮。她的身影完全消失不見了。但是，我卻還一直凝視著她消失的位置。

08

因為下了好幾天的雪，賀坦特領地的房屋屋頂上方如今都是白茫茫的，突然，尖銳的大喊聲響徹到這些屋頂上方。

「來了！他來了！」

是釀酒廠他們的小兒子米提最先發現到的。圍觀的人們隨即一齊轉頭，接著，人們的臉上立刻浮現出無法掩飾的喜悅。

「他來了！」

「哇啊啊，來了！他終於來了！」

男人們朝向天空揮舞著拳頭歡呼叫出怪聲，女人們則是喊出比這還要更大聲的歡呼怪聲。有一隻被突然驚嚇到的小狗，則是用驚人的速度跑向大路盡頭；一名坐在屋前的向陽處、正在餵母奶給嬰兒喝的大嬸，用尖銳的聲音喊話，結果好像讓驚嚇到的嬰兒咬到了她的乳頭。這個大嬸喊著：

「是修奇！修奇・尼德法來了！太好了！」

「修奇！修奇！修奇——！」

少女們開始尖叫著歡蹦亂跳，隨即，年紀比較大的年輕男孩們，目光就全都集中在那些少女飄揚的裙邊。馬兒們咿嘻嘻地鳴叫，而剛才猛跑到大路盡頭的小狗，如今則是忘了奔跑的目的，在咬著自己的尾巴而轉起圈圈。甚至就連飛上天空的麻雀，也像在祝福我的登場似的，用力投下鳥屎。大路上可以說是陷入了非常騷動的漩渦裡。

我絕對不可以看起來很傲慢。因為那是不符合我這種品性高雅之人的行為。雖說如此，我的腳步還是太過昂然了。啊啊，這樣可能會讓人產生誤會。我盡可能用最為謙虛的語氣，說道：

「賀坦特引以為榮的各位市民們啊，不論有何逆境阻擋在各位的面前，現在我……」

「什麼？」

呃！原來不是這麼一回事。在人們臉上浮現出糊裡糊塗表情的前一刻，我很快地說：

「啊，不是，真是的。剛才不久前，我正在看書，所以才會說錯話。嗯，請問是什麼事呢？」

人們的臉上隨即就又再出現原本的喜悅與感激。接著，透納就費力地走過人群向我走來。他用憔悴的面貌迎上前，大力擦了額頭的汗水之後，猛然拉住我的手。

「呼，呼。你現在才來啊，修奇！」

「是的，透納，對不起我來晚了。」

透納的頭髮蓬亂，在位於鼻子的兩個洞裡，有著呈現事態的不祥感與危險的證據——也就是說，有紅紅的鼻血在流著。他氣喘吁吁的，試著講話試了好幾次都失敗了之後，好不容易才說道：

「呼。身為一個負責賀坦特安全的代理警備隊長，我在此拜託你！修奇・尼德法，這是只有你能做得到的事啊。雖然很抱歉要讓你承擔危險……」

我努力試著鎮定住顫抖的下巴，好不容易才說道：

「可是，我有話還沒向我爸爸說。」

透納表情悲壯地點頭，說道：

「如果有什麼萬一，我會轉告他，說你死得很光榮。還有其他的話嗎？」

「……這樣就夠了。」

「那麼，就拜託你了！」

那些聽到我和透納對話的人們，臉上如今都充滿著悲壯感。他們很有默契地往左右分開來，中間則是出現了「散特雷拉之歌」。我看了一眼透納，他隨即像是要講出難以啟口的話似的，猶豫了好幾次之後，終於說道：

「傑米妮她……」

傑米妮她？難道？我吞了一口口水。透納紅著眼睛，說道：

「她醉了。」

「……天啊！怎麼會！到底是誰讓她醉的？」

透納隨即兩眼憤怒地看著一個地方。在那裡，站著一個我初次看到的新面孔。雖然這個人和我一樣穿著上下都是黑色的衣服，但是從服裝或腰間佩帶的劍，還有披著的硬皮甲經常使用的模樣，可以看出此人一定是冒險家。透納後面的那些人全都目光集中到這人身上之後，隨即這個冒險家就兩頰變得蒼白。透納咬牙切齒地說：

「這個人在散特雷拉之歌喝酒喝到一半，好像倒了幾杯酒給傑米妮喝。偏偏海娜阿姨在忙著煮東西，沒看到這件事。」

「真是的，糟糕……」

接著，我也和在場所有人一樣，開始盯著這個冒險家，而這個冒險家的臉上，如今則是都沒有了血色。臉色如此發白之後，好像更美了！

這個冒險家是個看起來超過二十五歲的女子。第一眼看到時，她的黑髮簡直令人覺得像是伊露莉回來了，而說到她的身材，則會錯以為黛美公主光臨賀坦特領地了。可能是因為她很高，而且又瘦，所以她腰際繫著的長劍不會看起來很奇怪。如果是女子佩帶長劍，通常會看起來很彆扭，可是她卻不會給人這種感覺。我一看向這個女冒險家，她隨即搖頭，費力地說：

「我、我什麼都不知道……」

雖然我有很多話想要對她說，可是就在這個時候，傳來了刺耳的尖叫聲，所以那些話我沒能說出來。

「啊啊啊啊！」

我很快地轉過頭去，隨即看到海娜阿姨從「散特雷拉之歌」跑了出來。她像是沒看到面前的大批人群似的，一路跑來，結果和透納正面衝撞。透納抓著海娜阿姨，直接就在下過雪的大路上滑了起來。砰！過了一會兒之後，透納重重地摔在大路上，海娜阿姨則是呆呆地坐在他上面。

海娜阿姨陷入一片混亂之中，甚至不知道自己已經跌倒了，等到她一發現被她騎坐的人是透納，她立刻緊揪住他的領口，開始大喊著：

「不行！絕對不能發生這種事！快阻止啊，透納、透納！拜託快去幫我阻止！」

透納的頭還埋在雪坑裡，氣喘吁吁地喊道：

「您說得對！一定要阻止才對。當然！而且如果知道是什麼事，修奇一定會阻止的！不過，是什麼事啊？」

「穆洛凱・薩波涅、穆洛凱・薩波涅！泰班先生把我存放的貨買走之後，我費盡千辛萬苦好不容易才買到的！傑米妮發現那個酒了。啊啊，如果沒了那酒，我就糟了。」

哎喲，偏偏是傑米妮最喜歡的酒！雖然傑米妮除了穆洛凱・薩波涅以外，根本不太知道其他的酒名。不管怎麼樣！這樣下去是不行的。等一下我應該要斥責一下那個冒險家。現在我彎下腰，做出突擊的姿勢。就在這個時候，我感覺有一道目光正在盯著我。

我稍微轉頭，隨即看到傑米妮的媽媽——史麥塔格太太，她像女王一樣盛氣凌人地看著我。我對她投以像是詢問的目光，史麥塔格太太則是點了點頭，冷靜地說：

「真想打斷你的腿。」

「您說的是真心話嗎？」

「好吧，只要你娶她就可以了。」

「我有事先走了。剛才我看書看到一半……呃啊啊！透納！快放手！我瘋了才會要那丫頭……」

結果，我被透納踢了一下屁股，被迫衝向「散特雷拉之歌」。哎喲，我的天啊！眼前越來越接近的「散特雷拉之歌」的大門，看起來就像是皇宮的城門。我悄悄地回頭，透納隨即嚴肅地宣言著：

「夫婦應該對彼此的行為負責任。」

「別人聽了，豈不是會以為傑米妮是我老婆了！」

「反正以後一定是，有什麼關係？」

除了一個人以外，所有人都對透納的話表示出深有同感的點頭。啊啊，我可憐的青春啊！沒有點頭的就只有那個不知名的女子。她一副完全無法理解周圍人們的行為的樣子，只是圓睜著眼睛。

我又再轉回頭去。天啊！現在「散特雷拉之歌」的大門簡直看起來就像是大迷宮的入口。說得也是，這裡頭有個喝醉酒的傑米妮在，當然是像大迷宮那般可怕嘍。我緊閉了一下眼睛。就在這一瞬間，傳來了可怕嚇人的笑聲。

「嘻嘻嘻嘻！嘻嘻！」

剎那間，我似乎聽到了自己雙腿力量一下子完全散掉的聲音。不行。振作精神啊，修奇！你這個瘋子。不管傑米妮怎麼窮追不捨地跟你要，你也不該因為這樣而做出給她OPG的瘋狂行為啊。這件事你該好好負責任了。我瞪大眼睛，說道：

「好！」

我凝聚畢生的力量之後，衝向「散特雷拉之歌」。如果有特別滑舌的吟遊詩人看到現在的我，應該會把衝向神龍王的路坦尼歐大王和我現在的模樣相比吧。

「等著瞧！」

「媽呀！你看看這傷口。痛不痛啊？」

「要是有人聽到，一定會以為是別人打的。」

「你……哼。我不是已經道歉了？你一定要這樣一直讓我愧疚嗎？」

「先不管道歉了，快把那東西給我吧。」

「嗯？哎呀，大家都在看，我怎麼可以把嘴唇給你呢？」

「妳不要用一點都不好笑的話來轉移話題，快點給我！」

傑米妮猶豫了一下，就把自己的手垂下。然後，她又再抬頭觀察我的眼神。

「那個，修奇，再戴幾天就好……」

「嘎！」

結果傑米妮還是一邊嘀咕著，一邊把ＯＰＧ放到桌上。然後，坐在旁邊椅子的透納才安心地長吁了一口氣。現在賀坦特領地的危機解除了。即使這代價很殘酷。哎喲，我的眼睛好痛！我的眼睛周圍一定都青腫了。可惡。

透納舉起啤酒杯（這是海娜阿姨為了謝謝我，成功地在穆洛凱・薩波涅酒瓶被弄破的前一刻阻止了傑米妮，所以請我們喝的免費啤酒），他表情嚴謹地面對那個坐在椅子上的第四個人，說道：

「雖然我應該要追究，妳使我們領地的安寧與秩序陷入危險的責任問題，不過，妳是在不知情的情況下，而且破壞秩序這件事上相當多的部分是領地的居民所造成的。考慮到這一點，所以我們不會向妳問罪。」

即使透納的鼻子被塞住，說話時發出鼻音，但是他的表情，以賀坦特的代理警備隊長來說，可以說是絲毫不遜色。在他臉上充滿著嚴謹，簡直讓這名女子快要糊裡糊塗地低下頭來。

「啊，謝謝。」

透納圓睜了一下眼睛，然後就噗哧笑著說：

「哈哈哈，不是的。我是在開玩笑而已，妳一定被我嚇壞了吧？」

「咦？啊，是、是……」

這名女子好像還是沒從驚慌中恢復過來。透納看到她那副模樣，就又再笑了一下，然後喝乾杯裡的啤酒。他從座位站起來，說道：

「我應該去躺一下才行了。剛才傑米妮丟我的時候，我的腰好像有些扭到了。」

傑米妮低下漲紅的臉，小聲地說：

「對不起……」

「沒關係、沒關係。這其實是修奇的錯。啊，對了，傑米妮，我要拜託妳一件事。」

「咦？」

「酒喝少一點。」

「……是。」

要是有人聽到，一定會以為傑米妮天天都在酗酒。傑米妮因為闖了禍，所以根本無法生氣，只是把頭低得更低。透納看她那個樣子，又再哈哈大笑了出來，但隨即按著腰部，露出疼痛的表情。

透納離開了之後，我又再戴上OPG，握了一下拳頭，然後又放開。傑米妮一面看著我的動作，一面不知在喃喃自語什麼，可是我不管她。那名穿著黑衣的女子帶著好奇的表情在看著我的手。

「這個是不是就是OPG呢？」

「咦？啊啊，原來妳知道這東西。看來妳是一位閱歷豐富的冒險家。」

「冒險家？啊啊，我還不夠資格稱是冒險家吧。不過，你是閱歷豐富的冒險家嗎？對不起，我看你的年紀覺得應該不是，可是，你怎麼會有這麼稀有的魔法寶物呢？」

「啊，我認識一位閱歷豐富的巫師。這是他給我的。」

「巫師？叫什麼名字呢？」

「我嗎？還是那位巫師呢？」

那名女子又再圓睜了眼睛。我仔細一看，發現她擁有相當犀利的眼神，可是圓睜著眼睛的時候，那種印象卻完全消失了，真是罕見的臉孔。其實本來就不會有人在笑或驚訝的時候看起來都很犀利的，可是這名女子的情況，簡直會令人懷疑到底是否為不同的人。

「啊啊。兩個名字都告訴我吧。」

「我是修奇・尼德法，是個蠟燭匠。剛才大家都在叫，妳有聽到我的名字吧？而給我這東西的人，是一位叫做泰班的巫師。」

我一說完，這名女子的眼睛又再圓睜變大，隨即，就恢復成原本的犀利表情。她先環視了一下四周，但是酒館裡只剩下我、傑米妮還有這名女子。咦？我現在才發現怎麼大家都不見了？他們全是因為怕傑米妮會不好意思而走開的嗎？不對啊。儘管如此，發生了這麼大的事，卻沒有人想要喝一杯喧鬧一下，這實在太奇怪了。廚房那邊，海娜阿姨不知在哼哼唧唧著什麼歌，除此之外，酒館裡面無比地安靜。

這名女子確定四周沒有其他人在聽後，就又再看著我，問道：

「他是叫泰班嗎？」

「是……是啊。」

「他在哪裡呢？」

「咦？啊，在他家，樹林那邊稍微裡面的地方。不，應該不算是他家吧。」

那當然不是他自己的家嘍。因為那是卡爾的家。我懶得再解釋，於是拿起啤酒杯，而這名女子則是歪著頭，又再用犀利的表情說道：

「是嗎？他的名字泰班，這是他的本名嗎？」

我差點就把啤酒杯給吃了下去。

什麼？她問是不是本名？難道這名女子知道亨德列克的事嗎？我看著她的黑眼睛，但是無法從她眼裡看出什麼。她的整張臉上只有燦爛的微笑而已。我盡量緩慢地放下啤酒杯之後，盡可能語氣平靜地說：

「據我所知，那不是本名，是他的別名。可是，我很好奇妳是怎麼猜到的？」

這名女子像是覺得有趣似的笑著說：

「這個嘛……」

此時，原本靜靜坐著的傑米妮看著我這邊，說道：

「修奇，泰班先生的名字是他的別名？」

「嗯？啊啊，呃，是啊。是他的別名。」

「是嗎？呃呃。啊，對了，我叫傑米妮。請問妳叫什麼名字呢？」

傑米妮一面轉頭看這名女子，一面問道。呃哈哈！真不愧是傑米妮。就算她不問，我原本也想問這個問題。這名女子仍然帶著燦爛的微笑，稍微把頭往旁邊傾斜。隨即，她的黑髮就令人暈眩地飄逸了一下。

「叫我莉塔就可以。」

「莉塔？莉塔。嗯，莉塔小姐是怎麼知道的呢？妳和泰班先生很熟嗎？」

哦哦！越來越厲害了！傑米妮把我原本很想知道的事全都幫我問了。莉塔稍微搖了搖頭，說道：

「不，我不認識他。」

是真的嗎？還是她在說謊？萬一她是在說謊，這個叫做莉塔的女子，又到底瞭解他到什麼程度呢？我又再拿起啤酒杯，暫時陷於思考之中。此時，傑米妮又再問她：

「可是，妳是怎麼猜到的呢？」

「是我的預感吧。因為這個名字有些奇怪。」

傑米妮靜靜地點了點頭，可是她立刻轉頭看我。我放下啤酒杯，對她說：

「我？我是在無意中知道的啦。」

「嘿。是嗎？那麼泰班先生的本名是什麼啊？」

傑米妮的眼睛閃閃發亮地看我。大事不好了。傑米妮好像開始對泰班的本名感到好奇了。莉塔這女子幹嘛要提這個啊？我說道：

「傑米妮，他使用別名，一定是有理由不想讓別人知道他的本名，不是嗎？」

「你悄悄地告訴我吧。」

「……嘎！所謂的別人當然也包括妳！」

「那你呢？」

「當然啦，我也算是別人，可是我很聰明，所以就猜出來了。而且我尊重他的意思，不會跟任何人提起！」

「我也聰明啊。因為我知道問你就可以了。而且我會尊重泰班先生的意思，不會對任何人說，所以就告訴我吧。好了，靠到我這邊耳朵說吧。」

「……如果有人跟妳說他不會對別人說，妳就會跟他說，是吧？靠在他耳邊說？」

傑米妮只是嘻嘻笑著。看來她好像不怎麼好奇嘛。要不然，她一定會更加窮追不捨地問我。

傑米妮打了個大大的哈欠時，我把手指伸進她嘴裡，結果差點就被咬了一口，然後，我向莉塔問道：

「莉塔小姐，可是妳怎麼會到這個領地來呢？萬一妳是往西邊走來的，那麼這裡就是盡頭了。再往更西邊也有幾個村子，可是應該沒有能夠引起冒險家興趣的東西吧。」

「這個嘛，認識人，這本身就是很大的挑戰，同時也是冒險，不是嗎？我不相信會賜予我智慧與思想的人，會出現在大城市的廣場裡。」

「啊啊，是啊。妳想要的是智慧嗎？像是博大的思考或者見解這類的東西？」

「是的。」

「那麼，妳應該去見見泰班先生。他是位閱歷精深而且博覽多聞的人。」

莉塔嘻嘻笑著拿起了啤酒杯。可是，她並沒有喝啤酒，只是舔了一下杯緣的泡沫之後，又再放下杯子。

「你怎麼樣呢？」

「咦？」

「修奇・尼德法，如果我向你尋求智慧，你會怎麼樣呢？可以把智慧送給我嗎？」

「咦？啊啊，莉塔小姐好像信奉『賢者甚至會向小孩子尋求智慧』的理念，可是，實際上並非行得通。小孩子當然是只有小孩子的智慧。賢者如果學到了小孩子的智慧，就不是賢者，而會變成小孩子了。」

「這個嘛，賢者和小孩也是可以交流溝通的吧。」

「然後可以達到相互進步……？哼。啊，對不起，我並不是在對妳說話。我只是突然想到一個不太好的回憶，所以才會這樣子。」

莉塔露出一看就是無意義的微笑，只是看著我。傑米妮可能還在酒醉當中，所以她用力按著兩邊太陽穴，並且皺著一張臉。

我看著莉塔，對她說：

「妳該不會是想知道製造蠟燭的方法吧?」

「蠟燭?不是。」

「那麼,妳想聽的是什麼呢?我沒有學過什麼東西。」

「是嗎?那麼我暗示給你聽吧。」

「暗示?」

「請你說出近來你最想講,可是卻一直無法講出來的話吧。」

剎那間,我的腳趾緊縮了起來。

我的眼睛快速地移向傑米妮。她現在兩隻手臂疊在桌上,趴在手臂上睡著了。我那雙看著她的眼睛,這次則是移向酒館四處。沒有任何人。甚至連海娜阿姨的哼哼唧唧聲也聽不到了。不知從什麼地方傳來了一個很輕的聲音。我一看窗戶,原來是積在屋頂的雪融化,水珠正在滴滴答答地落下。那些滴落的水珠一面碰觸到積在地上的雪,一面發出非常微弱的聲音。

我的眼睛察看過周圍之後,最後回到莉塔身上。

莉塔還是露著無意義的微笑,但是露出微笑的只是她的嘴唇而已。她的目光像磨過的刀刃般,正在射向我。這目光,我曾經從另一張不是這臉孔的臉上看過。

我應該要站起來嗎?不,那樣可能會很狼狽。所以我只有輕輕地點頭,說道:

「我剛才不知道您找到這裡來了。謝謝您。」

莉塔只有眼角稍微動了動,並沒有什麼不同的表情。她在等我說話。在我抬頭看她眼睛的那一瞬間,突然感覺眼前變得昏暗。我深深吸了一口氣。

安帕靈先生,你所說的就是這個嗎?

「那個幫助你的貴人現在還沒準備好,可是在未來,他會待在你的身旁。到時候所有一切就會準備就緒。而且到那時，優比涅與賀加涅斯也會對你放手。你必須完全用自己的力量和智慧，來做好那個重要的選擇。」

那個貴人確實是人類。哈哈哈。沒想到，沒想到他會以人類的面貌來到我身邊。現在我應該要選擇了。在沒有優比涅與賀加涅斯的幫忙之下。

我做出抉擇了。

嘎吱！開門聲。原本趴在桌上不安地睡著的傑米妮，一聽到泰班的開門聲，嚇得趕緊坐起來。

結果，她差點連人帶椅子地往後栽，但是我很快伸出手，扶住椅子，才不致發生那種事。

泰班跑進酒館裡，一面喊著：

「在哪裡？」

「就在你的腳前面！」

「什麼？呃啊！」

三百年的魔法修練全白費了。泰班的腳被椅子絆到，直接就往前跌倒了。支撐拜索斯的兩根棟梁之中的一根，用一個漂亮的動作倒了下去，我看著這模樣，心情很是憂鬱。我讓傑米妮坐好之後，走近他並說道：

「真是的。大多數的人都很難察覺到自己的模樣，這是連我也很清楚的事實。可是，就連您也這樣，這該怎麼辦呢？」

「什麼？啊，對。你說得對！我忘了我是個瞎子！」

「下次請您不要忘記，小心一點。」

泰班抓住我的手，一面站起來，一面笑著。然而，他突然失去笑容，猛搖我的肩膀，同時開始喊著：

「可是我問你，在哪裡？你這個鼻子沒有黏著鼻水，而是黏著蠟的小鬼，在哪裡？」

「我在您手裡！」

「我是指那個女的。」

「傑米妮？泰班好像在找妳……」

「呃啊啊啊！Power Word Hiccup（強力打嗝術）！Power Word Sneeze（強力噴嚏術）！」

「呃啊啊！」

泰班的特長可以說就是咒語的連結。不過話說回來，這有時是很殘忍的。我這時才發現同時打嗝和打噴嚏是多麼折磨人的事啊。

「天、天啊，嗝！天啊，哈啾！這，這麼殘忍的、嗝！哈啾！」

結果三分鐘都還不到，我就已經完全攤在地上了。至於看到我這副模樣而不停爆笑著的傑米妮，也是快要喘不過氣來而開始發出呃呃的聲音。泰班一邊看著我的狼狽狀，一邊威脅說要使出Power Word Hemorrhoids（強力痔瘡術）。泰班這副模樣……

「你是惡魔！」

「Power Word Impoten……」（強力陽痿術）

「不論什麼事，請您儘管問吧。」

泰班坐在我拉給他的椅子上，無力地說：

「那個女的，已經走了？」

泰班的白色眼睛朝向我的胸口。雖然他大概知道我有多高，但還是很難把目光投射到正確的位置。原本不停在笑的傑米妮，這時才一面擦拭眼睛，一面對我說：

「啊，她是在我睡覺的時候走的嘍？」

「是啊。」

泰班表情苦澀地說：

「她不會再回來了嗎？」

「她沒有這麼說，可是，恐怕不會再回來吧。」

「可惡……沒辦法了！我應該去找她。呃，很好。這會是一趟冬季旅行。」

「冬季旅行？」

「你應該猜得出目的地吧。我從未像今天這樣遺憾自己眼睛看不到啊！這個嘛，至少在我知道的情況中，應該有一個會很像您今天這樣遺憾吧。可能您那時候是靠著卡穆・修利哲當泰班的眼睛，才走過褐色山脈的。然而，我不想這麼做。而且呢……」

「泰班，要不要跟您講一個您看不到的事實呢？」

我不管肚皮的痛苦，嘻嘻笑著說道。我的眼睛可是看得到東西哦！泰班一面皺起額頭，一面反問我：

「那是什麼呢？」

「我現在從窗戶看到，居民們張大嘴巴在抬頭看天空。」

傑米妮趕緊轉過頭去，泰班則是突然張大嘴巴，轉動他那雙根本看不到東西的白色眼珠。我忍住不笑看著他的時候，泰班突然用驚人的速度衝出酒館外。啊，以一個瞎子而言，真的是滿快的。就在這個時候，從外面傳來了驚叫聲。

「是阿姆塔特！」

傑米妮臉色發白地轉頭看我。我這次一面看著她的臉，一面開始高興起來。傑米妮的眼睛輕輕瞇起的那一瞬間，她連忙從座位站起身，說道：

「呃，呃，修奇，莉塔這個名字是……？」

「當然是阿姆塔特的暱稱嘍。牠很幽默吧？好了，傑米妮，我們出去觀看吧。我也是第一次觀看阿姆塔特的實際模樣，現在不看可是會後悔的。」

「後悔？」

我慢慢從座位站起來，把手臂伸向傑米妮。

「因為不會再有機會看到了。您要去看嗎，這位高貴的仕女？」

街上全都是白茫茫的雪。而在這純白的空間裡，到處分散著的人們簡直就像是一幅畫。他們之中沒有任何人開口說話，連手指也沒有動地呆站著，只是茫然地看著天空，這使我更加感受到他們這樣像是一幅畫。這是一群既沒有移動也沒有說話的人們。

泰班露出令人覺得可憐的表情，站在街道中間。他也像其他人一樣看著天空。但是他的目光卻一會兒看著天空這邊，一會兒看著天空的那頭。我想走近泰班的時候，一直抓著酒館門柱的傑米妮悄悄地說：

「有、有看到嗎？」

啊，對了。我應該看天空才對。於是我抬頭仰望天空。

下了好幾天的雪之後，銀灰色的雲朵像是很疲憊似的懶洋洋飄浮著，模樣顯得很悠閒。雲在臨死時並沒有聲音。雲朵們被割開了，而在那些雲朵的長縫隙之間，黑龍的巨大身軀被固定在那裡。

那些原本飄浮在沒有障礙物的天空中的雲朵們，一被阿姆塔特碰撞到，隨即像是很不悅地纏住牠的翅膀。但是，阿姆塔特一動也不動，一直俯視著下面。

因為到處散飄著雲朵，所以無法看清楚阿姆塔特的整個模樣。然而，光是牠所露出的部分，就已經遮蓋住相當大面積的天空了。牠的黑色翅膀黑得像是用火把照耀也難以反射出光來，令人驚訝的是，牠竟然有四個翅膀。翅膀的寬度很寬，然而長度也更長，使得這支撐身體的翅膀令人覺得有些細。因此，加上長頸和長尾，阿姆塔特的模樣看起來就像是車輪。一個有著六條輪輻的車輪。

牠和克拉德美索不同。克拉德美索的模樣有一股達到均衡的力量，那股無限的力量不需再增或再減，完美地分配在身體各部位，克拉德美索的那副模樣有著一種品格在。然而阿姆塔特卻完全不同。牠的模樣也是不需再增或減，因為，再怎麼增減，牠的身體各部位力量都會分配得不均。阿姆塔特的身體看起來像是無法控制的力量，胡亂引起漩渦而致爆炸之後，直接僵住了。牠的翅膀們看起來太過強大，太過長了。看起來就像是牠的身體無法承擔的猛烈力量，穿過身體突了出來。如果克拉德美索的模樣可以用磨好的劍之冰冷可怕來形容，那麼阿姆塔特的模樣就可以用加熱到發出白光的鐵水之流動性來形容了。

假如牠現在不是停在半空中默默低頭看著賀坦特，那我們可能會全瘋掉也說不定。只要牠尾巴揮動那麼一次，牠翅膀揮動那麼一次，站在這裡的人們就會全都尖叫著逃跑吧。

我向傑米妮一面點頭，一面用同樣低沉的聲音悄悄說話。畢竟實在無法講得很大聲。

「嗯，有看到啊。」

「多高呢？」

再等一會兒，說不定就可以看得到傑米妮拔掉門柱的模樣吧。

「大約……一千肘左右？」

泰班原本一直在左右不停轉頭，他現在則是用豎耳傾聽的表情望向我這邊。而傑米妮則仍然在刮搔著木柱，並且悄悄地說：

「哪、哪、哪一邊啊？」

她的聲音幾乎小到快要聽不見，但是看她的身體動作，大概可以猜出意思。

「在那邊……妳直接出來看不是更好嗎？」

「我不要！」

「這個嘛，傑米妮，如果阿姆塔特真要把賀坦特領地當作牠的餐桌，妳以為在裡面會特別安全嗎？到我旁邊來吧。」

傑米妮先像是在考慮的樣子，然後大大地深吸了一口氣。最後，她終於把腳往門前踏出了一步。啪噠。她被自己的腳步聲嚇得立刻在瞬間消除掉她和我之間的距離。嗒嗒嗒嗒。

她像是快跌倒又像是快滑跤似的，膽顫心驚地跑了過來，她一面鑽進我的胳肢窩裡，一面說道：

「哪、哪、哪一邊啊？」

「妳抬頭看吧。」

「哎喲。你一定要把我抓緊，我說不定會昏過去。」

傑米妮這時才慢慢地抬頭。可是她一望向天空，就以抬頭的數十倍速度又再低下頭來。

「有沒有昏過去？」

「呼啊，呼啊，怎麼會這樣……」

「嗯？」

「真是的，你應該早跟我說是這樣啊。」

要耍賴也要賴得像話一點，真是的。我緊抓著傑米妮的肩膀，又再抬頭看天空。此時，從阿姆塔特身上傳出了聲音：

「修奇・尼德法，你們是怎麼辭別的呢？」

啪！我回頭一看，鐵匠喬伊斯一屁股坐在地上了。大路上的氣氛沒有變成一片騷動的原因，難道是壓迫感太過強烈的關係嗎？那些無法一屁股坐下，只是縮著身軀地站著的人們，目光全都轉向我身上。而泰班在這時才確定了阿姆塔特的正確位置，直挺挺地抬著頭。

「當然會因辭別的對象不同而有所不同嘍。」

傑米妮像是不敢接受我已經答話的事實，氣喘吁吁地緊抓著我的腰。我稍微推開她的肩膀之後，繼續說：

「可是現在我想這麼說——」

從背後山丘上面的城堡方向，模糊地傳來了腳步聲和高喊聲。可能是警備隊員們正在奔跑過來。然而，我只是抬頭看阿姆塔特，說道：

「我會很高興我在您的回憶之中。希望您珍愛您內心裡的我。」

我看不太清楚阿姆塔特的眼睛，不過，牠一定是在俯視我吧。

「我知道了。我會好好關照在我內心與我同在的你。現在你我的路已經各不相同了。」

然而，如果依照德菲力祭司的說法，牠和我的路雖然各自不同，但是哪一條路都不算正確的答案。我笑著抬頭看牠。

牠的身體開始緩緩移動。

在街道上到處僵立的賀坦特居民的注視下，阿姆塔特用力揮動四個翅膀。剎那間，牠的身體就如同射出的箭矢般飛射而去，而那些原本像是不悅，又像是耍賴地聚集在牠身上的雲朵們，則是紛紛被撕碎開來。

「走了？」

傑米妮一面把我那如披肩般圍在她脖子上的手臂往下推，一面說道。阿姆塔特往西邊猛烈飛去了，在牠後方，雲朵們被大片地撕裂掉了。隨即，就看到了泛著紫光的天空。

「修奇！」

泰班慌忙走近我。可是我不想漏失阿姆塔特的身影，所以並沒有低頭。

「修奇，你之前對牠說了什麼？」

「沒有說什麼啊，只是告訴牠我所經歷過的事，還有……」

「還有？」

「我要牠離開這裡到極西世界去。」

這是我的抉擇。剛才沒有在酒館裡旁聽的泰班，還有因為睡著而沒聽到的傑米妮，現在全都一起睜大眼睛盯著我。泰班首先開口說道：

「什、什、啊，你這是什麼意思？」

「我這都是因為愛人類的關係。」

「然後呢！你、你叫牠不要折磨賀坦特領地的居民，叫、叫牠離開了，是嗎？你這個不懂事的小鬼！你就只會一意孤行……」

「請安靜地聽我說吧，泰班。」

泰班會閉上嘴巴，與其說是因為我充滿脅迫的語氣，倒不如說是因為他太激動而無法好好說出話來。不管怎麼樣，我一面看著阿姆塔特的身影，一面說：

「牠是世上最後剩下的龍。至少，如果要找出以龍的立場來看待萬物的龍，牠是最後一頭了。」

人們紛紛轉頭看我。他們之中有幾個人比較慢轉頭，是因為想再多看一眼阿姆塔特的背影。大路慢慢地開始變得騷亂起來，但同時也漸漸變得安靜了。

「或許您說得對吧。因為我也是人類。雖說如此，但這是沒有正確答案的。」

「什麼意思呢？」

「雖然我不知道未來會需要幾年，但是現在即將要開展出完全屬於人類的世界了。既然沒有龍魂使，龍就會脫離我們的歷史脈流，矮人他們從很早以前就躲避到他們的礦山裡，而精靈如今應該更難走出他們的森林了。」

我實在難以一面想起伊露莉，一面沉著地說話。

「人類以前被阻止的進步，如今說不定可以做得到了。那麼阿姆塔特必會妨礙到我們。因此，我這樣說不定算是為我們的子孫除去了障礙物。然而……」

我注視著泰班，對他說：

「三百年的夢已經結束了。」

泰班緊咬著嘴唇，咬到嘴唇都發白了。我繼續說道：

「現在不再有龍魂使了。龍魂使強制迫使龍和人類交流溝通，但這同時也是保護龍，不讓人類接近龍。」

「保護龍？」

「是的。我看到蕾妮時，感受到了這件事。龍魂使是用比較直接的交流方式保護龍，使走近龍的人無法和龍交流溝通。這情形已經經過長達三百年的歲月。然而，不再有龍魂使了，現在人類甚至應該可以直接去接近龍了。如果我們繼續將所有種族人類化，到時我們就會發現到自己失去了未來。」

「未來……」

「泰班，把所有樹林燒毀的火焰會致人於死，不是嗎？如果那些以前牽制我們奔馳，叫做精靈的山丘、叫做矮人的岩石，還有叫做龍的峭壁，那些全都被破壞之後，我們這些施慕妮安的孩子就會毫無阻礙地奔馳。就像是沒有馬夫的馬車。」

「正因為如此，應該更要抓住龍不放才對啊！如果說我們全都無法成為神，就該把彼此當作互相照映的鏡子，一起……」

「克拉德美索的失敗還不夠嗎？」

泰班臉色發白地閉上了嘴巴，但我從這可憐的巫師身上感受不到同情心。

「克拉德美索，連這最強大的龍都遭遇到兩次龍魂使的死亡，才撐了兩次，就自殺了。而阿姆塔特呢？阿姆塔特，這個時間之鐘同時是夕陽監視者，會怎麼樣呢？就是因為沒有龍魂使，阿姆塔特因為沒有龍魂使，所以到現在一直被勉強保護著！但是同時也因為沒有龍魂使，牠無法被保護！」

「修、修奇……」

「和我同業的先生！」

的的奔馳！所以，我現在要讓阿姆塔特逃離。」

「你說什麼？」

「同業的先生！您和路坦尼歐大王製造了名叫人類的蠟燭，不是嗎？因為我們是火焰。然而，正因為我們是火焰，所以就成了連自己也會燒掉的蠟燭。我們所成就的繁榮，變成是失去目的的奔馳！所以，我現在要讓阿姆塔特逃離。」

泰班帶著被挨一拳的表情，對我說：

「逃離？」

「是的！我要讓牠逃離到人類的夕陽那裡。我想要讓牠在那裡等待人類。如果我們可以改進自己，以全新的種族立足，就應該就不會再見到牠了。當然是有這種可能性的。這是因為牠有禮物會給我們，因為有能夠使自己改變的可能性了！」

我抬頭追蹤阿姆塔特的背影。雖然喉嚨有股無法忍受的激烈情感，但是我強忍住，好不容易才得以對那位正在等我答話的巫師，說出我們的未來。

「可是……可是如果我們放棄自己奔向夕陽，就會像失去另一個自己之後奔向死亡的涅克斯，就會像把自己全都分給別人之後死去的吉西恩，就會像破壞周圍所有東西之後只抓得住自己而奔向滅亡的哈修泰爾侯爵。如果我們朝夕陽奔馳的話，就會變得那樣！」

「……變得那樣？」

就在這時，隨著阿姆塔特的飛行而被長長撕裂開的雲朵們，最後終於往天空兩邊完全分開。紫色天空的模樣雖然昏暗，但我那追蹤阿姆塔特飛行的眼睛可以看得到夕陽。像火焰般的紅色太陽，而阿姆塔特的黑色身體則像火球般一面燃燒，一面追在太陽之後。

突然間，我的肩膀發冷。從嘴裡呼出的白色霧氣此時才弄亂了我的視野。我拉起傑米妮僵直的手，呼出嘴裡熱氣到她手上。我一面注視著傑米妮噙著淚的眼珠，一面對泰班說：

「此時，我們站在我們的黃昏，看到了長久以來一直在等我們的阿姆塔特的模樣。而牠給我們賀坦特領地的東西，說不定也會給予我們的子孫吧。不過相反地，牠說不定也會和人類的黃昏一起消失不見……我無法等到那個時候去確定了。所以，我只能送走牠，相信牠了。」

「你的意思是，把牠……把牠送給我們的子孫？」

泰班像是現在才一次性地感受到三百年的疲倦似的，用乾澀的聲音費力地說了這句話。我繼續說道：

「這當然不會有正確答案的。正如同剛才我所說，我這樣可能算是為我們子孫除去了障礙物，或者是派遣會懲戒我們子孫的老師到未來去。這應該是時間會決定的事吧。所以……」

傑米妮注視我的眼睛之後，搖了搖頭，把頭埋到我的胸口。我小心地撫摸她的腦後，說道：

「我的角色在這裡結束了。就像我的魔法之秋以初雪當輓歌而離開一般，我的故事就在這裡結束了。」

我轉頭看著泰班滿布皺紋的臉，然後目光越過他的肩膀，看到朝著夕陽飛翔的龍。

（全書完）

作者的話

雖然出版社要求我寫這一段，但作者並沒有馬（譯註：韓文的馬與話同音）。雖然我甚至有想過要養一匹馬來代替汽車，但是馬連方向燈也沒有，我不知道牠是不是能夠在道路上奔馳。從馬身上噴出的「公害」問題也是滿大的，而且也很難奔馳出高速公路上的規定速度。因此，關於作者的馬，這實在是難以說明啊……不是要我講這個嗎？

首先，我要向閱讀拙作《龍族》的各位致謝。

《龍族》雖然被歸類為奇幻小說，但我並不想強調這點。我反而想強調這是部小說。這是隨著市民階層的誕生而發展出、一向最能夠反映他們需求的通俗小說。這種通俗小說曾經受到那些吸著煤炭灰塵而得到塵肺病的工業革命期的英國市民們所喜愛，也受到那些處在基本社會理念——性理學——衰落的同時，喪失了社會理念的時代裡奔波的朝鮮市民們所喜愛，我覺得這種文類最適合用來消遣。

我特別強調這句話的理由是什麼呢？嗯，我是想要說，奇幻小說因為名稱的關係，容易受到誤解，但它並不是為了夢想家所寫的文學種類。奇幻文學也僅是活在煩擾現實之中的市民們在寶貴的閒暇時間裡，隨手拿來閱讀（我認為這是拿小說來看的原因中佔最大比例的因素，很少人是為了做文學批評而拿小說來看的）的其中一種小說。

有一點倒是和其他小說不一樣，就是奇幻小說非常喜歡追求幻想，很少會考慮到讀者，這是奇幻小說的特徵。花時間和金錢把書拿在手上的讀者們，甚至還要費心去瞭解作者的世界，這應該可以說是奇幻小說的優點，同時是缺點。說到優點？各位應該是懷抱著類似想去海外旅行的那種欲望，而去看小說的。從這一點來說，奇幻文學所提供的獨特且神奇的世界，似乎就可以讓人滿足那種欲望。至於缺點呢？各位應該不是為了想要拚命研究到讓自己瘦了一圈，或是陷入無盡的苦惱當中而去看小說的吧。那些事在學校或公司裡就已經經歷很多了，所以奇幻小說是帶領讀者到一個幻想的世界去。

在這種進退兩難的境地裡，也就是說，既要提供讀者一個無法接觸到的新世界，同時又必須順利傳達作者意思，為了解決這兩難的問題，奇幻文學就得觸及到人類共同的背景意識。所以，在奇幻文學裡，會加入一些剛從布滿塵埃的神話及傳說裡打撈上來的熱騰騰內容，也處理了敘事文學或精神分析學兩者所關注的原型等等問題。

小時候枕在祖母膝上聽到的那些從前從前的故事裡，出現鬼怪時，各位一定不會問說那個鬼怪是住在哪一條街幾號，也不會問那個鬼怪是不是我國國籍，以及是否有當兵的義務。萬一閱讀這篇文章的您有這樣的經驗，那您一定也有接受過菁英教育的記憶吧。存在於人類共同背景意識裡的鬼怪或怪獸、神或妖等等，是不需再做說明解釋的。因為它們不需說明就能被人接受。所以，奇幻文學喜愛用這些。

這樣一來，進退兩難好像被解決了。奇幻小說只要像一般的小說那樣去寫作就可以了。在奇幻小說所提及的東西即使看起來很陌生罕見，但它們大致都是以人類的共同背景意識作為自己的領土。因此，應該都不需說明或理解就能接受。（萬一您不是人類的一員，也許讀起來會很吃力。請趕快回您自己的故鄉星球去吧。難道您身邊沒有像《X檔案》男女主角Mulder跟Scully這樣的人在出沒嗎？）

這篇文章在網路連載時，我曾經寫過這樣的話：「奇幻文學是在作者與讀者全都認定幻想的狀態下，所進行的故事。」認定幻想，這意味著接受它是隸屬在我們心中的。

即使這部小說看起來很陌生而且罕見，但是我覺得裝在小說文章的內容一定也裝在各位的心中了。比起正確的理解或特別的感動，我希望熟悉的東西展現於熟悉的架構之中時，能讓各位感受到些許的樂趣，那我就會無比欣喜了。而我最盼望的，是希望這個幻想能滿足各位對於越過水平線的另一世界、越過意識地平線的另一世界、未知的新世界的好奇與憧憬。

謝謝。

南道的打者

李榮道

龍族名詞解說

◆一般武器

大刀（Glaive）：這是種介於槍跟刀之間的武器，基本的型態只要想成《三國演義》中關羽所拿的青龍偃月刀就行了。在東方常被人稱為斬馬刀，基本上是步兵用來攻擊馬上的騎兵或馬時所用的武器。

匕首（Dagger）：此武器由來已久，甚至摔破石頭就可以製作，由於製作極度簡單，可以說只要有人類的地方就一定有這種東西。匕首攜帶方便，容易隱藏，所以即使在火炮發達之後，仍然還是軍人無法離手的原始武器，因而型態也是千差萬別。一般說來它的長度是介於小刀（Knife）與短劍（Short sword）之間，但其實很難明確地區分。由於長度短，幾乎只能對近身的敵人使用，但危急時可以作投擲攻擊，也是很具有魅力的特點。

騎士槍（Lance）：中世紀最強的戰鬥兵種，就是槍騎兵，他們使用的就是這種沉重的騎士槍。這種武器幾乎不可能在地面上使用，只能由騎兵在馬上使用，所以製作的時候完全不考慮重量，重得離譜。槍有巨大的護手，有時騎士的甲冑上還附有掛這種長槍的環（這是因為它太過巨大，為了防止在衝鋒結束之前就掉落到地上，所以需要這樣的環）。

木杖（Rod）：單純的手杖。又直又長，是旅行者的好伴侶。雖然其長度上的特性可以當武器使用，但是被擅長特技的賣藝者（acrobat）拿來使用的時候，才會真的展現出它的真正價值。如果看到有人攜帶這種不像武器的武器到處走，而且眼神可疑，請觀察他是否注視著圍牆。因為說不定某一個月黑風高的夜裡，他會用手杖一撐就翻過圍牆去。

長劍（Long sword）：與斧頭同為使用於肉搏戰中流傳最久的武器之一。在人類學習運用金屬的過程中，劍也漸漸顯露出大型化的趨勢，依據戰鬥時有利型態的要求，有人在匕首上加上了長柄，走上了轉變為槍的另一條道路，而在度過漫長歷史之後，長劍終於在十世紀左右真正登上了歷史的舞臺。長劍可以說是站在劍類武器的歷史巔峰，劍身長約三～四呎，寬度約一吋，直而具有兩刃，但不像東方的劍上有血槽的設計。從劍的型態上就可以知道，它的機動性高，適合施展各種劍術。所以它是在金屬的冶煉技術進步到能製造出輕而強韌的金屬之後才出現的。

巨劍（Bastard sword）：劍的大型化↓甲冑大型化↓劍的大型化形成了惡性循環，最後出現的就是這種巨劍。這種劍的特徵是，可以像長劍一樣用單手握，也可以像雙手劍一樣用兩手握，所以它在四呎長的劍身上加上了一呎左右的劍柄。馬上的騎士可以一手握住韁繩，另一手揮動此劍；如果下了馬，則可以兩手握劍，對敵人施以強力的攻擊。同樣地，使用此武器時，可以一手拿盾牌戰鬥，或是丟下盾牌，用雙手給予對手一擊必殺的猛攻招式。

權杖（Staff）：也是普通的手杖，但是比木杖（Rod）更具有武器的特性，而且也比較沉重。也有些型態是以纏繞鐵絲或鐵圈，來強化它的功能。

短劍（Short sword）：這是流傳已久的武器。在原始的氏族社會裡，比匕首長的劍更能顯示出酋長的權威，同時也被用來作為祭司長行儀式的道具。這種長度二～三英呎左右的劍即為短劍。羅馬士兵們所使用的劍就是短劍。羅馬用這種短劍和方陣來征服全世界。當然，也可以一手拿短劍，另一手拿盾牌。在刀劍相交的白刃戰時，這種劍在可攻擊的距離上以及破壞力上都是十分充足有利的。

左手短劍（Main-gauche）：火砲發達之後，劍術與其說是戰鬥技術，不如說已經轉變為仕紳的一種教養，於是現代的西洋擊劍術也隨之登場。在擊劍術中，盔甲跟盾牌消失，劍的重量也大幅減少，具有驚人的機動性。此時的仕紳們為了保護自己的生命，左手會拿帽子、墊子或這種左手短劍，來阻擋對方的劍。由於它著重防禦的特性，所以劍的護手既大又圓。因為它是拿在左手的防禦性武器，所以就從法語中代表「左手」的Main-gauche得名。

悶棍（Blackjack）：各位現在當場脫下襪子之後，在裡面裝滿沙子或銅錢以及小石頭，那麼就可以知道什麼是悶棍。它的製作非常簡單，被打到也不會有什麼傷害性，但是它有一個很好的特性，就是不會發出聲音這一點。用這個猛攻對方的後腦杓的話，可以讓對方無聲無息地昏倒，所以小偷們如果想安靜地侵入某處偷東西的時候，就會準備這種悶棍。

自我意識劍（Ego sword）：是魔法劍中水準最高的，擁有本身的自我意識。因為有自我的人格，所以能夠認出主人（把它想成東方傳說中，在主人呼喚時會鳴叫應答的名劍就行了），也可以作為施展魔法的主體。所以一般來說，自我意識劍都會使用魔法。

穿甲劍（Estoc）：別名Toc。由於是刺穿甲冑用的劍，所以想像成超級大的錐子就比較容易理解了。為了容易刺擊，所以劍身的截面是圓形、三角形或方形，並沒有劍刃。因此攻擊的方式也只有刺擊這一種，甚至連全身鎧甲（Full plate mail）都能刺穿，對於穿著甲冑的戰士就如同惡夢一般的劍。

三叉戟（Trident）：本來是抓魚的工具。魚叉可以說是它的祖先，為了能夠在水中使用，所以特意做成阻力很低、頭部有三叉，一旦插中物體就不會掉落的型態。人魚跟其他的水中怪物都很喜歡用這種武器，就像閃電是宙斯的象徵一樣，三叉戟則是海神波賽頓的象徵。波賽頓想要折磨奧德賽的時候，就是揮動著三叉戟來引起暴風。

方鏃箭（Quarrel）：十字弓所使用的箭。因為是用在十字弓上，所以很短，而且稍微粗重。

半月刀（Falchion）：刀身是彎是直，與所使用的刀法有直接的關係。如果要刺或割，那麼應該會採取直刀身的型態，但如果是要揮砍，則彎曲的獨刃刀更為理想。代表性的彎刀有回教徒用的彎刀以及日本刀。半月刀的彎度一方面適度保持了適合揮砍的特性，另一方面也給人重量感。刀的寬度非常寬，過度沉重，讓人有不適合戰鬥的感覺。韓國人在森林中開路時所用的刀就是這種半月刀，東方的游牧民族所用的寬月刀也是屬於這一類（雖然也會讓人聯想到《三國演義》中關羽的青龍偃月刀，但那是屬於大刀類，不像這個是屬於劍類）。

斬矛（Fauchard）：槍的起源是戰鬥時將短劍附在長柄上來使用，之後又出現了兩種發展的方向，一種是長距離攻擊武器的標槍系統（投擲用），另一種則是強化步兵近戰戰鬥力的手持槍系統（刺擊或揮砍用的槍）。論到近戰時的機動性，手持槍系統的槍由於其長長的型態，使得機動性大幅減弱，此種槍的發達原則上是連貫到陣形或戰術的發達，所以才能夠作為近戰時被使用到的武器。由於戰術跟甲冑的發達，逼使得槍身也跟著大型化。經過文藝復興時期之後，槍身的大型化發展到令人訝異的程度，出現了戟、斬矛等等可怕的武器。斬矛在八呎長的柄上再加上新月形的槍頭，不適合刺擊而適合揮砍，因著揮動的半徑大，所以可產生驚人的破壞力。

戟（Halberd）：這是配合槍頭的大型化趨勢出現的新武器，在文藝復興時期於歐洲全境都十分惡名昭彰的武器。型態非常適合殺戮，在大型槍頭上，一邊加上了斧鋒，另一邊則是加上鉤或尖刺。因此它可以用於刺擊、揮砍、鉤刺，不管敵人在馬上或地上，都可以不分青紅皂白加以攻擊。因為是非常大型的武器，所以機動性極為低，但因為此武器出現的時期盔甲也已十分發達，所以它的低機動性變得不成問題。因為十分有用，所以在火炮發達之後，仍然還是在王室的儀仗中維持住其原有的地位。

◆長距離武器

長弓（Long bow）：因為羅賓漢使用而知名的此種武器，特別為英國人所愛用。海斯汀戰役之時，征服者威廉用如雨般的大量箭枝擊退對手之後，英國人甚至造出名稱為English long bow的獨特長弓，由此可知其酷愛的程度。在近代的越戰中，美軍也曾在執行特殊任務，需要在安靜無聲的情況下使用此種長弓。

◆衣物／防具

鐵手套（Gauntlet）：指整套甲冑中保護手的手套部分。如果是連身鎧甲的鐵手套，甚至會用鐵皮一直包到手指的關節部分為止。最誇張的情況則是將拇指以及其外的四隻手指分別包住，幾乎不太能動。

圓盾（Round shield）：小而圓的盾牌。主要是由步兵使用，由皮革製成，或者是將圓木板箍上鐵邊加以強化，一般來說，型態都很簡單。

護腿（Leggings）：指甲冑中保護小腿的部分。進入現代之後，足球選手穿在足球襪裡層，保護小腿的東西，也叫做Leggings。

袍子（Robe）：寬鬆的連身長衣。中世紀的修道士常作此打扮。

鐲子（Bracelet）：一般只是裝飾用，在戰鬥中有保護手腕的功能，但是如果有甲冑，就不太需要了。

食人魔力量手套（Ogre power gauntlet）：簡稱OPG。戴上此手套，就會有食人魔般的力量。

鎖子甲（Chain mail）：用鐵鍊密密編成的鎧甲。十字軍所穿的盔甲大致屬於此類，雖然材料是金屬，但仍維持柔軟性，所以很受歡迎，只是保養起來非常麻煩。雖然在防禦砍劈的攻擊上很有效果，但是防禦刺擊的能力相當弱，如果被釘頭錘或鏈枷擊中，甚至會陷入肉裡面。所以通常在裡面會穿著相當厚的衣物，在胸部也會加上護心鏡，來補足其弱點。

鳶盾（Kite shield）：下方是尖形的盾牌。也能用來戳敵人。

硬皮甲（Hard leather）：大致做出人形的骨架後，將鞣皮處理後的皮革貼上去，再塗上油，即可固定。因為材料具有柔軟的特性，所以能夠穿在衣服裡面，但防禦力不怎麼強。通常硬皮甲會有強化特定的部位，重量在皮甲中算是較重的。

半身鎧甲（Half plate）：只留有胸甲部分的鐵鎧（Plate mail），能增加活動性。現在的騎兵儀仗中仍然可以看到。在普魯士國王的肖像畫中常看到的鐵皮鎧甲就是這種。

◆怪物／種族

地精（Goblin）：是很具代表性的人形怪物，有時狗頭人、豺狼人也會被解釋成地精中的一種。體型比人類小，面貌凶惡。由於體型的關係，所以也只能用小型武器。

食屍鬼（Ghoul）：起源於中東及印度國家，是一種會吃人肉的怪物，其特徵是這種怪物大都是吃死人的肉。具有在夜裡挖開墳墓之後吃屍體這種令人憤慨的掠食習慣，所以主要的棲息地是墓地。

水妖精（Nymph）：起源於希臘神話的妖精，種類大致有樹妖精（Dryad）、海妖精（Nereid）、江與湖妖精（Naiad）、溪谷妖精（Napaeae）、山妖精（Oread）、森林妖精（Alseid）等等。他們不是特別跟那些地方的命運有相關，而是居住在那個地方，甚至具有管理那附近一帶的意義。

樹妖精（Dryad）：起源於希臘神話的樹妖精。

炎魔（Balrog）：此怪物起源於J・R・R・托爾金（J. R. R.Tolkien）的《魔戒》（The Lord of the Rings）一書。書中這可怕無比的惡魔甚至還逼使頑強的矮人們拋棄故鄉去避難，牠的象徵就是右手所拿的鞭子。因為智力很高，所以對魔法也得心應手。牠甚至恐怖到連龍都能輕蔑地攻擊，幸而牠的性格比較喜歡地底下的環境，所以不常在地上出現。

龍（Dragon）：歷史最久遠、結合兩種原型而產生的最強大怪物。這兩種原型是鳥跟蛇。鳥極度自由，甚至可以飛向眾神，帶有向天的性質；蛇藏在地底，行動敏捷，帶有向地的性質。結合了這兩種特性的龍不管在古今中外，都是最有名的怪物。例如伊斯蘭神話的巴哈姆特、中東地區的提爾梅特、北歐神話的米德加爾德蛇、亞瑟王傳說中出現的凱爾特紅龍與白龍、《尼布龍根之歌》中出現的吉克夫里特之龍、猶太神話中（最後也進入了基督教）出現的古蛇（撒旦）、中國的龍……牠們是寶物的看守者以及掠奪者，擁有強大的力量、無限的知識，是處女的掠奪者（跟獨角獸屈服於純潔成相反，龍則會抓純潔的少女來吃。這是很值得詳細考察的差異點），又同時是英雄的試煉與救援。

矮人（Dwarf）：起源雖在北歐神話之中，但我們目前所熟知的矮人面貌卻是透過J・R・R・托爾金確立的。在北歐神話中，諸神透過巨人伊米爾的身體創造大地之時，這個種族就鑽到了地裡。他們是手藝極佳的鐵匠，擁有無盡的黃金與寶石，用其做出連諸神看了都訝異不止的寶物與武器。例如擲出必定命中的袞尼爾的槍、雷神索爾所持有擊中目標後會回到手上的神鎚穆勒尼爾、會自動複製自己的德勞普尼爾的戒指、可以上天下海的金豬格林布爾斯提、西芙的黃金假髮、折起來以後可以放進口袋的船「斯基德布拉德尼爾」等等，全都是矮人的作品（北歐神話中，如果把矮人製作之物拿掉，那麼諸神簡直就是一無所有）。若依照托爾金所描寫的矮人來看，這一族是由偉大的鐵匠奧勒所創造出的，他們是天生的鐵匠、建築師與石工，能製作很精細的工藝品，也是礦工，善於一切需要靈敏手藝的工作。他們對寶石擁有跟龍一樣的貪欲，個性絕對不願受人支配。他們的象徵標誌就是小個子與濃密的鬍子。

人面針尾獅（Manticore）：故鄉是在衣索比亞地方的一種怪物，獅身人面，長有蠍子的尾巴，脾氣相當凶惡。從尾巴發射出的毒針具有致命的毒性，而且擁有獅子的前腳，是一種不可輕視的厲害怪物。

吸血鬼（Vampire）：因為血是生命的象徵，所以無論是東方還是西方的吸血鬼，我們可發現大都是高等動物。《龍族》裡的吸血鬼則是比較接近於布蘭姆．史鐸克所描寫的人物形象，而非安．萊絲所描繪的樣子。吸血鬼一到滿月的時候就會感受到吸血的欲望，會受到銀製武器或魔法武器的傷害。他們能夠變身為蝙蝠、野狼、霧的樣子，而且在鏡子前面會照不出形影。要是暴露在太陽光底下的話，他們的身體會燒起來，而且也無法涉水。因為擁有強大魅力，所以甚至可以使異性進入被催眠的狀態。被吸血鬼咬到的人就會變成吸血鬼。

黑龍（Black Dragon）：以個性邪惡暴躁為人所知，會吐出強酸。

睡精（Sandman）：睡眠的妖精。

火精（Salamander）：火的妖精。

骷髏（Skeleton）：跟殭屍一樣，是人工造成的不死生物，但跟殭屍不同的是，它們是用骨頭做出來的。所以用刀攻擊它們是毫無意義的。因為牙齒也算是骨頭，所以也有用龍的牙齒做出的骷髏，就是希臘神話中出現的龍牙兵。

巨蚤（Stirge）：大幅度地放大的跳蚤即為巨蚤。像跳蚤一樣蹦蹦跳跳，而且會附到人類身上吸血。如果被巨蚤吸到血，幾乎都會得病。

石魔像（Stone golem）：用石頭製作的魔像。用刀攻擊的話，會發出很大的響聲。

史萊姆（Slime）：型態像是果凍的一種不定型怪物。因為身體不固定，所以可以黏附在洞頂上，等敵人經過時落下把對方罩住，然後分泌消化液將其溶解。只要有一個小縫，它就可以鑽過去，但移動速度甚慢。

風精（Sylph）：風的妖精。

不死生物（Undead）：不是存活狀態的怪物的總稱。死後還在活動的所有怪物都屬於不死生物，所以幽靈也是不死生物。

精靈（Elf）：跟矮人一樣都是源自於北歐神話，但還是因為《魔戒》一書而廣為人知。在北歐神話中，他們跟矮人一樣是從巨人伊米爾的身體中出現的種族，但矮人鑽入地下時，精靈則是留在地面上。北歐話叫做Alfen。他們生活在紐爾德的兒子豐裕之神福雷的領地中，擁有美麗的故鄉「精靈之鄉」（Alfheim）。甚至有人說福雷本身也屬於精靈之一。身高跟大拇指差不多，個性善良而愛開玩笑。但是在《魔戒》一書中，精靈的性格卻有了很大的轉變，身為最早誕生的生物，精靈可說本來是大地與世界的主人。身形瘦高，長得都很好看，追求無限的知識與品格、勇氣、善良等等。基本上精靈是不會死亡的（在《魔戒》一書故事發生的舞臺「中土」上，精靈是可以被殺害的。但是被殺的精靈能夠帶著原有的記憶復活）。他們是中土其他生命有限者無法理解的高尚生命體，會因世界的混亂和敗壞而痛苦。他們喜愛詩歌，但也不忌諱拿起劍來對抗敵人。從《魔戒》一書（正確說來應該是《精靈寶鑽》一書）出現之後，精靈與矮人間的仇恨變得眾所周知。他們的特徵是讓人驚豔的容貌與尖尖的耳朵。

食人魔（Ogre）：凶暴的食人怪物。身材高大，力量非常強。長得比巨人更像是怪物，智力薄弱，但是很會使用武器，戰鬥技巧很好。主食是迷路的旅行者，如果突然想吃宵夜，就會到村莊裡抓熟睡的人來吃。

半身人（Hobbit）：即哈比人，這是J・R・R・托爾金在《哈比人》書裡所創造出來的種族，身高不到一公尺，而個性則是開朗而且樂觀。喜歡貪食好吃的食物，在腳背上長有濃密的毛，並且不穿鞋。

半獸人（Orc）：是一種人形怪物，因為J・R・R・托爾金而變得有名。一般人的印象中，牠的頭是豬頭。地精這個概念是從地底的妖怪而來，相反地，半獸人的概念則既是怪物又是一種種族，跟人非常近似，甚至有一種說法說牠們可以跟人混血（在《魔戒》一書中，有一段暗示到白袍巫師薩魯曼想要做出人與半獸人混血的混種半獸人）。

獸化人（Lycanthrope）：會變成動物形體的人。其中最有名的就是狼人，但通常都會變為各地區人們最害怕的動物（例如歐洲是狼，在亞洲通常是老虎）。眾所周知，這些人都是在魔力最 的滿月下變身的，要用銀製武器或魔法武器才能給予傷害。與吸血鬼的共同點是，當某個人類受到獸化人攻擊之後，常常也會變成獸化人。

翼龍（Wyvern）：只要想成沒有前腳的龍，就可以大致掌握牠的模樣了。性格狂暴而強韌，無法像龍一樣進行噴吐攻擊。而且體積也沒有那麼龐大。

光精（Will-o'-wisp）：光的妖精。

獨角獸（Unicorn）：一般都被畫成白馬的樣子，以額頭中間有一根角而為人所知。那根角上附有強大的魔法，也能當作珍貴的藥材。英國王室的家徽上面就畫了獅子跟獨角獸，據說這兩種動物是宿敵（從這一點上看來，獨角獸應該是產於非洲，很清楚是犀牛的形象以訛傳訛傳到歐洲的結果）。牠們擁有如疾風般奔跑的能力，那根角強大到可以撞獅子來互相戰鬥，但弱點是會屈服於純潔的東西，所以讓一個少女坐到有獨角獸存在的樹林中，獨角獸就會自己前來，將自己的自由奉獻給少女。因此獨角獸代表了對處女地的渴求，也是逐夢之心的象徵。

殭屍（Zombi）：這是起源於巫毒教的不死生物。不死生物之中原本曾經活著的，變成了屍體之後還活動著的都稱為殭屍。由於大都是靠人工性的操作來讓屍體活動，所以要是斷了和操控者間的連結，殭屍就會回復為原來的屍體。殭屍只能瞭解操控者的簡單命令，除此之外不具有什麼其他的智能，而且因為是已經死掉的身軀，所以沒有痛苦和擔憂之類的情緒。

深赤龍（Crimson Dragon）：這種龍會將維持均衡與中庸當作自己生存的目的。牠的身體是深赤色，很容易跟紅龍搞混，但是因為身上有黑色的條紋，所以近看的時候就可以區別出來（不過先決條件是，你要大膽到敢走近龍的身邊）。牠的興趣是在自己的住處欣賞自己，性格上會努力跟善與惡都保持距離。所以牠不喜歡戰鬥，到了牠判斷只能用暴力手段來解決事情的時候（雖然牠的判斷常失之於武斷），牠就會凶暴到連紅龍都相形失色。在龍當中，牠可以飛得最高，很喜歡俯衝攻擊。

合體獸（Chimaera）：起源於希臘神話。住在呂基亞山上，混合了獅子、山羊跟蛇的形象，非常凶暴。牠的型態基本上有兩種說法。其中之一說到牠身體前面的部分是獅子，中間是山羊，尾巴是蛇。另一種說法說牠同時有獅子、山羊跟蛇三個頭。不管如何，由於這種怪物不可能存在，所以遺傳學上某種植物細胞的怪異遺傳因子也由此得名。這隻怪物最後被英雄貝勒洛彭騎著飛馬佩加蘇斯所殺死。

巨魔（Troll）：起源於北歐神話的食人怪物，智能比食人魔還低。最有名的巨魔是跟惡神洛基結婚，生下了三個孩子（趁著諸神黃昏之時將主神奧丁咬死的狼芬利爾，圍繞地球的大蛇裘孟干達，代表地獄的海爾）的女巨魔安格波達。因為皮膚很堅硬，所以防禦力非常高，就算受傷，也能夠在短時間內再生而恢復（據說可以用巨魔的血加工做成治療藥水）。雖然也會用棍棒等簡單的武器，但是更會利用自己的身體進行肉搏戰。

妖精（Fairy）：他們的個子很小，有翅膀，心情好的時候，會在香菇附近盤旋飛舞，因為喜歡開玩笑，所以常常搞得人類很困窘。特別他們不是跟事物有直接關聯的妖精，而是身為單獨客體的存在物。在《龍族》當中的設定是，由於他們不隸屬於任何東西，也不隸屬於任何次元，對於神與人的差異，也不太感到困惑，對他人的區別力很模糊，因而是自我概念比人類優越的高等存在物。

◆魔法

油膩術（Grease）：巫師所指定的場所的摩擦力被降到非常低。如果沒有相當的平衡感，就會摔得很難看。

舞動之光（Dancing Light）：將火次元當中的生物的陰影投射到現實次元當中來。所以不會發熱，也無法用來照明。只能使對方大吃一驚而已。

半智性體／非智性體：這是依據巫師誘發瑪那的重新配置的方式，而產生的名詞。妖精們由於跟自然力有相當密切的關係，所以對瑪那做出的反應不是理性的，而是反射性的。所以將妖精稱為半智性體。

光明術（Light）：造出光的魔法。巫師可以在空中造出光源，也可以讓某樣物體發光。

閃電術（Lightning Bolt）：極度提高某個區域的電壓，使產生閃電。這種魔法是以閃電的型態，從巫師的手指尖飛往他所指定的場所。

復元術（Restore）：復元非正常性枯竭的生命力的一種魔法。也就是說，在被魔法奪取了生命力，或者被魔法增加了年紀歲數之類的情況之下，利用祭司的權能，治癒這些絕對無法自然地被治癒的損傷。

瑪那（Mana）：在整個世界上均勻分布的一種能量。基本上常常因為自然力而重新配置，所以如果達到能量均衡的狀態，也就是某種熱平衡的狀態，這種能量就不會移動（也就代表著不會發生任何事情）。但是巫師重新配置瑪那時，自然力為了讓瑪那恢復到均衡狀態，所以在一定時間與一定範圍中，就會造成移動。簡單來說，全體溫度都相等的水是不會移動的。但是將水裝到水壺中去煮，因為水中各處產生了溫度差，所以就會開始對流。也就是說在短暫的時間當中發生了猶如擺脫重力影響的現象。這雖然是自然的現象，但是猛一看會以為它忽視重力的存在，如果不知道水是如何發生溫度差異，換句話說，如果不知道下面點著火，看起來就會像是魔法一樣。魔法就只是這種原理的擴大。

魔法飛彈（Magic Missile）：將空氣過度集中，形成柱狀然後對敵人加以攻擊的魔法。因為空氣壓縮的同時，裡面的水蒸氣也會液化，所以會造成光的散射，看來就像光箭一樣。依據施法者的能力，每次所能造出的個數也會隨之而不同。

記憶咒語（Memorize）：巫師在早晨是以記憶咒語作為一天的開始。巫師一面看魔法書，一面記憶自己能力允許範圍內的魔法。沒有記憶過的魔法是無法拿來使用的。

遍布在整個世界的超自然力量「瑪那」會因巫師的力量而被重新配置，這時候，瑪那在與自然力的衝突及協調之下會產生魔法效果（就如同技術在與自然力的衝突及協調之下能轉動風車）。如果是正常狀態，瑪那會處在一種平衡狀態，不會與自然力相衝突。但是在瑪那平衡分布的狀態下，卻又很容易就製造出最初的一點點不平衡，而巫師所引發出的這一點點脫離平衡的行為，就能帶來全面性脫離平衡的結果，並且造成瑪那整個都重新配置。這種原理和混沌理論很相像。總而言之，重新配置過的瑪那會干涉自然力，並且扭曲自然力，這就成了魔法。巫師即使無法理解引起這種重新配置的最初的那一點點破壞是什麼東西，但是卻可以「感受」得到。所以每天早晨一邊做記憶咒語，一邊會感受到最初的啟動語。隨著時間的經過，瑪那的配置就會有所不同，所以也必須去感受不同的啟動語，因此巫師每天早晨都需做記憶咒語。

傳訊術（Message）：巫師將自己的話用風傳給希望被聽到的人。

擴張術（Enlarge）：使附上魔法的物體變得巨大。但只有形體變大，效能還是一樣。也就是說如果將小小的麵包附上擴張術魔法的話，即使是變得像房子一樣大的麵包，吃下去之後的飽滿感還是和吃小麵包一模一樣的感覺。

治病魔法（Cure Disease）：治療疾病的魔法。

防護神力效果（Protect from Divine Power）：用來防護神力。這與防護魔法效果不同的是，這是利用自己所信奉之神的力量來阻擋住其他神力，所以即使不知道要防護哪個神的力量，也可以使用這種魔法。

瞬間移動（Blink）：在很短的距離內，像是閃爍般地移動。此種法術可以讓巫師瞬間消失，然後出現在數公尺之外的地方。在躲避攻擊而來的刀劍時，是很有用的法術，但是無法做長距離的移動。

沉默術（Silence）：在一定的範圍中使音波消失的魔法。會讓此處變得安靜。

卷軸（Scroll）：含有魔法力量的魔法書。就算不是巫師也可以使用。因為必須影響時常改變的瑪那配置，所以要製作卷軸是非常困難的。

神力強化（Striking）：透過神職者的權能，讓武器變得更強且更銳利。等於是成為施法對象的武器在一段時間當中有神的同在。

睡眠術（Sleep）：讓對方睡著的魔法。

反魔法防護罩（Anti-magic Shell）：在一定區域當中使瑪那完全固定的魔法。因為不會發生瑪那的重新配置，所以一切魔法都變得無效。

連鎖閃電術（Chain Lightning）：連續發出比閃電術更強的閃電。

變化形貌術（Change Self）：巫師改變自己形貌的魔法。但是不可能讓人變成像食人魔。只不過看起來會像另一個人。而且也不可能故意變化成某個特定人物的樣子。在巫師要經過追殺者面前的時候，這個魔法非常有用。

鷹眼術（Clairvoyance）：可以看見遠處事物的魔法。但是不可能看到沒去過的地方。

火球術（Fireball）：極度上升某個區域的溫度，然後燃燒空氣。型態是採用火球的模樣。

霜之手（Frost Hand）：使一定範圍內的溫度急驟下降。從巫師手中噴出，以冰冷氣息之類的型態出現。

防護一般遠距攻擊（Protect from Normal Missile）：這個魔法可以保護巫師不受魔法以外的遠距攻擊，例如投擲攻擊、遠射類武器的傷害。可以擋住拋來的石頭或者箭枝等等。但是擋不住魔法飛彈。

◆其他用語

疾馳（Gallop）：馬全速奔馳的速度。大約每小時六十公里。

夜鷹（Nighthawk）：指稱夜盜的暗語。

龍之恐懼術（Dragon fear）：這並不是魔法，而是一種龍的能力。因著龍吐出的強烈氣息，使得與其不同價值觀的其他生物非常害怕。如果是惡龍，能使得善人都逃走，如果是善龍，就能使得惡人都逃走。

聖徽（Divine mark）：神的標誌，也就是象徵神的東西（就像基督教的十字架）。

神力（Divine power）：神的力量。嚴格地說，就是祭司的力量。透過祭司所展現的神力，會依照這個祭司的能力的不同而受到限制或增強。

巫醫（Shaman）：使神降臨在自己身體上的巫士。巫醫與祭司不同的是，信仰並不是很大的問題，重要的是他肉體上的能力是否能讓身體承載神。

魔法寶物（Artifact）：是指稀有珍貴而且擁有神奇力量的東西或古物。

逐退術（Turning）：用神聖的神力逐退無生命的怪物（即不死生物）。逐退術可以使不死生物陷入自身的混亂中。也就是說，不死生物本身否定了死人不能活動的真理，逐退術是對於如此的不死生物，給予絕對真理的神之力量，使不死生物自己感受到混亂之後，因為矛盾而自己避開。

教壇最高會議（Prime meeeting）：某種宗教總院的所有祭司聚集於一個地方所召開的會議。依照總院最高負責人的判斷才會召開這種會議。

肅殺之氛（Killing aura）：殺氣。

疾走（Trot）：馬快速走的速度，大約每小時十五公里。

柄端圓頭（Pommel）：在刀劍柄端附上的重物。西歐的劍由於劍身過分沉重，如果不附上這個頭，會無法維持平衡。

祭司（Priest）：是指得到神的許可，能夠行使神的能力的聖職者（修煉士是無法行使的）。

女祭司（Priestess）：女性的祭司。

護手（Guard）：劍的劍身與劍把之間的部分。

巢穴（Lair）：比較高智能的怪物才會建造巢穴。大都是用來指稱龍的窩巢。而且眾所周知的是，龍的巢穴裡會有龍所收集的大批寶物，為了守住寶物，龍還會在眼睛上點火（在希臘神話裡，還出現龍為了守護金羊皮絕對不睡覺的故事）。

公會（Guild）：通常都是指中世紀歐洲的同業者團體。但是也可以廣義地指為了共同祭祀、共同酒宴、共同扶助等所組成的古公會，或者以政治目的所組成的政治公會等，都算是公會。像古公會這種組織，可以想成是現代的聯誼會，就可以明白古公會的含義。然而，最為人所知的還是中世紀歐洲的同業公會，也就是指相同行業的製造業者的組織。同業公會的由來，是因為中世紀都市文明的發達，隨著發展過程中，有一些工匠流浪尋找需要他們的人，後來他們停留在村落或首都圈附近，形成一個可以作為援助商圈的組織。在初期，公會成員死亡時會關照其遺族，或者成員倒閉時會給予援助，相互援助的意味非常濃厚，演變到後來，則是強調商業獨佔性。也就是說，公會都只採用公會成員的商品，在一個商圈裡強制不採用非公會成員的商品。而在奇幻的世界裡，比較特別的是有一種叫做盜賊公會的組織。這是利用治安的弱點，以及魔力和神力等個人所擁有的武力過分高漲的社會裡所出現的現象。盜賊公會同樣也是有公會的基本特性。也就是說，公會成員遭遇困難的時候（例如被逮捕的情況）會給予援助（幫助逃獄，或者幫忙請辯護律師，或者在意志薄弱的公會成員供出情報之前，會很好心地先把他殺死）等活動，同樣地，在一個「商圈」裡面規定，非公會成員是不能營業（偷竊）的。

治療藥水（Healing potion）：恢復傷口的藥。

龍族姓名一覽表

姓名	類別	簡介	首次出現
尤絲娜	人類	雷諾斯市「十二人的旅館」老闆薛林的妹妹	卷1
月舞者	人類	脅迫妮莉亞與其同夥的人	卷3
卡里斯・紐曼	神祇	矮人與火之神	卷1
卡勒羅斯・安提哥爾	人類	卡納丁的市長	卷6
卡爾・賀坦特	人類	賀坦特領主的弟弟，飽讀詩書的智者	卷1
卡穆・修利哲	人類	涅克斯的叔叔	卷3
卡蘭貝勒	神祇	庇佑純潔少女與精靈之神	卷1
卡賽普萊	龍	白龍	卷1
尼西恩・拜索斯	人類	拜索斯的國王	卷3
伊斯諾亞・克拉賓	矮人	矮人的敲打者，建造了大迷宮	卷5
伊爾斯	人類	傳說中路坦尼歐大王的八星之一	卷6
伊露莉・謝蕾妮爾	精靈	追尋第十級魔法的精靈	卷1
吉西恩・拜索斯	人類	尼西恩陛下的兄長，同時也是流浪的冒險者	卷2
托爾曼・哈修泰爾	人類	藍龍基果雷德的龍魂使	卷3
曳足	馬	卡爾的馬	卷2
艾波琳	人類	哈修泰爾侯爵的養女	卷3
艾德布洛伊	神祇	大波斯菊與暴風之神	卷2
艾德琳	巨魔	艾德布洛伊的女祭司，中部林地的「治癒之手」	卷2
艾賽韓德・愛因德夫	矮人	矮人的敲打者	卷1

姓名	類別	簡介	首次出現
亨德列克	人類	路坦尼歐大王在中部大道上遇到三次的大法師	卷1
伯休瓦	人類	艾德布洛伊的高階祭司，別稱閣樓鬼	卷3
克拉德美索	龍	深赤龍	卷2
克萊爾	人類	協助卡拉爾領地解除神臨地的戰士	卷2
希里坎男爵	人類	雷諾斯市鬥技場的主人	卷1
希歐娜	吸血鬼	造出神臨地的吸血鬼	卷2
杉克列	人類	北方游牧民族的靈魂之父	卷5
杉森・費西佛	人類	戰士，具驚人的食量與高超的劍術，賀坦特的警備隊長	卷1
里奇蒙	人類	施法將御雷者變成公牛的黑魔法師	卷2
里菲・特瓦里森	人類	皇宮內侍部長	卷3
亞夫奈德	人類	巫師	卷1
亞色斯	神祇	禿鷹與光榮之神	卷2
亞克敘	半獸人	半獸人的領導者	卷6
妮莉亞	人類	擅長使三叉戟、被國王封為「乘夜風的仕女」	卷2
神龍王	龍	具有強大魔法的龍族領袖	卷1
阿姆塔特	龍	黑龍	卷1
阿南德・萊斯特	人類	卡納丁的退役軍人	卷6
阿露	人類	負責光之塔裡內部事務	卷3

姓名	類別	簡介	首次出現
哈修泰爾侯爵	人類	不擇手段尋找具龍魂使資質的人	卷3
哈梅爾	人類	賀坦特的執事	卷1
哈斯勒	人類	涅克斯的馬夫	卷5
拜爾哈福・克魯肯	矮人	矮人的加熱者	卷7
施慕妮安	神祉	大地之女神，生前為格林・歐西尼亞的妻子	卷5
柯基	人類	光之塔的巫師	卷4
查奈爾	人類	傳說中路坦尼歐大王的八星之一	卷4
流星	馬	杉森的馬	卷1
耶里涅	人類	拜索斯第四代國王	卷1
迪特律希・哈修泰爾	人類	白龍卡賽普萊的龍魂使	卷1
修奇・尼德法	人類	賀坦特領地的少年，蠟燭匠之子	卷1
修琪莉亞	人類	修奇在首都男扮女裝的名字	卷3
格林・歐西尼亞	神祉	渴望與海鷗之神，世上第一個船員	卷4
泰班・海希克	人類	盲眼巫師，亨德列克的化身	卷1
海娜	人類	賀坦特領地酒館「散特雷拉之歌」的老闆娘	卷1
涅克斯・修利哲	人類	艾德布洛伊的在家修行祭司，拜索斯恩佩的盜賊公會會長	卷3
烏塔克	人類	傳說中路坦尼歐大王的八星之一	卷4

姓名	類別	簡介	首次出現
特克・沃漢	人類	協助卡拉爾領地解除神臨地的冒險家	卷2
基果雷德	龍	藍龍	卷3
基頓	神祇	烏鴉與疾病之神	卷2
梅達洛	人類	傳說中路坦尼歐大王的八星之一	卷6
理丘	人類	北部林地的牧人	卷5
理選	馬	伊露莉的馬	卷1
移動監獄	馬	溫柴的馬	卷2
莎曼達・克莉汀	人類	德菲力的女祭司	卷2
莉塔	龍	阿姆塔特的暱稱	卷8
都坎・巴特平格	半身人	住在雷諾斯市，曾協助修奇一行人逃獄	卷1
雪琳娜	神祇	龍族大陸的兩個月亮之一	卷1
透納	人類	在賀坦特練兵場教修奇練武的警備隊員	卷1
傑米妮・史麥塔格	人類	賀坦特領地的少女，修奇青梅竹馬的玩伴	卷1
傑米妮	馬	修奇的馬	卷1
傑洛丁	人類	傳說中路坦尼歐大王的八星之一	卷4
傑洛伊	烏鴉	被稱是基頓化身的雙頭烏鴉	卷2
傑倫特・欽柏	人類	德菲力的祭司	卷4
御雷者	馬	吉西恩的馬，被施法變成一頭公牛	卷2

姓名	類別	簡介	首次出現
喬那丹・亞夫奈德	人類	拜索斯皇宮守備隊長	卷3
堪德里	人類	傳說中路坦尼歐大王的八星之一	卷4
華倫查	神祇	半獸人與復仇之神	卷2
萊恩伯克	人類	傳說中路坦尼歐大王的八星之一	卷4
菲力札尼渥思	人類	光之塔的巫師	卷3
費雷爾	人類	協助卡拉爾領地解除神臨地的巫師	卷2
賀加涅斯	神祇	象徵混亂之神。賀加涅斯造了秤錘	卷1
賀滋里	人類	寫過有關戰鬥陣形的書十四本	卷2
賀坦特子爵	人類	賀坦特村的領主	卷1
黑夜鷹	馬	妮莉亞的馬	卷3
賈克	人類	盜賊公會成員，誓死效忠會長涅克斯，祖孫三代都同名	卷3
溫柴・巴爾坦	人類	潛入拜索斯的傑彭間諜，綽號眼珠怪	卷2
寇達修	人類	與溫柴同夥潛入拜索斯的傑彭間諜	卷7
葛倫・柯萊伽	人類	卡納丁的一等兵	卷6
路坦尼歐大王	人類	與亨德列克一同打敗神龍王，建立拜索斯王國	卷1

姓名	類別	簡介	首次出現
達蘭妮安	妖精	妖精女王	卷2
雷提	神祇	劍與破壞之神	卷2
魁海倫	人類	哈修泰爾宅邸的執事	卷3
德菲力	神祇	半身人與岔道之神	卷2
歐雷姆	神祇	薔薇與正義之神，總院在伊斯公國	卷4
黎特德	人類	拜索斯首都「獨角獸旅店」的老闆	卷3
優比涅	神祇	象徵協調之神。優比涅造了秤	卷1
穆洛凱・薩波涅	酒	很好喝的酒	卷1
蕾妮	人類	龍魂使	卷4
薛林	人類	雷諾斯市「十二人的旅館」老闆，尤絲娜的哥哥	卷1
謝魯德亨	人類	路坦尼歐大王的第三個王子	卷3
黛美雷娜斯	人類	尼西恩陛下的妹妹	卷3
羅內・修利哲	人類	涅克斯的父親	卷3
羅斯・克雷布林	人類	卡納丁的警備隊長	卷6
蘇	人類	卡拉爾領地的一個小女孩	卷2
蘇凱倫・泰利吉	人類	卡爾的伊斯公國使節團的護衛隊長	卷4
露米娜絲	神祇	龍族大陸的兩個月亮之一	卷1

龍族地名一覽表

名稱	類別	簡介
十二人的旅館	旅館	在雷諾斯市
大暴風神殿	建築	艾德布洛伊的總院神殿
卡納丁	都市	東部林地的中央都市
布拉德洪山峰	山脈	紅色山脈的分水嶺
伊法斯	都市	南部林地的都市，那裡有被稱是基頓化身的雙頭烏鴉傑洛伊
光之塔	建築	拜索斯恩佩裡的巫師公會建築物
克頓山	山脈	烏塔克和查奈爾曾欺騙此地的巨人，假裝投降
沙凡溪谷	溪谷	位於賀坦特領地，薄荷產地
那吳勒臣	都市	伊斯公國的都市
拜索斯恩佩	都市	拜索斯首都
純天堂	酒館	拜索斯恩佩裡的酒館，以心碎酒和酥皮濃湯聞名
寇羅內溪谷	溪谷	索羅奇曾在此擊敗過一百名死亡騎士
細菲亞潘嶺	山脈	位於紅色山脈邊緣的山嶺
散特雷拉之歌	酒館	賀坦特的海娜阿姨開的酒店
雷伯涅湖	湖泊	湖底有妖精女王達蘭妮安的城堡
赫茲山	山脈	此地有卡蘭貝勒神殿
歐細紐斯海	海洋	大陸東南方的海域
獨角獸旅店	旅館	拜索斯恩佩裡的旅館
錫奇安湖	湖泊	伊斯公國那吳勒臣的大湖

龍族問候語一覽表

名稱	類別	簡介
伊露莉	道別語	「祝你們旅途愉快，耳畔常有陽光，直至夕陽西下。」 「祝你一路平安，歸來時猶如出發，笑顏常在。」
艾賽韓德	道別語	「希望你在旅途中能受到卡里斯・紐曼的庇佑。」 「願你能掌握到鐵砧與錘子間火花的精髓。」
艾德布洛伊	問候語	「以風中飄散的大波斯菊之名祝福你們。」 「以平息暴風的花瓣之榮耀祝福你。」
艾德琳	道別語	「使暴風雨沉靜下來的是纖弱的大波斯菊。願艾德布洛伊的祝福伴隨著你們！」
德菲力	問候語	「以必要時所需之小幸運祝福您。」 「從心所行之路即是正路。幸會了。」
德菲力	道別語	「德菲力會保佑你們的！在岔路上不要猶豫，直接往心裡想走的地方走吧！」

作者簡介

李榮道（이영도）

一九七二年生，兩歲起在韓國馬山市土生土長，畢業於慶南大學國語文學系。一九九三年正式開始撰寫小說，一九九七年秋在 Hite 網站連載長篇奇幻小說《龍族》，得到讀者爆發性的迴響，奠定了韓國奇幻小說復興的契機。後陸續出版了《未來行者》、《北極星狂想曲》、《喝眼淚的鳥》、《喝血的鳥》等多部小說，每部銷量數十萬冊，被譽為韓國第一流派小說家，尤其是《喝眼淚的鳥》被稱為韓國的《魔戒》，因為作品中的設定、語言、構圖都是全新創作，適合韓國人的情感，即使在奇幻出版市場的二〇〇三年進入低迷期，仍銷量二十萬冊。《龍族》更是全球銷量破二百五十萬冊的暢銷作品，以其無限的想像、深入的世界觀、出色的製作工藝，成為韓國奇幻文學的代表作，入選韓國國立高中教材，為韓國奇幻文學史開創時代，成為韓國奇幻小說之王。

譯者簡介

邱敏文

政治大學東方語文學系畢業，韓國漢陽大學教育系碩士學位。留學期間，數度擔任貿易即時翻譯及旅遊翻譯。畢業後在電腦軟體公司任職，負責中文化企劃，並曾擔任許多遊戲軟體的中文化翻譯工作，且開始對奇幻文學產生濃厚興趣。曾執筆翻譯《龍族》長篇小說與其他書籍六十餘冊。

幻想藏書閣 127

龍族 8：朝夕陽飛翔的龍（完結篇）

（全球暢銷250萬冊奇幻經典史詩鉅作25周年紀念典藏版）

作　　者／李榮道
譯　　者／邱敏文
企畫選書人／張世國
責 任 編 輯／張世國、高雅婷

發　行　人／何飛鵬
總　編　輯／王雪莉
業 務 協 理／范光杰
行銷企劃主任／陳姿億
資深版權專員／許儀盈
版權行政暨數位業務專員／陳玉鈴
法律顧問／元禾法律事務所　王子文律師
出版／奇幻基地出版
115台北市南港區昆陽街16號4樓
電話：(02)2500-7008　傳眞：(02)2502-7676
網址：www.ffoundation.com.tw
email：ffoundation@cite.com.tw
發行／英屬蓋曼群島商家庭傳媒股份有限公司城邦分公司
115台北市南港區昆陽街16號8樓
書虫客服服務專線：02-25007718・02-25007719
24小時傳眞服務：02-25170999・02-25001991
服務時間：週一至週五09:30-12:00・13:30-17:00
郵撥帳號：19863813　戶名：書虫股份有限公司
讀者服務信箱E-mail：service@readingclub.com.tw
歡迎光臨城邦讀書花園 網址：www.cite.com.tw
香港發行所／城邦（香港）出版集團有限公司
香港灣仔駱克道193號1東超商業中心1樓
電話：(852)25086231　傳眞：(852)25789337
馬新發行所／城邦（馬新）出版集團
【Cite (M) Sdn. Bhd.(458372U)】
11, Jalan 30D/146, Desa Tasik,
Sungai Besi, 57000 Kuala Lumpur, Malaysia.
電話：603-9056-3833　傳眞：603-9057-6622

Cover Illustration／李受姸
Book Design／金炯均
Design Alteration／Snow Vega
文字校對／謝佳容、劉瑄
排版／菩薩蠻電腦科技有限公司
印刷／高典印刷有限公司
■2025年3月27日初版一刷

售價／600元

國家圖書館出版品預行編目資料

龍族8：朝夕陽飛翔的龍（完結篇）/ 李榮道著；邱敏文譯　一初版一台北市：奇幻基地出版；
家庭傳媒城邦分公司發行；2025.3
面：公分. –（幻想藏書閣：127）
譯自：드래곤 라자 8, 석양을 향해 나는 드래곤
ISBN 978-626-7436-58-5（平裝）

862.57　113014867

Original title: 드래곤 라자 8: 석양을 향해 나는 드래곤
by 이영도
DRAGON RAJA 8: SEOGYANGEUL HYANGHAE NANEUN DRAGON by Lee Young-do

Originally published in Korea by GoldenBough Publishing Co., Ltd.
Published in arrangement with Lee Young-do c/o Minumin Publishing Co., Ltd, and Casanovas & Lynch Literary Agency and The Grayhawk Agency.

ISBN 978-626-7436-58-5

Printed in Taiwan.

城邦讀書花園
www.cite.com.tw

廣告回函
北區郵政管理登記證
台北廣字第000791號
郵資已付，免貼郵票

115台北市南港區昆陽街16號8樓

英屬蓋曼群島商家庭傳媒股份有限公司城邦分公司 收

請沿虛線對摺，謝謝

奇幻基地

每個人都有一本奇幻文學的啓蒙書

奇幻基地粉絲團：http://www.facebook.com/ffoundation

書號：1HI127　　書名：龍族 8（完結篇）：朝夕陽飛翔的龍
（全球暢銷250萬冊奇幻經典史詩鉅作25周年紀念典藏版）

| 奇幻基地 · 2025 年回函卡贈獎活動 |

買 2025 年奇幻基地作品（不限年份）五本以上，即可獲得限量隱藏版「山德森之年」燙金藏書票！

子版活動連結：https://www.surveycake.com/s/ZmGx

：布蘭登．山德森新書《白沙》首刷版本、《祕密計畫》系列首刷精裝版（共七本），皆附贈限量燙金「山德森之年」藏書票一張！

《祕密計畫》系列平裝版無此贈品）

山德森之年」限量燙金隱藏版藏書票領取辦法

動時間：即日起至 **2025** 年 **12** 月 **31** 日前（以郵戳為憑）

加辦法與集點兌換說明：

2025 年度購買奇幻基地出版任一紙書作品（不限出版年份及創作者，限 2025 年購入）。

於活動期間將回函卡右下角點數寄回本公司，或於指定連結上傳 2025 年購買作品之紙本發票照片／載具證明／雲端發票／網路書店購買明細（以上擇一，前述證明需顯示購買時間，**連結請見下方**）

寄回五點或五份證明可獲限量隱藏版「山德森之年」燙金藏書票，藏書票數量有限送完為止。

每月 25 號前填寫表單或收到回函即可於次月收到掛號寄出之隱藏版藏書票。藏書票寄出前將以電子郵件通知。若填寫或資料提供有任何問題負責同仁將以電子郵件方式與您聯繫確認資料。若聯繫未果視同棄權。

若所提供之憑證無法確認出版社、書名，請以實體書照片輔助證明。

別說明

活動限台澎金馬。本活動有不可抗力原因無法執行時，主辦單位有權決定取消、中止、修改或暫停本活動。

請以正楷書寫回函卡資料，若字跡潦草無法辨識，視同棄權。

單次填寫系統僅可上傳一份檔案，請將憑證統一拍照或截圖成一份圖片或文件。

隱藏版「山德森之年」燙金藏書票一人限索取一次

本活動限定購買紙書參與，懇請多多支持。

您同意報名本活動時，您同意【奇幻基地】(城邦文化事業股份有限公司)及城邦媒體出版集團（包括英屬蓋曼群島商家庭傳媒股份有限公司城邦分公司、書虫股份有限司、墨刻出版股份有限公司、城邦原創股份有限公司)，於營運期間及地區內，為提供訂購、行銷、客戶管理或其他合於營業登記項目或章程所定業務需要之目的，以電、傳真、電話、簡訊或其他通知公告方式利用您所提供之資料（資料類別 C001、C011 等各項類別相關資料)。利用對象亦可能包括相關服務的協力機構。如您有依個資第三條或其他需要協助之處，得致電本公司（(02) 2500-7718)。

人資料：

名：＿＿＿＿＿＿＿＿ 性別：＿＿＿＿ 年齡：＿＿＿＿ 職業：＿＿＿＿＿ 電話：＿＿＿＿＿＿＿＿

址：＿＿＿＿＿＿＿＿＿＿＿＿＿＿＿＿ Email：＿＿＿＿＿＿＿＿＿＿

對奇幻基地說的話或是建議：＿＿＿＿＿＿＿＿＿＿＿＿＿＿＿＿＿＿＿＿＿＿＿＿＿＿＿＿

量燙金藏書票

電子回函表單 QRCODE

請剪下上方點數，集滿五點寄回奇幻基地即可獲得限量燙金藏書票，影印無效。

海格摩尼亞
永恆森林
大迷宮
羅克洛斯海岸
布拉德洪
紅色山脈
卡納丁
東部林地
賽多拉斯
那吳勒臣
戴哈帕
巴拉坦
伊斯
盧斐曼海岸
南部大道

龍族的世界
Dragon Raja
北部林地
灰色山脈
無盡溪谷
細美那斯平原
拜索斯
賀坦特
修多恩嶺
修多恩河
雷諾斯
中部大道
中央林地
恩佩河
卡拉爾
伊拉姆斯
拜索斯恩佩
西部林地
褐色山脈
南部林地
藍色山脈
傑彭
Map Illustration © Hong Yeon Ju